Ludwig

BECHSTEIN MÄRCHEN *und* SAGEN

Ludwig BECHSTEIN MÄRCHEN *und* SAGEN

Mit Bildern nach Aquarellen von
Martin und Ruth Koser-Michaëls

INHALT

HIRSEDIEB

In einer Stadt wohnte ein sehr reicher Kaufmann, der hatte am Haus einen großen und prächtigen Garten, in dem auch ein Stück Land mit Hirse besät war. Als nun dieser Kaufmann einmal in seinem Garten herumspazierte — es war zur Frühjahrszeit, und die Hirse stand frisch und kräftig — sah er zu seinem größten Ärger und Verdruß, daß verwichene Nacht von frecher Diebeshand ein Teil abgegrast worden war; und gerade dieses Gartenäckerlein war ihm ganz besonders lieb. Er beschloß, den Dieb zu fangen und dem Gerichte zu übergeben. Daher rief er seine drei Söhne Michel, Georg und Johannes zu sich und sprach: „Heute Nacht war ein Dieb in unserm Garten und hat mir einen Teil Hirse abgegrast, was mich höchlich ärgert. Der Frevler muß gefangen werden und soll mir büßen! Ihr, meine Söhne, mögt nun wachen die Nächte hindurch, einer nach dem andern, und wer den Dieb fängt, soll von mir eine stattliche Belohnung bekommen."

Der älteste, Michel, wachte die erste Nacht; er nahm sich etliche geladene Pistolen und einen scharfen Säbel, auch zu essen und zu trinken mit, hüllte sich in einen warmen Mantel und setzte sich hinter einen blühenden Holunderbusch, hinter dem er bald fest einschlief. Als er am hellen Morgen erwachte, war ein noch größeres Stück abgegrast als in voriger Nacht. Und als nun der Kaufmann in den Garten kam und das sah, wurde er noch ärgerlicher und schalt und höhnte den Sohn als einen braven Wächter, der ihm samt seinen Pistolen und Säbel selbst gestohlen werden könne!

Die andere Nacht wachte Georg; der nahm sich nebst den Waffen auch noch einen Knüppel und starke Stricke mit. Aber der gute Wächter Georg schlief ebenfalls ein und fand am Morgen, daß der Hirsedieb wieder tüchtig gegrast hatte. Der Vater wurde ganz wild und sagte: „Wenn der dritte Wächter ausgeschlafen hat, wird die Hirsesaat vollends zum Kuckuck sein und dann keines Wächters mehr bedürfen!"

In der dritten Nacht kam nun an Johannes die Reihe. Er nahm trotz allen Zuredens keine Waffen mit; doch hatte er sich mit recht bewährten Waffen gegen den Schlaf versehen: er hatte sich Disteln und Dornen gesucht und die an seinem Wächterplatz vor sich aufgebaut. Wenn er nun einnicken wollte, stieß er allemal mit der Nase an die Stacheln und wurde gleich wieder munter. Als die Mitternacht herbeikam, hörte er ein Getrappel; es kam näher und näher, machte sich in die Hirse, und Johannes hörte ein recht fleißiges Abraufen. „Halt", dachte er, „da hab' ich dich!" Er zog einen Strick aus der Tasche, schob leise die Dornen zurück und schlich dem Dieb vorsichtig näher. Als er hinzukam, — wer hätte das vermutet? — war der Dieb — ein allerliebstes kleines Pferdchen. Johannes war innerlich erfreut, hatte auch mit dem Einfangen gar keine Mühe; das Tierchen folgte ihm willig zum Stall, den Johannes fest verschloß. Und nun konnte er noch ganz gemach in seinem Bette ausschlafen.

Früh, als seine Brüder aufstanden und in den Garten gehen wollten, sahen sie mit Staunen, daß Johannes in seinem Bette lag und schlief. Da weckten sie ihn und höhnten ihn mit allerlei Neckreden, daß er der beste Wächter sei, da er sogar nicht einmal die Nacht ausgehalten habe auf seiner Wache. Aber Johannes sagte: „Seid ihr nur ganz stille, ich will euch den Hirsedieb schon zeigen." Und sein Vater und seine Brüder mußten ihm zum Stalle folgen, wo das wunderseltsame Pferdlein stand, von dem nie-

mand zu sagen wußte, woher es gekommen und wem es zugehörte. Es war von zartem und schlankem Bau und ganz silberweiß. Da hatte der Kaufmann eine große Freude und schenkte seinem wackern Johannes das Pferdchen als Belohnung; der nahm es freudig an und nannte es Hirsedieb.

Bald vernahmen die Brüder, daß eine schöne Prinzessin verzaubert wäre im Schloß, das auf dem gläsernen Berge stehe, zu dem niemand wegen der großen Glätte emporklimmen könne. Wer aber glücklich hinauf und dreimal um das Schloß herum reite, der erlöse die schöne Prinzessin und bekomme sie zur Gemahlin. Unendlich viele hätten schon den Bergritt probiert, wären aber alle herabgestürzt und lägen tot umher.

Diese Wundermär erscholl durchs ganze Land, und auch die drei Brüder bekamen Lust, ihr Glück zu versuchen, nach dem gläsernen Berg zu reiten und die schöne Prinzessin zu gewinnen. Michel und Georg kauften sich junge, starke Pferde, deren Hufeisen sie tüchtig schärfen ließen, und Johannes sattelte seinen kleinen Hirsedieb, und so ging es fort zum Glücksritt. Bald erreichten sie den gläsernen Berg, der älteste ritt zuerst, aber ach — sein Roß glitt aus, stürzte mit ihm nieder, und beide, Roß und Mann, vergaßen das Wiederaufstehen. Der zweite ritt, aber auch sein Roß glitt ab, stürzte mit ihm nieder, und beide, Mann und Roß, vergaßen das Aufstehen. Nun ritt Johannes, und es ging trapp trapp trapp trapp — droben waren sie, und wieder trapp trapp trapp trapp — und sie waren dreimal ums Schloß herum, als wenn Hirsedieb schon hundertmal diesen gefährlichen Weg gelaufen wäre. Nun ging die Schloßtür auf, und es trat die schöne Prinzessin heraus; sie war ganz in Seide und Gold gekleidet und breitete freudig die Arme gegen Johannes aus. Da stieg er schnell vom Pferdlein und eilte, die holde Prinzessin zu umfangen.

Und die Prinzessin wandte sich zum Pferdlein, liebkoste es und sprach: „Ei, du kleiner Schelm, warum warst du mir denn entlaufen, so daß ich nicht mehr die einzige Nachtstunde, die mir vergönnt war, unten auf der grünen Erde zu weilen, genießen konnte? Nun darfst du uns nimmermehr verlassen.“ — Und da ward Johannes gewahr, daß sein Hirsediebchen das Zauberpferdlein seiner himmelschönen Prinzessin war. Seine Brüder kamen wieder auf von ihrem Fall, Johannes aber sahen sie nicht wieder, denn der lebte glücklich mit seinem Engel im Zauberschloß auf dem gläsernen Berge. Zu diesem Berge fand kein Menschenkind mehr den Weg, weil der Zauber gelöst und die Prinzessin von ihrem Bann befreit worden war durch das kluge Rößlein, das ihr den rechten Befreier und Gemahl zugetragen.

BECHSTEIN

DER HASENHÜTER

Ein reicher König hatte eine sehr schöne Tochter. Als sie sich verheiraten wollte, mußten sich alle Freier, die sich eingefunden hatten, auf einer großen grünen Wiese versammeln. Da warf die Prinzessin einen goldnen Apfel mehrmals in die Luft, und wer ihn auffing und sich unterstand, drei Aufgaben, die sie aufgab, zu lösen, der sollte sie dann zur Gemahlin haben. Viele hatten nun den Apfel aufgefangen, zuletzt auch ein schöner muntrer Schäfersbursch. Aber von allen war keiner im Stande, die drei Aufgaben zu lösen. Da kam nun die Reihe an den Schäfersburschen, als den letzten und geringsten unter den Freiern. Die erste Aufgabe war aber die: Der König hatte in einem Stalle hundert Hasen, wer die auf die Weide trieb, hütete und am Abend alle wieder zurückbrachte, der hatte die erste Aufgabe gelöst. Als das der Schäfersbursche vernahm, sprach er, er wolle sich erst noch einen Tag besinnen, am andern Tage aber gewiß sagen, ob er sich getraue, die Sache zu unternehmen oder nicht. Nun lief der Schäfersbursche auf den Bergen umher und war traurig, denn er scheute sich vor dem gewagten Unternehmen. Da begegnete ihm ein altes Mütterchen und fragte ihn nach der Ursache seiner Traurigkeit. Er aber sagte: „Ach, mir kann niemand helfen." Da sprach das graue Mütterchen: „Urteile nicht so vorlaut. Sage dein Anliegen, vielleicht kann ich dir helfen." Da erzählte er denn die Aufgabe. Das Mütterchen gab ihm ein Pfeifchen und sagte: „Hebe es wohl auf, es wird dir nützen!" Und ehe noch der Bursche sich bedankt hatte, war das Mütterchen verschwunden. Nun ging er fröhlich hin zum König und sprach: „Ich will die Hasen hüten!" Und dann wurden sie aus dem Stalle herausgelassen. Als aber der letzte heraus war, sah man den ersten nicht mehr, der war bereits über alle Berge. Der Bursche aber ging hinaus aufs Feld, setzte sich auf einen grünen Hügel und dachte: „Was fang ich an?" Da fiel ihm sein Pfeifchen ein. Er nahm es schnell heraus und pfiff. Da kamen die hundert Hasen alle wieder gesprungen und weideten lustig um ihn herum an dem grünen Hügel.

Dem König und der schönen Prinzessin aber war gar nicht daran gelegen, daß der Schäfer die Aufgabe löse und die Prinzessin gewinne, weil er ein so geringer Schlucker war und nicht hochgeboren. Und sie überlegten, was sie machen könnten, damit der Hasenhüter seine Herde nicht vollzählig heimbringe.

Da ging die Königstochter hinaus zu dem grünen Hügel. Sie hatte sich verkleidet und ihr Gesicht verändert, damit der Schäfer sie nicht kennen sollte, aber er erkannte sie doch. Als sie nun die Hasen noch alle erblickte, fragte sie: „Kann man hier nicht einen von den Hasen kaufen?" Da sagte der Bursche: „Zu verkaufen gibt's keinen, aber abzuverdienen!" Da fragte sie weiter: „Wie ist das zu verstehen?" Da sprach der Bursche: „Wenn Ihr Euch mir zum Liebchen gebt und eine süße Schäferstunde mit mir haltet!"

Sie wollte aber nicht. Da sie aber doch gern einen Hasen haben wollte und er keinen anders hergab, so bequemte sie sich endlich doch dazu. Da er sie nun genugsam geherzt und geküßt hatte, fing er ihr einen Hasen, steckte ihn in ihr Handkörbchen, und sie ging fort. Als sie nun wohl eine Viertelstunde weit von ihm weg war, pfiff er auf seinem Pfeifchen, und geschwind drückte der Hase den Deckel des Körbchens auf, sprang heraus und kam wieder gesprungen.

Nicht lange währte es, da kam der alte König und hatte sich auch vermummt, aber der Bursche erkannte ihn doch. Der König kam auf einem Esel geritten und hatte hüben und drüben einen Korb hängen. Der König fragte: „Wird kein Hase verkauft?“ — „Nein, verkauft nicht, aber abverdient kann einer werden!“ antwortete ihm dreist der Bursche. „Wie ist das zu verstehen?“ fragte der König. „Wenn Ihr den Esel hier unter den Schwanz küßt“, begann der Bursche, „sollt Ihr einen haben!“ Das wollte der König aber nicht tun. Er bot ihm schweres Geld, wenn er einen verkaufen wolle; der Bursche aber tat es nicht. Da nun der König sah, daß er keinen Hasen zu kaufen kriegte, bequemte er sich endlich und gab dem Esel einen tüchtigen Schmatz unter den Schwanz. Dann wurde ein Hase gefangen, in den einen Korb am Esel gesteckt, und der König zog fort. Er war aber noch nicht weit, da pfiff der Bursche, und der Hase hüpfte aus dem Korbe heraus und kam wieder. Darauf kam der König nach Hause und sagte: „Es ist ein loser Bursche, ich konnte keinen Hasen bekommen!“ Was er getan hatte, sagte er nicht. „Ja!“ erwiderte die Prinzessin, „so ging es mir auch!“ Was sie aber getrieben hatte, gestand auch sie nicht. Als es Abend war, kam der Bursche mit seinen Hasen und zählte sie vor dem Könige alle hundert zum Stall hinein.

Nun begann der König: „Die erste Aufgabe ist gelöst, und nun geht es an die zweite! Merk auf! Hundert Maß Erbsen und hundert Maß Linsen liegen auf meinem Boden. Die habe ich untereinanderschütten und wohl durchmengen lassen. Wenn du sie in einer Nacht ohne Licht auseinandersonderst, dann hast du die zweite Aufgabe vollbracht.“ Der Bursche sprach:

„Ich kann es!“ Da wurde er auf den Boden gesperrt, und die Tür wurde fest verschlossen. Da nun alles im Schlosse ruhig war, pfiff er auf seinem Pfeifchen. Da kamen viele tausend Ameisen gekrochen und wimmelten und krimmelten so lange, bis die Erbsen wieder auf einem besonderen Haufen waren und die Linsen auch. Als nun in der Frühe der König nachsah, war die Aufgabe gelöst. Die Ameisen aber sah er nicht, die waren fort. Der König wunderte sich und wußte nicht, wie der Kerl das zuwege gebracht hatte. Darauf sprach er: „So will ich dir die dritte Aufgabe sagen. Wenn du in künftiger Nacht dich durch eine große Kammer voll Brot hindurchißt, so daß nichts übrig bleibt, dann hast du die dritte Aufgabe vollbracht, und dann sollst du meine Tochter haben.“

Als es nun dunkel war, wurde der Bursche in die Brotkammer gesteckt, die war so voll, daß gerade ein Plätzchen frei war, wo er hintreten konnte. Als aber alles ruhig im Schlosse war, pfiff er wieder auf seinem Pfeifchen. Da kamen so viel Mäuse herbeigelaufen, daß es ihm schier unheimlich wurde. Und als es tagte, war das Brot alles aufgegessen, — kein Krümchen war mehr übrig! Er aber polterte an die Türe und schrie: „Macht auf! Ich habe Hunger!“ Da war nun auch die dritte Aufgabe gelöst.

Der König aber sprach: „Sage uns zum Spaß noch einen Sack voll Lügen, dann sollst du meine Tochter bekommen!" Da fing der Bursche an und sagte schreckliche Lügen einen halben Tag lang, aber der Sack wollte nicht voll werden. Da erzählte er endlich: „Ich habe mit der allerliebsten Prinzessin, meiner Braut, auch schon ein Schäferstündchen gehalten!" Bei diesen Worten wurde sie feuerrot. Der König sah sie an, und wenn es auch eine Lüge sein sollte, so glaubte er's doch und konnte sich schon denken, wie und wo es geschehen sei. „Der Sack ist aber doch noch nicht voll!" rief er. Da begann der Bursche: „Der König hat auch den Esel" — „Er ist voll, er ist voll! Bindet ihn zu!" rief der König. Denn er wollte nicht vor dem ganzen Hofstaat erzählen lassen, welche Ehre dem Esel durch seinen königlichen Mund zu Teil geworden war. Nun wurde die Hochzeit des Schäferburschen mit der Königstochter gefeiert, vierzehn Tage lang, und da ging es so hoch und so lustig zu, daß der, der das Märchen erzählt hat, wünscht, er wäre auch dabei gewesen.

DER MANN OHNE HERZ

Es sind einmal sieben Brüder gewesen. Sie waren arme Waisen, hatten keine Schwester und mußten alles im Hause selbst tun; das gefiel ihnen nicht, und sie beschlossen zu heiraten.

Weil es aber da, wo sie wohnten, keine Bräute für sie gab, sagten die Älteren, sie wollten in die Fremde ziehen, um sich Bräute zu suchen. Der Jüngste sollte indessen das Haus hüten; dafür wollten sie ihm eine recht schöne Braut mitbringen. Damit war der Jüngste zufrieden, und die sechs Brüder machten sich fröhlich und wohlgemut auf den Weg.

Sie kamen auf ihrer Wanderschaft an ein kleines Häuschen, das stand ganz einsam in einem Walde, und vor dem Häuschen stand ein alter, alter Mann, der rief die Brüder an und fragte: „Heda! Ihr jungen Kiekindiewelt! Wohin denn so lustig und so geschwind?"

„Ei, wir wollen uns jeder eine hübsche Braut holen und unserm jüngsten Bruder daheim auch eine!" antworteten die Brüder.

„Oh, ihr lieben Jungen!“ sagte da der Alte: „ich lebe hier so mutterseelenallein, bringt mir doch auch eine Braut mit, aber eine junge hübsche muß es sein!“

Die Brüder zogen weiter und dachten: „Hm, was will so ein alter eisgrauer Hutzelmann mit einer jungen hübschen Braut?“

Als nun die Brüder in eine Stadt gekommen waren, fanden sie dort sieben Schwestern, so jung und so hübsch sie sich's nur wünschen konnten. Die nahmen sie, und die jüngste nahmen sie für ihren Bruder mit.

Der Weg führte sie wieder durch den Wald, und der Alte stand wieder vor seinem Häuschen und wartete auf sie; er rief ihnen zu: „Grüß euch Gott, ihr braven Jungen! Ich danke euch sehr, daß ihr mir so eine junge, hübsche Braut mitgebracht habt!“

„Nein!“ sagten die Brüder, „die Braut ist nicht für dich, sie ist für unseren Bruder zu Hause, dem haben wir sie versprochen!“

„So?“ sagte der Alte böse, „versprochen? Ei, daß dich ... Ich will euch auch versprechen!“ Er nahm ein weißes Stäbchen, murmelte ein paar Zauberworte und rührte die Brüder und die Bräute mit dem Stäbchen an — bis auf die jüngste. Da wurden sie alle in graue Steine verwandelt.

Die jüngste der Schwestern aber führte der Mann in sein Haus. Das mußte sie nun behüten und in Ordnung halten. Sie tat das auch gern, aber sie hatte immer Angst, der alte Zauberer könne bald sterben, und dann würde sie in dem einsamen Häuschen im wilden öden Wald auch so mutterseelenallein sein, wie der Alte es bisher gewesen war. Darüber sprach sie mit ihm, und er antwortete: „Hab' keine Angst; fürchte nicht, daß ich sterbe. Denn wisse, ich habe kein Herz in meiner Brust! Sollte ich aber dennoch sterben, so findest du über der Tür mein weißes Zauberstäbchen und rührst du damit an die grauen Steine, dann sind deine Schwestern und ihre Freier wieder befreit, und du hast Gesellschaft genug.“

„Wo aber, in aller Welt, hast du dein Herz, wenn du es nicht in der Brust hast?“ fragte die junge Braut.

„Mußt du denn alles wissen?“ erwiderte der Alte. „Nun, wenn du es schon wissen mußt, — in der Bettdecke steckt mein Herz.“

Da nähte und stickte die junge Braut, sobald der Alte fort in seine Wälder ging, in ihrer Einsamkeit die schönsten Blumen auf seine Bettdecke, damit sein Herz eine Freude habe. Der Alte aber lächelte darüber und sagte: „Du gutes Kind, es war ja nur ein Scherz; mein Herz, das steckt — das steckt —“

„Nun, wo steckt es denn, lieber Vater?“

„Das steckt in der — Stubentür!“

Als der Alte fort war, da hat sie die Stubentür schön geschmückt mit bunten Federn und frischen Blumen und hat Kränze daran gehängt. Und als der Alte heimkam, fragte er sofort, was das zu bedeuten hätte. „Das tat ich deinem Herzen zuliebe“, sagte das junge Mädchen.

Da lächelte der Alte wieder und sagte: „Gutes Kind, mein Herz ist ganz woanders als in der Stubentür!“

Da wurde die junge Braut sehr betrübt und sprach: „Ach, Vater, du hast doch ein

Herz und kannst deshalb auch sterben, und ich werde dann ganz verlassen sein in dieser Einsamkeit."

Da wiederholte der Alte alles, was er ihr schon zweimal gesagt hatte. Aber sie wollte unbedingt wissen, wo sein Herz war. Da sagte der Alte: „Weit, weit von hier liegt in tiefer Einsamkeit eine große, uralte Kirche, die ist fest verschlossen mit eisernen Türen. Ein tiefer Wallgraben ist um sie gezogen, über den führt keine Brücke. In der Kirche fliegt ein Vogel auf und ab. Er ißt nicht, er trinkt nicht und stirbt nicht, und niemand vermag ihn zu fangen. Solange dieser Vogel lebt, solange lebe ich auch, — denn in dem Vogel ist mein Herz."

Da wurde die Braut traurig, daß sie dem Herzen des alten Zauberers nichts zuliebe tun konnte, und die Zeit wurde ihr lang, wenn sie so allein saß, denn der Alte war fast den ganzen Tag nicht zu Hause.

Da kam einmal ein junger Wandergeselle vorüber, der grüßte sie, und sie grüßte ihn. Sie gefiel ihm, und er kam näher. Da fragte sie ihn, wohin er reise und woher er komme?

„Ach!" seufzte der junge Geselle: „ich bin sehr traurig. Ich hatte noch sechs Brüder, die sind von dannen gezogen, sich Bräute zu holen, und mir, dem Jüngsten, wollten sie auch eine mitbringen. Sie sind aber nimmer wiedergekommen, und nun bin ich auch fort gewandert und will meine Brüder suchen!"

„Ach, lieber Geselle!" rief die Braut, „da brauchst du nicht weiter zu gehen! Erst setze dich und iß und trinke etwas, und dann laß dir erzählen!" Sie gab ihm zu essen und zu trinken und erzählte ihm, wie seine Brüder in die Stadt gekommen waren, und wie sie ihre sechs Schwestern und sie selbst als Bräute mit sich nach Hause hätten führen wollen. Sie selbst aber sei für ihn bestimmt gewesen, doch habe der Alte sie bei sich behalten und die anderen in graue Steine verwandelt. Das alles erzählte sie ihm und weinte dazu, und auch, daß der Alte kein Herz in der Brust habe, sondern daß sein Herz in einem unsterblichen Vogel lebe. Da sagte der Bräutigam: „Ich will fort, ich will den Vogel suchen, vielleicht, daß ich ihn fange."

„Ja, daran wirst du wohl tun", erwiderte das Mädchen, „dann werden deine Brüder und meine Schwestern wieder Menschen werden!" und sie versteckte den Bräutigam, denn es wurde schon Abend. Am andern Morgen, sobald der Alte wieder fort war, packte sie dem Wandergesellen viel zu essen und zu trinken ein, gab es ihm mit und wünschte ihm alles Glück und Gottes Segen auf seiner Fahrt.

Als nun der Wandersmann eine tüchtige Strecke gegangen war, packte er seine Reisetasche aus, freute sich der vielen Gaben und rief: „Holla! Nun wollen wir schmausen! Herbei, wer mein Gast sein will!"

Da rief es hinter dem Gesellen: „Muh!" und als er sich umsah, stand ein großer, roter Ochse da und sprach: „Du hast eingeladen, ich möchte wohl dein Gast sein!"

„Sei willkommen und lange zu, so gut ich's habe!"

Da legte sich der Ochse behaglich auf den Boden, ließ es sich schmecken und leckte sich dann mit der Zunge sein Maul recht schön ab. Als er satt war, sagte er: „Hab' vielen Dank, und wenn du einmal jemand brauchst, der dir in Not und Gefahr helfen soll, so rufe nur in Gedanken nach mir, deinem Gast."

Danach erhob er sich und verschwand wieder im Gebüsch. Der Geselle packte die Reste seiner Mahlzeit zusammen und wanderte weiter.

Nach längerer Zeit sah er, daß der Schatten, den er warf, sehr kurz geworden war, und er wußte, daß es Mittag war. Er breitete deshalb sein Tafeltuch auf dem Rasen aus, setzte seine Speisen und Getränke darauf und rief:

„Wohlan! Mittagsmahlzeit! Jetzt melde sich, was mitessen will!“ Da rauschte es ganz stark in den Büschen, und es brach ein wildes Schwein heraus, das grunzte und sagte: „Es hat hier jemand zum Essen gerufen! Ich weiß nicht, ob du es warst, und ob ich gemeint bin?“

„Sei willkommen und lange nur zu!“ sprach der Wandersmann. Da aßen sie beide wohlgemut miteinander, und es schmeckte beiden gut. Darauf erhob sich das wilde Schwein und sagte: „Habe Dank. Bedarfst du mein, so rufe dem Schwein!“ Und damit trollte es sich wieder in die Büsche. Nun wanderte der Geselle eine lange Strecke, und als er schon sehr lang gewandert war, da wurde es Abend, und er fühlte wieder Hunger, breitete sein Tuch aus, legte alles, was er noch hatte, darauf und rief: „Wer Lust hat, mitzuessen, der soll eingeladen sein. Es ist nicht so, als wenn nichts mehr da wäre!“ Da rauschte über ihm ein schwerer Flügelschlag. Es wurde dunkel auf dem Boden wie vom Schatten einer Wolke, und ein großer Vogel Greif rief: „Ich hörte jemand hier unten zur Tafel einladen! Für mich wird wohl nichts abfallen?“

„Warum denn nicht?“ rief der Jüngling. „Laß dich nieder und nimm vorlieb mit dem, was ich noch habe.“

Da ließ sich der Vogel Greif nieder, aß sich satt und sagte: „Brauchst du mich — so rufe mich!“ Damit hob er sich in die Lüfte und verschwand.

„Ei“, dachte der Geselle, „der hatte es aber eilig; er hätte mir gewiß den Weg nach der Kirche zeigen können, denn allein finde ich ihn nie.“ Er raffte seine Sachen zusammen und wollte vor dem Schlafengehen noch ein Stückchen wandern.

Nach kurzer Zeit schon sah er die Kirche vor sich liegen und war bald an dem breiten und tiefen Graben, der sie rings ohne Brücke umzog. Da suchte er sich ein hübsches Ruheplätzchen, denn er war müde von dem weiten Weg, und schlief.

Am anderen Morgen da wünschte er sich, über den Graben zu kommen, und er dachte: „Wenn der rote Ochse jetzt hier wäre, und er hätte großen Durst, so könnte er gewiß den Graben aussaufen, und ich käme trocken hinüber.“

Kaum war dieser Wunsch getan, so stand der Ochse schon da und begann, den Graben auszusaufen. Nun stand der Geselle an der Kirchenmauer; die war dick, und die Türme aus Eisen. Da dachte er so bei sich: „Ach, wenn ich doch einen Mauerbrecher hätte! Das starke wilde Schwein könnte vielleicht hier eher etwas ausrichten als ich.“ Und siehe, gleich kam das wilde Schwein dahergerannt, stieß heftig an die Mauer und wühlte mit seinen Hauern einen Stein los. Und als erst einer los war, da wühlte es immer mehr und mehr Steine aus der Mauer, bis ein großes tiefes Loch gewühlt war, durch das man in die Kirche eindringen konnte. Da ging nun der Jüngling hinein und sah den Vogel darin herumfliegen. Er vermochte aber nicht, ihn zu greifen. Da sagte er: „Wenn jetzt der Vogel Greif da wäre, der würde dich schon greifen, dafür ist er ja der Vogel Greif!“

Augenblicklich war der Greif da und fing den Vogel, in dem das Herz des alten Mannes war, gab ihn dem jungen Gesellen, und der verwahrte ihn gut. Der Vogel Greif aber flog davon.

Nun eilte der Jüngling, so schnell er nur konnte, zu seiner Braut, kam noch an, bevor es dunkel wurde, und erzählte ihr alles.

Sie gab ihm wieder zu essen und zu trinken und ließ ihn unter die Bettstelle kriechen mitsamt seinem Vogel, damit ihn der Alte nicht sah. Bald danach kam der Alte nach Hause und klagte, daß er sich krank fühle, weil sein Herzvogel gefangen sei.

Das hörte der Bräutigam unter dem Bett und dachte: „Der Alte hat mir an meinem Leibe zwar nichts Böses getan, aber er hat meine Brüder und ihre Bräute verzaubert, und meine Braut hat er für sich behalten, — das war schlecht genug von ihm!“ Dabei drückte er den Vogel fest in seiner Hand. Da wimmerte der Alte:

„Ach, es erdrückt mich! — Kind, ich sterbe!“ Er fiel vom Stuhl und aus war es mit ihm, denn ohne es zu merken, hatte der Jüngling den Vogel totgedrückt.

Nun kroch er aus seinem Versteck hervor, die Braut nahm den weißen Stab, und schlug damit, wie der Alte sie gelehrt hatte, an die zwölf grauen Steine. Siehe, da wurden sie wieder die sechs Brüder und die sechs Schwestern! Das war eine Freude und ein Umarmen, ein Herzen und Küssen! Der alte Mann aber war tot und blieb tot und nichts konnte ihn wieder lebendig machen. Dann zogen sie alle miteinander fort, hielten Hochzeit, und lebten lange Jahre gut und glücklich miteinander.

Der Fuchs und der Krebs

Ein Krebs kroch aus seinem Bache hervor auf das grüne Gras einer Wiese, wo er sich gütlich tat. Da kam ein Fuchs daher, sah den Krebs langsam kriechen und sprach plötzlich zu ihm: „Herr Krebs, wie geht Ihr doch so gemächlich? Wer nahm Euch Eure Schnelligkeit? Oder wann gedenkt Ihr über die Wiese zu kommen? Aus Eurem Gange merke ich, daß Ihr besser rückwärts als vorwärts gehen könnt!" Der Krebs war nicht dumm, er antwortete dem Fuchs: „Herr Fuchs, Ihr kennt meine Natur nicht. Ich bin edel und vornehm, bin schneller und leichter und laufe rascher als Ihr und Eure Art. Wer mir das nicht glaubt, den möge der Teufel kitzeln. Herr Fuchs, wollt Ihr mit mir um die Wette laufen? Ich setze ein Pfund zum Pfande!"

„Nichts wäre mir lieber", sprach der Fuchs. „Wollt Ihr von Bern nach Basel laufen, oder von Bremen nach Brabant?"

„O nein", sprach der Krebs, „das wäre mir zu weit! Ich dächte, wir liefen eine halbe oder eine ganze Meile miteinander, das wird uns beiden nicht zu viel sein!"

„Eine Meile, eine Meile!" schrie der Fuchs eifrig, und der Krebs begann wieder: „Ich gebe Euch auch eine hübsche Vorgabe, sonst mag ich gar nicht laufen."

„Und wie soll die Vorgabe beschaffen sein?" fragte der Fuchs neugierig. Der Krebs antwortete: „Gerade eine Fuchslänge soll es sein. Ihr tretet vor mich, und ich trete hinter Euch, daß Eure Hinterfüße an meinen Kopf stoßen, und wenn ich sage: Los! — dann fangen wir an zu laufen."

Dem Fuchs gefiel der Vorschlag und er sagte: „Ich gehorche Euch in allen Stücken." Er kehrte dem Krebs sein Hinterteil zu mit dem großen und starken, haarigen Schwanze. In den schlug der Krebs seine Scheren, ohne daß der Fuchs es merkte, und rief: „Los!" Da lief der Fuchs, wie er in seinem Leben noch nicht gelaufen war, — daß ihn die Füße schmerzten. Und als das Ziel erreicht war, drehte er sich geschwind herum und schrie: „Wo ist nun der dumme Krebs? Wo seid Ihr? Wo ist der edle Herr mit dem vornehmen Rückwärtsgang?" Der Krebs aber, der dem Ziele jetzt näher stand als der Fuchs, rief hinter ihm: „Herr Fuchs! Warum schreit Ihr so? Ich stehe schon eine ganze Weile hier und warte auf Euch! Wo wart Ihr denn so lange?"

Der Fuchs erschrak gewaltig und sprach: „Euch muß der Teufel aus der Hölle hergebracht haben!" Er zahlte seine Wette, zog den Schwanz ein und strich von dannen.

BECHSTEIN

DAS NUSSZWEIGLEIN

Es war einmal ein reicher Kaufmann, der mußte in seinen Geschäften in fremde Länder reisen. Als er Abschied nahm, sprach er zu seinen drei Töchtern: „Liebe Töchter, ich möchte euch gerne bei meiner Rückkehr eine Freude bereiten, sagt mir daher, was ich euch mitbringen soll?“ Die älteste sagte: „Lieber Vater, mir eine schöne Perlenkette!“ Die andere sprach: „Ich wünsche mir einen Fingerring mit einem Diamanten!“ Die jüngste schmiegte sich an des Vaters Brust und flüsterte: „Mir ein schönes grünes Nußzweiglein, Väterchen.“ — „Gut, meine lieben Töchter!“ erwiderte der Kaufmann, „ich will mir's merken, lebet wohl!“

Der Kaufmann reiste weit fort und machte große Einkäufe, aber er gedachte auch treulich der Wünsche seiner Töchter. Eine kostbare Perlenkette hatte er bereits in seinen Reisekoffer gepackt, um seine älteste damit zu erfreuen, und einen wertvollen Diamantring hatte er für die mittlere Tochter eingekauft. Einen grünen Nußzweig aber konnte er nirgends finden, so sehr er sich auch darum bemühte. Auf der Heimreise ging er deshalb große Strecken zu Fuß, wenn ihn sein Weg durch Wälder führte, um endlich einen Nußbaum anzutreffen. Das war lange vergeblich, und der gute Vater fing an, betrübt zu werden, weil er die bescheidene Bitte seines jüngsten und liebsten Kindes nicht erfüllen konnte.

Endlich, als er so betrübt seines Weges durch einen dunklen Wald und an dichtem Gebüsch vorbei dahinzog, stieß er mit seinem Hut an einen Zweig, und es raschelte, als fielen Hagelkörner herunter. Aber es waren Nüsse, eine ganze Traube goldener Nüsse, die an einem schönen grünen Nußzweig hingen. Da war der Vater sehr erfreut und brach den herrlichen Zweig ab. In demselben Augenblicke schoß ein wilder Bär aus dem Dickicht hervor und stellte sich grimmig brummend auf die Hintertatzen, als wollte er den Kaufmann gleich zerreißen. Mit furchtbarer Stimme brüllte er: „Warum hast du meinen Nußzweig abgebrochen, du? Warum? Ich werde dich fressen.“

Bebend vor Schreck und zitternd sprach der Kaufmann: „Lieber Bär, friß mich nicht, laß mich mit dem Nußzweiglein meines Weges ziehen, ich will dir einen großen Schinken und viele Würste dafür geben!“

Aber der Bär brüllte weiter: „Behalte deinen Schinken und deine Würste! Wenn du mir versprichst, mir das zu geben, was dir zu Hause am ersten begegnet, so will ich dich nicht fressen.“ Das versprach der Kaufmann gern, denn er dachte, daß sein Pudel ihm wie immer als erstes entgegenlaufen würde, und den wollte er gerne opfern, um sich das Leben zu retten. Nach einem derben Handschlag tappte der Bär ruhig ins Dickicht zurück. Der Kaufmann atmete erleichtert auf und eilte so schnell als möglich nach Hause.

Der goldene Nußzweig prangte herrlich am Hut des Kaufmanns, als er seiner Heimat zueilte. Freudig hüpfte das jüngste Mägdlein ihrem lieben Vater entgegen. Mit tollen

Sprüngen kam der Pudel hinterdrein. Die älteren Töchter und die Mutter schritten etwas weniger schnell aus der Haustür, um ihn zu begrüßen. Aber wie erschrak der Kaufmann, als seine jüngste Tochter die erste war, die ihm entgegenflog! Bekümmert und betrübt entzog er sich ihrer Umarmung und sagte den Seinigen sofort nach den ersten Grüßen, wie es ihm mit dem Nußzweig ergangen war. Da weinten alle und wurden betrübt, nur die jüngste Tochter behielt ihren Mut und nahm sich vor, das Versprechen des Vaters zu erfüllen. Die Mutter aber ersann bald einen guten Rat und sprach: „Ängstigen wir uns nicht, meine Lieben! Sollte der Bär wirklich kommen und dich, lieber Vater, an dein Versprechen erinnern, so geben wir ihm die Hirtentochter, mit der wird er auch zufrieden sein." Dieser Vorschlag erschien allen gut, und die Töchter waren wieder fröhlich und freuten sich über die schönen Geschenke. Die jüngste trug ihren Nußzweig immer bei sich. Sie dachte bald gar nicht mehr an den Bären und an das Versprechen ihres Vaters.

Doch eines Tages rasselte ein dunkler Wagen durch die Straße und hielt vor dem Haus des Kaufmanns. Der häßliche Bär stieg aus, trat brummend in das Haus und verlangte von dem erschrockenen Vater die Erfüllung seines Versprechens. Schnell und heimlich wurde die Hirtentochter, die sehr häßlich war, herbeigeholt, schön geputzt und in den Wagen des Bären gesetzt. Als der Wagen in voller Fahrt war, legte der Bär sein wildes, zottiges Haupt auf den Schoß der Hirtin und brummte:

Kraule mich, kraule mich
Hinter den Ohren zart und fein,
Sonst freß ich dich mit Haut und Bein!

Das Mädchen fing an ihn zu kraulen; aber sie machte es dem Bären nicht recht, und er merkte, daß er betrogen worden war. Da wollte er die Hirtin fressen, doch in ihrer Todesangst sprang sie rasch aus dem Wagen.

Da fuhr der Bär wieder vor das Haus des Kaufmanns und forderte furchtbar drohend die rechte Braut. So mußte denn das liebliche Mägdlein nach schwerem, bitterm Abschied mit dem häßlichen Bräutigam fortfahren. Draußen legte er seinen rauhen Kopf auf des Mädchens Schoß und brummte:

Kraule mich, kraule mich
Hinter den Ohren zart und fein,
Sonst freß ich dich mit Haut und Bein!

Und das Mädchen kraulte ihn so sanft, daß es ihm behagte und sein furchtbarer Bärenblick freundlicher wurde, so daß die arme Bärenbraut allmählich Vertrauen zu ihm gewann. Die Reise dauerte nicht lange, denn der Wagen fuhr ungeheuer schnell, so als brause ein Sturmwind durch die Luft. Bald kamen sie in einen sehr dunklen Wald, und dort hielt plötzlich der Wagen vor einer finster gähnenden Höhle. Das war die Wohnung des Bären. O, wie zitterte das Mädchen! Besonders als der Bär sie mit seinen furchtbaren Klauenarmen umschlang und freundlich brummend zu ihr sagte: „Hier sollst du wohnen und glücklich sein! Wenn du dich brav benimmst, wird mein wildes Getier dich nicht zerreißen." Als beide in der dunklen Höhle einige Schritte getan hatten, schloß er eine eiserne Tür auf. Da kamen sie in ein Zimmer, das mit giftigem Gewürm angefüllt war. Das züngelte ihnen gierig entgegen. Dazu brummte der Bär:

Sieh dich nicht um!
Nicht rechts — nicht links!
Geradezu! — So hast du Ruh!

Da ging das Mädchen, ohne sich umzublicken, durch das Zimmer, und es regte und bewegte sich kein Wurm. Und so ging es noch durch zehn Zimmer, und das letzte war von den scheußlichsten Kreaturen angefüllt. Drachen und Schlangen, giftgeschwollene Kröten, Basilisken und Lindwürmer. Und der Bär brummte in jedem Zimmer:

Sieh dich nicht um!
Nicht rechts — nicht links!
Geradezu! — So hast du Ruh!

Das Mädchen zitterte und bebte vor Angst und Entsetzen wie Espenlaub, doch sie blieb standhaft und sah sich nicht um, nicht rechts, nicht links. Als sich aber das zwölfte Zimmer öffnete, da strahlte ihnen ein glänzender Lichtschimmer entgegen, liebliche Musik ertönte, und es jauchzte überall wie Freudengeschrei, wie Jubel. Ehe sich die Braut nur ein wenig erholen konnte von all dem Entsetzlichen, tat es einen furchtbaren Donnerschlag. Sie dachte, Erde und Himmel brächen zusammen; aber bald herrschte wieder tiefste Stille. Der Wald, die Höhle, die Gifttiere, der Bär — alles war verschwunden. Ein prächtiges Schloß mit goldgeschmückten Zimmern und schön gekleideter Dienerschaft stand dafür da. Der Bär war ein schöner junger Mann geworden. Er war der Fürst dieses herrlichen Schlosses, der nun sein liebes Bräutchen ans Herz drückte und ihr tausendmal dankte, daß sie ihn und seine Diener so liebreich aus der Verzauberung erlöst hatte.

Die junge Fürstin behielt aber immer ihren schönen Nußzweig angesteckt; er hatte die Eigenschaft, nie zu verwelken. Sie trug ihn so gern, weil er der Schlüssel ihres großen Glückes geworden war. Bald wurden auch ihre Eltern und Geschwister von ihrem freundlichen Geschick benachrichtigt, und sie wurden für immer zu einem herrlichen Leben von dem Bärenfürsten auf das Schloß genommen.

DER ZAUBERER WETTKAMPF

Einstmals zog ein junger Buchbindergeselle in die Fremde und wanderte so lange, bis kein Kreuzerlein mehr in seiner Tasche klimperte. Da mußte er sich Arbeit suchen. Er wurde auch bald von einem Meister angenommen und traf es sehr gut. Sein Meister sprach zu ihm: „Geselle, du wirst es gut bei mir haben, denn die Arbeit ist ganz gering. Du staubst nur die Bücher hier alle Tage säuberlich ab und stellst sie in derselben Ordnung wieder auf. Aber dieses eine Büchlein, das hier für sich allein steht, darfst du nicht anrühren, auch nicht hineinsehen, — sonst ergeht es dir schlimm! Merk' dir das, Bursche. Dagegen kannst du in den andern Büchern lesen, soviel du nur magst."

Der Geselle beherzigte die Worte seines Meisters und hatte zwei Jahre lang die besten Tage. Er säuberte täglich nur die Bücher, las in manchem und hatte dabei die vortrefflichste Kost — jenes verbotene Büchlein aber ließ er gänzlich unangerührt. Dadurch erwarb er sich das volle Vertrauen seines Herrn, so daß dieser oft tagelang vom Hause entfernt blieb.

Einmal, als der Meister wieder verreist war, regte sich doch in dem Gesellen eine mächtige Begierde, endlich zu wissen, was in dem Büchlein stehe, das immer ganz heilig an seinem bestimmten Orte lag — denn alle andern Bücher hatte er bereits durchgelesen. Wohl sträubte sich sein Gewissen, aber die Neugierde war mächtiger. Er nahm das Büchlein, schlug es auf und begann darin zu lesen. In diesem Büchlein standen die größten, kostbarsten Geheimnisse und die stärksten Zauberformeln. Dem staunenden und höchst verwunderten Gesellen wurde nach und nach alles so sonnenklar, daß er schon anfing, Versuche im Zaubern zu machen. Alles gelang. Auch lehrte das Büchlein, jede menschliche Gestalt in eine andere zu verwandeln. Nun probierte er mehr und mehr, und zuletzt verzauberte er sich in eine Schwalbe. Dann nahm er das Büchlein unter seine Flügel und flog im schnellsten Fluge seiner Heimat zu. Sein Vater war nicht wenig erstaunt, als eine Schwalbe in sein Fenster hineinflog, sich verwandelte und plötzlich aus ihr sein Sohn wurde, den er zwei Jahre lang nicht mehr gesehen hatte. Der Bursche drückte den Alten herzlich an seine Brust und sprach: „Vater, nun können wir für immer glücklich sein. Ich bringe ein Zauberbüchlein mit, durch das wir die reichsten Leute werden."

Das gefiel dem Alten wohl, denn er lebte sehr dürftig. Bald darauf verwandelte sich der junge Zauberer in einen sehr großen, fetten Ochsen und sprach zu seinem Vater: „Nun führe mich zum Markt und verkaufe mich und fordere viel, recht viel Geld; man wird mich teuer bezahlen, aber vergiß ja nicht das kleine Stricklein um meinen linken Hinterfuß abzulösen und wieder mit heim zu nehmen, sonst bin ich verloren."

Der Vater machte alles so, wie der Sohn es wünschte. Er machte sich mit dem Ochsen auf den Weg. Als er nun mit ihm auf dem Markt erschien, versammelte sich gleich ein

Haufen Volks um ihn; alles bewunderte den Ochsen, und viele Käufer schlugen sich darum, ihn zu kaufen. Der Käufer aber, der das meiste Geld bezahlte und den Ochsen von dannen führte, hatte am anderen Morgen statt des herrlichen Ochsen ein Bündlein Stroh in seinem Stalle liegen. Und der Buchbindergeselle, der war wohlgemut wieder daheim bei seinem Vater und lebte mit ihm herrlich und in Freuden von dem Gelde.

Bald darauf verzauberte sich der Bursche in einen prächtigen Rappen, ließ sich von seinem Vater auf den Roßmarkt führen und verkaufen. Da lief wieder das Volk zusammen, um das wunderschöne glänzendschwarze Roß zu sehen.

Jener Meister Buchbinder aber hatte nach seiner Rückkehr gleich gesehen, was hier geschehen war, und weil er eigentlich ein mächtiger Zauberer war, wußte er auch sofort, wieviel es geschlagen hatte, und verfolgte den Entflohenen. Er kam auf den Roßmarkt, und weil er alle Stücklein seines Zauberbuches kannte, merkte er sofort, was der Handel mit dem schwarzen Pferd bedeutete, und dachte: „Halt, jetzt will ich dich fangen." Deshalb suchte er um jeden Preis das Pferd zu kaufen. Das gelang ihm auch ohne große Mühe, denn er nahm es, ohne zu handeln, um den ersten Kaufpreis. Der Vater kannte den Käufer nicht, aber das Pferd fing an heftig zu zittern und zu schwitzen und gebärdete sich äußerst scheu und ängstlich. Aber der Vater konnte ja die gefährliche Lage seines Sohnes nicht ahnen und wollte wieder das Stricklein ablösen. Doch der Käufer ließ das durchaus nicht zu, weil er wußte, daß es dann um seinen Fang geschehen wäre. So mußte der Vater ohne Stricklein abziehen. Er dachte in seinem Sinn: er wird sich schon selbst helfen; wenn er so viel kann, um sich in Tiere zu verwandeln, dann kann er sich gewiß auch durch seine Zauberkunst dort in dem Stall wieder losmachen und heimkommen.

In jenem Pferdestall war ein großes Gedränge, denn alle Menschen, groß und klein, alt und jung — wollten das ausgezeichnete, schöne Roß sehen. Ein kecker Knabe wagte es sogar, das Pferd zu streicheln und liebkosend zu klopfen. Das ließ es sich gerne gefallen, und als der Knabe sich immer vertraulicher näherte und das Pferd am Kopf und am Hals streichelte, da flüsterte es dem Knaben ganz leise zu: „Liebster Junge, hast du ein Messerchen?" Der Knabe antwortete erstaunt: „O ja, ich habe sogar ein recht scharfes." Da sprach der Rappe wieder ganz leise: „Schneide das Stricklein an meinem linken Hinterfuß ab", und schnell schnitt es der Knabe entzwei. In diesem Augenblick fiel das schöne Roß vor aller Augen zusammen und war ein Bündlein Stroh, daraus flog eine Schwalbe hervor und stieg empor in die Lüfte. Der Meister hatte das Roß nur einen Augenblick außer acht gelassen, jetzt war keine Zeit mehr zu verlieren. Er sagte einen Zauberspruch, durch den er sich in einen Geier verwandelte, und schoß der flüchtigen Schwalbe nach. Es fehlte nicht viel, und der Geier hätte die Schwalbe in seinen Klauen gehabt. Aber das Schwälblein merkte seinen Feind, blickte hernieder auf die Erde und sah da gerade unter sich ein schönes Schloß. Vor dem Schloß saß eine Prinzessin. Schnell verwandelte sich das Schwälblein in einen goldenen Fingerreif, der fiel hernieder und gerade der holden Prinzessin in den Schoß. Die wußte nicht, wie ihr geschah, und steckte das Ringlein an den Finger. Aber die scharfen Augen des Geiers hatten alles gesehen, und rasch verwandelte sich der Zaubermeister aus dem Geier in einen schmucken Junker, trat vor die Prinzessin hin und bat sie höflichst und untertänigst, ihm dieses Ringlein, mit welchem er soeben ein Kunststück gemacht habe, wieder zurückzugeben. Die schöne Prinzessin lächelte errötend, zog das Ringlein vom Finger und wollte es dem Junker überreichen, — doch siehe, da entfiel es ihr und rollte als ein winziges Hirsekörnlein in eine Steinritze. In demselben Augenblick verwandelte sich der Junker und wurde ein stolzer Gockelhahn, der mit seinem Schnabel emsig in der Steinritze nach dem Hirsekörnlein pickte. Doch aus dem Hirsekörnlein wurde augenblicklich ein Fuchs, und der biß dem Gockel den Kopf ab. Damit war der Zaubermeister besiegt. Jetzt aber nahm der junge Geselle wieder seine eigene Gestalt an, sank der Prinzessin zu Füßen und pries sie dankend, daß sie ihn an ihrem Finger getragen und sich dadurch mit ihm bereits verlobt habe. Die Prinzessin schenkte ihm ihr Herz und ihre Hand, doch unter der Bedingung, daß er in Zukunft aller Verwandlungskünste entsage und ihr unwandelbar treu bleibe. Das gelobte der Jüngling und opferte sein Zauberbüchlein den Flammen, — und daran tat er nicht gut, denn er hätte es ja dir oder mir schenken können.

DIE TÜCKEBOLDE

Ganz Holland und Belgien ist voller Spukgeister, Kobolde und Tückebolde. Die stillen Flächen, die weiten Ebenen, die tiefen Gewässer, das flüsternde Röhricht, das murmelnde Wellenrauschen; aus allen brechen und sprechen die Stimmen der Natur geheimnisvoll, und des Volkes eigener Sinn gibt sich dem geisterhaften Geheimnis gern gefangen.

Solch ein Tückebold treibt mannigfaltigen Spuk, guten und schlimmen, recht nach Koboldnatur. Er macht sich groß, macht sich klein, macht sich sichtbar, macht sich unsichtbar, verwandelt sich in Tiere, wirft Trunkenbolde zur Abkühlung ihrer Saufhitze in kaltes Wasser, äfft als Esel die menschlichen Esel, hängt sich den Bezechten auf den Rücken, daß sie ihn huckepack tragen müssen, so daß sie, wenn sie es schon satt haben, es noch satter kriegen, und dabei lacht er auch so herzlich, so laut und so wunderschön, wie nur immer ein Esel lachen kann.

Ein solcher Tückebold, der in der Gegend von Brüssel umging, war der Lodder.

Einmal hatten Schnitter abends ihre Kleider abgelegt und ruhten. Da hörten sie von ferne ein Gerassel wie von Ketten; das näherte sich bis an den Ort, wo ihre Kleider lagen; die aber lagen ganz ruhig da. Als der Abend hereinbrach zogen die Schnitter ihre Kleider an und wollten heimgehen: da rasselte es und prasselte es ganz in ihrer Nähe, und plötzlich schrie einer der Schnitter:

„Lodder! Lodder! Schlagt zu! Schlagt zu! Ich sitze drauf.“

Und da ritt er schreiend fort, aber keiner sah, worauf er ritt, und alle lachten! Denn der Geist Lodder war unsichtbar. Er rannte mit der erfaßten Last des Schnitters fort und warf ihn bei einem Weiher in das

Gras. Der Lodder sprang ins Wasser, daß es klatschte, und der Schnitter mußte froh sein, daß er nicht in das Wasser geworfen wurde.

Als ein Zechgeselle eines Abends ziemlich spät nach Hause kam, hörte er an der Erde etwas ticken und tacken. Neugierig lauschend bog er sich nieder: ticketack, ticketack ging es fort und fort. Er bückte sich und fand unter einem Stein eine tickende Uhr. Er nahm sie und steckte sie ein. In seiner Kammer zog er sie hervor, um sie im Mondschein zu betrachten; da zeigte ihr Zeiger auf zwölf, und auf der Kirchenuhr schlug es auch gerade zwölf. Die Uhr ging also genau, aber sie wurde plötzlich kalt, eiskalt und feucht und so schwer! Und als der Geselle recht hinsah, da hielt er eine dick aufgeschwollene Kröte in der Hand! Schaudernd warf er das Ungetüm zur Erde, und in demselben Augenblick hatte er einen großen Hund bei sich in der Kammer, der hatte ein Paar Augen wie zwei Schiffslaternen, und der Geselle fiel vor Schreck auf sein Bett. Der Hund aber sprang zum Fenster hinaus und schlug ein Höllengelächter an.

So hat der Tückebold Lodder gar viele geäfft und mit seinem nächtlichen Erscheinen, seiner Stimme und seinem Gelächter manche zu Tode erschreckt.

DAS KÄTZCHEN UND DIE STRICKNADELN

Es ging eine arme Frau in den Wald, um Holz zu lesen. Als sie mit ihrer Bürde auf dem Rückwege war, sah sie hinter einem Zaun ein krankes Kätzchen liegen, das kläglich schrie. Die arme Frau tat es in ihre Schürze und nahm es mit nach Hause. Auf dem Wege kamen ihre beiden Kinder ihr entgegen; als sie sahen, daß die Mutter etwas trug, fragten sie: „Mutter, was trägst du da?“ Sie wollten gleich das Kätzchen haben, aber die Frau gab es den Kindern nicht aus Sorge, sie möchten es quälen. Sie legte es zuhause auf alte weiche Kleider und gab ihm Milch zu trinken. Als das Kätzchen sich gelabt hatte und wieder gesund war, war es mit einem Male fort und verschwunden. Nach einiger Zeit ging die arme Frau wieder in den Wald, und als sie mit ihrer Bürde Holz auf dem Rückwege an die Stelle kam, wo das kranke Kätzchen gelegen hatte, da stand eine ganz vornehme Dame dort, winkte die arme Frau zu sich und warf ihr fünf Stricknadeln in die Schürze. Die Frau wußte nicht recht, was sie denken sollte, und wunderte sich über diese absonderliche, geringe Gabe. Doch nahm sie die Stricknadeln und zeigte sie ihren Kindern und legte sie des Abends auf den Tisch. Aber als die Frau am andern Morgen ihr Lager verließ, siehe, da lag ein Paar neue, fertig gestrickte Strümpfe auf dem Tisch. Das wunderte die arme Frau über alle Maßen, und am nächsten Abend legte sie die Nadeln wieder auf den Tisch. Am Morgen darauf lagen neue Strümpfe da. Jetzt merkte sie, daß ihr zum Lohn ihres Mitleids mit dem kranken Kätzchen diese fleißigen Nadeln beschert worden waren und ließ sie nun jede Nacht stricken, bis sie und die Kinder Strümpfe genug hatten. Dann verkaufte sie auch Strümpfe und hatte genug zum Leben bis an ihr seliges Ende.

BECHSTEIN

DER ALTE ZAUBERER UND SEINE KINDER

Ein alter böser Zauberer hauste mit zwei Kindern, die er einmal geraubt hatte, einem Knaben und einem Mägdlein, ganz einsam in einer Höhle, Diese Kinder hatte er, Gott sei's geklagt, dem Bösen zugeschworen, und seine schlimme Kunst übte er aus seinem Zauberbuch, das er als einen Schatz verwahrte.

Wenn nun aber der alte Zauberer sich aus seiner Höhle entfernte und die Kinder allein zurückblieben, so las der Knabe in dem Zauberbuche. Er hatte den Ort erspäht, wo der Alte es verbarg und lernte daraus gar manchen Spruch und manche Formel der Schwarzkunst und konnte selbst bald ganz trefflich zaubern. Weil der Alte die Kinder nur selten aus der Höhle ließ und sie gefangen halten wollte bis zu dem Tage, wo sie dem Bösen zum Opfer fallen sollten, so sehnten sie sich um so mehr nach der Freiheit und berieten miteinander, wie sie heimlich entfliehen wollten. Eines Tages, als der Zauberer die Höhle sehr zeitig verlassen hatte, sprach der Knabe zur Schwester: „Jetzt ist es Zeit, Schwesterlein! Der böse Mann, der uns so hart gefangen hält, ist fort. Wir wollen uns jetzt aufmachen und fortgehen, soweit uns unsere Füße tragen!“ Dies taten die Kinder und wanderten den ganzen Tag.

Gegen Nachmittag war der Zauberer nach Hause zurückgekehrt und hatte sogleich die Kinder vermißt. Alsobald schlug er sein Zauberbuch auf und las darin, nach welcher Gegend die Kinder gegangen waren. Da machte er sich auf den Weg und folgte der Spur der Kinder voller Zorn und Grimm. Und wie es Abend war, da hatte er sie wirklich fast eingeholt. Die Kinder vernahmen schon seine zornig brüllende Stimme, und die Schwester war voller Angst und Entsetzen und rief: „Bruder, Bruder! Nun sind wir verloren, der böse Mann ist uns schon ganz nahe!“ Da wandte der Knabe seine Zauberkunst an, die er aus dem Buche gelernt hatte. Er sprach einen Spruch, und sogleich wurde seine Schwester zu einem Fisch, und er selbst wurde ein großer Teich, in welchem das Fischlein munter herumschwamm.

Als der Alte an den Teich kam, merkte er, daß er betrogen war und brummte ärgerlich: „Wartet nur, wartet nur, euch fange ich doch!“ Er lief spornstreichs nach seiner Höhle zurück, um Netze zu holen und den Fisch darin zu fangen. Wie er aber weg war, wurden aus Teich und Fisch wieder Bruder und Schwester. Die verbargen sich gut und schliefen aus, und am andern Morgen wanderten sie weiter und wanderten wieder einen Tag.

Als der böse Zauberer mit seinen Netzen an die Stelle kam, die er sich wohl gemerkt hatte, war kein Teich mehr zu sehen, sondern es lag eine grüne Wiese da, in der es wohl Frösche, aber keine Fische zu fangen gab. Da wurde er noch zorniger als zuvor, warf seine Netze hin und verfolgte weiter die Spur der Kinder, die ihm nicht entging, denn er trug eine Zaubergerte in der Hand, die ihm den richtigen Weg zeigte.

Als es Abend war, hatte er die wandernden Kinder beinahe wieder eingeholt. Sie hörten ihn schon schnauben und brüllen, und die Schwester rief wieder: „Bruder, lieber Bruder! Jetzt sind wir verloren, der böse Feind ist dicht hinter uns!"

Da sprach der Knabe wiederum einen Zauberspruch, und jetzt wurde aus ihm eine Kapelle am Weg und aus dem Mägdlein ein schönes Altarbild in der Kapelle.

Als nun der Zauberer an die Kapelle kam, merkte er wohl, daß er abermals geäfft war und lief fürchterlich brüllend um die Kapelle herum. Er durfte aber nicht hinein, weil das im Pakt des Zauberers mit dem Bösen stand, daß er niemals eine Kirche oder Kapelle betreten durfte.

„Darf ich dich auch nicht betreten, so will ich dich doch anzünden und zu Asche verbrennen!" schrie der Zauberer und rannte fort, sich aus seiner Höhle Feuer zu holen.

Während er nun fast die ganze Nacht hindurch rannte, wurden aus der Kapelle und dem schönen Altarbild wieder Bruder und Schwester. Sie verbargen sich und schliefen, und am dritten Morgen wanderten sie weiter und wanderten den ganzen Tag, während der Zauberer, der einen weiten Weg hatte, ihnen aufs Neue nachsetzte. Als er mit seinem Feuer dahin kam, wo die Kapelle gestanden, stieß er mit der Nase an einen großen Steinfelsen, die sich nicht anzünden und zu Asche verbrennen ließ, und dann rannte er mit wütenden Sprüngen auf die Spur der Kinder weiter fort.

Gegen Abend war er ihnen nun ganz nahe, und zum drittenmal zagte die Schwester und gab sich verloren. Aber der Knabe sprach wieder einen Zauberspruch, den er aus dem Buche gelernt. Da wurde er eine harte Tenne, auf der die Leute zu dreschen pflegen, und sein Schwesterlein wurde in ein Körnlein Gerste verwandelt, das wie verloren auf der Tenne lag.

Als der böse Zauberer herankam, sah er wohl, daß er zum drittenmale geäfft war. Er besann sich aber diesmal nicht lange, lief auch nicht erst wieder nach Hause, sondern sprach auch einen Spruch aus dem Zauberbuche. Da wurde er in einen schwarzen Hahn verwandelt, der schnell auf das Gerstenkorn zulief, um es aufzupicken. Aber der Knabe sprach noch einmal einen Zauberspruch. Da wurde er schnell ein Fuchs. Der packte den schwarzen Hahn, ehe er noch das Gerstenkörnlein aufgepickt hatte, und biß ihm den Kopf ab. Da hatte der Zauberer — wie dies Märlein — gleich ein Ende.

Bechstein

Die drei Hunde

Ein Schäfer hinterließ seinen beiden Kindern, einem Sohn und einer Tochter, nichts als drei Schafe und ein Häuschen und sprach auf seinem Totenbette: „Teilt euch geschwisterlich darein, daß nicht Zank und Streit zwischen euch entstehe." Als der Schäfer nun gestorben war, fragte der Bruder die Schwester, was sie lieber hätte, die Schafe oder das Häuschen? Und als sie das Häuschen wählte, sagte er: „So nehm' ich die Schafe und gehe in die weite Welt: dort hat schon mancher sein Glück gefunden, und ich bin ein Sonntagskind." Er ging mit seinem Erbteil fort. Das Glück wollte ihm jedoch lange nicht begegnen. Einst saß er recht verdrießlich an einem Kreuzweg, ungewiß, wohin er sich wenden sollte. Auf einmal sah er einen Mann neben sich, der hatte drei schwarze Hunde, von denen der eine immer größer war als der andere. „Ei, junger Geselle", sagte der Mann, „Ihr habt da drei schöne Schafe. Wißt Ihr was? Gebt mir die Schafe, ich will Euch meine Hunde dafür geben." Trotz seiner Traurigkeit mußte der Schäfer lachen. „Was soll ich mit Euren Hunden tun?" fragte er. „Meine Schafe ernähren sich selbst, die Hunde aber wollen gefüttert sein." — „Meine Hunde sind von absonderlicher Art", antwortete der Fremde; „sie ernähren Euch und werden Euer Glück machen. Der kleine da heißt: ‚Bring Speisen', der zweite ‚Zerreiß'n' und der große starke ‚Brich Stahl und Eisen'." Der Schäfer ließ sich endlich beschwatzen und gab seine Schafe her. Um seine Hunde zu prüfen, sprach er: „Bring Speisen!", und alsbald lief der eine Hund fort und kam mit einem großen Korb voll der herrlichsten Speisen zurück. Den Schäfer gereute nun der Tausch nicht; er ließ sich's wohl sein und zog lange im Lande umher.

Einst begegnete ihm ein Wagen, mit zwei Pferden bespannt und ganz mit schwarzen Decken bekleidet, und auch der Kutscher war schwarz angetan. In dem Wagen saß ein wunderschönes Mädchen in einem schwarzen Gewande, das weinte bitterlich. Die Pferde trabten traurig und langsam und ließen die Köpfe hängen. „Kutscher, was bedeutet das?" Der Kutscher wollte nicht antworten. Aber der Schäfer ließ nicht nach zu fragen, bis der Kutscher ihm erzählte, daß ein großer Drache in der Gegend hause, dem habe man eine Jungfrau als jährliche Abgabe versprechen müssen, die er mit Haut und Haar verschlinge; nur dann würde er nichts mehr im Lande verwüsten. Das Los entscheide allemal unter den vierzehnjährigen Jungfrauen, und diesmal habe es die Königstochter getroffen. Daher sei der König und das ganze Land in besonders tiefer Betrübnis, und doch müsse der Drache sein Opfer erhalten. Der Schäfer fühlte Mitleid mit dem schönen jungen Mädchen und folgte dem Wagen, der endlich an einem hohen Berge hielt. Die Jungfrau stieg aus und schritt langsam ihrem schrecklichen Schicksal entgegen. Der Kutscher sah, daß der fremde Mann ihr folgen wollte, und warnte ihn; der Schäfer ließ sich jedoch nicht zurückhalten.

Als sie die Hälfte des Berges erstiegen hatten, kam vom Gipfel herab ein schreckliches Untier mit einem Schuppenleib, Flügeln und ungeheueren Krallen an den Füßen. Aus seinem Rachen loderte ein glühender Feuerstrom, und schon wollte es sich auf seine Beute stürzen, da rief der Schäfer: „Zerreiß'n", und der zweite Hund stürzte sich auf den Drachen, biß sich in der Weiche des Ungeheuers fest und setzte ihm so zu, daß das Untier endlich niedersank und sein giftiges Leben aushauchte. Der Hund aber fraß ihn völlig auf, so daß nichts übrigblieb als ein paar Zähne; die steckte der Schäfer zu sich. Die Königstochter war ohnmächtig geworden vor Schreck und Freude. Der Schäfer erweckte sie wieder zum Leben, und nun sank sie ihrem Retter zu Füßen und bat ihn flehentlich, mit zu ihrem Vater zu kommen, der ihn reich belohnen werde. Der Jüngling antwortete, er wolle sich erst in der Welt umsehen, aber nach drei Jahren würde er wiederkommen. Und bei diesem Entschluß blieb er. Die Jungfrau setzte sich wieder in den Wagen, und der Schäfer ging in die weite Welt hinaus.

Der Kutscher aber war auf böse Gedanken gekommen. Als sie über eine Brücke fuhren, unter der ein großer Strom floß, hielt er still, wandte sich zur Königstochter und sprach: „Euer Retter ist fort und begehrt Euren Dank nicht. Es wäre schön von Euch, wenn Ihr einen armen Menschen glücklich machtet. Saget deshalb Eurem Vater, daß ich den Drachen umgebracht habe; wollt Ihr das aber nicht, so werfe ich Euch hier in den Strom, und niemand wird nach Euch fragen, denn alle denken ja, der Drache habe Euch verschlungen." Die Jungfrau wehklagte und flehte, aber vergeblich; sie mußte endlich schwören, den Kutscher für ihren Retter auszugeben und keiner Seele das Geheimnis zu verraten. So fuhren sie in die Stadt zurück, wo alles außer sich war vor Entzücken. Die schwarzen Fahnen wurden von den Türmen genommen und bunte darauf gesteckt. Der König umarmte mit Freudentränen seine Tochter und ihren vermeintlichen Retter. „Du hast nicht nur mein Kind, sondern das ganze Land von einer großen Plage errettet", sprach er. „Darum muß ich dich belohnen. Meine Tochter soll deine Gemahlin werden; da sie aber noch allzu jung ist, so soll die Hochzeit erst im nächsten Jahre sein." Der Kutscher dankte; er wurde prächtig gekleidet, zum Edelmanne gemacht und in allen feinen Sitten unterwiesen. Die Königstochter aber erschrak heftig und weinte bitterlich und wagte doch nicht, ihren Schwur zu brechen. Als das Jahr nun um war, konnte sie nichts anderes erreichen als die Frist noch eines weiteren Jahres. Auch dieses ging zu Ende, und sie warf sich ihrem Vater zu Füßen und bat um noch ein drittes Jahr, denn sie dachte an das Versprechen ihres wirklichen Erretters. Der König konnte ihrem Flehen nicht widerstehen und gewährte ihr die Bitte, jedoch mit dem Zusatz, daß dies die letzte Frist sei, die er ihr gestatte. Wie schnell verrann die Zeit! Und eines Tages war die Stunde der Trauung festgesetzt, auf den Türmen wehten bunte Fahnen, und das ganze Volk jubelte.

An demselben Tage aber kam ein Fremder mit drei Hunden in die Stadt. Der fragte nach der Ursache der allgemeinen Freude und erfuhr, daß die Königstochter eben mit dem Manne vermählt werde, der den schrecklichen Drachen erschlagen hatte. Der Fremde nannte diesen Mann einen Betrüger, der sich mit fremden Federn schmückte. Aber er wurde von der Wache ergriffen und in ein enges Gefängnis mit eisernen Türen geworfen. Als er nun so auf seinem Strohbündel lag und sein trauriges Geschick überdachte, glaubte er plötzlich, draußen das Winseln seiner Hunde zu hören; da dämmerte ein lichter Gedanke in ihm auf. „Brich Stahl und Eisen!" rief er so laut, als er konnte, und alsbald sah er die Tatzen seines größten Hundes an dem Gitterfenster, durch welches das Tageslicht spärlich in seine Zelle fiel. Das Gitter brach, der Hund sprang in die Zelle und zerbiß die Ketten, mit denen sein Herr gefesselt war. Darauf sprang er wieder hinaus, und sein Herr folgte ihm. Nun war er wieder frei, aber der Gedanke schmerzte ihn sehr, daß ein anderer seinen Lohn ernten sollte. Er rief seinen Hund an: „Bring Speisen!" Bald darauf kam der Hund mit einem Tuch voll köstlicher Speisen zurück; in das weiße Tuch war eine Königskrone gestickt.

Der König speiste gerade mit seinem ganzen Hofstaat an der Tafel, als der Hund erschien und der bräutlichen Jungfrau bittend die Hand leckte. Mit freudigem Schreck hatte sie den Hund erkannt und ihm selbst Wein und Braten gegeben und vertraute nun dem Vater das ganze Geheimnis an. Der König sandte dem Hunde einen Boten nach und ließ den Fremden holen und führte ihn an der Hand in den Saal. Der ehemalige Kutscher erblaßte bei seinem Anblick und bat kniend um Gnade. Die Königstochter erkannte in dem Fremdling ihren Retter, der sich auch durch die Drachenzähne, die er noch bei sich trug, ausweisen konnte. Der Kutscher wurde in einen tiefen Keller geworfen, und der Schäfer nahm seine Stelle an der Seite der Königstochter ein. Aber diesmal bat sie nicht um Aufschub der Trauung.

Das junge Ehepaar lebte schon eine geraume Zeit in wonnigem Glück, da dachte der ehemalige Schäfer an seine arme Schwester und hatte den Wunsch, sein Glück mit ihr zu teilen. Er sandte einen Wagen fort, um sie zu holen; es dauerte nicht lange, da lag sie an der Brust ihres Bruders. Jetzt begann einer der Hunde zu sprechen und sagte :„Unsere Zeit ist nun um; du bedarfst unserer Hilfe nicht mehr. Wir blieben nur deshalb so lange bei dir, um zu sehen, ob du auch im Glück deine Schwester nicht vergessen würdest.“ Darauf verwandelten sich die Hunde in drei Vögel und verschwanden in den Lüften.

BECHSTEIN

DER KLEINE DÄUMLING

Es war einmal ein armer Korbmacher, der hatte mit seiner Frau sieben Jungen, da war immer einer kleiner als der andere, und der jüngste war bei seiner Geburt nicht viel über Fingers Länge, daher nannte man ihn Däumling. Zwar ist er hernach noch etwas gewachsen, aber nicht sehr, und den Namen Däumling hat er behalten. Doch war es ein gar kluger und pfiffiger kleiner Knirps, der an Gewandtheit und Schlauheit seine Brüder alle in den Sack steckte.

Den Eltern ging es erst gar übel, denn Korbmachen und Strohflechten ist kein so nahrhafter Beruf wie Semmelbacken und Kälberschlachten, und als vollends eine teure Zeit kam, wurde dem Korbmacher und seiner Frau himmelangst, wie sie ihre sieben Würmer satt machen sollten, die alle mit äußerst gutem Appetit gesegnet waren. Da beratschlagten eines Abends, als die Kinder zu Bett waren, die beiden Eltern miteinander, was sie anfangen wollten, und beschlossen, die Kinder mit in den Wald zu nehmen, wo die Weiden wachsen, aus denen man Körbe flicht, und sie heimlich zu verlassen. Das alles hörte der Däumling an, der nicht schlief wie seine Brüder, und schrieb sich der Eltern übeln Ratschlag hinter die Ohren. Sann auch die ganze Nacht, wie er sich und seinen Brüdern helfen könne.

Frühmorgens lief der Däumling an den Bach, suchte die kleinen Taschen voll weißer Kiesel und ging wieder heim. Seinen Brüdern sagte er von dem, was er erhorcht hatte, kein Sterbenswörtchen. Nun machten sich die Eltern auf in den Wald, hießen die Kinder folgen, und der Däumling ließ ein Kieselsteinchen nach dem andern auf den Weg fallen. Das sah niemand, weil er als der jüngste, kleinste und schwächste stets hintennach trottete. Das wußten die Alten schon nicht anders.

Im Walde machten sich die Alten unvermerkt von den Kindern fort, und auf einmal waren sie weg. Als das die Kinder merkten, erhoben sie ein Zetergeschrei. Däumling aber lachte und sprach zu seinen Brüdern: „Heult und schreit nicht so jämmerlich! Wollen den Weg schon allein finden!" Und nun ging Däumling voran und nicht hinterdrein, richtete sich genau nach den weißen Kieselsteinchen und fand auch den Weg ohne alle Mühe.

Als die Eltern heimkamen, bescherte ihnen Gott Geld ins Haus; eine alte Schuld, auf die sie nicht mehr gehofft hatten, wurde von einem Nachbarn an sie abbezahlt, und nun wurden Eßwaren gekauft, daß sich der Tisch bog. Aber jetzt kam auch die Reue, daß die Kinder verstoßen worden waren, und die Frau begann erbärmlich zu jammern: „Ach du lieber Gott! Wenn wir doch die Kinder nicht im Wald gelassen hätten! Ach, jetzt könnten sie sich dicksatt essen, und so haben die Wölfe sie vielleicht schon im Magen! Ach, wären nur unsre lieben Kinder da!" — „Mutter, da sind wir ja!" sprach da der kleine Däumling, der gerade mit seinen Brüdern vor der Tür angelangt war und die Wehklage gehört hatte, öffnete die Tür, und herein trippelten die kleinen Korbmacher — eins, zwei, drei, vier, fünf, sechs, sieben. Ihren guten Appetit hatten sie wieder mitgebracht, und daß der Tisch so reichlich gedeckt war, war ihnen ein gefundenes Essen. Die Freude war groß, daß die Kinder wieder da waren, und es wurde herrlich gelebt.

Nicht lange währte es, so war in des Korbmachers Hütte Schmalhans wieder Küchenmeister, und es erwachte aufs neue der Vorsatz, die Kinder im Walde ihrem Schicksal zu überlassen. Da der Plan wieder als lautes Abendgespräch zwischen Vater und Mutter verhandelt wurde, so hörte auch der kleine Däumling wieder alles, und nahm sich's zu Herzen.

Am andern Morgen wollte Däumling aus dem Häuschen schlüpfen, Kieselsteine aufzulesen, aber o weh, es war verriegelt, und Däumling war viel zu klein, als daß er den Riegel hätte erreichen können. Da gedachte er sich anders zu helfen. Als es fort ging zum Walde, steckte Däumling Brot ein und streute davon Krümchen auf den Weg.

Alles begab sich wie das erstemal nur mit dem Unterschied, daß Däumling den Heimweg nicht fand, weil die Vögel alle Krümchen rein aufgefressen hatten. Nun war guter Rat teuer, und die Brüder machten ein Geheul in dem Walde zum Steinerbarmen. Dabei tappten sie durch den Wald, bis es ganz finster wurde, und fürchteten sich über die Maßen. Nur Däumling schrie nicht und fürchtete sich nicht. Unter dem schirmenden Laubdach eines Baumes auf weichem Moos schliefen die sieben Brüder, und als es Tag war, stieg Däumling auf einen Baum, um die Gegend zu erkunden. Erst sah er nichts als eitel Waldbäume, dann aber entdeckte er das Dach eines kleinen Häuschens, merkte sich die Richtung, rutschte vom Baume herab und ging seinen Brüdern tapfer voran. Nach manchem Kampf mit Dickicht, Dornen und Disteln sahen alle das Häuschen durch die Büsche blicken, schritten guten Mutes darauf los und klopften ganz bescheiden an die Tür. Da trat eine Frau heraus, und Däumling bat gar schön, sie doch einzulassen, sie hätten sich verirrt und wüßten nicht wohin? Die Frau sagte: „Ach, ihr armen Kinder!" und ließ den Däumling mit seinen Brüdern eintreten, sagte ihnen aber auch gleich, daß sie im Hause eines Menschenfressers wären, der besonders gern kleine Kinder fräße. Das war eine schöne Aussicht! Die Kinder zitterten wie Espenlaub, als sie das hörten, sie hätten lieber selbst zu essen gehabt als statt dessen gegessen zu werden. Doch die Frau war gut und mitleidig, verbarg die Kinder und gab ihnen auch etwas zu essen. Bald darauf hörte man Tritte, und es klopfte stark an die Tür; das war kein anderer als der heimkehrende Menschenfresser. Der setzte sich an den Tisch zur Mahlzeit, ließ Wein auftragen und schnüffelte, als wenn er etwas röche, dann rief er seiner Frau zu: „Ich wittere Menschenfleisch!" Die Frau wollte es ihm ausreden, aber er ging seinem Geruch nach und fand die Kinder. Die waren ganz starr vor Entsetzen. Schon wetzte er sein langes Messer, um die Kinder zu schlachten, und nur allmählich gab er den Bitten seiner Frau nach, sie noch ein wenig am Leben zu lassen und aufzufüttern, weil sie doch gar zu dürr seien, besonders der kleine Däumling. So ließ der böse Mann und Kinderfresser sich endlich beschwichtigen. Die Kinder wurden zu Bett gebracht und zwar in derselben Kammer, wo ebenfalls in einem großen Bette die sieben Töchter des Menschenfressers schliefen, die so alt waren wie die sieben Brüder. Sie waren von Angesicht sehr häßlich, jede hatte aber ein goldenes Krönlein auf dem Haupte. Das alles hatte der Däumling bemerkt, machte sich ganz still aus dem Bett, nahm seine und seiner Brüder Nachtmützen, setzte sie des Menschenfressers Töchtern auf und deren Krönlein sich und seinen Brüdern.

Der Menschenfresser trank viel Wein, und da kam ihn seine böse Lust wieder an, die Kinder zu morden. Er nahm sein Messer und schlich sich in die Schlafkammer, um ihnen die Hälse abzuschneiden. Es war aber stockdunkel in der Kammer, und der Menschenfresser tappte blind umher, bis er an ein Bett stieß. Er fühlte nach den Köpfen der darin Schlafenden. Da fühlte er die Krönchen und sprach: „Halt! Das sind deine Töchter. Bald hättest du betrunkenes Schaf einen Eselsstreich gemacht!"

Nun tappelte er nach dem andern Bett, fühlte da die Nachtmützen und schnitt seinen sieben Töchtern die Hälse ab, einer nach der andern. Dann legte er sich nieder und schlief seinen Rausch aus. Als der Däumling ihn schnarchen hörte, weckte er seine Brüder, schlich sich mit ihnen aus dem Hause und suchte das Weite. Aber wie sehr sie auch eilten, so wußten sie doch weder Weg noch Steg und liefen in der Irre herum voll Angst und Sorge nach wie vor.

Als der Morgen kam, erwachte der Menschenfresser und sprach zu seiner Frau: „Geh und richte die Krabben zu, die gestrigen!" Sie meinte, sie sollte die Kinder wecken und ging voll Angst hinauf in die Kammer. Welch ein Schreck für die Frau, als sie sah, was geschehen war; sie fiel gleich in Ohnmacht über diesen schrecklichen Anblick. Als sie nun dem Menschenfresser zu lange blieb, ging er selbst hinauf, und da sah er, was er angerichtet hatte. Seine Wut war nicht zu beschreiben. Er zog seine Siebenmeilenstiefel an, das waren Stiefel, wenn man damit sieben Schritte tat, so war man eine Meile gegangen. Nicht lange, so sahen die sieben Brüder ihn von weitem über Berg und Täler schreiten und waren sehr in Sorge, doch Däumling versteckte sich mit ihnen in die Höhlung eines großen Felsens. Als der Menschenfresser an diesen Felsen kam, setzte er sich darauf, um ein wenig zu ruhen, weil er müde geworden war, und bald schlief er ein und schnarchte, daß es war, als brause ein Sturmwind. Wie der Menschenfresser so schlief und schnarchte, schlich sich Däumling hervor wie ein Mäuschen aus seinem Loch und zog ihm die Meilenstiefel aus und zog sie selber an. Zum Glück hatten diese Stiefel die Eigenschaft, an jeden Fuß zu passen wie angemessen und angegossen. Nun nahm er an jede Hand einen seiner Brüder, die faßten wieder einander an den Händen, und so ging es, hast du nicht gesehen, mit Siebenmeilenstiefelschritten nach Hause. Da waren sie alle willkommen. Däumling empfahl seinen Eltern, ein sorglich Auge auf die Brüder zu haben, er wolle nun mit Hilfe der Stiefel schon selbst für sein Fortkommen sorgen. Er tat einen Schritt und war schon weit fort, noch einen, und er stand über eine halbe Stunde weg auf einem Berge, noch einen, und er war den Eltern und Brüdern aus den Augen.

Nach und nach hat der Däumling mit seinen Stiefeln sein Glück gemacht und viele große und weite Reisen, hat den verschiedensten Herren gedient, und wenn es ihm irgendwo nicht gefallen hat, ist er spornstreichs weitergegangen. Kein Verfolger zu Fuß noch zu Pferd konnte ihn einholen, und seine vielen Abenteuer, die er mit Hilfe seiner Siebenmeilenstiefel bestand, sind gar nicht zu beschreiben.

SCHWAN, KLEB AN

Es waren einmal drei Brüder, von denen hieß der älteste Jakob, der zweite Friedrich und der dritte und jüngste Gottfried. Der Jüngste mußte sich von seinen Brüdern allerlei Neckereien gefallen lassen, weil er schwächlich war und sich nicht wehren konnte. Dadurch wurde ihm das Leben sauer gemacht, und er sann Tag und Nacht darauf, wie er sich helfen könnte.

Als er einst im Walde Holz sammeln mußte und bitterlich weinte, trat ein altes Weiblein zu ihm, das fragte ihn nach seiner Not, und er vertraute ihr all seinen Kummer. „Ei, mein Junge“, sagte das Weiblein darauf, „ist die Welt nicht groß? Warum versuchst du nicht anderswo dein Glück?“ Das nahm sich Gottfried zu Herzen, er verließ eines Morgens früh das väterliche Haus und machte sich auf den Weg in die weite Welt, um sein Glück zu suchen. Aber der Abschied von seiner Heimat ging ihm doch nahe. Er setzte sich auf einen Hügel nieder, um noch einmal das heimatliche Dorf zu betrachten. Siehe, da stand das Weiblein hinter ihm, klopfte ihm auf die Schulter und sprach: „Das hast du einmal gut gemacht, mein Junge! Aber was willst du nun anfangen?“ Gottfried dachte jetzt erst, was er beginnen solle. Er hatte geglaubt, das Glück müsse ihm wie eine gebratene Taube in den Mund fliegen. Das Weiblein hatte seine Gedanken erraten; es lächelte und sprach: „Ich will dir sagen, was du anfangen sollst: Heute abend, wenn die Sonne versinkt, dann gehe an den großen Birnbaum, der dort am Kreuzweg steht. Darunter wird ein Mann liegen und schlafen. An den Baum aber wird ein großer, schöner Schwan angebunden sein; den Mann darfst du nicht aufwecken, den Schwan aber knüpfst du los und führst ihn mit dir fort. Die Leute werden in seine schönen Federn vernarrt sein, und du magst ihnen erlauben, eine davon herauszurupfen. Wenn aber der Schwan berührt wird, so wird er schreien, und wenn du dann sagst: Schwan, kleb an! so wird die Hand, die ihn anrührt, fest ankleben und nicht eher wieder loskommen, bis du sie mit diesem Stöcklein antippst, das ich dir jetzt zum Geschenk mache. Wenn du nun so einen richtigen Zug Menschenvögel gefangen hast, so führe sie nur immer geradeaus. Dann wirst du in eine große Stadt kommen. Dort wohnt eine Königstochter, die noch nie gelacht hat. Bringst du sie zum Lachen, so ist dein Glück gemacht; aber dann vergiß auch mich nicht, mein Junge!“

Das versprach ihr Gottfried gern. Mit Sonnenuntergang kam er wirklich an den bezeichneten Baum. Der Mann lag da und schlief. Ein großer, schöner Schwan war mit einem Band an den Baum gebunden. Gottfried knüpfte den Vogel beherzt los und führte ihn davon, ohne daß der Mann erwachte.

Nun traf es sich, daß Gottfried mit seinem Schwan an einer Baustätte vorüber kam, wo einige Männer mit aufgestreiften Beinkleidern Lehm kneteten. Sie bewunderten die schönen Federn des Vogels, und ein vorwitziger Junge, der über und über voller Lehm war, sagte laut: „Ach, wenn ich doch nur eine solche Feder hätte!“ Gottfried sprach freundlich: „Zieh dir eine aus!“ Der Junge griff nach dem Schweif des Vogels, so daß der Schwan schrie. „Schwan, kleb an!“ rief Gottfried — und der Junge konnte nicht wieder loskommen, er mochte anfangen, was er wollte. Die anderen lachten, je mehr der Junge schrie, bis vom nahen Bach eine Magd herzugelaufen kam, die dort mit hochaufgeschürztem Rock gewaschen hatte. Die fühlte Mitleid mit dem Jungen und reichte ihm die Hand, um ihn loszumachen. Der Schwan schrie. „Schwan, kleb an!“ rief Gottfried, — und die Magd war ebenfalls gefangen. Als Gottfried mit seiner Beute eine Strecke gegangen war, begegnete ihm ein Schornsteinfeger; der lachte über das sonderbare Gespann und fragte die Magd, was sie denn da treibe? „Ach, herzliebster Hans“, antwortete die Magd kläglich, „gib mir doch deine Hand und mach mich von dem verteufelten Jungen los.“ — „Wenn’s weiter nichts ist!“ lachte der Schornsteinfeger und gab der Magd die Hand. Der Vogel schrie. „Schwan, kleb an!“ rief Gottfried, und der schwarze Mann war ebenfalls behext. Sie kamen nun in ein Dorf, wo gerade Kirchweih war. Eine Seiltänzergesellschaft gab dort Vorstellungen, und der Bajazzo machte soeben seine Narrensprünge. Er riß Mund und Nase auf, als er das seltsame Kleeblatt sah, das an dem Schwanz des Schwanes festhing. „Bist du ein Narr geworden, Schwarzer?“ lachte er. „Da ist gar nichts zu lachen!“ antwortete der Schornsteinfeger. „Das Weibsbild hält mich so fest, daß meine Hand wie angenagelt ist. Mach mich los, Bajazzo! Ich tu’ dir einmal einen andern Liebesdienst!“ Der Bajazzo faßte die ausgestreckte Hand des Schornsteinfegers. Der Vogel schrie. „Schwan, kleb an!“ rief Gottfried, und der Bajazzo war der Vierte im Bunde. Nun stand in der vordersten Reihe der Zuschauer der stattliche, wohlbeleibte Amtmann des Dorfes. Er machte ein gar ernsthaftes Gesicht und ärgerte sich sehr über das Blendwerk, das scheinbar nicht mit rechten Dingen zugehen konnte. Sein Eifer ging so weit, daß er den Bajazzo an der freien Hand faßte und ihn losreißen wollte, um ihn dem Büttel zu übergeben. Da schrie der Vogel. „Schwan, kleb an!“ rief Gottfried, und der Amtmann teilte das Schicksal seiner Vorgänger. Die Frau Amtmännin, eine lange, dürre Spindel, entsetzte sich über das Mißgeschick ihres Eheherrn und riß mit Leibeskräften an seinem freien Arm. Der Vogel schrie. „Schwan, kleb an!“ rief Gottfried — und die arme Frau Amtmännin mußte trotz ihres Geschreies folgen. Danach hatte niemand mehr Lust, die Gesellschaft zu vergrößern.

Gottfried sah schon die Türme der Hauptstadt vor sich. Da kam ihm eine wunderschöne Kutsche entgegen, in der eine schöne junge, aber ernste Dame saß. Als sie den bunten Zug erblickte, brach sie in lautes Gelächter aus, und ihre Dienerschaft lachte mit. „Die Königstochter hat gelacht!“ rief alles vor Freude. Sie stieg aus, betrachtete sich die Sache noch genauer und lachte immer mehr bei den Kapriolen der Festgebannten. Der Wagen mußte umwenden und fuhr langsam neben Gottfried nach der Stadt zurück. Als der König vernahm, daß seine Tochter gelacht hatte, war er voll Entzücken und nahm Gottfried, seinen Schwan und dessen wunderliches Gefolge in Augenschein, wobei er selbst so lachen mußte, daß ihm die Tränen in den Augen standen.

„Du närrischer Gesell“, sprach er zu Gottfried, „weißt du, was ich dem versprochen habe, der meine Tochter zum Lachen bringt?“

„Nein“, erwiderte Gottfried.

„So will ich dir’s sagen“, antwortete der König. „Tausend Goldgulden oder ein schönes Gut. Wähle zwischen den beiden.“

Gottfried entschied sich für das Gut. Dann berührte er den Buben, die Magd, den Schornsteinfeger, den Bajazzo, den Amtmann und die Amtmännin mit seinem Stäbchen, und alle waren frei und liefen davon, als brenne die Hölle hinter ihnen her, was neues, unauslöschliches Gelächter verursachte.

Da versuchte die Königstochter, den schönen Schwan zu streicheln und sein Gefieder zu bewundern. Der Vogel schrie. „Schwan, kleb an!“ rief Gottfried, — und so gewann er die Königstochter als Braut. Er machte sie wieder los; der Schwan aber erhob sich in die Lüfte und verschwand am blauen Horizont. Gottfried erhielt nun ein Herzogtum zum Geschenk. Er erinnerte sich aber auch des alten Weibleins, dem er sein Glück verdankte, und berief es als Haushofmeisterin für sich und seine auserwählte Braut in sein stattliches Residenzschloß.

BECHSTEIN

DAS MÄRCHEN VOM MANN IM MOND

Vor uralten Zeiten ging einmal ein Mann am lieben Sonntagmorgen in den Wald, haute sich Holz ab eine großmächtige Menge, band es zum Bündel zusammen, steckte einen Stock hinein, hockte das Bündel auf und trug es nach Hause.

Da begegnete ihm unterwegs ein Mann in Sonntagskleidern, der wohl in die Kirche gehen wollte. Der blieb stehen, redete den Holzträger an und sagte: „Weißt du nicht, daß auf Erden Sonntag ist und daß an diesem Tage der liebe Gott ruhte, als er die Welt und alle Tiere und Menschen geschaffen hatte? Weißt du nicht, daß geschrieben steht im dritten Gebot: Du sollst den Feiertag heiligen?" Der Fragende aber war der liebe Gott selbst. Jener Holzhauer jedoch war ganz verstockt und antwortete: „Sonntag auf Erden, oder Montag im Himmel, was geht das mich an, und was geht es dich an?"

„So sollst du dein Reisigbündel tragen ewiglich!" sprach der liebe Gott. „Und weil der Sonntag auf Erden dir so unwert ist, so sollst du fürder ewigen Mondtag haben und im Mond stehen, ein Warnungsbild für die, welche den Sonntag mit Arbeit schänden!"

Von der Zeit an steht im Mond immer noch der Mann mit dem Holzbündel und wird wohl auch so stehen bleiben bis in alle Ewigkeit.

Die Probestücke des Meisterdiebes

Es wohnten in einem Dorfe ein Paar sehr arme alte Leute mutterseelenallein in einem armseligen Häuslein, das ganz weit draußen am Ende des Dorfes stand. Die beiden Alten waren brav und fleißig, doch sie hatten keine Kinder. Einen Sohn, einen einzigen, hatten sie gehabt, aber der war ein ungeratener Bube gewesen und heimlich auf und davon gegangen, hatte auch sein Lebtag nichts wieder von sich hören lassen, und so glaubten die Eltern, ihr Einziger sei lange tot und bei Gott gut aufgehoben.

Nun saßen einstmals an einem Feiertage die beiden Alten vor ihrer Haustür, da fuhr zum Dorfe herein ein stattlicher Wagen, den zogen sechs schöne Rosse, und darin saß ein einzelner Herr. Hintenauf stand ein Bedienter, dessen Hut und Rock von Gold und Silber nur so starrte. Der Wagen fuhr durch das ganze Dorf, und die Bäuerlein, die gerade aus der Kirche kamen, meinten, es fahre ein Herzog oder gar ein König vorbei, denn solche Pracht konnte der Edelmann, der droben im alten Schloß wohnte, nicht aufwenden. Da hielt der Wagen vor dem letzten Häuslein still, der Bediente sprang vom Bock und öffnete den Schlag. Sein Herr stieg aus und eilte auf die beiden Alten zu, die sich ganz bestürzt von ihrer Bank erhoben hatten. Er bot ihnen freundlich guten Tag und Handschlag und fragte, ob er nicht ein Gericht Kartoffelhütes (Klöße) mit ihnen essen könne? Darüber verwunderte sich am meisten das Mütterlein, aber der junge, hübsche und sehr vornehm gekleidete Herr sagte, daß ihm noch kein Koch diese Hütes habe recht machen können, er wolle sie einmal von Landleuten zubereitet essen wie in seiner Jugend. Da luden die Alten den edlen Junker, für den sie den Fremdling hielten, freundlich in ihre Hütte, und er ließ den Wagen mit Kutscher und Bedientem einstweilen in das Wirtshaus fahren. Das Mütterlein holte eilends Kartoffeln aus dem kleinen Keller des Häuschens herauf, schälte, rieb und preßte sie, tat die geballten Klöße, zu denen sie etwas Schmalz getan, ins heiße Wasser und segnete dieses Essen mit dem frommen Spruch: „Gott behüt' es“. Deshalb heißen die Klöße an vielen Orten Südthüringens auch „Hütes“. Während die Alte ihr Mahl bereitete, war ihr Mann mit dem Fremdling in das Hausgärtchen gegangen. Er hatte junge Bäumchen an Pfähle gebunden, und wo der Wind ein Stämmchen abgerissen hatte, da band er es wieder fest. Da hub der junge Fremde an zu fragen:

„Warum bindet Ihr dieses kleine Stämmchen dreimal an?“

„Ja!“ sprach der Alte, „es hat drei Krümmen, darum bind' ich's fest, daß es gerade wächst.“

„Das ist recht, Alter!“ sprach der Fremde, „aber dort habt Ihr ja einen alten krum-

men Knorz von Baum! Warum bindet Ihr den nicht auch an einen Pfahl, daß er gerade wird?"

„Hoho!" lachte da der Alte, „alte Bäume, wenn sie krumm sind, werden nicht wieder gerade. Wenn man sie gerade haben will, muß man sie jung ziehen."

„Habt Ihr auch Kinder?" fragte der Fremde weiter.

„O lieber Gott, Euer Gnaden!" antwortete der Mann, „gehabt hab' ich einen Jungen; war ein arger Taugenichts, hat wilde, böse Streiche gemacht und ist mir zuletzt davongelaufen und sein Lebtag nicht wiedergekommen. Wer weiß, wo er steckt und wo ihn der liebe Gott hingeführt hat oder der Böse."

„Warum habt Ihr denn Euren Sohn nicht beizeiten gerade gezogen wie Eure Bäumchen?" sprach betrübt und vorwurfsvoll der Fremde. „Wenn er nun ein ungeratener, krummer Knorz und Wildling geworden ist, so ist's Eure Schuld. Aber wenn er Euch nun wieder unter die Augen käme, würdet Ihr ihn wohl erkennen?"

„Weiß ich nicht, lieber Herr!" erwiderte der Bauer. „Doch er hatte ein Muttermal am Leibe, daran könnt' ich ihn allenfalls erkennen. Der kommt aber doch erst am Nimmermehrstag wieder heim."

Da zog der Fremde seinen Rock aus und zeigte dem Alten ein Muttermal; der schlug die Hände überm Kopf zusammen und schrie: „Herr Jes's! Du bist mein Sohn — aber nein — du bist so schrecklich vornehm. Bist du denn ein Graf geworden oder gar ein Herzog?"

„Das nicht, Vater", sprach der Sohn leise, „aber etwas anders, ein Spitzbub' bin ich geworden, weil Ihr mich nicht gerade gezogen habt; doch laßt's gut sein, ich hab' meine Kunst tüchtig studiert, bin nicht etwa so ein miserabler Pfuscher, wie's viele gibt."

Der alte Mann war ganz stumm vor Schreck und vor Freude, führte den Sohn an der Hand ins Haus und zur Mutter, die gerade die Klöße fertig hatte und auftrug, und sagte ihr alles. Da fiel das Mütterlein ihrem Sohn um den Hals, küßte ihn und weinte und sagte: „Dieb hin, Dieb her! Du bist doch mein lieber Sohn, den ich unterm Herzen getragen habe, und mir hüpft das Herz hoch in der Brust, daß ich dich in meinen alten Tagen wiedersehe! Ach, was wird dein Herr Pate sagen, droben auf dem Schloß der Edelmann!"

„Ja!" sprach der Vater, während alle drei nun miteinander tapfer in die Klöße einhieben. „Dein Herr Pate wird nichts von dir wissen wollen — unter diesen Umständen; er wird dich am Ende an dem Galgen zappeln lassen."

„Nun, besuchen will ich ihn doch, den Herrn Paten!" antwortete der Sohn, ließ seinen Wagen anspannen und fuhr aufs Schloß hinauf.

Der Edelmann war sehr erfreut, seinen Paten, den er als armes Kind aus Gnade zur Taufe gehoben, so stattlich wieder vor sich treten zu sehen. Als aber auf Befragen, was er denn in der Welt geworden sei, der junge Pate zur Antwort gab, er wäre ein ausgelernter Spitzbube geworden, freute er sich nicht im mindesten darüber. Vielmehr sann er nach, wie er mit guter Art einen so gefährlichen Menschen beizeiten loswerden möchte.

„Wohlan!" sprach er, „wir wollen sehen, ob du das Deinige ordentlich gelernt hast und ein so großer Dieb geworden bist, den man mit Ehren laufen lassen kann, oder nur so ein kleiner, den man an den ersten besten Galgen henkt. Das werde ich in meinem Gerichtsbann mit dir unfehlbar tun, wenn du nicht die drei Proben bestehst, die ich dir auferlegen werde!"

„Nur her damit, mein gestrenger Herr Pate! Ich fürchte mich vor gar keiner Arbeit."

Der Edelmann sann eine kleine Weile nach, dann sprach er: „Hör an! Dieses sind die drei Proben. Zum ersten: stiehl mir mein Leibpferd aus dem Stalle, den ich wohl bewachen lasse von Soldaten und Stalleuten, die jeden totschlagen, der Miene macht, in den Stall zu dringen. Zum andern: stiehl mir, wenn ich mit meiner Frau im Bette liege, das Bettuch unterm Leibe weg und meiner Frau den Trauring vom Finger, doch wisse, daß ich geladene Pistolen zur Hand habe. Zum dritten und letzten: stiehl mir Pfarrer und Schulmeister aus der Kirche und hänge beide lebend in einem Sack in meinen Schornstein. Tor und Türen im Schlosse sollen dir dazu offenstehen."

Der Meisterdieb bedankte sich freundlich bei seinem Herrn Paten, daß er ihm so leichte Stücklein aufgegeben, und ging seiner Wege, um in der nächsten Nacht gleich das erste Stück auszuführen. Der Edelmann traf alle Anstalten, sein Leibroß gut bewachen zu lassen. Sein erster Reitknecht mußte sich daraufsetzen, ein anderer Diener mußte den Zaum fassen, ein dritter den Schwanz, und vor die Türe befahl der Herr eine Soldatenwache.

Die wachten und wachten, froren und fluchten, denn es war kalt, und alle waren durstig; da zeigte sich ein altes, müdes Mütterlein, das trug ein Fäßlein auf einem Korbe, hüstelte schwer und keuchte zum Schloßhof hinein.

Das Fäßlein weckte in der Seele der Soldaten ganz besonders anziehende Gedanken, nämlich die, daß möglicherweise Branntwein darin sein könne und daß Branntwein ein Spezifikum gegen den Nachtfrost sei und gegen die bösen Nebel. Sie riefen daher das alte Mütterlein zum Feuer, daß sich's wärme, und forschten nach dem Inhalt des Fäßleins. Richtig geahnt! Branntwein war darin, und noch dazu veredelter — Doppelpomeranzen, Spanischbitter oder so eine Sorte. Auch war das Fäßlein nicht tückischerweise verpicht und verspundet, sondern es war ein Hähnlein daran, und die Frau hatte — das war das beste — den Branntwein zu verkaufen. Da kauften die Soldaten ein Becherlein ums andere, riefen's auch den Wächtern im Stalle zu, daß draußen im Hofe der Weizen blühe, und das alte Frauchen hatte alle Hände voll zu tun mit Einschenken, so daß ihr Fäßlein bald leer war.

Die alte Frau war aber kein anderer Mensch als der Erzdieb, der sich gut verkleidet und in den Schnaps einen barbarischen Schlaftrunk gemischt hatte. Es währte gar nicht lange, so fiel ein Soldat nach dem andern in Schlaf, und den Wächtern im Stalle fielen die Augen zu, und es war gut, daß der Dieb schon im Stalle bei dem Pferde stand, so konnte er den Reitknecht in seinen Armen auffangen, als der gerade vom Pferde fiel. Er setzte ihn sanft rittlings auf die Schranke und band ihn ein wenig, damit der gute Mensch nicht etwa auch da noch herunterfalle und Schaden leide. Dem Leibkutscher, der den Zaum hielt und in der Ecke schnarchte, gab der Dieb einen Strick in die Hand, und dem Stallknecht statt des Roßschweifes ein Strohseil. Dann nahm er eine Pferdedecke, schnitt sie in Stücke, wickelte sie um des Rosses Füße, schwang sich in den Sattel, und heidi, hast du nicht gesehen — zum Stall und zum offengebliebenen Schloßtor hinaus.

Als es heller Tag geworden, sah der Edelmann zum Fenster hinaus und sah einen stattlichen Reiter dahergaloppiert kommen auf einem nicht minder stattlichen Roß, das ihm sehr bekannt vorkam. Der Reiter hielt an und bot guten Morgen hinauf zum Schloßfenster. „Guten Morgen, Herr Pate! Euer Pferd ist Goldes wert!" „Ei, daß dich alle Teufel!" rief der Edelmann, als er sah, daß das Pferd sein Schecke war. „Du bist ein Oberdieb! Nu, nu — nur zu! Laß deine Kunst weiter sehen!" Der Edelmann nahm seine Reitpeitsche und ging nach dem Stalle voller Zorn. Als er die wunderlichen Gruppen der noch immer schlafenden Wächter sah, mußte er laut auflachen, und er dachte bei sich: „Wenn der Gauner heute Nacht kommt, mir das Bettuch zu stehlen, will ich ihm eine Kugel durch den Kopf schießen, denn solch einen gefährlichen Kerl möchte ich nicht in meiner Nähe wissen."

Da nun die Nacht herbeigekommen war, legte sich der Edelmann mit seiner Frau zu Bette, und neben sich legte er eine geladene Pistole und andere Wehr und Waffen, schlief auch nicht ein, sondern blieb wachsam, horchte und lauschte, ob sich nichts regte. Lange blieb alles still. Jetzt endlich — es war schon ziemlich dunkel — war es, als würde eine lange Leiter angelehnt, und bald darauf wurde draußen am Fenster die Gestalt eines Menschen sichtbar, der hereinsteigen wollte. „Erschrick nicht, Frau!" rief leise der Edelmann, nahm die Pistole, zielte gut, drückte los und schoß dem Räuber mitten durch den Kopf. Der Dieb wankte, und gleich darauf hörte man unten einen schweren Fall. „Der steht nicht wieder auf", sprach der Edelmann, „doch möcht' ich Aufsehen vermeiden, ich will deshalb geschwind die Leiter hinuntersteigen, daß im Hause kein Lärm wird, und den Erschossenen beiseiteschaffen." Das war der Edelfrau recht, und ihr Mann tat, wie er gesagt. Bald darauf kam er wieder herauf und sprach leise zur Frau: „Der ist mausetot; ich will den armen Teufel aber doch, ehe ich ihn in die Grube werfe, in ein Leinlaken hüllen, und da er um deines Ringes willen sein Leben hat lassen müssen, so wollen wir ihm diesen Ring anstecken: gib mir den Ring und auch das Bettuch." Die Frau gab beides her, und jener stieg eilend wieder hinunter. Es war aber nicht der Edelmann, sondern der Meisterdieb, der vom ersten besten Galgen einen frisch Gehenkten abgeschnitten und ihn dann auf seine Schultern geladen hatte, als er die Leiter emporstieg. Als drinnen der Schuß fiel, ließ er den Leichnam hinunterstürzen, stieg eilend die Leiter herab und versteckte sich. Und als nun der Edelmann herunterkam und sich mit dem vermeintlich Erschossenen zu schaffen machte, wischte er rasch hinauf ins Zimmer der Frau, ahmte des Paten Stimme nach und forderte Ring und Bettuch.

Am andern Morgen sah der Edelmann wieder nach seiner Gewohnheit zum Fenster hinaus, da ging drunten ein Mann auf und ab, der hatte, wie es schien, Leinwand zu verkaufen; wenigstens trug er ein zusammengeschlagenes Bündel über der Schulter und ließ einen schönen Ring in der Morgensonne blitzen und funkeln. Der Mann rief hinauf: „Schönsten guten Morgen, Herr Pate! Ich wünsche Ihnen und der Frau Patin, recht wohl geruht zu haben!" — Der Edelmann war wie vom Donner gerührt, als er seinen Paten, den er die vorige Nacht mit eigner Hand erschossen und mit derselben Hand in eine Grube geworfen hatte, leibhaftig stehen sah, und fragte hastig seine Frau nach Ring und Tuch. „Nun, du hast mir's ja heute Nacht abverlangt!" erwiderte die Dame. „Der Satan! Aber nicht ich!" tobte der Edelmann — doch gab er sich bald wieder zufrieden, denn er bedachte, daß der kühne Dieb noch mehr hätte nehmen können. Er machte dem Paten eine Faust zum Fenster hinaus und rief: „Erzgauner! Das dritte! Das dritte bringt dich sicherlich an den Galgen!"

In der Nacht darauf begab sich etwas sehr Seltsames auf dem Gottesacker. Der Schulmeister wurde es zuerst gewahr und meldete es dem Herrn Pfarrer. Über den Gräbern wandelten kleine brennende Lichtlein in unsteter Bewegung umher. „Das sind die armen Seelen, Schulmeister!" flüsterte der Pfarrer mit Grausen. Plötzlich erschien eine große schwarze Gestalt auf den Stufen der Kirchtür, die rief mit hohlem Tone:

Kommt all' zu mir, kommt all' zu mir,
Der Jüngste Tag ist vor der Tür!
O Menschenkinder, betet still!
Die Toten sammeln schon ihr Gebein!
Wer mit mir in den Himmel will,
Der kreuch in diesen Sack hinein!

„Wollen wir?" fragte der Schulmeister den Pfarrer mit Zähneklappern. „Zeit wär's — vorm Torschluß. Der heilige Apostel Petrus ruft uns, das ist keine Frage. Aber Reisegeld?" — „Ich habe mir zwanzig Kronen erspart", wisperte das Schulmeisterlein. „Ich habe mir hundert gute Dukaten für den Notfall zurückgelegt!" sprach der Pfarrer.

„Holen wir's und nehmen's mit!" riefen beide und holten das Geld.

Dann näherten sie sich der schwarzen Gestalt mit Furcht und Zittern. Das war der Meisterdieb: er hatte Krebse gekauft und ihnen brennende Wadislichterlein auf den Rücken geklebt, — das waren die armen Seelen — hatte einen Mönchsbart und eine Mönchskutte und einen Hopfensack, in den er die beiden Schwarzröcke aufnahm, nachdem er ihnen ihr Erspartes abgenommen hatte. Jetzt schnürte er den Sack zu und schleifte ihn hinter sich her durch das Dorf und durch einen Tümpel, wobei er rief: „Jetzt geht's durch das Rote Meer!" dann durch den Bach; „Jetzt geht's durch den Bach Kidron", dann durch den Schloßflur, allwo es kühl war: „Jetzt geht's durch das Tal Josaphat", dann zur Treppe hinauf: „Dieses ist schon die Himmelsleiter".

Endlich hängte er den Sack im Schornstein auf an einen Haken, an dem man die Schinken räuchert, machte darunter ein Strohfeuer an, welches ziemlichen Qualm entwickelte, und rief mit schrecklicher Stimme: „Dieses ist das Fegefeuer! es dauert etwelche Jahre!" und machte sich fort. Da schrien Pfarrer und Schulmeister Zeter und Mordio, daß das ganze Hausgesinde zusammenlief. Der Meisterdieb aber trat kecklich zum Edelmann:

„Herr Pate, meine dritte Probe ist auch gelöst. Pfarrer und Schulmeister hängen im Schornstein, und so es Euch gefällig ist, könnt Ihr sie selber zappeln sehen und schreien hören!"

„O du Erzschalk und Erzgauner, du Erzbösewicht und Meisterdieb aller Meisterdiebe!" rief der Edelmann und gab gleich Befehl, die beiden aus dem Fegefeuer zu erlösen. „Du hast gewonnen! Hier hast du ein Goldstück. Geh und komm mir nicht mehr vor Augen und laß dich für dein Geld henken, wo es dir gefällig ist."

„Danke allerschönstens, gestrenger Herr Pate, das will ich tun!" antwortete der Spitzbub, „aber wollt Ihr nicht die Pfänder auslösen, die ich redlich erworben habe? Euer Leibroß mit zweihundert Kronen, Eurer Gemahlin Trauring und das Tuch mit hundert Kronen, des Pfarrers und Schulmeisters Geld mit hundertundzwanzig Kronen! Wo nicht, so fahr' ich damit von dannen." Den Edelmann rührte fast der Schlag; er wurde rot vor Zorn und bemeisterte sich nur mühsam, schließlich sprach er:

„Lieber Pate, das war ja alles nur ein Spaß, du wirst doch das Pferd, den Ring und das Tuch nicht etwa behalten wollen; ich schenke dir ja das Leben."

„Nun, so will ich gehen und Euch die Sachen alle herbringen!" sprach der Meisterdieb, tat aber nicht so, sondern ging und ließ seinen Wagen anspannen, seinen alten Vater und seine Mutter hineinsetzen, setzte sich selbst auf des Edelmanns Roß, steckte alsdann den prächtigen Ring an den Finger und schickte dem Edelmann nur das Bettuch mit einem Brieflein, darin stand:

„Gebt dem Pfarrer und dem Schulmeister ihr Geld zurück, sonst stiehlt Euch Eure Frau Dero untertäniger Pate und Meisterdieb."

DES KÖNIGS MÜNSTER

Es war einmal ein König, der erbaute ein prachtvolles Münster zur Ehre und zum Lobe Gottes. Und nach des Königs ausdrücklichem Gebot durfte niemand zu diesem Bau einen Heller beisteuern, sondern er wollte es ganz aus dem eigenen Schatz erbauen. Und so geschah es auch. Das Münster ward vollendet, schön und würdig, mit aller Pracht und aller Zier. Und der König ließ eine große marmorne Tafel zurichten, in die er mit goldenen Buchstaben eine Schrift graben ließ, daß er, der König, allein den Dom erbaut und niemand dazu beigesteuert habe. Aber als die Tafel einen Tag und eine Nacht lang stand, war in der Nacht die Schrift verändert, und statt des Königs Namen stand ein anderer Name darauf, und zwar der Name einer armen Frau, so daß es nun so lautete, als habe sie das ganze prächtige Münster erbaut. Das verdroß den König mächtig; er ließ den Namen austilgen und seinen wieder einschreiben. Aber über Nacht stand wieder der Name jener armen Frau auf der Tafel, und jedermann las, daß sie des Münsters Stifterin sei. Und zum dritten Male wurde des Königs Name auf die Tafel geschrieben, — und zum drittenmal verschwand er, und der andere kam zum Vorschein. Da merkte der König, daß hier Gottes Finger schreibe. Er demütigte sich und ließ nach der Frau forschen und sie vor seinen Thron bringen. Voll Angst und erschrocken trat sie vor den König; der sprach zu ihr: „Frau, es begeben sich wunderliche Dinge, sage mir bei Gott und deinem Leben die Wahrheit! Hast du mein Gebot nicht vernommen, daß niemand zu dem Münster geben solle? Oder hast du doch dazu gegeben?“

Da fiel das Weib dem Könige zu Füßen und sprach: „Gnade, mein Herr und König! Ich will alles bekennen! Ich bin ein ganz armes Weib; ich muß mich kümmerlich mit Spinnen ernähren. Ich hatte aber doch ein Hellerlein erübrigt, und das mocht ich gar zu gerne darbringen zu deinem Tempelbau und Gott zu Ehren. Aber ich fürchtete, o Herr, dein strenges Verbot, und da kaufte ich um das Hellerlein ein Bündelein Heu. Das streute ich auf die Straße den Ochsen hin, welche die Steine zu deinem Münster zogen, und sie fraßen es. Ich tat es, ohne dein Gebot zu verletzen.“

Diese Worte bewegten den König sehr, und er sah, wie Gott der Herr den reinen Sinn dieser Frau gewürdigt und ihn als höheres Opfer angenommen hatte als seinen reichen Schatz. Und der König beschenkte die arme Frau reichlich und nahm sich die Strafe seiner Eitelkeit wohl zu Herzen.

BECHSTEIN

STAR UND BADEWÄNNLEIN

Vor einem Wirtshaus im Walde hielt ein junger, stattlicher Reitersmann, da trat eine feine Maid aus der Tür, grüßte ihn züchtig und fragte, was er begehre. Er bat um einen Becher Wein, den brachte ihm die Jungfrau. Der Reitersmann trank aber nicht eher, bis die Maid mit ihren roten Lippen von dem Weine genippt hatte. Während er nun trank, trat die Wirtin aus der Tür, ein häßliches Weib von brauner Gesichtsfarbe und widrigem Aussehen. Die fragte der Reitersmann: „Holla, Frau Wirtin! Ihr habt fürwahr ein feines Töchterlein!" — „Nein, Herr!" antwortete die Wirtin, „diese Dirne da ist nicht meine Tochter, sie ist nur meine angenommene Magd, hat nicht Eltern und Heimat mehr. Habe sie angenommen aus Barmherzigkeit."

Der Reitersmann fühlte Liebe zu der schönen Maid, stieg ab vom Roß, begehrte ein Nachtquartier, und daß ihm die Magd ein Fußbad rüste, weil er gern mehr mit ihr reden wollte. Die Wirtin gebot der Magd in den Garten zu gehen und Rosmarin, Thymian und Majoran für das Bad zu pflücken. Das tat sie gern und freudig, ging und brach die Kräuter, da flog ein Star auf und sang:

„O weh, du Braut! Du sollst dem Junker das Badewännlein rüsten, darin du hierhergetragen worden bist! Dein Vater ist vor Herzeleid gestorben, und deine Mutter hat sich schier um dich zu Tode gegrämt!

O weh, du Braut, du Findelkind!
Weißt nicht, wer dein Vater und Mutter sind!"

Da erschrak die fromme Maid und grämte sich, rüstete das Bad unter Tränen in dem kleinen Wännlein und trug's hinauf in die Stube, wo der junge Ritter ihrer harrte. Als der sie weinen sah, fragte er: „Warum weinest du, Schönste? Willst du nicht lieber mit mir fröhlich sein?"

„Wie kann ich mit Euch fröhlich sein?" fragte sie weinend zurück. „Ich weine über das, was mir der Star sang, als ich drunten im Garten die Kräuter pflückte für Euer Bad. Der Star sang: O weh, du Braut! Du sollst dem Junker das Badewännlein rüsten, darin du hergetragen bist. Dein Vater ist vor Herzeleid gestorben, und deine Mutter hat sich schier um dich zu Tode gegrämt!

O weh, du Braut, du Findelkind!
Weißt nicht, wer dein Vater und Mutter sind!"

Da betrachtete der Herr das Badewännlein und sah daran das Wappen des Königs am Rhein, verwunderte sich über alle Maßen und rief: „Das ist meines Vaters Wappenschild! Wie kommt dies Wännlein in dies schlechte Wirtshaus?"

Jetzt sah der junge Herr am Hals der Maid ein Muttermal und rief freudig aus: „Grüß dich Gott, du Schönste! Du bist meine liebe Schwester! Dein Vater war der König am Rhein! Christine heißt deine Mutter! Konrad heiße ich, dein Zwillingsbruder bin ich.

Darum empfand mein Herz auch gleich, als ich dich sah, solch ein heftiges Verlangen nach dir!“

Da fielen sie einander um den Hals und weinten beide, knieten nieder und dankten Gott und sprachen liebreich miteinander die ganze Nacht. Als nun der Morgen graute, rief die Wirtin vor der Tür mit lauter Stimme und voll Hohn: „Steh auf, steh auf, du junge Braut, und kehre mir die Stube aus!“ Da antwortete aber Herr Konrad: „Weder ist sie eine junge Braut, noch kehrt sie der Wirtin ihre Stube aus! Bringt uns nur selbst den Morgenwein!“ Als die Wirtin mit dem Morgenwein hereingetreten war, fragte sie Herr Konrad: „Von wem habt Ihr diese edle Jungfrau? Sie ist eines Königs Tochter und meine Schwester!“

Die Wirtin wurde weiß wie eine Wand und fiel zitternd auf ihre Knie. Sie brachte kein Wort hervor, aber der Star war schon wieder am Fenster und verriet der Wirtin böse Tat und sang: „In einem Lustgarten im grünen Gras saß ein zartes Kind in einem Badewännlein, und als die Wärterin nur einen Augenblick zur Seite gegangen war, da kam die böse Zigeunerin und trug das Kind samt dem Wännlein von dannen!“

Darüber wurde Herr Konrad so zornig, daß er das Schwert zückte und es der Wirtin durch die Ohren spießte, zu einem hinein, zum andern heraus. Dann küßte er züchtiglich seine allerschönste Schwester, führte sie aus dem Hause, hob sie auf den Sattel, und sie mußte das Badewännlein vor sich auf dem Schoß tragen. Auf ihre Schulter setzte sich der Star. So ritten sie vor das Königsschloß am Rhein, und als sie in das Tor einritten, kam ihnen die Mutter gerade entgegen gegangen. Die fragte verwundert: „Ach, mein liebster Sohn, was für eine Dirne bringst du da herein? Sie führt ja ein Badewännlein mit sich, als ob sie mit einem Kinde ginge!“

„Oh, meine liebste Mutter!“ antwortete der junge Königssohn, „sie ist keine Dirne, sondern Eure Tochter Gertraud, die in diesem Wännlein geraubt wurde!“ Da stieg die Prinzessin aus dem Sattel, die Königin aber fiel vor Freuden in eine Ohnmacht, aus der sie in den Armen ihrer Kinder wieder erwachte. Der Star sang: „Heut sind es gerade achtzehn Jahre, seit die Königstochter geraubt und in dem Wännlein über den Rhein getragen worden ist!“ Das sang der Star, und auch noch diesen Vers, der da ging:

„Der Zigeunerin tun die Ohren so weh,
Sie wird keine Kinder stehlen mehr!“

Die Prinzessin aber ließ einen Goldschmied rufen, der mußte ein goldnes Gitterlein vor das Badewännlein schmieden, da hinein tat sie den Star und pflegte ihn bis an sein Ende.

BECHSTEIN

DER TEUFEL, EIN FÜRSPRECH

Durch die Mark zog ein Landsknecht, der blieb in einer Stadt krank liegen und gab seinen vollen Geldbeutel, den er mit sich führte, der Wirtin, ihn zu verwahren. Dieser gelüstete nach dem Gelde, und sie wurde eins mit ihrem Mann, es zu verleugnen.

Als nun der Landsknecht genesen war und weiterziehen wollte, forderte er sein Geld. Da schrie ihn das Weib an, was er sich denke, was er eigentlich wolle? Sie wisse nichts vom Gelde, habe keins von ihm empfangen und schalt ihn auf das ärgste. Er nun schalt das Weib wiederum eine untreue Diebin. Indem kam der Wirt hinzu, verteidigte sein Weib und warf den Landsknecht zur Tür hinaus; der Landsknecht zog vom Leder, haute in die Tür und stürmte das Haus. Schreit der Wirt: „Nachbarjo!" — es gab gleich einen ziemlichen Auflauf, der Landsknecht wurde gebunden und auf Nummero Sicher gebracht, darauf Gericht über ihn gehalten und er wegen Haus- und Stadtfriedensbruch zum Schwert „begnadigt".

Da kam zu dem Gefangenen der Teufel und sagte:

„Willst du dich mir ergeben, so errette ich dich, willst du nicht, so kostet dich der Handel den Hals."

Der Landsknecht war keiner von den übel verschrienen, sondern ehrlich und fromm, und da er sich schuldlos wußte, antwortete er, er wolle lieber zehnmal sterben als dem Teufel seine Befreiung danken. Da ihm nun der Teufel vergebens die Schmerzen des Todes, den er erleiden sollte, schilderte und jener immer gleich standhaft blieb, sagte der Teufel endlich:

„Und ich will dir dennoch helfen, ohne allen Beding und ohne Zusage und Lohn von deiner Seite, damit du siehst, daß der Teufel nicht so schwarz ist, wie ihr ihn malt, und auch uneigennützig sein kann. Verlange daher, wenn du vor das Gericht gefordert wirst, um dein Urteil zu vernehmen, einen Rechtsanwalt, einen Fürsprech, zum Verteidiger. Ich werde in einem blauen Hut in der Nähe stehen mitten unter den andern Advokaten."

Den Landsknecht dünkte solch höfliches Anerbieten des Teufels nicht gegen Gott zu sein. Er nahm es an, da doch einem jeden sein Hals lieb ist, erbat einen Fürsprech und deutete auf den Herrn mit dem blauen Hut. Der Teufel verneigte sich sittig gegen den Gerichtshof, bat um das Wort, erhielt es und hub an zu sprechen. Er trug den ganzen Handel noch einmal vom Anfang an vor, wie des frommen Landsknechts Vertrauen auf das schändlichste von der falschen Wirtin getäuscht worden sei, wie der Wirt nicht von ungefähr zu dem Hader gekommen, sondern mit seiner schlechten Frau im Einverständnis gewesen sei und schon im Hinterhalt gelegen habe. Wie ferner der Wirt — der mit seinem Weibe mit anwesend war — den Landsknecht zuerst mit tätlicher körperlicher Mißhandlung verletzt und aus dem Hause geworfen habe. Der Landsknecht aber habe niemand angegriffen, sondern mit seinem Schwert bloß einige unerhebliche Ritze in die Haustür gehauen, wozu ihn gerechter Zorn über die gegen ihn begangene Untreue hingerissen.

Nun erhob sich der Wirt und zürnte in ungeschlachter Rede gegen den Teufel: das seien alles Kniffe, Ränke und Rechtsverdrehungen; man kenne wohl das Sprichwort: Advokaten — Teufelsbraten (Murren auf der linken, Beifall auf der rechten Seite der Zuhörer). Ihn, den Wirt, aber solle gleich der Teufel bei lebendigem Leibe holen, wenn er oder sein Weib je von dem Landsknecht Geld empfangen oder auch nur bei ihm gesehen hätten, und ein weiser hoher Gerichtshof werde sich nicht in seinem nur allzu gerechten Urteile beirren lassen durch einen — hier würde der Teufel noch einen ganzen Sack voll Ehrentitel an den Hals geworfen bekommen haben, wenn der Oberrichter den Wirt nicht zur Ordnung gerufen hätte. Der Fürsprech des Landsknechts lächelte, er neigte sich nochmals vor dem Gericht und bat noch einmal ums Wort:

„Mein Klient", hub er an, „hat mir seinen Beutel nebst Inhalt beschrieben: er ist von Wildleder, durch langen Gebrauch unsauber, an der einen Schnur, womit er zugezogen wird, hängt ein Ringlein von Messing. In dem Beutel befinden sich fünfzig und fünf kurfürstlich brandenburgische Taler mit dem Bildnis Joachimi, sechs rheinische Goldgülden, zwanzig Schreckenberger, dreizehn sächsische Gröschlein, ferner eine spanische Doppelkrone mit dem Bildnis Königs Philippi, ein Doppeldukaten Herzog Richards von Bayern, Pfalzgrafen bei Rhein, und außerdem noch zwei Schaustücke, eines mit dem Bilde Kaiser Maximiliani, eines mit dem Caroli quinti, und endlich ein kupferner Schaupfennig, auf dem steht: Ehe man brech Treu und Glaub in Not, soll man willig gehn in Tod."

Alle Zuhörer erstaunten über des Fürsprechs treffliches Gedächtnis, am meisten der Landsknecht selbst, denn er hatte dem Teufel von dem Inhalt seines Beutels kein Wort gesagt, kannte so genau gar nicht die Münzen, und konnte die Schriften auf ihnen nicht lesen.

„Will nun ein hoher Gerichtshof", fuhr der Fürsprech weiter fort, „die Gnade haben und zwei sichere Boten in dieses unschuldigen Wirtes Haus senden, so dürfen diese nur im Hintergebäude hinter dem letzten Schornstein rechter Hand drei Ellen und eine Spanne hoch fühlen, da werden sie die Hände voll Ruß bekommen, und unter diesem Ruß wird der Beutel meines Klienten sich finden lassen."

Die Wirtin tat einen Schrei, und dem Wirt begannen die Knie zu schloddern, beide wurden kreideweiß und fielen auf ihre Knie nieder. Die Boten gingen, und der Teufel sprach:

„Mit Verlaub, ihr Herren! Machen wir einmal gegen eure Gewohnheit kurzen Prozeß! Dieser Schächer Geständnis lest ihr in ihren Armesündermienen — einen mußte ich haben, den Gast oder den Wirt — das Weib lass' ich euch, das ist mir zu gefährlich. Der Wirt hat sich mir verschworen, ihr alle seid Zeugen!"

Sprachs, packte den Wirt im Nacken, fuhr mit ihm zum Fenster hinaus und führte ihn über den Markt in den Lüften hinweg. Wohin, erfuhr niemand, jeder aber konnte sich's denken.

Die törichten Musikanten

Mehrere Musikanten aus Klein-Gölitz, die in Blankenburg beim Tanze aufgespielt hatten, gingen auf dem Nachhausewege am alten Schlosse vorüber. Der Mond beleuchtete die gelben Mauern, und durch die verödeten Fenster neigten sich grüne Büsche. Der eine sagte:

„Wie wäre es, Kameraden, wenn wir den alten Grafen, die da oben umwandeln, ein Ständchen brächten? Solche großen Herren nehmen das gar gut auf, zumal wenn sie so selten Musik hören wie da droben!“

Den andern war es recht, und sie spielten einen gemütlichen Dreher. Die heitern Weisen hallten lustig in die Nacht hinein, und ihr Klang brach sich sanft widerhallend an den alten Mauern. Oben aus den Fensterhöhlen schienen verwitterte Gesichter freundlich zu nicken.

Als die letzten Töne verklangen, trat ein graues Männchen — die Musikanten hatten es nicht kommen sehen — zu ihnen, schenkte jedem einen Buchenzweig und sagte:

„Bringt das euren Kleinen mit, die schnabulieren gern Bucheckern!”

Unterwegs warfen alle den Zweig lachend weg und sagten:

»Wenn der wunderliche Mann uns wenigstens ein Zuckerbrötchen mitgegeben hätte, denn Bucheckern essen unsre Kleinen dieses Jahr nicht, da wir Nüsse die Fülle haben, in denen steckt doch ein ordentlicher Kern.”

Nur der Baßspieler steckte das Zweiglein zum Andenken in seinen Baß. Des andern Morgens kamen seine Kinder fröhlich gehüpft und fragten:

„Vater, was habt Ihr uns denn für gelbe Nüßchen mitgebracht? Die taugen doch nicht zum Essen, die sind so hart, daß man sich die Zähne dran ausbeißen könnte?”

Als der Vater den Zweig betrachtete, da war er in reines Gold verwandelt, und so wurde er der reichste Mann im Dorfe.

Die andern Musikanten durchsuchten nun jedes Gräschen am Wege, um ihr Zweiglein wiederzufinden, aber es blieb nicht nur verloren, sondern sie sollen noch obendrein von unsichtbaren Händen unbarmherzige Nasenstüber bekommen haben.

DIE KÖNIGSKINDER

In einem Walde stand ein kleines, einsames Häuschen, darin wohnte eine alte Frau mit ihrer Tochter. Die Alte war über alle Maßen häßlich und böse und trieb allerlei geheimnisvolle Dinge. Sie schlich im Walde umher, drängte sich den Wanderern und Reisenden auf, sagte ihnen wahr, bettelte und bestahl sie dabel. Kinder, die sie im Walde traf, lockte sie in ihre Wohnung und schlachtete sie. Am Zeigefinger der rechten Hand trug sie einen goldenen Ring mit roten Flammensteinen. Dem verdankte sie, daß sie nie krank wurde und eine Kraft hatte wie der stärkste Mann, obwohl ihre Glieder dürr und abgezehrt waren. Er machte auch die Hand, an der sie ihn trug, unsichtbar, und mit ihr zog sie den Menschen, die sie ansprach, unbemerkt alles aus der Tasche. Und wenn die roten Flammenstrahlen der Ringsteine den Tieren in die Augen blinkten, da mußten sie starr in die Strahlen sehen und stillstehen, bis die Alte den Ring am Finger drehte. So schlich sie oft mit einem großen Topf im Walde herum, ließ die Ringsteine in die Augen der Hirschkühe blinken, daß sie stillstehen mußten, und molk sie dann.

Ihre Tochter, die schon ziemlich erwachsen war, war dagegen ein gutherziges Mädchen, das oft im stillen über die bösen Taten der Mutter weinte und den lieben Gott bat, ihr doch weit weg von hier zu helfen. Einmal abends saß die Alte daheim bei ihrer Tochter, und sie tranken Hirschkuhmilch, als es leise ans Fensterlein klopfte. Als sie hinaussah, standen zwei bildschöne und köstlich gekleidete Kinderchen draußen und weinten, und das größere, ein Knäblein, sprach: „Ach wir haben uns verirrt, und nun wird es Nacht. Alt Mütterchen, sei so gut und laß uns diese Nacht in deinem Häuschen schlafen. Morgen wollen wir versuchen, unsere Heimat wiederzufinden." Die Alte grinste vor teuflischer Freude, machte schnell die Haustür auf und ließ die Kinderchen ein. Aber sie ging gleich sehr böse mit ihnen um, zog ihnen ihre schönen Kleider aus und steckte sie nackend in einen finsteren Stall. Dann nahm sie einen alten Tiegel, goß Milch hinein, setzt ihn den Kindern hin und sprach: „Hier, trinkt die Milch, damit ihr bald fett werdet und ich euch schlachten kann. Ihr seid doch zu nichts nütze auf der Welt, ihr Bälge."

Da weinten die armen Kinder bitterlich. Sie konnten vor Kummer nichts essen. Doch überfiel sie bald der Schlaf, der sie ihrem Herzeleid entrückte. Aber als sie erwachten und ihre traurige Lage wieder gewahr wurden, fingen sie von neuem an zu weinen. Da hörten sie die Stalltür aufgehen, und sie fürchteten sich sehr und meinten, jetzt würden sie geholt und geschlachtet. Diesmal kam aber die Tochter, denn die Alte war schon hinaus in den Wald. Dem guten Mädchen taten die lieben Kinder herzlich leid, sie wollte ihnen gerne helfen, allein sie selbst mußte sich sehr vor der bösen Mutter fürchten. Sie fragte liebreich die Kinder: „Wie heißt ihr denn?" Da antwortete das Knäblein schluchzend: „Ich heiße Irmin, und mein Schwesterchen heißt Elmine. Wie heißt du denn?" Sie sagte: „Ich heiße Käte. Aber wer ist denn euer Vater! Wo seid ihr denn her?" — Das

Knäblein sprach: „Mein Vater trägt einen goldenen Mantel und eine Krone, und unsere Heimat ist so schön. Du solltest nur einmal zu uns kommen.“ Käte sprach: „Ich will versuchen, euch zu befreien, aber jetzt gleich kann es nicht geschehen. Seid nur ruhig und geduldig, ich lasse euch nicht schlachten. Trinkt die Milch, ich will euch auch Erdbeeren und Brot bringen. Seid ruhig, liebe Kinderchen. Und so lange ich noch keinen Plan zu eurer Rettung gefunden, so lange nehmt die zwei Hölzchen. Und wenn meine Mutter kommt und spricht: Haltet einmal eure Finger heraus, ich will sehen ob ihr fett seid, so haltet diese Hölzchen hin, damit sie euch für noch nicht fett genug hält und nicht schlachtet.“

Die Kinderchen fühlten sich getröstet von Kätes Worten, sie hörten auf zu weinen, aßen und tranken und freuten sich schon herzlich, daß sie nach Hause kommen sollten. Des Abends, wenn die Alte heim kam, ging sie immer erst zum Stall und rief den Kindern zu: „Steckt eure Finger heraus!“ Aber die Kinder hielten ihre Hölzchen hin, die Alte schnitt hinein mit einem scharfen Messer und sprach jedesmal: „Ihr seid noch dürre!“ Und ging wieder fort. Und am Morgen, wenn die Alte fort war, dann kam die gute Käte zu den Kindern, brachte ihnen Speise und tröstete sie.

Aber einmal, als die Alte abends zu den Kindern kam, hatten sie ihre Hölzchen verloren und mußten ihre zarten Fingerchen hinausreichen, und die Alte schnitt hinein, und schrie voll Freude: „Nun seid ihr fett, morgen schlachte ich euch!“ — O welches Herzeleid für die armen Kinder! Am Abend noch mußte Käte Wasser herbeitragen, in dem die Kinder nach dem Schlachten gebrüht werden sollten. Und Käte weinte heimlich und sann und sann, wie sie die armen Kinder doch noch befreien könnte. In der Nacht schlich sie ganz leise von ihrem Lager, spuckte darauf und sprach mit leiser Stimme:

Liebes, liebes Bette, sprich,
Wenn die Mutter ruft, für mich.

Dann spuckte sie auf ihre Lade, auf die Treppe und in die Küche und bat allemal so. Dann machte sie den Stall auf, ließ die Kinder heraus und entfloh mit ihnen.

Am Morgen rief die Alte: „Käte, steh auf und schür Feuer an.“ Und es antwortete: „Ich bin schon auf!“ Nach einer Weile, als Käte nicht kam, rief die Alte wieder: „Käte, kommst du noch nicht?“ Da antwortete es: „Ich sitze schon auf meiner Lade und ziehe die Strümpfe an!“ Aber es verging wieder eine Weile und Käte kam nicht, und die Alte rief: „Käte, wo bleibst du denn?“ Da tönte es: „Ich bin schon auf der Treppe!“

Die Alte schlief wieder ein, und als sie endlich abermals erwachte und draußen alles ganz ruhig war, schrie sie zornig: „Käte, faule Strunze, wo bleibst du denn?“ Da sprach es: „Ich bin ja in der Küche.“ Aber die Alte hörte nicht das geringste Geräusch. Da fuhr sie endlich vom Lager auf, und wollte Käte tüchtig ausschelten und durchprügeln. Aber siehe da, keine Käte war zu finden, und auch die Kinder waren fort. — Nun war die Alte außer sich und machte sich wütend auf den Weg, um ihre Tochter und die Kinder zu suchen und fürchterliche Rache zu nehmen.

Mit ihrem Zauberring hatte sie sogleich die Spur der Flüchtlinge entdeckt und machte so hastige Schritte, daß sie bald die Drei in einiger Entfernung gewahrte. Auch die Kinder hatten sich umgesehen und das alte böse Weib mit Schrecken bemerkt, und sie wußten nicht, wohin vor Angst. Denn die Alte kam mit Riesenschritten herbei. Da stand ein großer Hirsch mit seiner Frau, der Hirschkuh, am Wege, und dem erzählten die Kinder schnell ihre Not und ihre Flucht, und die gute Hirschkuh nahm die Kinder auf ihren Rücken und trug sie alle drei pfeilgeschwind nach dem Königsschloß. Der Hirsch stellte sich am Wege auf und wartete auf die Alte.

Es währte nicht lange, so kam die Alte in großen Sprüngen heran. Der Hirsch ließ sie vorbei und spießte sie dann von hinten auf sein Geweih, so daß er von den Strahlen ihres Ringes nicht geblendet werden konnte, und trug sie in gestrecktem Laufe der Fährte nach, die die gute Hindin im Grase hinterlassen hatte. Die war indes bereits im Königsschloß angekommen, wo die Eltern ihre verlorenen Kinder überglücklich empfingen und begrüßten. Da sahen sie plötzlich mit großer Verwunderung die Zeter schreiende Alte auf dem Geweih des Hirsches daherschweben. Der Hirsch sprang mit einem gewaltigen Satz in den Schloßteich und tauchte unter. Im selben Augenblick schoß ein mächtiger Fisch empor und verschlang die Alte.

Hirsch und Hirschin kehrten in den Wald zurück, und die gute Käte mußte nun immer bei den Königskindern bleiben.

DIE DREI MUSIKANTEN

Es zogen einmal drei junge Musikanten aus ihrer Heimat in die Fremde. Sie hatten alle drei bei einem Meister die Musik gelernt und wollten nun auch vereint bleiben und ihr Glück in fremden Landen versuchen. Von Ort zu Ort wanderten sie fröhlich dahin, spielten auf zu Kirmes- und Festtagstänzen und gewannen gar manchen schweren Batzen. So kamen sie denn auch einmal in ein Städtchen und belustigten am Abend die Gesellschaft mit schöner Musik. Endlich hörten sie auf zu spielen, tranken eins und nahmen auch am Gespräch der Gäste teil. Da wurde mancherlei Verwunderliches durcheinander geplaudert und erzählt. Zunächst ging die Rede von einem Zauberschloß, das sich in der Nähe des Städtchens befände, und von dem viel Wunderbares erzählt wurde. Bald hieß es: ja, dort sind noch ungeheure Schätze, dort ist stets Überfluß an den köstlichsten Lebensmitteln, obgleich keine Menschenseele drinnen wohnt, — bald hieß es wieder: aber dort ist ein schrecklicher Gespensterspuk. Wer seinen Buckel weiß hinein trägt, bringt ihn braun und blau gefärbt wieder heraus, ohne die Schätze gehoben und den Zauber gelöst zu haben. Dies und vieles andere wurde hin und her geredet über das verzauberte Schloß. Als die drei Musikanten in ihrem Schlafkämmerlein waren, besprachen sie sich und faßten den Plan, das rätselhafte Schloß näher zu besehen, ja, sich sogar hinein zu wagen, um möglicherweise die dort verborgenen und verzauberten Schätze zu heben. Sie kamen überein, daß jeder einzeln, einer nach dem andern, sich hinein wagen sollte, der älteste zuerst, und daß jedem ein ganzer Tag für sein Abenteuer vergönnt sein sollte. Der erste Glücksversuch fiel dem Geiger zu. Der machte sich mutig und ohne Säumen auf zum Schloß und fand, als er dort anlangte, die Eingangspforten schon offen, als ob man auf ihn gewartet hätte. Doch als er über die Schwelle geschritten war, schlug hinter ihm die schwere Türe zu, und es sprang ein riesiger Eisenriegel vor, obgleich kein lebendes Wesen zu erblicken war. Es war, als ob ein strenger Pförtner hier sein Amt verrichte und Wache halte. Den Geiger kam ein Grausen an, so daß sein Haar sich auf dem Wirbel sträubte. Aber dann kräftigte ihn wieder der Gedanke an das zu erhoffende Glück, an Gold und Schätze. Treppe auf Treppe ab wanderte er durch herrliche Zimmer, kostbare Säle, trauliche Kabinettchen — alles prachtvoll ausgestattet und in der schönsten Sauberkeit erhalten. Aber überall war eine Totenstille, auch nicht das kleinste Mückchen lebte und wohnte hier. Doch dem Jüngling wuchs der Mut aufs Neue, zumal als er den untern Räumen, Küche und Gewölben, sich zuwandte, wo in Fülle die seltensten und köstlichsten Speisevorräte vorhanden waren, in den Gewölben die Weinflaschen hoch aufgespeichert lagen, und alle Sorten süßer eingemachter Früchte in großen Gläsern in Reihen standen. In der schönen blanken Küche knisterte ein helles Feuerlein, und darüber wurde von unsichtbarer Hand ein Bratrost gesetzt. Ein ausgesuchtes Wildbretfleisch tanzte aus dem Gewölbe herein in die Küche und auf den Rost, und viele andere Speisen, feine Gemüse und Pasteten und köstliches Badswerk wurden von unsichtbaren Händen zubereitet. Dann wurden sie in eins der schönsten Zimmer, in das sich der Jüngling begeben hatte, getragen und auf einer gedeckten Tafel vor ihn hingestellt. Der Jüngling ergriff zuerst sein Instrument und ließ seine schönen Melodien durch die stillen Räume schallen. Dann setzte er sich ohne Zaudern zur einladenden Tafel und fing an zu schmausen. Doch nicht lange, so öffnete sich die Tür, und es trat ein Männlein herein. Es war etwa drei Ellenbogen hoch, mit einem Scharlachröcklein angetan, mit verwelktem Gesichtlein und einem grauen Bart, der bis auf die großen silbernen Schuhschnallen reichte. Das Männlein setzte sich schweigend neben den Geiger und schmauste mit. Als nun die Reihe an den schönen Wildbretbraten kam, nahm der Geiger die Schüssel und nickte dem Männlein zu, doch zuerst zuzulangen. Das spießte lächelnd ein Stück Fleisch auf die Gabel, nickte ihm auch zu und ließ dabei das Bratenstückchen unter den Tisch fallen. Gefällig bückte sich da gleich der gute Geiger, um es wieder aufzuheben. Aber im Nu saß ihm schon das Bartmännlein auf dem Rücken und bläute so unbarmherzig auf ihn los, als ob es ihm das Lebenslicht ausblasen wolle. Des Geigers Mund wurde zugehalten, bis er unter unaufhörlichem Prügeln endlich zur großen Eingangspforte hinausgeschoben wurde. Draußen schöpfte der halbtote Geiger frischen Atem und schlich dann ächzend dem Gasthof zu, wo die Kameraden geblieben waren. Es war schon Nacht, als er ihn erreichte, und die beiden schliefen bereits. Am andern Morgen sahen sie ganz erstaunt den Geiger ebenfalls im Bette liegen und bestürmten ihn sofort mit vielen Fragen. Doch er rieb sich Kopf und Rücken, gab sehr kurze Antworten und sprach: „Geht hin und seht selber! Es ist eine kitzliche Sache."

Der zweite Musiker, ein Trompeter, trat nun den Gang nach dem Zauberschloß an, fand alles ebenso wie das gebläute Geigerlein und wurde auch ebenso bewirtet mit Pasteten und Prügeln, so daß er am folgenden Morgen ebenfalls wie ein geprellter Fuchs auf seinem Lager lag und klagte, es sei ihm absonderlich aufgespielt worden aus grober Tonart. Dennoch hatte der Dritte, ein Flötenbläser, noch Mut genug, um sein Heil im Zauberschloß zu versuchen. Er war der pfiffigste. Furchtlos durchwanderte er das ganze Schloß, und bald wurde auch für ihn eine kostbare Tafel gedeckt. Und als er lange genug fröhlich singend und flöteblasend herumgewandert war, nahm er Platz und ließ es sich schmecken. Da trat wieder das Bartmännlein herein und setzte sich neben den Gast. Der unerschrockene Musikant ließ sich mit ihm in ein Gespräch ein und tat gerade, als ob er ihn schon hundertmal hier getroffen habe. Doch das Männlein war nicht sehr redselig. Endlich kam der Braten, und das graue Männlein ließ wieder mit Absicht sein Stück fallen. Gutmütig war eben der Flötenbläser im Begriff es aufzunehmen, als er gewahrte, daß das Zwerglein auf seinen Rücken springen wollte. Da wandte er sich rasch um, packte das Männlein und schüttelte es an seinem Bart so derb, daß er ihn schließlich ganz herausriß und der kleine Alte ächzend niederstürzte. Aber sobald der Jüngling den Bart in seinen Händen hatte, überkam ihn eine außerordentliche Kraft, und er erschaute im Schloß noch viel wunderbarere Dinge als vorher. Dagegen hatte das Männlein fast alles Leben verloren. Es winselte und flehte: „Gib, o gib mir meinen Bart wieder, dann will ich dir allen Zauber, der dieses Schloß umfaßt, kund tun und dir dazu verhelfen, den Zauber zu lösen, so daß du dadurch reich und ewig glücklich werden wirst." Der kluge Flötenbläser aber sprach: „Deinen Bart sollst du wieder haben, doch mußt du mir zuvor alles kund tun. Eher gebe ich den Bart nicht aus meinen Händen." Da mußte der Alte sich bequemen, erst sein Versprechen zu erfüllen. Das hatte er nicht im Sinne gehabt, sondern hatte nur mit List seinen Bart wieder an sich bringen wollen. Der Jüngling mußte ihm nun folgen durch dunkle geheime Gänge, unterirdische Gewölbe und grauliche Felsklüfte, bis sie endlich auf ein freies Gefilde kamen, das aussah wie eine viel schönere Welt als die unsere. Sie kamen an einen wild brausenden Strom, und das Männlein zog einen kleinen Stab hervor und schlug damit ins Wasser. Da trat die Flut auseinander und stand stille, bis beide trockenen Fußes hinüber waren. Drüben war es eine Pracht! Da ging es durch grüne, herrliche Laubgänge, überall Blumen, Vöglein mit Silber- und Goldfedern, die sangen wundersam, und glänzende Käfer und Schmetterlinge gaukelten und tanzten herum, und andere niedliche Tiere schäkerten in Büschen und Hecken. Und der Himmel über ihnen sah aus wie pure Goldstrahlen, und die Sterne kreisten wie in verschlungenen Tänzen durcheinander.

Der Jüngling staunte und staunte noch mehr, als er von dem grauen Zwerglein in ein noch weit prachtvolleres Gebäude als das Wunderschloß geführt wurde. Auch hier herrschte tiefste Stille in all den vielen Gemächern, die sie durchwanderten. Schließlich kamen sie in ein Gemach, das ganz mit Schleiern behängen war. In der Mitte des Zimmers stand ein dicht verhülltes Bett, und darüber hing ein schöner Vogelbauer mit einem Vöglein, das gar helle Lieder durch die einsame Stille schmetterte. Das graue Männlein hob die Schleier und Hüllen vom Bette, und der Jüngling sah auf weichen, seidenen goldgesäumten Kissen ein liebliches Mädchen schlafend liegen. Das war so schön wie ein Engel, hatte ein weißes Kleidchen an, über Brust und Schultern fielen die goldenen Locken, und auf dem Haupt blitzte eine diamantene Krone. Aber ein tiefer, totenähnlicher Schlaf hielt die sanften Züge gefangen, und kein Geräusch vermochte die holde Schläferin zu wecken. Das Männlein sprach: „Siehe hier dieses schlafende Kind! Es ist eine hohe Prinzessin. Dieses schöne Schloß und dieses gesegnete Land ist ihr Erbgut, wenn sie erlöst ist. Aber seit Jahrhunderten schläft sie schon hier den festen Zauberschlaf, und seit Jahrhunderten fand noch keine menschliche Seele den Weg, der hierher führt, den nur ich täglich zurücklegte, um dort im Schloß, welches meine Wohnung ist, zu speisen, und etwa die goldgierigen Menschen, die sich einfanden, mit einem Gericht Prügel zu bedienen. Ich bin der Wächter über diese Schläferin und mußte sorgfältig verhüten, daß kein Fremder hier eindringe. Dazu ward mir mein Bart, in dem so übermäßige Kräfte wohnen, daß ich seit Jahrhunderten diesen Zauber zu üben vermag. Doch nun, wo mir der Bart entrissen, bin ich machtlos und muß dir das überschwengliche Glück entdecken und überlassen, das mit der holden Prinzessin erwacht. So schicke dich rasch zur Ausführung des Erlösungswunders an. Nimm diesen Vogel, der über der Prinzessin hängt, und der sie einst in den Zauberschlummer gesungen hat und diese Melodien seitdem immerfort singen muß. Nimm ihn, schlachte ihn, und schneide ihm das kleine Herz aus. Brenne es dann zu Pulver und gib es der Prinzessin in den Mund. Sie wird davon erwachen und wird dich beglücken mit Hand und Herz, mit Land und Schloß und allen ihren Schätzen." Das Männlein schwieg erschöpft, und der Jüngling säumte nicht, an das Werk der Erlösung zu gehen. Schnell und gut wurde alles getreu nach der Angabe des kleinen Alten ausgeführt und das Pülverlein bereitet. Als er es der Prinzessin gegeben hatte, schlug sie frisch und lächelnd die schönen Augen auf, hob sich vom Lager empor und sank dem glücklichen Jüngling an die Brust, liebkoste ihn und dankte ihm und nahm ihn zu ihrem Gemahl. In demselben Augenblick zog ein Donnern und Krachen durch das Schloß, auf allen Treppen wurde es laut, und in allen Zimmern wurde es geräuschvoll. Eine Schar Diener und Dienerinnen kam mit freundlichen Gesichtern in das Zimmer getreten, und alle freuten sich und flogen dann flink und froh in die Küchen und Kellerräume, in Zimmer und Säle und Gänge an ihre Arbeit, und alle waren wie neugeboren.

Das graue Zwerglein aber verlangte nun streng seinen Bart von dem Jüngling. Er gedachte immer noch in seinem boshaften Herzen dem Glücklichen einen Possen zu spielen. Denn, wenn ihm der Bart erst wieder am Kinn saß, hatte er Macht, alle Sterblichen zu überwältigen. Allein der kluge Flötenbläser gebrauchte noch immer Vorsicht gegen das tückische Männlein. Er sprach: „O, deinen Bart sollst du wieder haben, sei nicht bange, ich will ihn dir zum Abschied überreichen. Aber erlaube, daß wir beide, meine holde Braut und ich, dich eine kleine Strecke begleiten dürfen." Das konnte das Männlein nicht verweigern. Sie gingen nun weit durch schöne Laubgänge und über Blumenbeete mit dem Zwerge, und kamen endlich an das ungeheuer tiefe, rauschende Wasser, welches rund um das Land der Prinzessin strömte und gleichsam die Grenze bildete. Keine Brücke und kein Nachen waren ringsum vorhanden, auf denen Menschen das jenseitige Ufer erreichen konnten. Auch kein kühner Schwimmer hätte es gekonnt, denn die Wellenflut war zu tosend und wild. Da sprach der Jüngling zu dem Männlein: „Gib mir deinen Stab, auf daß ich diesmal dir zur Ehre das Wasser auseinander scheide." Das Männlein mußte gehorchen, weil es seine Bartkräfte noch nicht wieder hatte. Es dachte aber im Stillen in hämischer Freude: „Wenn er mir drüben über dem Wasser den Bart überreicht, dann bekomme ich ihn doch noch in meine Gewalt, nehme ihm dann den Stab wieder ab, und beide sollen ihr wunderschönes Land nie wieder betreten." Aber es kam anders, als der boshafte Zwerg gedacht hatte. Der kluge, glückliche Jüngling schlug mit dem Stab ins Wasser. Es teilte sich behende und stand stille, und der Zwerg ging voran und ging hinüber, und schnell brauste hinter ihm die Flut zusammen. Aber der Jüngling war mit seiner lieben Braut am andern Ufer zurückgeblieben. Er behielt den Zauberstab und schleuderte nur den Bart übers Wasser hinüber. So wurde der Alte um seinen Zauberstab betrogen und durfte hinfort nie wieder das herrliche Gebiet betreten. Der glückliche Jüngling kehrte mit seiner Braut zurück ins Schloß zu steter Freude und Glückseligkeit. Keine Sehnsucht kam ihm in sein Herz, je wieder zu seinen Kameraden zurückzukehren. Die saßen lange im Wirtshaus, und als er nicht wieder kam, sprachen sie: „Der ist flöten gegangen", — und das ist hernach zum Sprichwort geworden, wenn einer oder eine Sache abhanden und nicht wieder kommt.

DAS BLAUE FLÄMMCHEN

Einst lebte ein einzelner alter Herr in einem uralten Hause; bei dem blieb selten ein Gesinde lange, und alle die Dienstboten, die er gehabt, erzählten, es sei nicht recht geheuer in dem Hause; man höre Gespenster rumoren, sehe Flämmchen an dunklen Orten und werde auch auf sonstige Weise geschreckt. Nun geschah es, daß bei diesem Herrn abermals eine neue Magd einzog, die Anna hieß, und nach der ersten Nacht fragte der Herr die Dienerin, wie sie geschlafen habe, denn er befürchtete, schon wieder Klage über Geisterspuk im Hause zu vernehmen. Die muntere Dirne antwortete ihm, sie habe ganz gut geschlafen. Eine gleiche Antwort auf die gleiche Frage erfolgte auch am zweiten Morgen. Am dritten Morgen verschlief sich die Magd, war dann verlegen und sagte: „Mir war die ganze Nacht, als tanze um mein Bett herum ein bläuliches Lichtlein und das flüsterte fort und fort: ‚Geh, Ann', geh, Ann'!, so daß ich nicht eher einschlafen konnte als gegen Morgen beim ersten Hahnenschrei."

Als nun einige Nächte hintereinander diese Beunruhigung fortdauerte, zeigte das Mädchen Neigung, den neu angetretenen Dienst wieder zu verlassen. Das war dem Herrn leid, und er sagte zu der Anna: „Weißt du was, Anna, sprich doch einmal mit dem Herrn Pfarrer darüber, vielleicht kann der dir einen guten Rat geben!"

Der Geistliche sagte nun zur Anna, als sie ihn fragte: „Wenn das blaue Licht ein Geist ist und dich ruft, so ziehe dich schnell an und folge ihm. Sei aber dabei sorglich auf deiner Hut, daß du nichts von ihm annimmst, nichts ergreifst, was er dir bietet, nichts tust, was er dir sagt, und daß er dir stets vorangehe. Folgst du genau diesem Rate, so kann es dein Glück sein."

Abends war die Dirne kaum im Bett, so tanzte das blaue Flämmchen wieder herum und flüsterte: „Geh, Ann', geh, Ann'!"

„Wenn es denn sein muß", sagte Anna, indem sie aus dem Bett und rasch in die Kleider fuhr, „so gehen wir."

„Geh, Ann'!" flüsterte das Flämmchen. „Geh du voran!" sprach Anna, und da flackerte das Flämmchen vor ihr her über einen Gang die Treppe hinunter bis vor die Kellertür. Dort flüsterte das Flämmchen wieder: „Schließ auf, Ann'!" —

„Schließ du auf!" sagte Anna; „ich habe keinen Schlüssel."

Da schien das Flämmchen die Gestalt eines kleinen weißen Weibleins zu gewinnen, das hauchte gegen das Schlüsselloch, und da ging die Kellertür auf. Jetzt schwebte die bläulich schimmernde Gestalt die Kellertreppe hinunter vor Anna her nach des Kellers hinterster Ecke. Dort lehnte eine Hacke an der Mauer, und das Weibchen, dessen bläulicher Lichtschimmer den Keller leidlich hell machte, flüsterte: „Hacke hier ein Loch, Ann'!" — „Hacke du ein Loch!" sprach Anna, „ich brauche keins." Da ergriff das Weiblein wirklich die Hacke und arbeitete tüchtig drauflos. Nach kurzer Weile kam ein

Kesselchen zum Vorschein, darin lagen allerhand schöne Sachen, alte Goldmünzen und Sdimuck von guten Perlen und Edelsteinen. „Heb, Ann'! Heb heraus, Ann'!" flüsterte der Geist, aber Anna sprach ganz ruhig: „Hebe du heraus, ich könnte mir Schaden tun." Da hob das Weiblein das Kesselchen aus dem Boden und setzte es vor Anna hin, daß es klang und klirrte von dem vielen Gold und Silber, das darin lag.

„Trag's hinauf, Ann', in deine Kammer!" flüsterte das Frauchen; doch Anna sagte: „Trag's selber 'nauf. Mir ist's zu schwer." Da hob das Weib das Kesselchen und flüsterte wieder: „Geh, Ann', geh, Ann'!" — und Anna erwiderte: „Geht nicht an! Der Leuchter geht voran!" So ging denn auch das Weiblein aufwärts wieder vor, aber langsam, denn es trug schwer an dem Kesselchen und ächzte und stöhnte alle die Treppen hinauf bis in Annas Bettkammer. Da setzte es das Kesselchen hin, und Anna legte sich wieder in ihr Bett, und um das Bett tanzte wieder das bläuliche Licht. Da schlug Anna ein Kreuz und sprach: „Hast du mir geholfen, so helfe dir Gott in das ewige Himmelreich, Amen!"

Da stand noch einmal das weiße Weiblein in klarer Gestalt vor Anna, und sein Gesicht leuchtete im Schimmer reinster Freude; dann verschwand es plötzlich. Anna schlief ruhig ein, und als sie am Morgen erwachte, glaubte sie, es habe ihr das alles nur geträumt. Aber siehe da — das Kesselchen war noch vorhanden, und ein ansehnlicher Schatz war ihr beschert. Nie spukte wieder ein Geist im Hause des alten Herrn.

DAS NATTERKRÖNLEIN

Schon oft haben Großväter und Großmütter ihren Enkeln und Urenkeln von schönen Schlangen erzählt, die goldene Krönlein auf ihrem Haupte tragen; sie hießen Otterkönig, Krönleinnatter, Schlangenkönigin und dergleichen, und man sagte, der Besitz eines solchen Krönleins bringe großes Glück.

Bei einem geizigen Bauern diente eine gutherzige Magd. In dem Kuhstall dieses Bauern wohnte eine Krönleinnatter, die man zuweilen nachts wunderschön singen hörte, denn diese Nattern haben die Gabe, schöner singen zu können als das beste Vöglein.

Wenn nun die treue Magd in den Stall kam und mit großer Sorgfalt die Kühe molk oder sie fütterte und ihnen frisches Heu gab, dann kroch manchmal das Schlänglein, das so weiß wie ein weißes Mäuschen war, aus der Mauerspalte, in der es wohnte, und sah mit klugen Augen die geschäftige Dirne an, die immer das Gefühl hatte, daß die Schlange etwas von ihr haben wollte. Und es wurde ihr bald zur Gewohnheit, etwas kuhwarme Milch in ein kleines Untertäßchen zu gießen. Das stellte sie dem Schlänglein hin, und das trank die Milch mit großem Wohlbehagen und wandte dabei sein Köpfchen, daß das Krönlein wie ein Diamant oder ein Karfunkelstein glitzerte, und es leuchtete wunderbar in dem dunklen Stall.

Die gute Dirne freute sich sehr über die weiße Schlange, und sie bemerkte auch, daß die Kühe ihres Herrn viel besser gediehen, seit sie dem Tierlein die Milch gab. Sie waren stets gesund, gaben viel mehr Milch und brachten sehr schöne Kälbchen zur Welt. Und daran hatte sie die größte Freude.

Da traf sich's einmal, daß der Bauer in den Stall trat, als gerade die Krönleinnatter ihr Tröpfchen Milch schleckte, das ihr die gute Dirne hingestellt hatte. Weil er aber geizig und über alle Maßen habsüchtig war, wurde er gleich so zornig, als ob die arme Magd die Milch eimerweise weggeschenkt hätte.

„Du nichtsnutzige Dirn', die du bist!" schrie der böse Bauer. „So gehst du also um mit dem Hab und Gut deines Herrn? Schämst du dich nicht der Sünde, einen solchen giftigen Wurm, der ohnedies den Kühen nachts die Milch aus den Eutern zieht, auch noch zu füttern und an den Stall zu gewöhnen? Hat man je so etwas erlebt? Schier glaub' ich, daß du eine böse Hexe bist und dein Satanswesen treibst mit dem Teufelswurm!"

Die arme Dirne konnte diesen harten Vorwürfen nur mit Tränen begegnen; aber der Bauer kehrte sich nicht im mindesten daran, daß sie weinte. Er schrie und zankte sich immer mehr und mehr in Zorn hinein, vergaß alle Treue und allen Fleiß der Magd und fuhr fort zu wettern und zu toben:

„Aus dem Hause, sag' ich, aus dem Hause! Und auf der Stelle! Ich brauche keine Schlangen als Kostgänger! Ich brauche keine Milchdiebinnen und Hexendirnen! Sofort schnürst du dein Bündel, — aber sofort! Und mach', daß du aus dem Dorfe kommst, und dich nimmer wieder hier blicken läßt, sonst zeige ich dich an. Und dann wirst du eingesperrt, du Hexendirne!“

Laut weinend lief die gescholtene Magd aus dem Stall, ging hinauf in ihre Kammer, packte ihre Kleider zusammen und schnürte ihr Bündlein. Dann trat sie aus dem Hause und ging über den Hof. Da wurde ihr weh ums Herz, denn im Stalle brüllte ihre Lieblingskuh. — Der Bauer war weitergegangen; sie trat noch einmal in den Stall, um im stillen und unter Tränen Abschied von ihrem lieben Vieh zu nehmen; denn frommem Hausgesinde wird das Vieh seiner Herrschaft so lieb, als wäre es sein eigenes. Daher pflegt man auch zu sagen, im ersten Dienstjahre spricht die Magd: meines Herrn Kuh, im zweiten: unsere Kuh, und im dritten und in allen folgenden Jahren: meine Kuh.

Da stand nun die Dirne im Stall und weinte sich aus und streichelte noch einmal jede Kuh, und ihr Liebling leckte ihr noch einmal die Hand, und da kam die Schlange mit dem Krönlein auch angekrochen.

„Leb wohl, du armer Wurm, dich wird nun auch niemand mehr füttern.“ Da hob sich das Schlänglein empor, als wollte es ihr seinen Kopf in die Hand legen, und plötzlich fiel das Natterkrönlein in die Hand des Mädchens, und die Schlange glitt aus dem Stall; das hatte sie noch nie getan. Das war ein Zeichen, daß auch sie aus dem Hause scheide, wo man ihr nicht mehr ein Tröpflein Milch gönnen wollte.

Jetzt ging die arme Dirne ihres Weges und wußte nicht, wie reich sie war. Sie kannte die große Macht des Natterkrönleins nicht: Wer es besitzt und bei sich trägt, bei dem ist das Glück, er ist allen Menschen angenehm, und Ehre und Freude wird ihm zuteil.

Draußen vor dem Dorfe begegnete der scheidenden Magd der reiche Schulzensohn, dessen Vater vor kurzem gestorben war, der schönste junge Bursche des Dorfes. Der gewann die Dirne gleich lieb. Er grüßte sie und fragte sie, wohin sie gehe und warum sie aus dem Dienst scheide. Da sie ihm nun ihr Leid klagte, schickte er sie zu seiner Mutter, und sie sollte ihr nur sagen, er sende sie. Wie nun die Dirne zu der alten Frau Schulzin kam und ausrichtete, was der Schulzensohn ihr aufgetragen hatte, da faßte die Frau gleich ein großes Vertrauen zu ihr und behielt sie im Hause.

Als am Abend die Knechte und die Mägde des reichen Bauern zum Essen kamen, mußte die neuaufgenommene Dirne das Tischgebet sprechen, und allen schien es, als flössen des Gebetes Worte von den Lippen eines heiligen Engels. Sie wurden alle von einer wundersamen Andacht bewegt und gewannen die Dirne sehr lieb. Und als abgegessen war und die fromme Dirne wieder das Gebet und den Abendsegen gesprochen und das Gesinde die Stube verlassen hatte, da faßte der reiche Schulzensohn die Hand der Dirne, trat mit ihr vor seine Mutter und sagte: „Frau Mutter, segnet mich und die — denn die nehm' ich zur Frau oder keine. Sie hat mir's einmal angetan!“

So wurde die arme Magd zu des Dorfes reichster Frau und zu einer ganz glücklichen dazu.

Mit jenem geizigen Bauern aber, der sich um die paar Tröpflein Milch so erzürnt und die treueste Magd aus dem Hause getrieben hatte, ging es bald abwärts. Mit der Krönleinnatter war all sein Glück hinweggezogen. Er mußte erst sein Vieh verkaufen, dann seine Äcker; und alles kaufte der reiche Schulzensohn. Seine Frau führte die lieben Kühe, die nun ihre eigenen waren, mit grünen Kränzen geschmückt in ihren Stall, streichelte sie und ließ sich wieder die Hände von ihnen lecken, molk und fütterte sie mit eigener Hand. Auf einmal sah sie bei dieser Arbeit die weiße Schlange wieder. Da zog sie schnell das Krönlein hervor und sagte: „Das ist schön von dir, daß du zu mir kommst. Nun sollst du auch alle Tage frische Milch haben, soviel du willst; und da hast du auch dein Krönlein wieder mit tausend Dank, daß du mir damit so viel geholfen hast! Ich brauche es nun nicht mehr, denn ich bin reich und glücklich durch Liebe, durch Treue und durch Fleiß."

Da nahm die weiße Schlange ihr Krönlein wieder und wohnte in dem Stalle der jungen Frau, und auf deren ganzem Gut blieben Friede, Glück und Gottes Segen ruhen.

BECHSTEIN

GOLDMARIE UND PECHMARIE

Es war einmal eine Witwe, die hatte zwei Töchter, eine rechte Tochter und eine Stieftochter; beide hießen Marie. Die rechte Tochter war als Kind von ihrer Mutter sehr verzogen worden. Auch war sie von Charakter nicht gut und fromm. Sie war eigensinnig und hoffärtig, anmaßend und gefühllos. Sie hatte für nichts Sinn, als sich immer mit schönem Putz zu bekleiden, in den Spiegel zu sehen und Vergnügungsorte zu besuchen, worin sie ihre schwache Mutter noch bestärkte. Dagegen war die Stieftochter, die älteste, ein bescheidenes, sittsames Mädchen, das viele Kränkungen und Zurücksetzungen von Mutter und Schwester erdulden mußte. Doch sie war stets freundlich, tat die Küchenarbeiten unverdrossen und weinte nur manchmal heimlich in ihrem Schlafkämmerlein, wenn sie von Mutter und Schwester so viel Unbilliges zu leiden hatte. Aber immer war sie bald wieder heiter und frischen Mutes und sprach zu sich selbst: „Sei ruhig, der liebe Gott wird dir schon helfen." Dann tat sie fleißig ihre Arbeit und machte alles nett und sauber. Ihrer Mutter arbeitete sie aber immer noch nicht genug, und eines Tages sagte sie sogar: „Marie, ich kann dich nicht länger im Hause behalten, du arbeitest zu wenig und ißt zuviel. Deine Mutter hat dir kein Vermögen hinterlassen, auch dein Vater nicht, und ich kann und mag dich nicht länger ernähren. Du mußt also gehen und dir einen Dienst bei einer Herrschaft suchen." Sie backte aus Asche und Milch einen Kuchen, füllte ein Krüglein mit Wasser, gab beides der armen Marie und schickte sie aus dem Hause.

Marie war sehr betrübt über diese Härte, doch schritt sie mutig durch Felder und Wiesen und dachte: „Es wird dich schon jemand als Magd aufnehmen, und vielleicht sind fremde Menschen gütiger als die eigene Mutter." Als sie Hunger fühlte, setzte sie sich ins Gras, aß von ihrem Aschenkuchen und trank aus ihrem Krüglein, und viele Vöglein flatterten herbei, pickten an ihrem Kuchen, und sie goß Wasser in ihre Hand und ließ die munteren Vöglein trinken. Da verwandelte sich unvermerkt ihr Aschenkuchen in eine süße Torte, ihr Wasser in köstlichen Wein. Gestärkt und freudig zog die arme Marie weiter und kam, als es dunkel wurde, an ein seltsam gebautes Haus. Das hatte zwei Tore, eins sah pechschwarz aus, das andere glänzte von purem Gold. Bescheiden ging Marie durch das minder schöne Tor in den Hof und klopfte an die Haustüre. Ein Mann von schrecklich wildem Aussehen tat die Türe auf und fragte barsch nach ihrem Begehren. Sie sprach zitternd: „Ich wollte nur fragen, ob Ihr nicht so gütig sein möchtet, mich über Nacht zu beherbergen?" Der Mann brummte: „Komm herein!" Sie folgte ihm und zitterte noch mehr, als sie drinnen im Zimmer nichts weiter sah und hörte als Hunde und Katzen und deren abscheuliches Geheul. Es war außer dem wilden Türschemann, so hieß dieser Mensch, niemand weiter in dem ganzen Hause.

Nun brummte der Türschemann der Marie zu: „Bei wem willst du schlafen, bei mir oder bei den Hunden und Katzen?" Marie sprach: „Bei den Hunden und Katzen". Da

mußte sie aber gerade neben ihm schlafen, und er gab ihr ein so schönes weiches Bett, daß Marie ganz herrlich und ruhig schlief. Am Morgen brummte Türschemann: „Mit wem willst du frühstücken, mit mir oder mit den Hunden und Katzen?“ Sie sprach: „Mit den Hunden und Katzen“. Da mußte sie sich zu ihm setzen und Kaffee und süßen Rahm trinken. Als Marie fortgehen wollte, brummte Türschemann abermals: „Zu welchem Tor willst du hinaus, zum Goldtor oder zum Pechtor?“ Und sie sprach: „Zum Pechtor“. Da mußte sie durchs goldene gehen. Und als sie durchging, saß Türschemann oben darauf und schüttelte so derb, daß das Tor erzitterte und daß Marie ganz mit Gold überdeckt war, das von dem Goldtore auf sie herabfiel.

Nun ging sie wieder heim, und als sie ins elterliche Haus trat, kamen ihre Hühner, die sie sonst immer gefüttert hatte, ihr freudig entgegen geflogen und gelaufen, und der Hahn schrie: „Kikiriki, da kommt die Goldmarie! Kikiriki!“ Ihre Mutter kam die Treppe herunter und knixte so ehrfurchtsvoll vor der goldenen Dame, als wenn es eine Prinzessin wäre, die ihr die Ehre ihres Besuches schenkte. Aber Marie sprach: „Liebe Mutter, kennst du mich denn nicht mehr? Ich bin ja die Marie.“ Jetzt kam auch die Schwester. Und Mutter und Schwester waren ganz erstaunt und verwundert, aber auch beide voll Neid. Und Marie mußte erzählen, wie wunderbar es ihr ergangen, und wie sie zu dem Gelde gekommen war. Nun nahm sie ihre Mutter wohl auf und behandelte sie auch besser als zuvor. Und Marie wurde von jedermann geehrt und geliebt. Bald fand sich auch ein braver junger Mann, der Marie als Gattin heimführte und glücklich mit ihr lebte.

Der anderen Marie aber wuchs der Neid im Herzen, und sie beschloß, auch fort zu gehen und übergoldet wiederzukommen. Ihre Mutter gab ihr süßen Kuchen und Wein mit auf die Reise. Als Marie davon aß und Vöglein geflogen kamen, um auch mit zu schmausen, jagte sie sie ärgerlich fort. Ihr Kuchen aber verwandelte sich unvermerkt in Asche, und ihr Wein in mattes Wasser. Am Abend kam Marie ebenfalls an Türschemanns Tore. Sie ging stolz zu dem goldenen hinein und klopfte dann an die Haustür. Als Türschemann öffnete und brummig nach ihrem Begehren fragte, sagte sie schnippisch: „Nun, ich will hier übernachten.“ Und er brummte: „Komm herein!“ Dann fragte er auch sie: „Bei wem willst du schlafen, bei mir oder bei den Hunden und Katzen?“ Sie sagte schnell: „Bei Euch, Herr Türschemann!“ Aber er führte sie in die Stube, wo die Hunde und Katzen schliefen, und schloß sie hinein. Am Morgen war Mariens Gesicht häßlich zerkratzt und zerbissen. Türschemann brummte wieder: „Mit wem willst du Kaffee trinken, mit mir oder mit den Hunden und Katzen?“ „Ei, mit Euch, sagte sie, und mußte nun gerade wieder mit den Katzen und Hunden trinken. Nun wollte sie fort. Türschemann brummte abermals: „Zu welchem Tor willst du hinaus, zum Goldtor oder zum Pechtor?“ Sie sagte: „Zum Goldtor, das versteht sich!“ Aber das wurde sogleich verschlossen, und sie mußte zum Pechtor hinaus. Und Türschemann saß obendrauf, rüttelte und schüttelte, daß das Tor wackelte. Da fiel so viel Pech auf Marie herunter, daß sie über und über voll wurde.

Als nun Marie voll Wut nach Hause kam, krähte der Gockelhahn ihr entgegen: „Kikiriki, da kommt die Pechmarie! Kikiriki!“ Und ihre Mutter wandte sich voll Abscheu von ihr und konnte nun ihre häßliche Tochter nicht mehr vor den Leuten sehen lassen. Die wurde so hart gestraft, weil sie so auf Gold erpicht gewesen war.

DER BEHERZTE FLÖTENSPIELER

Es war einmal ein lustiger Musikant, der die Flöte meisterhaft spielte. Er reiste in der Welt herum, spielte in Dörfern und Städten und erwarb sich dadurch seinen Unterhalt. So kam er auch eines Abends auf einen Pachthof. Er übernachtete dort, weil er das nächste Dorf vor einbrechender Nacht nicht mehr erreichen konnte. Der Musikant wurde von dem Pächter freundlich aufgenommen, mußte mit ihm speisen und nach beendeter Mahlzeit einige Stücklein auf seiner Flöte Vorspielen. Als das der Musikant getan hatte, schaute er zum Fenster hinaus. In kurzer Entfernung sah er bei dem Scheine des Mondes eine alte Burg, die teilweise in Trümmern zu liegen schien. „Was ist das für ein altes Schloß?" fragte er den Pächter, „und wem hat es gehört?" Der Pächter erzählte, daß vor vielen, vielen Jahren ein Graf darin gewohnt hätte, der sehr reich, aber auch sehr geizig gewesen sei. Er hätte seine Untertanen sehr geplagt, keinem armen Menschen ein Almosen gegeben und sei endlich ohne Erben gestorben, denn aus Geiz hatte er sich nicht einmal verheiratet! Darauf wollten seine nächsten Anverwandten die Erbschaft in Besitz nehmen, aber sie hätten nicht das geringste Geld gefunden. Man behauptet daher, der alte Geizige hätte den Schatz vergraben, und man glaubt, daß er heute noch in dem alten Schloß verborgen liege. Schon viele Menschen wären des Schatzes wegen in die alte Burg gegangen, aber keiner wäre wieder zurück gekommen. Deshalb hat die Obrigkeit den Eintritt in dieses alte Schloß verboten und alle Menschen im ganzen Lande ernstlich davor gewarnt.

Der Musikant hatte aufmerksam zugehört, und als der Pächter seinen Bericht beendet hatte, äußerte er den Wunsch, trotz allem einmal in das Schloß zu gehen, denn er sei beherzt und kenne keine Furcht. Der Pächter bat ihn dringend, sein junges Leben zu schonen und nicht hinein zu gehen. Aber es half kein Bitten und Flehen, der Musikant blieb unerschütterlich.

Zwei Knechte des Pächters mußten ihre Laternen anzünden und den beherzten Musikanten bis an das alte Schloß begleiten. Dann schickte er sie mit einer Laterne wieder zurück; er aber nahm die zweite in die Hand und stieg mutig die hohe Treppe hinauf. Er kam in einen großen Saal, um den ringsherum Türen waren. Er öffnete die erste Tür und ging hinein, setzte sich an einen schönen, alten Tisch, stellte das Licht darauf und spielte auf seiner Flöte. Der Pächter aber konnte die ganze Nacht vor Sorgen nicht schlafen und sah oft zum Fenster hinaus. Er freute sich jedesmal unaussprechlich, wenn er drüben den Gast noch immer musizieren hörte. Doch als seine Wanduhr elf schlug und das Flötenspiel verstummte, erschrak er heftig und glaubte nun nichts anderes, als daß der Geist oder der Teufel, oder wer sonst in diesem Schlosse hauste, dem schönen Burschen nun

ANNO 1461

ganz gewiß doch noch den Hals umgedreht habe. Doch der Musikant hatte ohne Furcht seine Flöte gespielt. Als sich aber endlich Hunger bei ihm regte, weil er bei dem Pächter nicht viel gegessen hatte, ging er in dem Zimmer umher und sah sich um. Da erblickte er einen Topf voll ungekochter Linsen, auf einem andern Tische stand ein Gefäß voll Wasser, eines voll Salz und eine Flasche Wein. Er goß geschwind Wasser über die Linsen, tat Salz hinein, machte Feuer in dem Ofen von dem Holz, das daneben lag und kochte sich eine Linsensuppe. Während die Linsen kochten, trank er die Flasche Wein leer, und dann spielte er wieder Flöte. Als die Linsen gekocht waren, nahm er sie vom Feuer, schüttete sie in die auf dem Tisch schon bereitstehende Schüssel und aß frisch darauf los. Er sah auf seiner Uhr, daß es die zwölfte Stunde war. Da ging plötzlich die Tür auf, zwei lange schwarze Männer traten herein, die trugen einen Sarg. Den stellten sie ohne ein Wort zu sagen vor den Musikanten, der sich aber keineswegs beim Essen stören ließ. Dann gingen die Männer ebenso lautlos, wie sie gekommen waren, wieder zur Tür hinaus. Nachdem sie sich entfernt hatten, stand der Musikant hastig auf und öffnete den Sarg. Ein altes Männchen, klein und verhutzelt, mit grauen Haaren und grauem Bart lag darin. Der Bursche fürchtete sich nicht, nahm das Männchen heraus und setzte es an den Ofen. Kaum schien es erwärmt zu sein, als sich schon Leben in ihm regte. Er gab ihm Linsen zu essen und war ganz mit dem Männchen beschäftigt, ja er fütterte es, wie eine Mutter ihr Kind. Da wurde das Männchen ganz lebhaft und sprach zu ihm: „Folge mir!" Das Männchen ging voraus, der Bursche nahm seine Laterne und folgte ihm ohne Furcht. Es führte ihn nun eine hohe, verfallene Treppe hinab, und sie gelangten endlich beide in ein tiefes, schauerliches Gewölbe.

Hier lag ein großer Haufen Geld. Da gebot das Männchen dem Burschen: „Diesen Haufen teile mir in zwei gleiche Teile. Aber so, daß nichts übrigbleibt, sonst bringe ich dich ums Leben!" Der Bursche lächelte nur und fing sofort an zu zählen. Er stellte zwei große Tische nebeneinander und brachte so das Geld in kurzer Zeit in zwei gleiche Teile, doch zuletzt — war noch ein Kreuzer übrig. Der Musikant aber besann sich nicht lange, nahm sein Taschenmesser heraus, setzte es mit der Schneide auf den Kreuzer und schlug ihn mit einem daneben liegenden Hammer entzwei. Als er nun die eine Hälfte auf diesen, die andere auf jenen Haufen geworfen hatte, wurde das Männchen ganz heiter und sprach: „Du guter und furchtloser Mann, du hast mich erlöst! Schon hundert Jahre muß ich meinen Schatz bewachen, den ich aus Geiz zusammengescharrt habe, bis es einem gelingen würde, das Geld in zwei gleiche Teile zu teilen. Noch nie ist es einem gelungen, und ich habe sie alle umbringen müssen. Der eine Haufen Geld ist nun dein, den andern aber teile unter die Armen. Darauf verschwand das Männchen. Der Bursche aber stieg die Treppe hinauf und spielte oben wieder lustige Stücklein auf seiner Flöte.

Da freute sich der Pächter, als er ihn wieder spielen hörte. Am frühen Morgen schon ging er nach dem Schloß — denn am Tage durfte jedermann hinein — und begrüßte den Burschen voller Freude. Der Musikant erzählte ihm die Geschichte; dann ging er hinunter zu seinem Schatz und tat, wie ihm das Männchen befohlen hatte. Er verteilte die Hälfte unter die Armen. Das alte Schloß aber ließ er niederreißen, und bald stand da ein neues, in dem nun der Musikant als reicher Mann wohnte.

DER FETTE UND DER MAGERE LOLLUS

Es starb ein reicher Mann, der zwei Söhne hinterließ und ein hübsches Vermögen und Erbe. Der eine der Söhne erwählte den geistlichen, und zwar den Mönchsstand, der zweite einen sehr weltlichen; er wurde ein Gastgeber, das heißt er gab seinen Gästen so wenig wie möglich und nahm dafür von ihnen soviel wie möglich. Er heiratete nach Geld und strebte fort und fort nach Geld. Von seinem Bruder borgte er dessen Erbteil aus, weil der als Mönch keines Geldes bedurfte, und wucherte damit. Aber nicht zu des Bruders, sondern zu seinem eigenen Nutzen. Seine Biergemäße waren falsch, und seine Weinflaschen ließ er auf der Glashütte so klein blasen, daß man beim Anblick einer ganzen Flasche sehr in Zweifel geriet, ob es nicht eine halbe sei. Und seine halben Flaschen schienen alle nach der schlanken Körperbildung eines Bleistiftes hinzustreben; daher hießen sie auch bei den Gästen dieses Wirtes nie anders als Stifte. Wenn der Stallknecht dem Pferde eines Reisenden Hafer vorgeschüttet hatte, so trat der Wirt, wenn er sich unbemerkt glaubte, an die Krippe, kripste dem armen Tiere ganze Hände voll Hafer wieder vor dem Maule weg und schob ihn in seine Tasche. Er sagte sich, die Krippe heiße deshalb so, weil man aus ihr kripsen könne! Er war ein durchtriebener Schalk, dieser Wirt. An ihm lag es nicht, daß er nicht recht reich wurde, denn Anlagen dazu hatte er. Aber das Bibelwort sagt: „Die da reich werden wollen, fallen in Versuchung und Stricke." Des Wirtes Tun brachte keinen Segen. Was half es ihm, wenn er fremden Pferden ein paar Hände voll Hafer stahl, und eins seiner eigenen Pferde zugrunde ging? Wenn er durch sein zu knappes Maß nach und nach eine Kanne Wein langsam gewann und ihm durch Nachlässigkeit seiner Leute, die er ohne Aufsicht ließ, ein ganzes Faß in den Keller lief? Er kam nicht vorwärts, dieser betriebsame Wirt, sondern er kam zurück in allen Dingen — nur nicht in seiner Prellerei und Habsucht. Er trieb es immer ärger und ärger, bis die Gäste wegblieben und das Weinstüblein leer stand, der Bratofen kalt blieb und der Schornstein sich das Rauchen abgewöhnte.

Als es so weit mit dem Krebsgange dieses Wirtes gediehen war, schlug ihm ein neuer Schrecken in die Glieder. Sein Bruder, der fromme Mönch, kam und sagte zu ihm: „Lieber Bruder, gib mir das geliehene Geld wieder heraus, ich habe meinem heiligen Schutzpatron in unserer Klosterkirche einen kostbaren Altar mit herrlicher Malerei, mit Schnitzwerk und Vergoldung gelobt; den will ich davon herstellen lassen, und wenn etwas übrig bleibt, will ich Seelenmessen stiften für unsere lieben Eltern, für dich und mich auf ewige Zeiten."

„Großer Gott!" schrie der Wirt, „Bruder, wie kannst du so unsinnig handeln! Ich kann dir dein Geld jetzt nicht herausgeben, denn ich habe es nicht — ich bin zugrunde gerichtet. Wenn du auf Zahlung bestehst, so wird mir Haus und Hof über dem Kopfe verkauft. Ich muß mit Weib und Kindern betteln gehen, und du bekommst erst recht nichts, und dein heiliger Schutzpatron bekommt auch keinen neuen Altar. Höre mich an und sei vernünftig, mein lieber, gottseliger Bruder! Laß mir noch das Geld, gönne mir Zeit, mich zu erholen! Du weißt, wir haben eine schlimme Zeit durchgemacht, in der niemand auf einen grünen Zweig kommen konnte, es sei denn, die Bauern; die haben ihr Schäfchen geschoren und lachen uns jetzt aus. Dein Heiliger ist gewiß ein edel denkender Menschenfreund gewesen, und hat er einige Jahrhunderte in deiner Klosterkirche keinen Prachtaltar gehabt, so wird es ihm auch nicht darauf ankommen, einige Jahre früher oder später einen zu erhalten. Gott der Herr weiß, daß ich es mir gehörig sauer werden lasse — ich plage mich über alle Maßen, um zu Geld zu kommen —, aber es geht nicht — ich komme zu nichts."

„Das höre ich sehr ungern von dir, lieber Bruder", sprach mit Teilnahme der Mönch. „Du hast den schlechtesten Gast in dein Gasthaus aufgenommen, den es geben kann."

„Wer wäre das?" fragte der Wirt.

„Das ist der fette Lollus!" entgegnete der Mönch.

„Der fette Lollus?" fragte verwundert der Wirt. „Du scherzest entweder, Bruder, oder du faselst. In meinem Fremdenbuche steht kein Gast solchen Namens; und nie hörte ich diesen Namen nennen; in meinem ganzen Leben nicht!"

„Das ist wohl möglich", sagte der Mönch; „dennoch ist dieser schlimme Gast vorhanden, und er ist die alleinige Ursache deines Vermögensverfalls und gegenwärtigen Unglücks."

„Den möcht' ich sehen! Ich wollt' ihn!" fuhr der Wirt auf.

„Du wirst ihm nicht gleich etwas anhaben, lieber Bruder", sprach lächelnd der Mönch. „Denn du hast ihn allzulange treulich gehegt und gepflegt. Doch sehen sollst du ihn, den fetten Lollus. Er steckt in deinem Keller; geh mit mir hinunter!"

Verwundert nahm der Wirt den Kellerschlüssel und eine Lampe und dachte: „Aha, mein Bruder meint den Wein; er will andeuten, ich sei mein bester Gast selbst, doch da irrt er sich sehr."

Im Keller ließ der Mönch seinen Bruder die Lampe auf ein Faß setzen, daß ihr Strahl in eine leere Ecke fiel, zog ein kleines, schwarzes Buch hervor und murmelte daraus, gegen die Ecke gekehrt, eine Beschwörungsformel. Da wallte der Boden, da hob sich etwas Dickes heraus, da glühten ein paar feurige Augen — und dem Wirt gerann das Blut in den Adern vor Furcht und Grauen.

„Lölle, geh ganz herzu!" rief der Mönch. Da folgte dem dickgeschwollenen Kopfe ein unförmlich dicker Leib nach, kurze plumpe Füße patschten auf dem Boden des Kellers, und ein unförmiges, scheußliches Tier, dessen Haut so fett und speckig glänzte wie die einer Robbe, hockte in der Ecke.

„Siehst du deinen werten Gast, mein Bruder?" fragte der Mönch sehr ernst. „Ich meine, er hat sich in deiner Herberge nicht übel gemästet! Siehst du, Bruder, alle deine Betrügereien haben nicht dir angeschlagen, sondern diesem Lollus. Was du den Fremden und deren Vieh auch abgezwackt hast, der hat sich davon genährt! Den durch zu kleines

Maß und durch zu kleine Flaschen betrügerisch gewonnenen Wein oder sonstiges Getränk — alles hat der Lollus geschluckt. Unrecht Gut gedeihet nicht und Untreue schlägt ihren eigenen Herrn. Soll sich's mit dir und deinem Hause bessern, so übervorteile und betrüge niemand mehr. Fordere, was recht ist; denn was recht ist, lobt Gott. Halte ehrliches, gerechtes Maß und Gewicht, kümmere dich selbst um deine Sachen, — täglich, stündlich, — vom Keller bis zum Dachboden. Bediene, soviel du kannst, selbst deine Gäste, verlasse dich nicht allzusehr auf Ober- und Unterkellner, auf Haus- und Stallknechte, auf Koch und Büttner. Je mehr Gesinde du hältst, desto fetter füttert sich der Lollus."

Nach dieser Vermahnung wurde der Wirt sehr nachdenklich und sagte: „Ich danke dir, mein Bruder; ich will nach deinen Worten handeln."

Da beschwor der Mönch den Lollus wieder und sagte „Lölle, kreuch ein!", und schwerfällig kroch der Lollus rückwärts wieder in die Erde zurück, die Kellerecke war wieder leer und glatt wie zuvor.

„Mein Geld will ich dir noch vier Jahre lassen", sagte der Mönch; „dann aber muß meinem Heiligen Wort gehalten werden." Darauf schied er von seinem Bruder.

Der Wirt befolgte mit Eifer seines Bruders treuen Rat, änderte seine Wirtschaft ganz und gar, richtete alles besser ein, sparte am rechten Ort und veruntreute nichts mehr. Seine Frau mußte in der Küche selbst nach dem Rechten sehen, was sie früher nicht getan hatte; für Bier und Wein wurden die richtigen Gemäße hergestellt, und die kleinen Zwergflaschen verschwanden. Dafür stellten sich die verschwundenen Gäste wieder ein, der Bratofen wurde nicht mehr kalt, und der Schornstein rauchte wieder Tag und Nacht.

Des Wirtes ganzes Hauswesen besserte sich in jeder Weise. Sein Wohlstand nahm mit seiner Rechtlichkeit sichtbar zu; sein guter Ruf und der seines Hauses breitete sich weit aus. Die Gastwirte in den Nachbarstädten begannen ihn zu beneiden; denn die Reisenden fuhren lieber noch ein paar Stunden in die Nacht hinein, um nur in das gute Gasthaus zu gelangen. Nicht selten war es so von Gästen überfüllt, daß der fröhliche Wirt dennoch eine traurige Miene annehmen und die überzähligen Gäste abweisen mußte.

Als nach Ablauf von vier Jahren der Mönch, des Wirtes Bruder, wiederkam, seinen Erbteil zu begehren, empfing ihn der Wirt auf das freundlichste. Er setzte ihm ein herrliches Weinchen von der schönsten Farbe vor und allerlei schmackhaftes Backwerk und legte ihm starke Geldrollen auf den Tisch und sagte: „Hier, mein lieber Bruder, ist mit meinem besten Dank dein Kapital samt allen Zinsen zurück, redlich berechnet auf Heller und Pfennig!"

Der Mönch aber erwiderte: „Lieber Bruder, die Zinsen nehme ich nicht, das ziemt mir als Priester nicht. Es steht auch geschrieben: Du sollst nicht Wucher nehmen von deinem Bruder. Aber ich freue mich, daß du des fetten Lollus ledig bist und hast nur noch den mageren."

„So?" sagte der Wirt. „Wohnt der auch im Keller? Den möchte ich auch sehen."

„Den sollst du sehen!" antwortete der Mönch. Er ging mit dem Wirt in den Keller und murmelte drunten wieder seine Beschwörungsformel. Da bewegte sich ganz langsam hinten in der Ecke die Erde, und erst allmählich lugte ein schmales Köpfchen heraus mit ganz matten Augen.

„Lölle, geh ganz herzu!" sprach der Mönch. Da kroch der Lollus matt und mühsam aus dem Boden und erschien äußerst abgemagert. Seine Haut glänzte nicht mehr wie eine Speckschwarte, sondern war verrumpfelt und verschrumpelt wie eine Baumrinde; er sah in jeder Beziehung sehr hinfällig aus.

„Nun ist's gut, das freut mich!" rief der Mönch. „Lölle, kreuch ein!" Da kroch der Lollus wieder ganz langsam nach hinten und in den Kellerboden zurück; und in der Ecke war nichts mehr zu sehen.

„Gib acht, Bruder!" sagte der Mönch; „wenn du bleibst, wie du jetzt bist, so hält es der Lollus kein Vierteljahr mehr bei dir aus. Entweder er verkommt, oder er geht ein Haus weiter und sucht sich einen Herrn, der ihn besser nährt als du." Der Wirt war über alle Maßen froh und segnete seines weisen Bruders Rat tausendfach.

Der Richter und der Teufel

In einer Stadt lebte ein Mann, der hatte alle Kisten voll Gold und Gut. Er selbst aber war voll aller Laster, so voll, daß es die Leute wunderte, weshalb ihn die Erde nicht verschlang. Und gerade dieser Mann war noch dazu ein Richter, das heißt ein Richter voller Ungerechtigkeit. An einem Markttage ritt er des Morgens aus, um nach seinem schönen Weingarten zu sehen. Auf dem Heimweg begegnete ihm der Teufel, der wie ein vornehmer Herr gekleidet war.

Weil der Richter nun gern gewußt hätte, wer dieser Fremdling war, so fragte er ihn nicht gerade höflich, wer und woher er sei. Der Teufel antwortete: „Für Euch ist es besser, wenn Ihr nicht wißt, wer und woher ich bin!“

„Hoho!“ schrie der Richter gekränkt. „Seid wer Ihr wollt — ich muß es wissen, oder Ihr seid verloren! Ich bin der Mann, der hier die Gewalt hat, und wenn ich Euch dies und das zuleide tue, so ist niemand da, der es mir wehren wird und kann. Ich nehme Euch Gut und Leben, wenn Ihr mir nicht sofort meine Frage beantwortet!“

„Wenn es so schlimm steht“, antwortete der Fremde, „dann muß ich Euch wohl meinen Namen und mein Herkommen offenbaren; ich bin der Teufel.“

„Hm!“ brummte der Richter, „und was hast du hier zu tun? Das will ich auch wissen!“

„Herr Richter“, antwortete der Böse, „ich habe die Macht, heute in dieser Stadt mir das zu nehmen, was mir in vollem Ernst gegeben wird.“

„Wohlan!“ versetzte der Richter, tu das, aber laß mich bei dir bleiben, damit ich sehe, was man dir geben wird.“

„Verlange nicht, dabei zu sein, wenn ich nehme, was mir in vollem Ernst gegeben wird“, erwiderte der Teufel dem Richter. Der Richter aber beschwor den Fürsten der Hölle mit mächtigen Bannworten und sprach: „Ich gebiete und befehle dir bei Gott und allen Gottesgeboten, bei Gottes Gewalt und Gottes Zorn, und bei allem, was dich und deine Genossen bindet, und bei dem ewigen Gerichte Gottes, daß du nur vor meinen Augen und nicht anders nimmst, was dir in vollem Ernst gegeben wird!“

Bei diesen fürchterlichen Worten erschrak der Teufel, daß er zitterte; er machte ein verdrießliches Gesicht und sprach: „Ei, so wollte ich, daß ich das Leben nicht hätte. Durch deine Worte fühle ich mich so gebunden, daß ich kaum jemals in einer größeren Klemme war. Ich gebe dir aber mein Wort — das ich niemals breche — als Fürst der Hölle, daß es dir leid tun wird, wenn du auf deinem Wunsch bestehst. Laß ab davon!“

„Nein, ich lasse nicht davon ab!“ rief der Richter. „Ich will es nun einmal sehen, und koste es mich das Leben!“

Der Richter und der Teufel gingen nun beide miteinander auf den Markt. Es war gerade Markttag und viel Volk versammelt. Überall bot man dem Richter und seinem Begleiter, von dem niemand wußte, wer er war, volle Becher an und bat sie, zu trinken. Der Richter trank mit allen, wie es seine Gewohnheit war, und reichte auch dem Teufel eine Kanne; der aber nahm den Trunk nicht an, denn er wußte wohl, daß es dem Richter damit nicht ernst war.

Da sahen sie, daß ein Weib ein Schwein dahertrieb, das nicht nach ihrem Willen ging, sondern kreuz und quer lief. Deshalb schrie das Weib zornig und böse: „Geh' zum Teufel, daß er dich mit Haut und Haar hole!"

„Hörst du, Geselle?" rief der Richter dem Teufel zu. „Greif zu und nimm das Schwein!" Aber der Teufel antwortete: „Es ist leider der Frau nicht ernst mit ihrem Wort. Sie würde ein ganzes Jahr lang trauern und sich grämen, wenn ich ihr Schwein nähme. Nur was mir im Ernst gegeben wird, das darf ich nehmen."

Ähnliches geschah bald danach mit einem Kind. Das ging auch nicht so, wie die Mutter es haben wollte, so daß sie sehr böse wurde und schrie: „Hol dich der Teufel, wenn du nicht vernünftig neben mir hergehen kannst!"

„Hörst du, Geselle?" sagte da wieder der Richter. „Das Kind ist dein, — du hast gehört, daß man es dir ernstlich gibt!"

„O nein, es ist auch nicht ihr Ernst!" antwortete der Teufel. „Sie würde bitter wehklagen, wenn ich sie beim Wort nähme! Niemals würde sie mir das Kind geben!"

Nun kamen die beiden mitten auf den Markt, wo das dichteste Volksgedränge war. Sie mußten ein wenig stillestehen und konnten nicht durch das Gewimmel und Getümmel. Da erblickte ein Weib den Richter; es war alt und arm und krank und begann laut zu weinen und schrie vor allem Volk: „Weh über dich, Richter! Weh über dich! Du bist reich und ich bin arm. Du hast die göttliche und menschliche Barmherzigkeit verleugnet. Du hast mir ohne Grund meine einzige Kuh genommen, die für mich mein ganzer Lebensunterhalt war. Weh über dich, daß du das tatest! Ich flehe und schreie zu Gott, der durch seinen Tod und sein bitteres Leiden, das er für die Menschheit und für uns arme Sünder trug, meine Bitte gewähre — er muß mir meine Bitte gewähren! Und diese einzige Bitte ist, daß deinen Leib und deine Seele der Teufel zur Hölle führe!"

Auf diese Anklage sagte der Richter nichts, aber der Teufel sagte höhnisch: „Siehst du, Richter, das ist Ernst, und den sollst du gleich gewahr werden!" Damit streckte der Teufel seine Krallen aus, nahm den Richter beim Schopf und fuhr mit ihm durch die Lüfte von dannen wie der Geier mit einem Huhn. Alles Volk erschrak und staunte, und weise Männer formten die Lehre:

Es ist ein unweiser Rat,
Der mit dem Teufel umgaht.
Wer gern mit ihm umfährt,
Dem wird ein böser Lohn beschert.

BECHSTEIN

DER STADTPFEIFER AUS ORLAMÜNDE

Zu Orlamünde war ein Stadtpfeifer; sie nannten ihn den Hausmann, ein munterer Geselle, doch ein ehrlich Blut, nicht mehr ganz jung an Jahren, aber frischen Gemütes und kein Verächter des edeln Rebensaftes.

Nun war einstmals besagter Hausmann mit seinen Leuten zu Heilingen, — andere sagen in einem Dorfe unterm Schauenforst, — gewesen und hatte bei einer Hochzeit aufgespielt, waren auch schön bewirtet worden und zogen daher, als der Tag graute, fröhlich und wohlgemut am alten Schloß vorbei oder an dem Schauenforst, und da sagte der Hausmann:

„Wir wollen doch heute den Tag mit einem Morgenlied anblasen und zugleich dem weißen Fräulein da droben ein Ständchen bringen!"

Sie stellten sich also auf und bliesen mit frommem Sinne frisch drauflos. Noch waren sie mit ihrem Choral nicht fertig, da trat das weiße Fräulein heraus, auf die Musikanten zu und gab freundlich jedem einen Becher Wein. Sie tranken, und aus Dankbarkeit bliesen sie noch ein Stück. Das Fräulein kam zum zweitenmal; aber jetzt reichte sie auf einem Teller eine Anzahl Knochen dar. Wenn sie da auch große Augen machten, so hatte doch keiner das Herz, die wunderliche Gabe auszuschlagen. Sobald sie aber den Turm aus den Augen hatten, warfen die Gesellen ihren Teil in den nächsten Kornacker. Voll Ehrfurcht aber hatte der Hausmann seinen Knochen in die Tasche gesteckt, und so wurde er bei der Heimkehr mit dem Rock in den Kleiderschrank gehängt.

Am nächsten Sonntag verlangte der Mann seinen Staatsrock. Die Frau holte ihn.

„Was hast du denn eingesteckt?" fragte sie. „Das ist ja schwerer als ein Klumpen Eisen!"

„Ich wüßte nicht", war seine Antwort, „wer mir etwas gegeben hätte, — zeig doch her!"

Sie zog eine lange Rolle Gold aus der Tasche, in die der fromme Stadtpfeifer den Knochen gesteckt hatte.

Das war den Gesellen, die ihre Knochen weggeworfen hatten, kein Spaß mehr, als sie das hörten. Sie liefen spornstreichs nach dem Kornacker zurück, und o Freude, sie fanden die Knochen und trugen sie jubelnd nach Hause. Als sie sie dort aus der Tasche zogen, hatte jeder ein Stück beinerne Flöte: ihr erhofftes Glück war flöten gegangen, und sie konnten sich nun selbst was pfeifen.

VOM KNABEN, DER DAS HEXEN LERNEN WOLLTE

Es war einmal ein Knabe, der hatte vieles gehört von der Hexenkunst und wollte sie auch gerne lernen. Wen er aber danach fragte, der sagte ihm, daß er diese Kunst nicht kenne und nicht könne und auch nichts von ihr wissen wolle. Da ging der Knabe ganz allein in einen dunkeln Wald und rief mehr als einmal recht laut: „Wer lehrt mich das Hexen?" Und da schallte es wie antwortend an mehreren Stellen des tiefen Waldes: „Hexen! Hexen!"

Nach einer Weile kam ein uraltes Weiblein durch das Gebüsch gekrochen. Das hatte keinen Zahn mehr im Mund und schrecklich rote Augen. Ihr Rücken war gekrümmt, das Haar weiß und hing ihr wild um den Kopf herum und wehte im Winde. Ihre Stimme klang wie die Stimme des Vogels Kreideweiß, wenn er ruft: Komm mit! Und geradeso rief auch das alte Weib dem Knaben zu und winkte ihm zu folgen, sie wollte ihn das Hexen lehren. Der Knabe folgte ihr. Da führte sie ihn immer tiefer in den Wald hinein, und zuletzt auf ein sumpfiges Erlenmoor. Darauf stand eine graue, unscheinbare, halb verfallene Waldhütte. Die Wände waren aus Torfziegeln und mit Moos austapeziert, das Dach mit Schilf gedeckt. In der Waldhütte war niemand als ein junges, hübsches Mädchen, das Lieschen hieß; die Alte sagte aber nicht, ob es ihre Tochter oder ihre Enkelin war. Außerdem saßen nur noch drei große Kröten da, und über dem niedrigen Herd hing ein Kessel, darin kochte eine Brühe aus Gänseschwarz, Hasenpfeffer oder sonstigem Schwarzsauer mit Fleischknöchlein darin. Die Alte setzte eine Kröte vor die Türschwelle, daß sie Wache halte, die zweite Kröte schickte sie auf den Boden, dem Knaben eine Lagerstatt zu bereiten, und die dritte Kröte stellte sie auf den Tisch, daß sie leuchte. Diese Kröte tat ihr Bestes im Leuchten; doch wie auch ihre Äuglein in grünlichem Schimmer flammten, sie brachte es trotzdem kaum dahin, so hell zu leuchten wie ein Glühwurm; daher kommt auch der Haß, den die Kröten gegen die Glühwürmer haben. Nun aßen die Alte und das Lieschen aus dem Kessel ihre Abendmahlzeit, und der Knabe sollte auch essen, aber es graute ihm vor dieser Speise. Er klagte, daß er sehr müde sei, und wurde auf sein Strohlager gewiesen. Er schlief bald mit dem Gedanken ein, daß am anderen Morgen seine Lehrzeit in der Hexenkunst beginnen würde, und daß er es besonders schön fände, wenn das kleine Lieschen ihm diesen Unterricht geben würde. Die alte Hexe aber zischelte dem Mädchen zu: „Wieder einen gefangen! Einen hübschen Braten! Morgen wecke mich recht früh, ehe die Sonne aufgeht, dann wollen wir ihn schlachten."

Jetzt gingen die beiden auch schlafen; aber Lieschen fand keinen Schlaf. Es betrübte sie sehr, daß der schöne Knabe auch sterben sollte. Sie stand von ihrem Lager auf, trat an das seine und sah, wie schön rot seine Wängelein waren und wie blond sein gelock-

tes Haar! Daß seine Augen blau wie Vergißmeinnicht waren, hatte Lieschen nicht vergessen. Es graute ihr vor sich selbst, weil sie gezwungen war, der alten bösen Hexe zu dienen, die sie schon lange, als sie noch ein ganz kleines Kind war, ihren Eltern geraubt und in den tiefen Wald geschleppt hatte. Sie hatte das Hexenhandwerk lernen müssen: wie man pfeilschnell durch die Luft eilt, wie man sich unsichtbar macht, und wie man sich in andere Gestalten verwandelt. Als sich nun Lieschens Herz in voller Zuneigung dem Knaben zuwandte, beschloß sie, ihn zu erretten. Sie weckte ihn deshalb ganz leise und flüsterte ihm zu: „Lieber Knabe, steh auf und folge mir! Hier wartet deiner nur der Tod."

„Soll ich denn hier nicht das Hexen lernen?" fragte der Knabe, der Friedel hieß.

„Es ist besser für dich, wenn du es niemals lernst; außerdem hast du immer noch Zeit genug dazu", antwortete Lieschen; „jetzt eile dich, flieh, und ich will mit dir fliehen."

„Mit dir gehe ich gerne", sagte der Knabe, „bei der häßlichen Alten mit ihren garstigen Kröten möchte ich nicht bleiben."

„So komm denn!" sprach Lieschen, öffnete leise das Häuschen und sah nach, ob die Alte schlief. Das tat sie, denn es war erst die halbe Nacht vorbei und noch lange nicht Morgen.

Jetzt trat Lieschen mit Friedel aus dem Häuschen, und Lieschen spuckte auf die Schwelle. Danach eilten sie beide schnell von dannen. Durch das Öffnen und Schließen der Tür war aber doch ein kleines Geräusch entstanden, und weil alte Leute sehr leise schlafen, erwachte die Hexe und rief: „Lieschen! Steh auf! Ich glaube, es wird bald Tag!" Da rief der Speichel auf der Schwelle durch einen Hexenzauber, den Lieschen angewendet hatte: „Ich bin schon auf! Ruhe nur noch, bis ich das Hüttchen gekehrt und Laub und Holz zum Feuer zusammengelesen haben." Nun blieb die Alte noch ein Weilchen liegen, während die Fliehenden unaufhaltsam von dannen eilten. Die Hexe konnte aber nicht wieder einschlafen und rief abermals: „Lieschen, brennt das Feuer?"

Da antwortete abermals der Speichel auf der Schwelle: „Es brennt noch nicht, das Laub ist feucht, das Holz raucht; — ruhe noch ein Weilchen, bis ich das Feuer angeblasen habe." Die Alte ruhte noch eine kurze Zeit, während die Fliehenden sich immer mehr von ihrer Hütte entfernten. Unterdes ging die Sonne auf, da fuhr die Alte, die ein wenig eingenickt war, mit beiden Beinen zugleich aus dem Bett und schrie: „Satanskind! Die Sonne geht auf, und du hast mich nicht geweckt. Wo steckst du?"

Auf diese Frage bekam die Alte keine Antwort, denn die Sonne hatte den Speichel auf der Schwelle getrocknet. Nun fuhr die Hexe wie ein Wirbelwind im Hause herum. Der Knabe war fort, und Lieschen war fort, und die Hütte war nicht gefegt, es lag nicht Laub, nicht Holz auf dem Herde. Die Alte war wütend. Sie ergriff einen Besenstiel und rannte aus dem Hause. Sie schlug mit dem Besen an die Tür, da wurde das Häuschen unsichtbar; sie trat auf einen Pilz, da wallte eine Wolke empor. Dann setzte sie sich auf ihren Besenstiel und fuhr mit der Wolke in die Luft. Da sah sie, nach welcher Richtung die Flüchtlinge flohen, — und mit Windeseile flog die Wolke ihnen nach. Lieschen aber sah sich auf der Flucht beständig um — denn sie kannte die Künste der alten Hexe — und sprach zu Friedel: „Siehst du dort am hohen Himmel die braune Wolke? Das ist die

Hexe, die uns nachfährt; wir können nicht weiter fliehen, sie wird uns bald einholen. Jetzt laß mich meine Kunst brauchen. Ich will ein Dornenstrauch werden und dich als eine Schlehe tragen."

Plötzlich war Lieschen ein Schlehdornbusch, der viele Früchte trug und an einem Raine stand; und die unterste Beere, das war der Friedel.

Die Hexe bekam auf ihrer Luftfahrt großen Durst, und als sie den Schlehdornstrauch mit den vielen Früchten sah, sprach sie zu sich selbst: „Die Luft ist trocken und zehrt — ich muß mich herablassen und ein paar Schlehen essen." Das tat sie und pflückte eine Beere nach der andern und sagte: „Sauer macht lustig." Jetzt waren die Beeren alle verzehrt bis auf die letzte. Das war der Friedel und das wußte die schlimme Alte recht gut; sie krallte mehrmals danach, aber der Dornbusch stach sie tüchtig in ihre langen, dürren Finger. Doch sie kehrte sich nicht daran, sie gab sich viel Mühe, die in Dornen ganz versteckte letzte Schlehe auch noch zu erhaschen. Da fiel die Schlehe ab und rollte den Rain hinab; und da wurde plötzlich der Dornbusch zu einem Wasser und die Beere zu einem kleinen Enterich, alles durch Lieschens Zauberkunst, die sie von der Alten gelernt hatte. Nun warf die Alte einen ihrer Pantoffel in die Luft. Der wurde alsbald ein großer Raubvogel und stieß auf den Enterich. Der tauchte schnell unter, und sobald der Raubvogel mit seinem Schnabel das Wasser berührte, schlug es eine Welle, die ihn faßte und ersäufte. Danach tauchte der Enterich wieder auf. Wütend schleuderte die Alte ihren zweiten Pantoffel in das Wasser. Der wurde ein Krokodil und schoß nach dem Enterich hin, um ihn zu schnappen. Da flog der Enterich in die Luft und ließ sich an einer andern Stelle wieder auf das Wasser nieder. Das Wasser aber, welches dem Krokodil in den Rachen drang, wurde zu Stein. Da wurde das Krokodil so schwer, daß es untersank. Jetzt legte sich die alte Hexe platt an den Rand des Wassers, um es wegzutrinken, denn ohne das Wasser hatte der verzauberte Enterich kein Dasein mehr. Sobald er das Land berührte, mußte er die vorige Gestalt wieder annehmen. Die Alte hatte aber noch nicht lange getrunken, da verwandelte sich das Wasser in ihrem Leibe in Feuer. Es tat einen Knall, als ob die Hölle platzte. Die Hexe war zersprungen, der Enterich war wieder der schöne Knabe, das Feuer wurde zum Lieschen, und dann blieben sie beide miteinander treu verbunden. Als der Knabe das Lieschen fragte, ob es ihn das Hexen lehren wolle, lachte Lieschen und sagte: „Du kannst es ja schon, denn du hast ja mich behext."

BECHSTEIN

DIE SIEBEN SCHWÄNE

In einem Lande war ein junger Rittersmann, der war reich und schön und hatte eine prächtige Burg. Einmal ritt er mit seinen Hunden in den Wald, um zu jagen, da sah er eine Hindin (Hirschkuh), die war weißer als der Schnee und floh vor ihm auf und davon in die Gebirge zwischen die hohen, wilden Gesträuche. Der Rittersmann aber folgte ihr gar eilig nach und kam zuletzt in ein wildes finsteres Tal, da verlor er durch die Hunde die Hindin aus dem Gesicht, ritt hin und her und rief die Hunde wieder zusammen. Darüber kam er an einen Fluß, an dem sah er eine schöne Jungfrau stehen, die wusch sich und trug in der Hand eine güldne Kette. Und da ihm diese Jungfrau sehr wohl gefiel, so stieg er sacht vom Roß, schlich sich ihr unversehens nah und nahm ihr die goldne Kette aus der Hand. In dieser Kette aber war eine wunderbare Zauberkraft, und die Jungfrau war ein Wünschelweiblein und so schön, daß er ob ihrer Schönheit die Hindin samt seinen Hunden vergaß und gedachte, die Jungfrau heimzuführen als seine Gemahlin. Und das tat er auch und führte sie heim.

Nun hatte der junge Rittersmann noch eine Mutter, der kam die Schwiegertochter ungelegen, denn sie hatte bisher das Regiment ganz allein geführt und fürchtete nun, daß sie Gewalt und Ansehen auf dem Schloß verlieren werde, und wurde der Schwiegertochter gram und haßte sie und ermahnte oft ihren Sohn, jene nicht allzu lieb zu haben, und hätte gar zu gern Unfrieden und Zwietracht zwischen beiden angestiftet. Aber sie konnte das nicht zuwege bringen, denn der Sohn wollte ihre Worte nicht hören und war dann jedesmal ungehalten auf sie. Als sie das merkte, stellte sie sich in allem willfährig und dienstgefällig gegen ihren Sohn und gegen die junge Frau, aber es kam bei ihr alles aus einem falschen Herzen, darin sie eine grausame Bosheit erdacht hatte gegen die junge Frau, obschon sie sie äußerlich gar sehr zu ehren schien. Darüber kam die Zeit, daß die junge Frau in das Kindbett kam und genas von sechs Söhnen und einer Tochter, die trugen alle goldne Ringe um ihre Hälse. Sofort kam das alte böse Weib, die Mutter des jungen Herrn, und bewies nun ihre niederträchtige Bosheit, die sie in ihrem falschen Herzen ausgesonnen hatte, und nahm die sieben Kinderchen, während die Mutter schlief, trug sie hinweg und legte sieben junge Hündlein, die in derselben Nacht geworfen worden waren, an deren Stelle. Nun hatte dieses falsche und ungetreue Weib einen vertrauten Knecht, dem überantwortete sie die sieben Kinder und verpflichtete ihn bei Treuen und Eiden, daß er sie in den wilden Wald tragen, sie töten und begraben sollte in der Erde oder sie im Wasser ertränken. Das gelobte der Knecht zu tun, trug die Kindlein in den Wald, legte sie unter einen Baum und bereitete sich, sie zu erwürgen. Da kam ihn aber ein Grauen an vor dem Mord, und er schauderte zurück vor solch ungeheurer Tat und ließ die Kindlein leben, ging und sagte der Frau, daß er ihr Gebot vollbracht habe.

Aber der Schöpfer aller Wesen, der alle Dinge zum besten lenkt, erbarmte sich der

Kindlein und sandte ihnen einen Nährvater. Das war ein alter und weiser Meister, der in dem Wald wohnte. Der nahm die Kindlein in seine Klause, und nährte sie mit der Milch der Hirschkühe, sieben Jahre lang.

Als jenes böse Weib die Kinder weggebracht hatte von der Mutter, führte sie ihren Sohn zu der jungen Frau, zeigte ihm die Hündlein und sprach: „Siehe, Sohn, die Kinder, die deine Frau dir geboren, es sind junge Hunde." Das tat sie ihrem Sohn aus Rache an, weil er die junge Frau so lieb hatte. Als er das sah, glaubte er seiner Mutter und warf einen Haß auf die junge Frau, die er vorher so lieb gehabt, wollte auch kein Wort einer Entschuldigung hören, sondern er ließ sie auf dem Hofe seiner Burg in die Erde eingraben bis zur Brust, und über ihr Haupt ließ er ein Waschbecken mit Wasser setzen und gebot allem seinem Gesinde, sich über ihrem Haupt zu waschen und ihre Hände an ihrem schönen Haar zu trocknen. Auch sollte sie keine andere Nahrung bekommen als die Hunde.

Und so mußte das arme unschuldige Weib stehen bleiben in der Grube in Nöten und Ängsten sieben lange Jahre, und durfte sich ihrer keine Seele erbarmen. Darüber verzehrte sich ihr schöner Leib, ihre Kleider vermoderten, und es blieb nur die Haut über ihren Gebeinen.

Indessen lernten die jungen Kinder im Walde Wild und Vögel schießen und sich von deren Fleisch zu nähren. Da geschah es, daß der Ritter, ihr Vater, wieder einmal in dem Walde jagte. Da ward er der Kinder gewahr, die in dem Holze spielend hin und her liefen, und hatten alle güldne Kettlein um den Hals. Und sein Herz ward von Neigung zu den Kindern bewegt; er hätte gern eins oder das andere ergriffen, aber sie ließen sich nicht fangen, sondern verschwanden im Walde. Daheim erzählte er seiner Mutter, daß er im Walde kleine Kinder gesehen mit Goldkettchen an den Hälsen. Darüber erschrak seine Mutter innerlich, nahm den Knecht vor und fragte ihn: „Hast du damals die Kinder getötet, oder hast du sie leben lassen?" Da bekannte der Knecht, daß er sie nicht mit eigner Hand zu töten vermocht habe, doch habe er sie unter einen Baum gelegt, und da wären sie gewiß bald gestorben. Hierauf gebot sie dem Knecht, schleunigst in den Wald zu reiten, die Kinder zu suchen, die mit nichten gestorben seien, und ihnen die goldnen Kettchen zu nehmen, sonst würden sie beide zu Schanden werden. Der Knecht gehorchte voll Angst, suchte drei Tage lang die Kinder im Walde und fand sie nicht; erst am vierten Tage fand er sie. Sie hatten die Kettchen abgelegt und waren nun in Schwäne verwandelt und spielten auf dem Wasser. Aber das Mädchen hatte noch seine schöne Gestalt und sah den Schwänen zu, wie sie auf dem Wasser spielten. Da ging der Knecht heimlich hinzu und nahm die sechs goldnen Kettchen weg; aber das Mädchen entlief ihm, so daß er es nicht erreichen konnte.

Als der Knecht der Alten die Ketten brachte, sandte sie zu einem Goldschmied und ließ daraus einen Becher machen. Als der Goldschmied nun von den Ketten einen Becher gießen wollte, fand er, daß das Gold so edel und rein war, daß es weder mit dem Hammer verarbeitet noch im Feuer flüssig gemacht werden konnte, bis auf ein Kettchen. Das zerschlug er und machte einen Ring davon; die andern wog er auf seiner Waage, legte sie beiseite und nahm dafür an Gewicht soviel anderes Gold und machte einen Becher davon, den gab er der Frau und auch den Ring; die schloß beides fest in ihren Kasten.

Jene Söhne aber, die nun ihre menschliche Gestalt nicht wieder erlangen konnten, wurden betrübt und sangen mit süßer kläglicher Stimme; das klang wie Weinen kleiner Kinder. Sie wußten nicht, wo sie sich hinwenden sollten. Schließlich schlugen sie mit den Flügeln und schwangen sich hoch empor. Da gewahrten sie einen großen, spiegelklaren See, auf dem ließen sie sich nieder. Der See aber umschloß einen hohen Berg, an dem hing ein großer Felsen, und auf diesem lag eine schöne Burg. Der Felsen war steil, und das Wasser stand so dicht am Berge, daß außer einem ganz schmalen Steig keinerlei Zugang zu der Burg war. Und das war die Burg des jungen Ritters, welcher der Vater jener Kinder war, und die Fenster des Speisesaales der Burg standen nach dem Wasser gekehrt, so daß der Herr bald die Schwäne erblickte und sich wunderte; denn er hatte so schöne Vögel noch niemals gesehen. Darum warf er ihnen Brot und andere Speise hinunter und gebot seinem Gesinde, daß sie niemand verjagen oder vertreiben solle, sondern sie sollten allezeit Brot hinunterwerfen, daß die Schwäne sich dort beständig aufhielten. Diesem Gebot ward fleißig nachgelebt, und die Schwäne fühlten sich bald wie daheim und wurden so zahm, daß sie stets zur Essenszeit kamen und sich ihr Futter holten.

Das arme verlassene Mädchen aber, ihre Schwester, hatte nun zwar ihre menschliche Gestalt behalten, war aber hilflos und ging bettelnd hinauf auf die Burg ihres Vaters. Da gab man ihr den Abfall vom Tische, und sie teilte diesen mit der armen Frau in der Grube, denn so oft sie diese sah, mußte sie bitterlich weinen. Doch kannte eins das andere nicht. Auch brachte das Mägdlein noch einige übrig gebliebene Brosamen herunter unter die Burg und gab die den Schwänen, ihren Brüdern. Allezeit, wenn sie nahte, so kamen die Schwäne herbei, fliegend und flatternd und kitternd, und aßen ihre Speise aus der Schürze des Mägdleins. Das streichelte sie freundlich und nahm sie in ihre Arme und ging dann stets gegen Abend wieder auf die Burg und schlief alle Nacht vor der Frau, die in der Erde stand, ohne daß sie wußte, daß diese ihre Mutter war.

Alle Bewohner der Burg sahen das mit großer Verwunderung, und daß sie immer weinte, wenn sie bei der Frau stand und auch, daß sie dieser sehr ähnlich sah. Und da wurde auch des Ritters Herz bewegt, daß er das Mägdlein näher betrachtete, und er sah die Ähnlichkeit mit seiner Frau und sah auch an ihrem Halse das güldne Kettlein. Er ließ das Dirnlein vor sich treten und fragte es: „Mein liebes Kind, sage mir, wer bist du und wo kommst du her? Wer sind deine Eltern und wie hast du die Schwäne so gezähmt, daß sie aus deinem Schoße essen?“

Da seufzte das arme Kind aus tiefstem Herzensgrund und sprach: „Lieber Herr! Die Eltern, die ich hatte, habe ich nicht gekannt. Ich weiß auch nicht, ob ich sie gesehen habe. Wenn du aber nach den Schwänen fragst, — das sind meine Brüder, die mit mir ernährt wurden von der Milch der Hindinnen im Walde. Zu einer Zeit geschah es, daß meine Brüder ihre goldnen Ketten ablegten, weil sie baden wollten, da wurden sie in Schwäne verwandelt; und weil die Ketten geraubt wurden, konnten sie die Menschengestalt nicht wieder erlangen und mußten Schwäne bleiben.“

Diese Rede vernahm das falsche ungetreue Weib und der Knecht, ihr Helfershelfer, und erschraken heftig und wurden beide bleich im Bewußtsein ihrer Schuld. Der Ritter nahm das wahr und dachte darüber nadi, indem er von der Burg herab spazieren ging. Die Alte aber hetzte den Knecht auf, er sollte das Mägdlein töten. Und er nahm ein blankes Schwert und folgte dem Mägdlein, als es nach seiner Gewohnheit herabging zu den Schwänen. Allein der Herr trat herzu, und wie der Knecht die Missetat begehen wollte, schlug er ihm das Schwert aus der Hand. Da fiel der Knecht auf seine Knie nieder und bekannte dem Herrn alles. Darauf trat der Ritter zu seiner Mutter und brachte sie zum Reden und zum Geständnis; dann schloß sie ihren Kasten auf und gab dem Sohn jenen Becher, der von den Kettchen der Kinder gefertigt sein sollte. Sogleich sandte der Ritter nach dem Goldschmied und fragte ihn ernstlich wegen des Bechers. Da dieser nun Angst vor Strafe hatte, so bekannte er die Wahrheit, daß er die Ketten noch ganz habe, bis auf eine, aus der er einen Ring gefertigt. Der Ritter hieß ihn die Ketten bringen und gab sie der Jungfrau. Die legte sie den Schwänen, jedem eine, um den Hals. Da erhielten sie alle die menschliche Gestalt wieder, bis auf einen, der mußte ein Schwan bleiben. Nun ließ der Ritter gar eilig die arme Frau aus der Erde nehmen, ließ sie mit edler Spezerei und kostbarem Balsam wieder erquicken, daß sie wieder ein schönes Weib wurde. Seine falsche Mutter ließ er in das nämliche Loch setzen, darin seine unschuldige Frau sieben lange Jahre geschmachtet und gelitten hatte. So geschah ihr nach dem Prophetenspruch: In die Grube fällt, wer andern sie gegraben.

BECHSTEIN

DER GLOCKENGUSS ZU ATTENDORN

Eine Witwe, die zu Attendorn im Lande Westfalen lebte, hatte einen einzigen Sohn. Der ging in die Fremde, nach Holland, wo er treu und fleißig arbeitete, die Mutter unterstützte und auch für sich etwas zurücklegte. Das sandte er aber alles nach Hause zur Mutter, damit sie es ihm aufbewahre. Da kam eines Tages mit anderen Sachen eine kleine, schwarze, aber sehr schwere Metallplatte, und die Frau, die einen kleinen Laden hielt, stellte sie unter die Bank, weil sie nicht wußte, wo sie das Erz aufbewahren sollte, und auch nicht glaubte, daß es etwas wert wäre.

Nun traf es sich, daß die zu Attendorn eine neue Glocke gießen lassen wollten. Deshalb gingen Männer aus der Gemeinde von Haus zu Haus und erbaten altes Metall, Erz, Messing, Kupfer, Zinn, — alles, was von zerbrochenen oder abgängigen Geschirren und Hausgeräten gut war zur Glockenspeise. Weil die Witwe gerade nichts Entbehrliches von solcher Art hatte, fiel ihr die alte schwarze Erzplatte ihres Sohnes ein, und sie gab diese den Männern hin.

Der Glockengießer reiste bald darauf nach Arnsberg, wo er auch Arbeit hatte. Inzwischen bereitete sein Geselle zu Attendorn bis zu des Meisters bestimmter Ankunft, alles zum Guß vor, formte die Glocke und brachte einstweilen alles Erz in Fluß. Siehe, da blieb der Meister, durch andere Arbeit verhindert, aus, und der Geselle konnte nicht anders, als den Guß zu vollenden; auch war er sich seiner Sache gewiß. Und das Werk gelang ganz vortrefflich. Als nun die Glocke geläutet wurde, hatte sie einen überaus herrlichen Klang, so daß alles — und sein Werk am meisten — den Meister lobte, obgleich der Meister nur ein Geselle war.

Heiteren Sinnes gedachte dieser nun nach Arnsberg zu reisen, um seinem Meister dort zu helfen, und als er schied, da gaben ihm viele gute Gesellen das Geleite, und ihm zu Dank und Ehren schallte hinter ihm das herrliche Geläute seiner Glocke. Als nun der wandernde Geselle mit seiner Geleitschaft gegen das Schloß Schnellenberg kam, begegnete ihm auf einer steinernen Brücke sein Meister zu Pferde, der schon erfahren hatte, daß der Geselle ohne ihn den Glockenguß meisterlich vollbracht hatte. Er war voller Zorn und Wut und schnaubte ihn mit den Worten an:

„Was hast du getan, du Bestie!"

Er schoß ihm auf der Stelle eine Kugel durch den Kopf und sprach zu den erschrockenen Begleitern:

„Als ein Schelm hat der Kerl die Glocke gegossen, sie muß umgegossen werden!"

So, als habe er etwas Rechtes vollbracht, ritt er stracks nach Attendorn, in der Absicht, die Glocke wirklich umzugießen.

Allein die Zeugen der Mordtat verklagten ihn beim Rat, und der Rat ließ ihn festsetzen und bedeuten, es sei nicht Brauch im Reich, daß jeder Meister an seinem Gesellen zum Scharfrichter werde. Man ließ ihn befragen, was ihn zu einer solchen Untat getrieben habe, denn der hochweise Rat zu Attendorn sah klugerweise ein, daß wohl mehr dahinter verborgen liegen müsse als nur Zorn und Eifersucht über ein noch dazu wohlgelungenes Werk des Gesellen. Erst fragten sie gütlich, dann peinlich und sehr peinlich, und da bekannte der Meister Glockengießer, er habe sich deshalb so sehr erzürnt über den Gesellen, weil unter dem eingelieferten Metall eine schwere schwarzgefärbte Goldplatte gewesen sei, die er, der Meister, für sich habe wegzwacken und zurückbehalten wollen. Diese habe der Geselle aus Unkenntnis auch mit eingeschmolzen, und davon habe die neue Glocke den herrlichen Klang. Deshalb wollte er die Glocke umschmelzen, das Gold ausscheiden und sie neu gießen.

Mit diesem Bescheid auf seine Fragen war der Rat zu Attendorn zufrieden und ließ dem Meister den Kopf abschlagen. Dem unschuldigen Gesellen errichtete man auf jener Brücke ein steinernes Kreuz zum Andenken. Niemand aber konnte es sich denken, wer in der Stadt eine so kostbare Beisteuer zu der Glocke gegeben hatte.

Da kehrte der Sohn der Witwe mit viel Geld und Gut aus Holland zurück und fragte bald seine Mutter, wo sie die schwere Goldplatte aufbewahrt habe, die er ihr sandte?

„Gold? Das war Gold?“ schrie die Witwe und wurde vor Schrecken bleich und schier ohnmächtig und bekannte mit Zittern, daß sie die schwarze Platte hingegeben habe zum Glockenguß, weil sie das ja unmöglich habe wissen können. Darauf sagte der Sohn:

„Beruhigt Euch nur, meine liebe Mutter! Es ist gegeben zu Gottes Ehre.“ Und nun erzählte die Frau ihrem Sohn die Geschichte von dem Glockenguß, daß durch jenes Gold zwei Menschen, einer unschuldig und einer schuldig, ihr Leben einbüßten, und daß sie aber nimmermehr habe denken können, daß aus ihrer Hand das vielbesprochene Gold gekommen sei. Da sagte der Sohn:

„Gott hat es so bestimmt. Wir wollen über den Verlust nicht klagen und nur über das Unglück trauern, das jenes Gold geboren hat.“

Nach langen Jahren entzündete ein Wetterstrahl den Glockenturm zu Attendorn, und in der Glut schmolz auch die Glocke. Da wurde das Erz gesammelt und geprüft und als so goldgehaltig befunden, daß von seinem Wert der ganze Turm neu gebaut und mit Blei gedeckt werden konnte.

BECHSTEIN

DAS HOLZWEIBEL AUF DER KARRENDEICHSEL

In Wöhlsdorf war ein Schäferknecht, der trieb gewöhnlich seine kleine Herde nach dem Brandholze hin, das nicht weit von Ranis liegt, und dort wo der Pferch aufgeschlagen war, stand auch sein kleiner Karren, in dem er die Mittagsrast hielt und auch bisweilen übernachtete. Es war ein stiller, fleißiger Knecht, der seine müßige Zeit mit Stricken ausfüllte, wie es in manchem Lande üblich. Zu dem gesellte sich ein Wald- oder Holzweibel, das ihm oft die Verfolgungen klagte, die es mit seinen Verwandten vom wilden Jäger erdulden müsse, und gegen die nur drei besonders in einen Baumstamm oder sonstiges Holz eingehauene Kreuze Schutz gewährten. Da schnitt der Knecht in die Deichsel seiner Hütte auch drei Kreuze, damit das arme Holzweibel darauf einen Schutz hätte. Da saß es denn oft und erzählte ihm, und wenn der wilde Jäger sich hören ließ, flüchtete es eilig auf die Deichsel, da war es sicher. Zum Danke schenkte das Holzweibel dem Knecht ein Strickknäuel, das hatte die Tugend, daß es kein Ende nahm, man mochte davon abstricken, so viel man wollte. Da war nun der gute Knecht um so fleißiger. Der wilde Jäger aber hatte das Holzweiblein aus Ärger, weil es so sicher war, besonders auf dem Strich. Eines nachts nun brauste er mit dem ganzen wütenden Heere heran, und da er das Waldweibel nicht fassen konnte, so brach er die ganze Deichsel vom Karren ab mitsamt dem Weiblein und den drei Kreuzen und führte sie auf und davon. Lange noch strickte der Knecht von dem geschenkten Knäuel, erzählte auch jedem, der es hören wollte, von dessen guter Eigenschaft, und wie er dazu gelangt sei, und dennoch behielt das Knäuel seine Tugend. Bis er's einmal einem Bekannten, der daran zweifelte, in die Hände gab und ihm erlaubte, für sich so viel davon abzuwickeln, wie er möge. Da war das Knäuel gleich alle und war da gewesen für immer.

Der goldne Rehbock

Es waren einmal zwei arme Geschwister, ein Knabe und ein Mädchen. Das Mädchen hieß Margarete, der Knabe hieß Hans. Ihre Eltern waren gestorben und hatten ihnen gar kein Eigentum hinterlassen. So lebten sie vom Betteln, denn zur Arbeit waren beide noch zu schwach und klein: Hänschen zählte erst zwölf Jahre, und Gretchen war noch jünger. Des abends gingen sie vors erste beste Haus, klopften an und baten um ein Nachtquartier, und oft waren sie schon von guten, mildtätigen Menschen aufgenommen, gespeist und getränkt worden; auch hatte mancher ihnen ein Kleidungsstückchen zugeworfen.

So kamen sie einmal abends vor ein Häuschen, das einzeln stand. Da klopften sie ans Fenster, und als gleich darauf eine alte Frau heraussah, fragten sie, ob sie hier nicht über Nacht bleiben dürften? Die Antwort war: „Meinetwegen, kommt nur herein!" Aber als sie eintraten, sprach die Frau: „Ich will euch wohl über Nacht behalten, aber wenn es mein Mann gewahr wird, so seid ihr verloren; denn er ißt gern einen jungen Menschenbraten. Daher schlachtet er alle Kinder, die ihm vor die Hand kommen!" Da wurde den Kindern sehr angst; doch konnten sie nun nicht mehr weiter, es war schon ganz dunkle Nacht geworden. So ließen sie sich gutwillig von der Frau in ein Faß verstecken und verhielten sich ruhig. Einschlafen konnten sie aber lange nicht, zumal da sie nach einer Stunde die schweren Tritte eines Mannes vernahmen, der wahrscheinlich der Menschenfresser war. Des wurden sie bald gewiß, denn jetzt fing er an mit brüllender Stimme mit seiner Frau zu zanken, daß sie keinen Menschenbraten für ihn zugerichtet habe. Am Morgen verließ er das Haus wieder und tappte so laut, daß die Kinder, die endlich doch eingeschlummert waren, darüber erwachten.

Als sie von der Frau etwas zu frühstücken bekommen hatten, sagte sie: „Ihr Kinder müßt nun auch etwas tun, da habt ihr zwei Besen, geht oben hinauf und kehrt mir meine Stuben aus, deren sind zwölf, aber ihr kehrt davon nur elf, die zwölfte dürft ihr um's Himmels willen nicht aufmachen. Ich will nun ausgehen. Seid fleißig, damit ihr fertig seid, wenn ich wiederkomme." Die Kinder kehrten sehr emsig, und bald waren sie fertig. Nun wollte Gretchen doch gar zu gerne wissen, was in der zwölften Stube wäre. Sie guckte ein wenig durchs Schlüsselloch und sah einen herrlichen kleinen goldenen Wagen, mit einem goldenen Rehbock bespannt. Geschwind rief sie Hänschen herbei, daß er auch hineingucken sollte. Und als sie sich erst tüchtig umgesehen, ob die Frau nicht heimkehre, und da von der nichts zu sehen war, schlossen sie schnell die Tür auf, zogen den Wagen samt Rehbock heraus, setzten sich drunten hinein in den Wagen und fuhren auf und davon. Aber nicht lange, so sahen sie von weitem die alte Frau und auch den Menschenfresser, die ihnen gerade auf dem Wege entgegenkamen, den sie mit dem geraubten Wagen eingeschlagen hatten. Hänslein sprach:

„Ach, Schwester, was machen wir? Wenn uns die beiden Alten entdecken, sind wir verloren."

„Still!" sprach Gretchen, „ich weiß ein kräftiges Zaubersprüchlein, welches ich noch von unsrer Großmutter gelernt habe:

Rosenrote Rose stich;
Siehst du mich,
So sieh mich nicht!"

Und alsbald waren sie verwandelt in einen Rosenstrauch. Gretchen wurde zur Rose, Hänslein zu Dornen, der Rehbock zum Stiele, der Wagen zu Blättern.

Nun kamen beide, der Menschenfresser und seine Frau, dahergegangen, und die wollte sich die schöne Rose abbrechen, aber sie stach sich so sehr, daß ihre Finger bluteten und sie ärgerlich davonging. Als die Alten fort waren, machten sich die Kinder eilig auf und fuhren weiter und kamen bald an einen Backofen, der voll Brot stand. Da hörten sie aus dem Ofen eine hohle Stimme rufen: „Rückt mir mein Brot, rückt mir mein Brot." Schnell rückte Gretchen das Brot und tat es in ihren Wagen, worauf sie weiterfuhren. Da kamen sie an einen großen Birnbaum, der voll reifer schöner Früchte hing, aus diesem tönte es wieder: „Schüttelt mir meine Birnen, schüttelt mir meine Birnen!" Gretchen schüttelte sogleich, und Hänschen half gar fleißig auflesen und die Birnen in den goldenen Wagen schütten. Und wieder kamen sie an einen Weinstock, der rief mit angenehmer Stimme: „Pflückt mir meine Trauben, pflückt mir meine Trauben!" Gretchen pflückte auch diese und packte sie in ihren Wagen.

Unterdessen aber waren der Menschenfresser und seine Frau daheim angelangt und hatten mit Ingrimm wahrgenommen, daß die Kinder ihren goldenen Wagen samt Rehbock gestohlen, gerade wie sie selber ebenfalls vor langen Jahren Wagen und Rehbock gestohlen und noch dazu bei dem Diebstahl einen Mord begangen, nämlich den rechtmäßigen Eigentümer erschlagen hatten. Der mit dem Rehbock bespannte Wagen war nicht nur an und für sich von großem Wert, sondern er besaß auch noch die vortreffliche Eigenschaft, daß, wo er hinkam, von allen Seiten Gaben gespendet wurden, von Baum und Strauch, von Backofen und Weinstock. So hatten denn die Leute, der Menschenfresser und seine Frau, lange Jahre den Wagen, wenn auch auf unrechtmäßige Weise, besessen, hatten sich gute Eßwaren spenden lassen und dabei herrlich und in Freuden gelebt. Da sie nun sahen, daß sie ihres Wagens beraubt waren, machten sie sich flugs auf, den Kindern nachzueilen und ihnen die köstliche Beute wieder abzujagen. Dabei wässerte dem Menschenfresser schon der Mund nach Menschenbraten; denn die Kinder wollte er sogleich fangen und schlachten. Mit weiten Schritten eilten die beiden Alten den Kindern nach und wurden ihrer bald von ferne ansichtig. Die Kinder kamen jetzt an einen großen Teich und konnten nicht weiter, auch war weder eine Fähre noch eine Brücke da, daß sie hinüber hätten flüchten können. Nur viele Enten waren darauf zu sehen, die lustig umherschwammen. Die lockte Gretchen ans Ufer und sprach:

Ihr Entchen, ihr Entchen,
Schwimmt zusammen,
Macht mir ein Brückchen,
Daß ich hinüber kann kommen!

Da schwammen die Enten einträchtig zusammen, bildeten eine Brücke, und die Kinder samt dem Rehbock und Wagen kamen glücklich ans andere Ufer. Aber flugs hinterdrein kam auch der Menschenfresser und brummte mit häßlicher Stimme:

Ihr Entchen, ihr Entchen,
Schwimmt zusammen,
Macht mir ein Brückchen,
Daß ich hinüber kann kommen!

Schnell schwammen die Entchen zusammen und trugen die beiden Alten — hinüber, meint ihr? Nein! In der Mitte des Teiches, wo das Wasser am tiefsten war, schwammen die Entchen auseinander, und der böse Menschenfresser nebst seiner Alten plumpsten in die Tiefe und kamen um. Und Hänschen und Gretchen wurden sehr wohlhabende Leute, aber sie spendeten auch von ihrem Segen den Armen viel und taten viel Gutes, weil sie immer daran dachten, wie bitter es gewesen, als sie noch arm waren und betteln gehen mußten.

BECHSTEIN

DIE SCHARFE SCHERE

In einem kleinen Städtchen war einmal ein frommes Schneiderlein, das tat gar fleißig seine Arbeit und rührte sich vom Morgen bis zum Abend mit Nähnadel und Fingerhut, Schere und Bügeleisen, brachte es aber gar nicht weit damit und kam zu nichts Rechtem.

Die Zeit wurde immer schlechter, und das arme Schneiderlein konnte sich keinen einzigen Gesellen mehr halten.

Da klopfte eines Tages gegen die Abenddämmerung ein Schneidergeselle an, grüßte das Handwerk und bat um Arbeit. Dem klagte das arme Meisterlein gleich seine Not und sprach, es wolle ihm von Herzen gerne Arbeit geben, wenn es nur welche hätte. Der Schneidergeselle aber antwortete, der Meister solle ihn nur annehmen; wo er arbeite, da sei das Glück, da gebe es genug zu schaffen.

„Nun gut! Wir wollen es auf acht Tage probieren“, sagte der Schneider, der leicht Hoffnung schöpfte. Einiges fand sich noch zu flicken vor, und am andern Morgen begann die Arbeit. Meister und Geselle saßen einander gegenüber, und dem Meister stand die Nadel still, als er sah, wie flink und fertig der neue Geselle nähte. Dessen Nadel flog nur so, man sah kaum die arbeitende Hand.

Nun betrachtete sich der Meister seinen neuen Gesellen auch weiter und wunderte sich über dessen Gestalt. Der war schier so dünn wie ein Zwirnsfaden. Das nichts weniger als wohlbeleibte Schneiderlein war gegen ihn, was ein starker Stamm ist gegen eine dünne Gerte. Das Gesicht des Gesellen war dem Meister nicht angenehm. Es ähnelte aufs Haar dem eines Ziegenbockes, und nebenbei hing der Geselle an alles, was er sprach, ein seltsam kicherndes Gelächter, das bocksgenau wie Meckern klang.

Kaum hatte die Arbeit begonnen, als es an die Tür klopfte. Ein fremder Herr trat ein, der ein neues Gewand bestellte und das Geld für das Tuch gleich auf den Arbeitstisch legte. Zitternd vor Freude hüpfte das Schneiderlein um den Fremden herum und nahm Maß. Ach, es hatte so lange nicht das wonnige Gefühl einer Schneiderseele empfunden, ein Maß zu einem nagelneuen Gewande zu nehmen. Der Fremde empfahl Eile und ging, und die Frau Meisterin sollte geschwind in den Tuchladen gehen, um das Tuch zu holen. Sie konnte sich nicht schnell genug anziehen.

„Sieht der Meister, daß ich recht hatte?“ fragte der Geselle. „Mit mir kommt das Glück ins Haus, mähähähä!“

„Freut mich, freut mich sehr!“ antwortete schmunzelnd das Schneiderlein.

„Zehn Taler hat der Herr für das Tuch da gelassen?“ fragte der Geselle weiter. „Da schickt man achte in den Tuchladen, und zweie behält man — mähähähä!“

„Gott soll mich behüten und bewahren!“ rief erschrocken das Schneiderlein! „Nein, das wäre eine Sünde, das wäre unrechtes Gut, das bringt kein Gedeihen!“

„Laß mich der Meister aus mit Sünde. Solche Worte kenn' ich nicht — mähähähä!" erwiderte mit einem ungemein spöttischen Gesicht der Geselle, immerfort fleißig arbeitend. „Man riecht dem Meister recht das kleine Stadtnest an, in dem wir sitzen. Da sollte einmal der Meister in einer großen Stadt leben, und ein Kunde so dumm sein wie der unsrige, das Geld zum Tuche voraus zu bezahlen! Dort müßte man von zehn Talern gleich fünfe behalten, weil so viele andere Kunden das Tuch, das die Schneider zum Gewande verarbeiten, nie und niemals bezahlen, so daß Auslagen nebst Macherlohn zum — zum Teufel sind — mähähähä!"

Das fromme Schneiderlein fädelte einen neuen Faden in seine Nadel, zog diesen recht lang aus, hielt ihn dem Gesellen unter die Nase und sagte: „Hör Er, Mosjö! Ehrlich währt am längsten!"

„Eine gute Zehrung, mit der man weit kommt!" spottete der Geselle mit seinem steten unausstehlichen Meckerlachen.

Das Tuch wurde gebracht, es war fein und gut; der Schneider spitzte die Kreide und schickte sich zum Zuschneiden an. Der Geselle folgte mit lauerndem Blick jeder Handbewegung des Meisters, dann sagte er: „Nun, Meister! Euer Ältester braucht notwendig ein Röcklein, oder die Frau Meisterin könnte eine Sonntagsjacke wohl brauchen. Schneidet hübsch mit Verstand zu, werft die Lappen her — in die Hölle, mähähähä!"

„Beim Teufel ist die Hölle, nicht bei mir! Nicht ein Flecklein zu einem Haubenläppchen für meine Frau behalte ich!" versetzte der ehrliche Schneider.

„Pah!" rief der Geselle und zog sein Bocksgesicht zu einer gräulich fletschenden Grimasse. „Wozu ist denn die Hölle da? Wozu hat sie ein Loch, mähähähä?"

„Es heißt eigentlich gar nicht Hölle, es heißt Höhle, weil es ein dunkler hohler Raum ist. Mit der Hölle hat kein ehrlicher Schneider was zu schaffen", versetzte der das Tuch mit größter Gewissenhaftigkeit zuschneidende Kleiderkünstler.

„Schulmeister! O deutscher Sprachmeister!" spottete der Geselle, und warf einen Blick voll des grimmigsten Hohnes auf den redlichen Mann. Der aber ließ sich nicht irre machen, und die neue Arbeit wurde begonnen. Im Laufe desselben Tages gingen noch andere Bestellungen ein, eine nach der andern; bereits war Arbeit für eine ganze Woche vorhanden.

Dem Schneidermeister gefiel sein neuer Geselle gar nicht. Er hätte ihn gern am Morgen des ersten Arbeitstages schon wieder fortgeschickt, aber er hatte ihn nun einmal auf eine Woche angenommen. Der Geselle schien in der Tat das Glück mitgebracht zu haben, und schickte er ihn aus der Arbeit, so konnte er allein nicht in zwei Wochen alles fertigen, was bestellt war. Und einen zweiten Arbeiter wie diesen Gesellen gab es gar nicht.

Am folgenden Morgen ging die Arbeit rührig fort, unter manchem Zwiegespräch, unter mancher Spötterei und manchem den Meister verhöhnenden Bocksgelächter. Der kehrte sich jedoch wenig daran und dachte: „Spotte, höhne du nur immerzu, stichle so viel du willst, arbeite nur so fort. Dein Spott beißt mich nicht, dein Hohn sticht mich nicht, der heiße Bügelstahl deiner Zunge brennt mich nicht."

So kam der Schneider mit Geduld und gutem Gewissen viel weiter, als wenn er fort und fort mit dem Gesellen gezankt und gehadert hätte.

Zwischen die Arbeitstage fiel jetzt ein Sonntag. Meister und Meisterin schliefen eine Stunde länger, es war ja Ruhetag. Am Abend vorher hatte die Meisterin die Werkstätte recht schön ausgekehrt und aufgewischt, war aber nicht wenig erstaunt, als sie am Sonntagmorgen hineinschaute und den Boden rings umher wieder voll Tuchschnitzel, Zwirnstücke und Futterfetzen liegen sah und auf seinem Platze den Gesellen in voller Arbeit. Er hatte ein reines Hemd an, das vorn offen stand, und mit Entsetzen gewahrte die Meisterin, daß des Gesellen Brust über und über voll schwarzer Haare war.

Sie zog sich zurück und drückte ihrem Manne ihre Verwunderung aus, daß er den Gesellen am lieben Sonntage arbeiten lasse, was doch eine Sünde sei, und sie habe doch erst abends zuvor die Werktstatt so schön gefegt.

„Wie? Er arbeitet?" fragte ganz verwundert der Meister. „Mir ist nicht eingefallen, ihm das zu befehlen. Das soll er gleich bleiben lassen!"

Rasch trat der Meister in die Werkstatt: „Schönen guten Morgen auch! Aber was soll das heißen? Weiß Er nicht, daß heute Sonntag ist?"

„Großen Dank, Meister! Nä, mähähähä!"

„Hör Er! Lasse Er sein dummes Lachen! Ich verbitte es mir!" sagte der Meister und warf sich in die Brust. „Heute ist Sonntag, heute wird ein für allemal nicht schneideriert. Sonntag ist Ruhetag!"

„Halte mir doch der Meister mein Arbeiten nicht für ungut!" verteidigte sich der Geselle mit scheinbarer Demut. „Für wen arbeite ich denn? Für ihn oder für mich? Doch ohne Zweifel für ihn. Ich bin nun einmal an stete Tätigkeit gewöhnt, ich muß mir stets was zu tun machen — ich kenne keine Ruhe und keinen Müßiggang. Kennt Ihr nicht das schöne Sprüchlein: Müßiggang ist des Teufels Ruhebank und aller Laster Anfang? Mähä —"

„Mag sein", antwortete der Meister einigermaßen verwirrt. „Jetzt hör Er auf zu arbeiten. Frühstücke Er und ziehe Er sich an. Er täte auch wohl, sich zu rasieren; schau Er einmal in den Spiegel — Er hat ja einen Bart justament wie ein Ziegenbock."

„Mähähähä!" lachte der Geselle überlaut. „Verzeih' mir's der Meister — ich muß lachen, — mähähähä — daß ihr einen solchen Vergleich braucht. Nun Euer Wille soll geschehen."

Der Geselle ging in seine Kammer, rasierte sich und zog sich an und sah mit dem Barte, den er sich hatte stehen lassen, wie ein lebendiges Spottbild auf die ganze löbliche Schneiderzunft aus.

Er hatte einen kohlschwarzen Frack von glänzendem Tuch an, dessen Schöße bis auf die Erde hingen, und in der Tasche des einen bauschte etwas, als wenn eine lange Schlangengurke drinnen stäke, vermutlich eine Tabakspfeife, denn es hing eine Art schwarzer Quaste heraus. Unter dem Fracke trug der Schneidergeselle eine Weste von feuerfarbiger Seide, und seine Hosen waren von echtem Nanking. Einen Hut besaß der Geselle nicht, sondern bloß ein flottes, barettähnliches Käppiein von schwarzem Samt mit rotem Rande und Goldschnur. In der Hand trug er einen wunderlich knorrigen Stock von Wacholderholz, dessen Griff wie ein Drachenkopf gewachsen war.

„Ei, Er hat sich ja recht stattlich herausgeputzt, Schwarzburger!" rief der Meister den

Gesellen an, der wie das Wanderbuch auswies, aus dem Schwarzburgischen stammte. „Nur sein Bart gefällt mir nicht, und sein Käppiein auch nicht. Es hat vorn so seltsame Ecken, just als ob ein Paar Bockshörnlein darunter steckten!“

„Ei daß Euch der Bock stieße, Meister!“ rief der Geselle. „Erst soll ich armer Schwartenhans einen Bocksbart, dann gar Bockshörnlein haben! Wißt, wenn Ihr so seid, so kann ich auch bocken, kann auch Feierabend machen.“

„Friede am lieben Sonn- und Feiertage!“ gebot der Meister. „Wir wollen einander nicht gegenseitig ins Bockshorn jagen. Hier Geselle, hat Er ein Gesangbuch. Wir gehen in die Kirche.“

Vergebens hielt der Meister dem Gesellen das Buch hin. Der berührte es nicht und lachte verlegen:

„Mähähähä, Meister! Legt's hin, legt's hin, ich muß — ja zu meiner Schande muß ich's Euch gestehen: ich kann nicht, ich kann nicht lesen.“

„Hm! Hm!“ brummte das Schneiderlein verwundert und sprach: „Das nimmt mich Wunder, daß bei den zahllosen trefflichen Schulanstalten in Deutschland irgendwo der Unterricht noch so mangelhaft beschaffen sein sollte, daß ein deutscher Schneider nicht lesen könnte. Indessen nehme Er nur das Buch, lege Er es in der Kirche vor sich hin und tue Er, als sähe Er hinein. Das machen viele Tausende so, die recht gut lesen können. Es sieht doch aus wie Andacht.“

„Ich kann wahrhaftig nicht, verschone mich der Meister damit!“ lehnte der Geselle beharrlich ab. „Ich kann nicht in die Kirche gehen — die kühle Luft beklemmt mir meine schwache Brust. Ich will ein wenig spazieren gehen. Die Natur ist mein Tempel, und hier ist eine schöne Gegend, nicht wahr, Meister?“

„O ja“, mischte sich die Meisterin in das Gespräch. „Wenn er zum untern Tore hinaus ist, führt gleich links der Weg in ein Felsental. Man heißt diesen Weg nur den Drachengraben, und weiter hinten steht ein schöner Steinfels, den heißt man die Teufelskanzel.“

„Ah! Das ist schön! Da will ich hingehen! Küsse die Hand, Frau Meisterin! Wünsche allerseits gute Andacht! Mähähähä!“

Nach der Nachmittagskirche ging das ehrsame Schneiderlein mit seiner Familie auch spazieren. Das Wetter war sehr einladend, und an einem Vergnügungsorte in der Nähe, wo es gutes Bier gab, wurde es sehr voll. Die Kinder fanden Spielgenossen, die Frau Meisterin fand Freundinnen und Gevatterinnen, und der Meister fand einen ihm wohlwollenden geistlichen Herrn, mit dem er sich noch ein wenig in der Nähe des Lustgartens in guten Gesprächen erging. Da begegnete ihnen der Geselle.

„Nein, was ist das für eine Figur? Die hab' ich doch hier noch nicht gesehen!“ fragte der geistliche Herr. „Schaut, Meister, diese verzwickte Gestalt, diese miserable Physiognomie! Und wie der Kerl hinkt!“

„Wahrhaftig, er hinkt, das habe ich noch gar nicht wahrgenommen!“ erwiderte der Schneider.

„Wie? Ihr kennt ihn, Meister?“

„Es ist mein neuer Geselle“, antwortete mit einer gewissen Wichtigkeit das Schneiderlein. Denn es schmeichelte ihm doch, der Mann zu sein, welcher einen Gesellen hielt. Dieser Geselle aber schlug einen Nebenweg ein und bog links ab, um den beiden, die von ihm sprachen, nicht zu begegnen.

Der geistliche Herr schien ebenso neugierig wie argwöhnisch. Er richtete Frage auf Frage an den Meister, und machte dem guten Manne, der so ehrlich war, keine Hölle haben zu wollen, dennoch die Hölle heiß.

„Was sagt Ihr mir da alles, Meister?“ rief der geistliche Herr. „Wie ein Bock sieht er aus — meckert wie ein Bock — scheint Hörnlein unter der Kappe zu haben — hinkt — faßte das Gesangbuch nicht an — kann die Kirchenluft nicht vertragen? O du Erzbock, du Sündenbode! Du Bock aller Böcke! Meister, um des Himmels willen, welch einen Bock habt Ihr geschossen, diesen Bock in Euer christliches Haus aufzunehmen! Dankt dem Himmel, der Euch heute mich hier finden ließ. Euer Geselle — das ist der helle Teufel!“

Das Schneiderlein stieß einen Schrei aus und war nahe daran, in Ohnmacht zu fallen. Ja, ja, alles wurde ihm klar: die plötzlich sich häufende Arbeit, der schlimme verführerische Rat, vom Tuchgelde zu behalten, Tuch zu ganzen Jacken in die Hölle zu werfen, des Gesellen Hohn, den er stets gegen alles aussprach, was hehr und heilig war. Jetzt stand alles im fürchterlichen Zusammenhange da. Wenn das Tischgebet gesprochen wurde, hatte der Geselle Nasenbluten bekommen und war zur Tür hinausgelaufen. Weder zum

Fleisch noch zu den Kartoffeln hatte er sich Salz genommen, das Ding in seiner langen Rocktasche hatte sich bisweilen wunderlich bewegt, als zapple ein Aal darin, und die Quaste, die manchmal herausbaumelte, war nicht von schwarzem Garn, sondern es waren Haare.

„Meister!“ begann aufs neue sehr ernst der geistliche Herr, „Ihr seid ausersehen zu einer großen Tat, wie noch nie ein Schneider eine verrichtete. Vollbringt Ihr sie, so tragt Ihr ewigen Ruhm davon. Unterlaßt Ihr sie, so seid Ihr mit Leib und Seele, mit Weib und Kindern verloren zeitlich und ewiglich. Ihr habt jetzt den Schwarzen im Hause. Euch dient er und legt es darauf an, Eure Seele zu verderben, der Seelenfänger. Gebt acht, wir wollen ihn bannen und ihm das Wiederkommen verleiden. Denn das wißt Ihr doch, daß eine Katze nicht wieder das Haus besucht, darin man ihr den Schwanz abhackte oder die Ohren abschnitt. Laßt vom Schleifer Eure Schere schärfen, und habt sie zur Hand — das Weitere will ich Euch dann schon noch sagen.“

An diesem Abend gab es an dem Vergnügungsorte zwischen Schneidergesellen und Schuhmachergesellen fürchterliche Prügel. Ein Schuhmachergeselle hatte über die unförmlichen Stiefeln gespottet, welche der fremde Schneidergeselle trug. Es waren erst witzige, dann grobe Worte gefallen, dann die Schläge hageldicht, erst mit Stöcken, dann mit Stuhlbeinen. Und noch nie hatte es so viele zerschlagene Nasenbeine, Beulen, Löcher in den Köpfen und dergleichen gegeben. Alle Leute waren einig in dem Urteil, der Teufel sei völlig los gewesen.

Am andern Tage ging kein Geselle an die Arbeit. Die ganze Gesellschaft war aufgeregt, keiner mochte arbeiten. Man feierte blauen Montag, zog rauchend und singend Arm in Arm gassenbreit durch das Städtchen. Zu den Schneidern gesellten sich Barbier-, Drechsler-, Glaser-, Tuchmacher- und Färber-Gesellen, zu den Schustern aber Gerber-, Tischler-, Schmiede-, Maurer- und Zimmergesellen. Der Schwarzburger war der Führer der erstgenannten Partei. Er hatte eine rote Hahnenfeder auf sein Barettlein gesteckt, und als abends die Gesellenschlacht entbrannte, zu der man sich den ganzen Tag über durch manches Glas Branntwein gehörig vorbereitet hatte, floß vieles Blut, und was noch nie dagewesen war, die Schneiderpartei behauptete siegreich den Kampfplatz. Indes kam am Abend dieses blauen Montags kaum einer ohne blaue Flecken oder blutige Schrammen heim.

Nur der Schwarzburger zeigte keine Spur einer Verwundung, auch keine Ermüdung, sondern arbeitete am Dienstag früh wieder flott und rüstig; zog aber ein sehr schiefes Gesicht, als jener geistliche Herr in die Werkstätte trat, und rückte unruhig hin und her.

Der Meister empfing den Herrn mit aller Ehrerbietung, zeigte hinter dem Rücken des Gesellen auf die frischgeschliffene Schere, und der geistliche Herr begann allerlei Fragen an den Gesellen zu richten, so zum Beispiel: „Wie ist dein Taufname?“

Da wurde dem Gesellen übel. „Ich bin nicht getauft“, antwortete er.

„So bist du vielleicht ein Jude?“ fragte der geistliche Herr.

„Ich bin kein Jude.“

„Oder ein Türke? Oder ein Heide?“ ging das Fragen fort.

Der Geselle tat als höre er nicht gut, und antwortete: „Ja, ich bin ein Schneider. Mähähähä!“

„Der Teufel bist du, unsauberer Geist!“ donnerte der geistliche Herr. „Exorciso te, creature daemonica!“

Da begann der Teufel zu zittern und bekam den Krampf in seine dürren Waden, und der Schneider hatte sich mittlerweile unter den Sitz des Teufels gebückt und die rechte Stelle ersehen, und schnitt jetzt mit einem kühnen Griffe dem Teufel rupps und kahl den bisher so sorglich verwahrten Schwanz ab. Der Teufel tat einen Höllenbrüll und fuhr auf und davon und kam niemals wieder. Den Schwanz ließ er fallen, und der geistliche Herr hob ihn auf, um ihn zu andern Seltenheiten zu legen, die man in der Reliquienkammer aufbewahrte.

Das Schneiderlein aber wurde gefeiert als ein Held, bekam vielen Zulauf und hatte später zwölf Gesellen und sechs Lehrburschen sitzen. Er litt aber nicht, daß einer gute und große Lappen in die Hölle warf. Die scharfe Schere wurde zu keiner andern Arbeit mehr verwendet. Sie blieb ein Andenken und Kleinod in der Familie. Und als der Schneider im Rufe eines frommen Christen verstorben war, meißelte man sein Abbild in den Grabstein und mauerte diesen an die Außenwand der Kirche just da, wo innen die Reliquienkammer sich befand.

Seitdem geht nun der Teufel ohne Schwanz umher, und der große Dienst, den der Schneider der Welt durch seinen kecken Schnitt zu leisten vermeinte, bleibt noch sehr in Frage gestellt. Denn als der Teufel seinen Schwanz noch hatte, konnte man ihm besser aus dem Wege gehen als jetzt, wo er ohne Schwanz umherstolziert. Seit er so gestutzt und stattlich erscheint, kam der Name Stutzer auf für Leute, die geschniegelt und gestriegelt sich sehen lassen, sich in die Brust werfen, die hochnäsig, hochmütig und dabei doch nichts als arme, dumme Teufel sind.

STOCK VOLL DUKATEN

Zu Salzwedel ist einmal ein Mann gewesen, der hatte von einem anderen hundert Dukaten geliehen, hatte aber keine Lust, dieses Gold wieder zurückzuzahlen. Er habe es ihm ja schon gegeben, sagte er zu dem Mahnenden, so oft dieser kam, und so wurde er endlich verklagt.

Nun gebrauchte der böse Schuldner diese List: er ließ einen Spazierstock hohl drehen, verbarg in diesem das Röllchen mit den hundert Dukaten, aber so fest, daß es nicht klapperte, und kam mit diesem Stock auf das Rathaus, wo seine Gläubiger und der Richter schon auf ihn warteten. Nach Reden und Gegenreden schritt der Richter zur Eidesabforderung. Dazu war der treulose Mann bereit, er drückte geschwind dem Gläubiger seinen Stock zum Halten in die Hand, weil er die rechte Hand emporheben und die linke auf ein Kruzifix über ein Evangelienbuch legen mußte, und schwor frech und sicher, was jetzt die Wahrheit war: daß er die hundert Dukaten vollwichtig und vollgezählt in des Gläubigers Hände zurückgegeben habe!

Damit war die Sache abgetan. Der Gläubiger ging traurig und beschämt, der Schuldner aber triumphierend nach Hause. Nur war es schade, daß er nicht auch bis nach Hause kam, denn unterwegs ereilte den Meineidigen das schwere Gericht des allsehenden Gottes. Es begegnete ihm ein Müllerwagen; der Herr sandte den Pferden ein paar Hornissen auf den Hals, daß sie wütend wurden und durchgingen, den Mann umstießen und den Wagen über ihn hinwegrissen. Zwei Räder gingen über ihn und gaben ihm den Armsündertod des Gerädertwerdens ohne Urteil und zwei Räder gingen über den Stoch und zerbrachen ihn. Da fielen die hundert Dukaten heraus, und der offenbare Betrug fiel auch mit heraus und kam ans Licht.

In späteren Zeiten ist diese Geschichte in der Katharinenkirche auf der Neustadt zu Salzwedel abgebildet worden.

SCHAB DEN RÜSSEL

In einer großen deutschen Stadt war einmal eine fürstliche Hochzeit, die herrlich ausgerichtet wurde, da gab es Aufzüge und Festlustbarkeit aller Art, Gaukler und Springer und Bettelleute über alle Maßen viel. Unter letzteren befand sich auch ein Bettler, der sein Almosenheischen als förmliches Gewerbe trieb, gleichwohl hatte er an diesem Festtage kein absonderliches Glück, denn jeder hatte mit sich zu tun; man lief, man rannte, man stieß und wurde gestoßen, drängte und wurde gedrängt, gaffte und schaute und hatte keine Zeit, den Säckel zu ziehen, das war auch gar nicht angeraten, denn wenn eine freche Hand den Säckel wegriß, so war er da gewesen. Das wurmte aber den Bettler sehr, daß er an dem Tage, an welchem er sich just eine große Ausbeute an reichlich fallenden Almosen versprochen hatte, so gar nichts erhielt, und er murrte unwillig vor sich hin: „Ist denn die ganze Stadt ein Dürrhof geworden? Da muß der Donner hineinfahren und der Teufel drin sitzen! Ei so wollt' ich doch lieber den Teufel um ein Almosen angehen als euch Geizrachen und Hungerleider! Wie viele Gebete habe ich nicht schon heute gesprochen, wie viele Litaneien heruntergehaspelt und nicht einmal Gelegenheit gehabt, zu sagen: küß' die Hand Euer Gnaden, vergelt's Gott!"

Während der Bettler so murrte, ging ein kleines hinkendes Männlein in einem grünen Samtröcklein an ihm vorüber, das trug einen schwarzen spanischen Hut und darauf eine rote Feder und schaute sich halb um nach dem Bettler, wobei ein scharfblitzendes Auge und eine sehr stattliche, stark gebogene Adlernase sichtbar wurde. Der Bettler vergaß auf der Stelle seinen Vorsatz, niemanden an diesem Tage ferner anzusprechen, schritt vielmehr dem kleinen Grünrock nach, drängte sich an ihn, hielt ihm seinen Schlapphut vor und begann seinen Bettlersermon in Form eines Stoßgebetes. Der Grünrock zog ein grimmiges Gesicht und rief mit heiserer Stimme dem Bettler zu: „Halte gleich dein Maul, du Lump! Mit solcherlei Redensarten gewinnst du mir nichts ab. Du weißt nicht, wen du um ein Almosen angehst und hast's doch vorhin gelobt!"

Mit diesen Worten schritt der Grünrock in einen Straßenwinkel, in welchem man freier stehen konnte, weil das Volksgewimmel in der Straße rastlos vorüber wogte, und der Bettler folgte ihm, weil er sah, daß der Grüne in die Tasche griff. Er zog eine kleine eiserne Raspel mit kurzem Holzstiel hervor und sagte: „Dies kleine Werkzeug kann und wird all deiner Not ein Ende machen, wenn du meinem Rate folgen willst. Du brauchst damit nur einmal über die Lippen zu streichen und zu sagen: ‚Schab' den Rüssel', so fällt dir ein Goldstück vom Maule. Da aber umsonst nur der Tod nach dem Sprichwort ist und das Sprichwort zumal eine Lüge, denn der Tod kostet das Leben, so wirst du es billig finden, daß ich auch von dir einiges begehre."

„Was Eure Gnaden nur befehlen! Ich stehe zu Dienst!" rief vor Freude zitternd der Bettler und blickte unverwandt nach der neuen eisernen Raspel.

„Du darfst erstens keine Reimgebetlein mehr sprechen, überhaupt weder beten noch betteln, darfst in keine Kirche gehen, darfst nicht heiraten, und nach sieben Jahren muß deine Seele mein sein. Wenn dich jemand mit Schimpfreden antastet, wenn ein Richter einen dir ungünstigen Spruch fällt, wenn einer dir was nachredet, das dir übel gefällt, dann ziehe nur diese Raspel aus der Tasche und sprich, ohne sie an deine Lippen zu bringen: Schab' den Rüssel, so wird sie jenen dir Übelwollenden dermaßen über das Maul fahren, wie ein stets recht habender Amtmann dem armen Bäuerlein, und sie werden ihre Mäuler dann ganz sicherlich halten."

Obwohl der Bettler nun merkte, wer dieser gewisse Grünrock war, und ihn eine Gänsehaut bei dieser Wahrnehmung überlief, so erschien ihm das Anerbieten doch so übel nicht, denn Geld war ihm das höchste, und um seine Seele hatte er sich nie sonderlich bekümmert. Gebet und Kirchengehen zu meiden, fiel ihm auch nicht schwer, denn bei seinen Gebeten, die er beim Betteln mechanisch herleierte, hatte er sich niemals etwas gedacht, und sein Kirchenstand war immer außen vor den Kirchentüren gewesen. Er sagte also zu, und der Grünrock sagte, er wolle am andern Morgen zu ihm kommen und die Verschreibung mitbringen zur Unterschrift — um Lebens und Sterbens willen, denn etwas rot auf weiß müsse er haben, und wenn der Bettler den Pakt nicht gewissenhaft halte, so verfalle die Seele dem Grünen dann alsbald. Das Kunststück mit dem ‚Schab' den Rüssel', um Geld zu erzielen, setzte der Grüne noch hinzu, kann des Tages nur einmal, und zwar bloß früh nüchtern ausgeübt werden.

Der Grünrock hinkte hinweg und verlor sich bald unter dem Volksgewimmel, der Bettler aber hielt beständig die Hand auf seiner linken Hosentasche, in welche ihm jener die Raspel gesteckt hatte, daß nicht etwa ein Taschendieb sie ihm stibitze, ging gegen seine Gewohnheit diesen Abend in kein Wirtshaus und konnte vor Erwartung die ganze Nacht nicht schlafen. Er hatte die Raspel in ein Tüchlein gebunden und sich um den Hals, um ja nicht darum zu kommen.

Mit dem Morgengrauen war er schon auf, holte eine Schüssel, zog die Raspel hervor, strich sich über sein breites Maul und sprach: „Schab' den Rüssel!" Plautz, plumpste ein funkelnagelneuer Kremnitzer klingend in die Schüssel, indes fuhr zugleich auch etwas Haut von der Lippe. Aber der Strolch achtete nicht den Schmerz; er arbeitete wie ein Schlosser mit der Feile auf seinem Maule herum: „Schab' den Rüssel, schab' den Rüssel!" — das ging ganz flott, und es fiel förmlich ein goldener Regen, wie in der heidnischen Götterfabel, als Zeus der Danae seine Aufwartung machte, nur wissen die Gelehrten leider nicht so recht eigentlich zu sagen, ob es damals auch Kremnitzer regnete oder ob es vielleicht Regenbogenschüsselchen gewesen sind.

Jetzt blutete dem Raspelkünstler das Maul ziemlich arg, und da kam der Grünrock, und hatte ein Pergament und eine frisch, aber verkehrt geschnittene Feder, die tunkte er auf seines Mannes blutende Lippen wie in ein rotes Tintenfaß, und jener mußte seinen Namen unter den Vertrag setzen — worauf alsbald der Grüne wieder verschwand und den Pakt mit sich hinweg nahm, zuvor aber ließ er ein Büchschen mit Lippenpomade zurück, die mehr nach Schwefel als nach Rosenöl roch, um die kleinen Wunden zuzuheilen, und fügte noch die Warnung hinzu, nicht gar zu häufigen Gebrauch von der Raspel zu machen, sonst werde der Raspler ständig ein böses Maul haben, und mit einem solchen mache man sich der Polizei verdächtig und werde gar nicht gut angeschrieben.

Andern Tages hatte der Kremnitzer Goldmund einen gräulichen Grind auf seinen Lippen, aber er hatte, seiner Meinung nach, noch lange nicht genug Kremnitzer, fing daher aufs neue an, seinen Rüssel zu schaben, daß es nur so in die Schüssel prasselte; er litt freilich dabei abscheuliche Schmerzen, und die Lippen schwollen ihm auf wie zwei braune beim Braten zerplatzte Bratwürste, aber er gewann doch vieles Gold. Er konnte nur mit verbundenem Munde ausgehen, ging indessen doch abends in ein Wirtshaus und ließ einige seiner Goldvögelein fliegen, schlemmte und war fröhlich mit seinen vormaligen Bettelbrüdern, gleichwohl spotteten diese ihn aus über sein Schwartenmaul. Er müsse des Teufels Großmutter geküßt haben, sagten sie, und als ihn das ärgerte, zog er die Raspel hervor, sagte leise und heimlich ‚Schab den Rüssel', und plötzlich tanzte unsichtbar die Raspel dem Zechgesellen, der den Witz gerissen, auf den Lippen herum, ohne daß aber Gold herunterfiel, daß derselbe vor Schmerz laut aufschrie — worauf sich jener zurückzog und sich selbst das Wort gab, fortan solche gemeine Gesellschaft zu meiden. Er ließ nun die Raspel, so viel er's irgend aushalten konnte, auf seinem Maule fleißig arbeiten, und begann eifrig den Aufbau eines neuen Hauses. Über die Türe ließ er schreiben: ‚Zum Schab' den Rüssel', und nahm den vornehmen Namen Chrysostomus an, welcher zu deutsch Goldmund lautet.

Herr Chrysostomus zum Schab' den Rüssel wurde immer reicher und reicher, und es war nur schade, daß er stets mit verbundenem Munde ging, weshalb sich die Mär im Volke verbreitete, sein Mund sei kein Mund, sondern ein kleiner Saurüssel, aber von Golde, davon schabe er immer fort ab, und daher rühre sein Reichtum. Weil er nun keinem Armen etwas gab, so kam die Redensart auf, die jeden geizigen Reichen einen schäbigen Mann nennt.

Herr Chrysostomus zum Schab' den Rüssel lebte herrlich und in Freuden. Wer ihm was zuwider tat oder sagte, den ließ er tüchtig von der Raspel bearbeiten, so daß alle auf der Stelle das Maul hielten, und selbst die Polizei, als sie ihm ob seines eigenen bösen Maules zum ersten Male zu Leibe wollte, wurde derartig geraspelt, daß sie sich nimmer wieder an Herrn von Chrysostomus zum Schab' den Rüssel zu vergreifen wagte.

So gingen die sieben Jahre herum, und da kam der Grünrock wieder, willens, nun die verfallene Seele in Empfang zu nehmen. Der Türsteher des Herrn Grafen Chrysostomus von und zum Schab' den Rüssel wollte den Grünen nicht zu seinem Herrn lassen, weil er ihn für einen Arbeit suchenden Jäger hielt, der kleine Grünrock aber stellte dem großen Türsteher ein Bein, daß er hinplumpste wie ein Sack Nüsse.

Seine Erlaucht, der Herr Graf lagen auf dem Sofa, lasen die Zeitung, hatten neben sich ein paar Flaschen Ungarwein stehen und rauchten türkischen Tabak, als der Grünrock in das herrlich ausgeschmückte Spiegelzimmer trat.

„Was gibt's? Was soll es?“ fragten der Herr Graf in übler Laune, daß jemand sich unterfing, unangemeldet einzutreten. „Man wende sich an den Kammerdiener!“

„Habe mit dir selbst zu sprechen, mein Wertester!“ entgegnete der Grünrock. „Deine Zeit ist um! Hier ist der Pakt. Auf, zum Abmarsch! Jetzt heißt es nicht mehr Schab' den Rüssel, sondern Schab' ab!“

Seine Erlaucht, der Herr Graf von und zum Schab' den Rüssel setzten ein viereckiges Lorgnettenglas, das an einer Schnur hing, vor das rechte Auge, und blinzten damit nach dem Grünrocke hin, indem Hochdieselben einmal gähnten und dann sprachen: „Was? Zeit? Pakt? Abmarsch? Schab' den Rüssel! Dummheit!“

So wie des Herrn Grafen Erlaucht das Wort Schab' den Rüssel aussprachen, fuhr die Raspel dem Grünrock über das Maul und raspelte dieses, daß ihm Hören und Sehen verging. Der dumme Teufel, kein anderer war der Grünrock, hatte vergessen, die Eigenschaft des Rüsselschabers diesem nicht als eine allgemeine zu verleihen — der Herr Graf trommelten mit den Fingern der linken Hand auf dem Tisch einen Schottischen im Zweivierteltakt und brummten dazu:

„Schab' den Rüssel, schab' den Rüssel, schab' den Rüssel, Hopsasa!
Schab' den Rüssel, schab' den Rüssel, schab' den Rüssel, Trallalla!“

Und dem Teufel wurde übel und weh bei diesem Tanze, er schrie, daß das ganze Haus zum Schab' den Rüssel erbebte, und endlich fiel er auf die Knie und bat des Herrn Grafen erlauchte Gnaden fußfällig um Gnade und Einhalt.

Des Herrn Grafen Erlaucht bliesen dem Teufel eine Wolke von türkischem Tabakdampf in das Gesicht und streckten, ohne ihre liegende Stellung zu verändern, ihre Hand aus, indem sie nur die zwei Worte sagte: „Meinen Pakt!“ worauf der Teufel den Pakt hinreichte. Der Herr Graf überzeugten sich, daß es der rechte sei und nicht etwa ein untergeschobener, dann zerrissen hochdieselben ganz gemächlich das Pergament mit ihrer roten Namensunterschrift und sprachen: „So mag es gut sein! Sei so gut, wische dir das Maul, und dort ist die Tür! Die Raspel aber läßt du mir zum Andenken, ich will sie bei der Polizei ...“ „Halte dein Maul, alberner Narr!“ unterbrach ihn der Teufel, „das hättest du eher sagen müssen. Der Pakt ist zerrissen, und die Raspel ist wieder mein. Für solch ein unschätzbares Werkzeug wie sie bekomme ich ganz andere Seelen als deine, du Lump! O daß ich an dich könnte! Aber harre nur und wehe dir, wenn du einst doch zu mir kommst, da will ich auch sagen, an dem Orte, wo Heulen und Zähneklappern ist: Schab' den Rüssel.“

DER STIEFEL VOLL WEIN

Auf einer Burg am Rhein ging es oft hoch her. Da waren eines Abends die Wild- und Rheingrafen und eine große Schar Ritter von den Nachbarburgen im Saale beisammen und zechten, und die Humpen kreisten.

Da hob der Rheingraf einen mächtigen Reiterstiefel auf den Tisch, goß ihn voll Wein und rief:

„Wer diesen Humpen leert auf einen Zug, dem soll Hüffelsheim zu eigen sein mit Wonne und Weide und aller Zubehör!"

Darüber verwunderten sich die Mannen, und es mochte sich's keiner vermessen, auch schien ihnen allen der Schluck doch zu groß, und selbst der Burgpfaff, der etwas zu leisten vermochte in guten Tränken, und mancher andere Wackere wagten sich nicht daran.

Es saß auch ein alter Zecher im Kreise, Ritter Boos von Waldeck, der sah die anderen alle der Reihe nach an und wartete, ob einer den Stiefel leeren würde. Und weil es keiner tat, da nahm er ihn in die Hand, ließ den Wein in seinen Schlund rinnen und trank ihn leer bis auf die Nagelprobe; dann sagte er:

„Lieber Rheingraf, dein Hüffelsheim schmeckte gut, wie wäre es nun mit Waldbökelheim? Der Mensch kann doch nicht in einem Stiefel gehen?" Aber der Rheingraf wollte nicht noch einen Ort verlieren. Danach ist das Sprichwort aufgekommen: Der verträgt einen guten Stiefel.

DER STARKE GOTTLIEB

Es war einmal ein reicher Rittergutsbesitzer, dem dienten viele Knechte, und einer von diesen wollte sich verheiraten. Als er nun seinen Herrn um die Heiratserlaubnis bat, sagte der: „Heirate nur in Gottes Namen! Ich wünsche dir einen recht starken Sohn, und wenn du einen solchen hast, will ich ihn dir zuliebe gern auch in meinen Dienst nehmen.“ Also heiratete der Knecht und wurde Vater eines kräftigen Sohnes, dem er den Namen Gottlieb gab. Der Vater vergaß das Versprechen seines Herrn nicht, und er war darauf bedacht, den Jungen recht stark werden zu lassen. Zu diesem Zwecke dünkte es dem Vater notwendig, daß sein Kleiner recht lange Muttermilch trinke. Erst stillte ihn daher seine Mutter, indem sie ihn in ihren Armen hielt. Dann ließ sie ihn auf ihrem Schöße sitzen. Als dann der kleine Gottlieb laufen lernte, trug er sich, wenn er trinken wollte, eine kleine Bank herbei, auf die stellte er sich, weil er der Mutter auf dem Schöße schon zu schwer wurde, und er trank sieben Jahre lang Muttermilch und wurde groß und stark. Nach Verlauf der sieben Jahre nahm der Knecht seinen Gottlieb mit zum Gutsherrn und sagte: „Schaut Herr, den kapitalen Jungen! Er kann schon etwas tun für sein Alter.“ Nun stand in dem Garten, wo Vater und Sohn den Gutsbesitzer angetroffen hatten, ein junger Baum, und da sprach der Herr: „Reiss’ dies Bäumchen heraus, Gottlieb!“

Der Knabe versuchte seine Kraft an dem Bäumchen, aber er konnte es nicht herausreißen, und der Herr sprach: „Der Kleine ist noch zu jung und zu schwach. Es wäre auch zuviel von ihm verlangt, jetzt schon schwere Arbeit zu tun.“

Da ging der Knecht mit seinem Gottlieb hinweg und ließ ihn noch sieben Jahre Muttermilch trinken, und als die sieben Jahre um waren, führte der Vater seinen Sohn wieder zum Rittergutsbesitzer, dem Gottlieb nun groß und stark genug schien, um ihn in seine Dienste zu nehmen; er sollte daher einen Tag zur Probe dienen. Der Gottlieb war aber durch die Muttermilch schrecklich stark geworden und riß gleich als Probestück einen ziemlich dicken Baum mit dem kleinen Finger heraus, so daß alles erschrak, besonders die Gutsherrin, die ihm gleich abgeneigt wurde. Nun ging es an die Arbeit, die Gottlieb nur ein Spiel war. Dann kam die Essenszeit; die Magd trug eine Schüssel voll Kartoffeln nebst Buttermilch auf und ging, die übrigen Knechte zu rufen. Gottlieb, der zuerst mit seiner Arbeit fertig geworden, war schon da und begann einstweilen, allein zu speisen. Er zeigte, daß er nicht nur von Muttermilch, sondern auch von Buttermilch sich trefflich zu nähren verstehe und mit den Kartoffeln den Magen zuspitzen könne. Als die übrigen Knechte kamen und essen wollten und murrten, daß das Essen noch nicht aufgetragen sei, trat Gottlieb hinter dem Ofen hervor, wo er sich ausgeruht hatte, kraute sich hinter den Ohren, und sagte: „Es war schon etwas da, aber nicht viel; ich hab’ gemeint, es sei für mich und hab’s derweil gegessen.“ Da kam die andern ein Grauen an vor Gottliebs Appetit, und sie verwünschten einen Mitgenossen, der nicht mit ihnen, sondern der alles allein genoß.

Nach dem Essen ging es an das Dreschen. Als neuem Ankömmling schenkte der Gutsherr dem Gottlieb einen neuen Dreschflegel, der war in Gottliebs Hand wie eine Feder, er warf ihn in die Luft und fing ihn wieder, wie Knaben mit leichten Stöckchen tun. Dann warf er ihn weg, riß sich einen Baum aus und drosch darauf los, daß die Körner gleich zu Mehl wurden und das Stroh klein wie Häckerling, und schlug alles in Grund und Boden hinein. Das war dem Gutsherrn doch zu bunt — er erschrak vor dem gefährlichen Knechte und sann darauf, ihn auf eine gute Art und Weise wieder los zu werden. Er fragte daher den Gottlieb, welchen Lohn er begehre, wenn er wirklich in den Dienst trete? Gottlieb trat nahe zu dem Herrn heran und sagte ihm etwas ins Ohr. Darauf wurde der Herr rot und sagte: „Es ist gut, aber sprich nicht darüber." Und er stellte Gottlieb als Knecht ein, worüber sich die andern Knechte nicht im allerentferntesten freuten.

Als der Gutsherr mit seiner Frau allein war, verlangte diese zu wissen, welchen Lohn Gottlieb sich ausbedungen habe; der Herr wurde wieder rot und wollte es erst nicht sagen, wodurch seine Frau um so mehr in ihn drang, mit der Sprache herauszurücken. Der Rittergutsbesitzer war sehr geizig, gab gar zu gern so wenig Lohn als nur möglich und sagte endlich etwas verlegen:

„Siehe, mein Schatz, es hat damit seine eigene Bewandtnis. So billig bekomme ich nie wieder einen so kräftigen Arbeiter. Der Gottlieb verlangt gar keinen Lohn."

„Gar keinen Lohn? Das ist nicht menschenmöglich!" rief ganz erstaunt die Gutsherrin. „Dahinter steckt etwas! Mann, du belügst mich!"

„Nun, beruhige dich nur, liebe Frau", besänftigte der Gutsherr. „Etwas verlangt er schon, und ich hab's ihm zugestanden, weil es uns nichts kostet, doch bleibt das geheim unter uns."

„Unter uns!" erwiderte die Frau. „Das heißt, ich muß darum wissen!"

„Der Gottlieb will mir etwas geben, wenn das Jahr herum ist", stammelte der Gutsherr.

„Dir? — Das wäre! — Was kann der Sohn deines Knechts dir geben?" fragte die Frau.

„Eine Feige will er mir geben", antwortete der Mann.

„Eine Feige? Mann, du lügst, oder es rappelt bei dir!" schrie die Frau und wurde zornig. „Wo sollen denn auf unserem Gute Feigen herkommen?"

„Oh", versetzte der Gutsherr, „die gibt's. Es regnet bisweilen welche, der Gottlieb meint eine Ohrfeige."

Wenig hätte gefehlt, so hätte der Gutsherr schon jetzt eine solche Frucht zu schmecken bekommen, aber starrer Schreck lähmte einige Minuten lang der Edelfrau Hand und Mund, bis sie endlich kreischte:

„O du Tropf! Das ist wieder ein Stückchen deines Geizes! Du willst dich lieber entehren lassen, als einem Knechte Lohn zahlen. Totschlagen wird dich der Gottlieb. Denn so viel habe ich gemerkt, wo der hinschlägt, da wächst kein Gras mehr! Nein, einen solchen Vertrag einzugehen, ist himmelschreiend. Doch, laß mich nur machen, ich wende das Unglück von dir. Er muß fort! Ich duld' ihn nicht!"

„Wenn du ihn fortbringen kannst, liebe Frau“, versetzte kleinmütig der Gutsherr, „so habe ich nichts dagegen.“

Die Gutsfrau machte sich gleich ein Plänchen. Auf dem Gute befand sich eine Mühle, in der es furchtbar spukte. Vielen war in derselben von dem Spukgeiste der Hals umgedreht worden. „I“, dachte sie, „der kann dem Gottlieb den Hals auch umdrehen, dann sind wir ihn los.“

Sie rief den Knecht.

„Gottlieb! Heute trägst du ein halbes Malter Korn in die Mühle und mahlst es!“

„Zu Befehl, gnädige Frau!“ antwortete Gottlieb, holte einen großen Maltersack, faßte ein oder zwei Malter Korn hinein, warf ihn sich über die Schulter, ging und pfiff das Lied:

Da droben auf jenem Berge,
Da steht ein Mühlenrad.

Als er an die Mühle kam, war die Tür verschlossen. Gottlieb klopfte höflich an, einmal, zweimal, dreimal. Da noch immer niemand auftat, so tat er einen sanften Tritt gegen die Tür, daß sie aufsprang und außerdem entzwei krachte. Mitten im Wege lagen eine Menge Mühlsteine; Gottlieb schob sie sanft mit den Füßen nach rechts und links und gelangte nun an das Werk. Bevor er aufschüttete und das Werk anließ, schürte er sich ein Feuerlein und kochte sich eine Morgensuppe, in die er einen kleinen Schinken steckte, damit sie besser geschmelzt sei. Da kam eine große Katze mit feurigen Augen, die riß ihr Maul auf, starrte den starken Gottlieb an und schrie: „Miau!“ „Hui Katz’!“ schrie Gottlieb und gab ihr einen Tritt, daß sie eilend kehrt machte. Jetzt schüttete er auf, setzte das Mühlwerk in Gang und verzehrte sein Frühstück. Gleich war die Katze wieder da, fauchte und schrie abermals: „Miau!“ — „Hui Katz’!“ schrie Gottlieb und warf ihr den Schinkenknochen auf den Kopf, daß sie um und um zwirbelte und verschwand. Plötzlich stand ein schrecklicher Riese vor dem starken Gottlieb, und brüllte: „Mehlwurm! Wer heißt dich hier mahlen?“ Gottlieb nicht faul, nahm einen Mühlstein, warf ihn dem Riesen an die Stirne und schrie: „Mühlwurm, wer heißt dich hier prahlen?“ Da stürzte der Riese hinterrücks nieder und tat einen Brüller, daß das ganze Werk wackelte. Gottlieb aber sackte das Mehl ein und in einen mitgebrachten zweiten Sack die Kleie, nahm die Säcke auf beide Schultern und ging nach Hause.

„Hilf Himmel!“ barmte die Gutsherrin. „Der Lümmel lebt und kommt wieder!“ Und sie sann auf neue Tücke.

„Der Ziehbrunnen muß gereinigt werden!“ ordnete die Frau am anderen Tage an. „Das Wasser schmeckt ganz schlecht und schlammig. Gottlieb kann hinuntersteigen.“ Und zu den anderen Knechten sagte sie heimlich: „Wenn er drunten ist, gebt ja acht, daß dem Fresser, der euch alles wegfrißt, kein Stein vom Brunnenrande zufällig auf den Kopf fällt!“ Die verstanden den bösen Wink und lasen ihn aus dem höhnischen Lächeln der Gutsfrau. Und wie Gottlieb drunten im Brunnen war, schoben sie, indem sie sich über den Rand bogen, die oberen Steine hinunter. Die polterten und plumpten in den tiefen Brunnen und fielen auf den starken Gottlieb, der aber schrie herauf: „Dummheit da droben! Wer schüttet denn Streusand in das Tintenfaß? Wartet, wenn ich hinauf komme, will ich euch ledern!" — Da liefen die Knechte erschrocken vom Brunnenrande hinweg und versteckten sich, und Gottlieb stieg heraus, wie ein Schornsteinfeger aus dem Schlot, nur weniger trocken, aber mit eben so vielem Durst.

Kaum wußte nun die Edelfrau, was sie anfangen sollte mit dem starken Gottlieb, oder vielmehr, wie sie es anfangen sollte, ihn vom Hofe zu bringen. Da fiel ihr ein, daß auf dem Berge, an dessen Fuße das neue Schloß des Rittergutsbesitzers stand, ein altes Schloß in Trümmern lag. Darin war es gar nicht geheuer; es ging darin um, und es spukte in ihm der Geist eines alten Riesen, der vor urgrauen Zeiten darin gehaust und schlimme Taten genug verübt hatte, weshalb er denn auch da hinauf verwünscht und gebannt war. Eine der schlechten Taten des alten Riesen war die gewesen, daß er die Vorfahren des jetzigen Rittergutsbesitzers, denen er das Gut verkauft hatte, um eine große Summe Geldes betrogen hatte. Das war auch mit ein Grund, weshalb er im alten Schlosse so gräulich spuken mußte.

Die Edelfrau ließ Gottlieb zu sich rufen, verstellte sich und verbarg ihre Abneigung gegen den Knecht, und sprach zu ihm:

„Höre, mein guter Gottlieb! Unser Herr will dir eine ganz besondere Belohnung geben für einen Auftrag, den nur du ausführen kannst. Er vertraut dabei dir ganz allein. Droben auf dem alten Schlosse, weißt du, da wohnt der alte Rittergutsbesitzer, dem mein Mann das Gut abgekauft hat. Das ist ein geiziger Hund und ist uns noch vieles Geld schuldig, zahlt es aber im Guten nicht aus. Gehe doch du einmal hinauf, Gottlieb, und sprich im Unguten mit dem alten Spuk. Du bist stark und herzhaft, alle andern sind Hasenfüße und fürchten sich. Wenn du uns das Geld bringst, so sollst du auch ein gut Teil davon haben und dir etwas Rechtes dafür antun."

„Die Sache wird sich machen, gnädige Frau!" antwortete Gottlieb. „Ich will gleich gehen, und wenn Geld da droben zu holen ist, so bringe ich's, darauf verlaßt Euch."

Bald war Gottlieb droben auf dem Berggipfel und wunderte sich. „Hm, hm!" machte er. „Immer haben sie drunten gesagt, da droben stände ein altes, verfallenes Schloß. Hab' mir deswegen auch noch nie die Mühe genommen, hier herauf zu klettern. Und nun sehe ich ein nagelneues, schönes Haus, viel schöner als das untere Schloß. Da gibt es ganz sicher Geld genug."

Gottlieb kam an die Eingangspforte des prächtigen Gebäudes, und da kein Klingelzug daran war, so klopfte er. Aber die Tür blieb fest verschlossen. „Dumm!" brummte Gottlieb. „Da muß ich schon wieder der Schlosser sein und meinen Dietrich gebrauchen." Er trat daher ein wenig gegen die Pforte, doch schütterte davon das ganze Torgewände, und die Tür sprang mit Donnerkrachen auf. Aber als Gottlieb in den inneren Raum trat, umschwebten ihn gleich eine Legion Geister und an ihrer Spitze der gräuliche Riese, welchem Gottlieb in der Mühle den Mühlstein an den Kopf geworfen hatte.

„Aha! Ein alter Bekannter!" rief Gottlieb. „Bist du vielleicht der Herr von Zahlungern, der andern Leuten ihr Geld aufhebt? Dann rücke es heraus! Mein Herr braucht's, und meine Frau, das heißt, meines Herrn Frau, will's haben!"

„Menschenwurm"! brüllte der Riese, und schnitt ein entsetzliches Gesicht. „Was wagst du zu sagen? Wer ist so frech, von dem Besitzer eines alten Schlosses Geld zu verlangen? Was geht mich Geld an? Gib acht, wie ich mit dir umspringen werde, du Knirps!“

„Holla, hoh! Da werd’ ich auch dabei sein!“ rief Gottlieb, riß einen Türflügel ab, und warf ihn dem Riesen an die Stirne, wo man noch die Schramme vom Mühlstein sah, dann den zweiten — da machte sich der alte Riese eilend aus dem Staube und warf mit einem Sacke voll Geld nach Gottlieb, den dieser sogleich aufraffte und sich auf die Schulter lud.

So kam er im untern Schloß wieder an, und wenn der Edelfrau auch Gottliebs Kommen nicht recht war, so war doch dem Edelmann das Kommen des Geldes äußerst recht, und er lobte den Gottlieb und sagte: „Einen so braven Knecht findet man selten.“ Heimlich aber wünschte er doch den Gottlieb zum Kuckuck, denn ihm graute furchtbar vor der unvermeidlichen Ohrfeige. Er nahm daher Rücksprache mit seinem Schäfer, und traf ein Übereinkommen mit diesem, daß der gegen ein gutes Stück Geld die bewußte Ohrfeige in Empfang nehmen wollte. Dann rief er seine Knechte zusammen, ohne den Gottlieb, und sagte ihnen, er werde sie morgen in den Wald schicken, Holz zu holen. Sie sollten sich sputen bei der Arbeit, damit sie zeitig wieder heim kämen. Wer zuletzt komme, der werde aus dem Dienst entlassen. Und er werde es nicht ungern sehen, wenn Gottlieb der letzte sei. Am nächsten Morgen eilte alles nach dem Holze, und niemand weckte Gottlieb. Als er endlich noch ziemlich schlaftrunken erschien und sich die Augen rieb, schrie ihn sein Herr an: „Ei, du fauler Geselle! Alles ist schon im Wald, und wer zuletzt nach Hause kommt, der wird entlassen.“

„Ah“, rief Gottlieb und streckte die Arme hoch in die Höhe, dehnte sich, gähnte und sagte: „Das ist mir etwas ganz Neues.“

„Schönen Dank, daß du mich nicht verschlungen hast, wie du dein Maul so aufrissest!“ spottete der Gutsherr. „Neu oder nicht, es bleibt dabei.“

„Wohl, hin!“ sagte Gottfried, nahm sein Beil, und ging dem Walde zu. Da waren seine Mitgesellen schon mit der Arbeit fertig und kamen ihm schon entgegen. Nun ging er nach einem nahen großen Teiche, über dessen Abfluß ein Steg führte, und der der einzige Weg vom Walde nach dem Gute war. Er riß die Schleusen auf, daß die volle Flut sich in den breiten Abflußkanal ergoß, trat mit dem Fuße den Steg in Stücken und ließ die Balken vom Wasser fortfluten. Dann ging er seinen Mitknechten gemächlich entgegen, die ihn tüchtig auslachten und froh waren, ihn heute noch aus dem Dienste gejagt zu sehen. Er aber rief: „Eilt nicht zu sehr, wartet ein wenig auf mich, ich komme bald wieder!“ und ging nach dem Walde. Jene aber eilten, was sie eilen konnten, um nach dem Schlosse zu kommen. Da kamen sie an die rauschend vorbeischießende Wasserflut ohne Steg und Brücke. Hätten sie den Teich umgehen wollen, hätten sie Stunden gebraucht. Sie mußten also warten, bis Gottlieb wieder kam, der sein Tagewerk leicht und schnell im Verlauf einer kleinen Stunde vollbracht hatte. Und als er nun kam, brachte er einen Heubaum mit, den stemmte er in den Fluß, wie einen Turnerspringstock und schwang sich an das andere Ufer hinüber. Dann warf er den Heubaum wieder über den Fluß, und schrie seinen Kameraden zu: „Macht’s wie ich!“ Aber von diesen hatten an dem Heubaume zwei zu heben, und sie mußten sitzen bleiben, bis der Teich all sein Wasser vorübergeschickt hatte. Das dauerte mehr als einen Tag. — Immer lebhafter wurde der Wunsch der Gutsherrschaft, den starken Gottlieb los zu sein, und daher machte ihm der Rittergutsbesitzer den Vorschlag, ihm seinen Lohn zu gewähren; er habe einen Ersatzmann als Ohrfeigenempfänger, der sollte die Zahlung erhalten, und dann solle Gottlieb gehen, wohin er Lust habe, und bleiben, wo er wolle.

Gottlieb sagte: „Es kommt auf eine Probe an; ich habe ja auch proben müssen."

Jetzt stellte sich der Schäfer als Ersatzmann. Gottlieb sah ihn mit mitleidigem und spöttischem Blicke an und sagte: „Du? Wahrlich du dauerst mich!" Er hob ihn leicht wie einen Nußknacker in die Höhe und schlug ihm eine so derbe Ohrfeige ins Gesicht, daß der Schäfer in die Luft flog wie der Spielball eines Knaben, aber gar nicht wieder herunter kam. Der Gutsherr und seine Frau bekreuzigten sich und waren froh, daß er nicht diese Ohrfeige bekommen hatte, und sagten: „So, nun kannst du gehen."

„Nä", sagte Gottlieb. „Gehen? Nä, das kann ich nicht. Das war nicht der Richtige. Mit Euch, gnädiger Herr, hab' ich gedingt. Ich liebe nicht Zichorien oder Runkelrüben statt Kaffee, ich bin kein Freund von Ersatzmannschaften. Ihr habt gesagt: ich solle gehen, wohin ich Lust habe, und bleiben, wo ich wolle. Habt Ihr das nicht gesagt?"

„Ja, allerdings, ich sagte so", antwortete verdrießlich der Gutsherr.

„Nun", versetzte Gottlieb, „so gehe ich in mein Bett und bleibe hier auf dem Gute."

Da wurde der Gutsherr sehr böse und rief: „So bleibe in des Kuckucks Namen, du Kobold! So gehe ich! Mit dir will ich nicht leben und zuletzt noch wie der arme Schäfer als Luftballon oder als Sternschnuppe am Himmel herumfahren. Nimm alles, und helfe dir der böse Feind hausen und wirtschaften!"

„Nun, wenn Ihr denn nicht anders wollt, gnädiger Herr!" sprach Gottlieb sehr sanftmütig, „so bedank' ich mich fein recht schön, und wünsche Euch und der gnädigen Frau recht viel Liebes und Gutes! Ihr könnt auch Eure Sachen mitnehmen, und ich will Euch bis in die nächste Stadt in meiner Kutsche und mit meinen Pferden fahren lassen."

„Fahre du selbst zur Hölle!" schrien außer sich der gewesene Gutsherr und seine Ehehälfte und enteilten. Gottlieb aber nahm die Knechte und Mägde in seinen Dienst und ließ seine alte Mutter, die ihn vierzehn Jahre lang genährt hatte, in das Schloß ziehen und gab ihr ein goldenes Bett und seidene Kissen und Bettdecken und alle Tage den besten Wein zu trinken und alles Gute zu essen.

Ein Jahr danach, es war just Heuerntezeit, und die Knechte und die Mägde waren auf der Wiese mit Heumachen beschäftigt, kam etwas aus der Luft herunter gefallen, das war der Schäfer. Der hatte so lange oben herumgewirbelt und war über alle Wasser und Weltteile weggeflogen. Er lebte noch und blieb auch am Leben, denn er fiel auf einen großen Heuhaufen. Und das war sehr gut für ihn, sonst hätte das alte Lied auf ihn gepaßt, welches anhebt:

Kuckuck hat sich tot gefallen.

ZWERGENMÜTZCHEN

Es war einmal ein Müller, der hatte drei Söhne und eine Tochter. Die Tochter liebte er sehr, aber die Söhne konnte er gar nicht leiden. Er war stets unzufrieden mit ihnen und machte ihnen das Leben sauer, denn sie konnten ihm nie etwas recht machen. Darüber waren die Brüder sehr bekümmert. Sie wünschten sich weit weg von ihrem Vaterhaus und saßen oft klagend und seufzend beisammen, und wußten nicht, was sie anfangen sollten.

Eines Tages, als die drei Brüder auch so betrübt beisammensaßen, seufzte der eine von ihnen: „Ach, hätten wir nur ein Zwergenmützchen, dann wäre uns allen geholfen."

„Was hat es damit auf sich?" fragte der eine von den beiden andern.

„Die Zwerge, die in den grünen Bergen wohnen", erwiderte der Bruder, „haben Mützchen, die man auch Nebelkäpplein nennt. Wenn man sie aufsetzt, kann man sich damit unsichtbar machen. Das ist eine schöne Sache, liebe Brüder; dann kann man den Leuten, die nichts von einem wissen wollen und von denen man nie ein gutes Wort hört, aus dem Wege gehen. Man kann hingehen, wohin man will, nehmen, was man will; niemand sieht einen, solange man so ein Zwergenmützchen aufhat."

„Aber wie gewinnt man so ein Mützchen?" fragte der dritte und jüngste der Brüder.

„Die Zwerge", antwortete der älteste, „sind ein kleines, drolliges Völklein, das gern spielt. Deshalb macht es ihnen große Freude, bisweilen ihr Mützchen in die Höhe zu werfen. Wupps! sind sie sichtbar, wupps! fangen sie das Mützchen wieder, setzen es auf und sind wieder unsichtbar. Nun braucht man nichts zu tun, als aufzupassen, wenn ein Zwerg sein Mützchen in die Höhe wirft; dann muß man rasch den Zwerg packen und das Mützchen geschwind selbst fangen. Da muß der Zwerg sichtbar bleiben, und man wird Herr der ganzen Zwergensippschaft. Nun kann man entweder das Mützchen behalten und sich damit unsichtbar machen, oder von den Zwergen so viel dafür fordern, daß man für sein Leben lang genug hat. Denn die Zwerge haben Macht über alles Metall in der Erde und kennen alle Geheimnisse und Wunderkräfte der Natur. Sie können auch durch ihre Lehren aus einem Dummen einen Klugen machen, und aus dem faulsten Studenten einen hochgelehrten Professor, aus einem Barbier einen Doktor und aus einem Advokatenschreiber einen Minister!"

„Ei, das wäre herrlich!" rief einer der Brüder. „So geh doch hin und verschaff dir und uns solche Mützchen oder mindestens dir eins, und hilf dann auch uns, daß wir von hier fortkommen!"

„Ich will es tun", sagte der älteste der Brüder. Bald war er auf dem Wege nach den grünen Bergen. Es war ein weiter Weg, und erst gegen Abend kam er bei den Zwergenbergen an. Dort legte er sich in das grüne Gras an eine Stelle, wo sich im Gras die Ringelspuren von den Tänzen der Zwerge im Mondenschein zeigten. Nach einer Weile sah er schon einige Zwerge ganz nahe bei sich übereinanderpurzeln, Mützchen werfen und spaßige Kurzweil treiben. Bald fiel ein solches Mützchen neben ihm nieder, schon haschte er danach — aber der Zwerg, dem das Mützchen gehörte, war viel schneller als er, erhaschte sein Mützchen selbst und schrie: „Diebio! Diebio!“ Auf diesen Ruf warf sich das ganze Heer der Zwerge auf den armen Knaben, und es war, als wenn ein Haufen Ameisen um einen Käfer krabbelt. Er konnte sich der Menge nicht erwehren und mußte es geschehen lassen, daß die Zwerge ihn gefangennahmen und mit ihm tief hinab in ihre unterirdischen Wohnungen fuhren.

Als nun der älteste Bruder nicht wiederkam, bekümmerte und betrübte das die beiden jüngeren Brüder sehr. Auch der Tochter tat es leid, denn sie war sanft und gut, und es betrübte sie oft, daß der Vater gegen ihre Brüder so hart und unfreundlich war und sie allein bevorzugte. Der alte Müller aber murrte: „Mag der Schlingel von einem Jungen beim Kuckuck sein, was kümmert's mich? Schließlich ist ein unnützer Kostgänger weniger im Hause. Der wird schon wiederkommen, ist ans Brot gewöhnt! Unkraut verdirbt nicht.“

Aber Tag und Tag verging, und der Knabe kam nicht wieder, und der Vater wurde gegen die beiden anderen immer mürrischer und härter. Da klagten die zwei Brüder oft gemeinsam, und der mittlere sprach: „Weißt du was, Bruder? Ich werde mich jetzt aufmachen und nach den grünen Bergen gehen, vielleicht erwische ich ein Zwergenmützchen. Ich denke mir die Sache gar nicht anders als so: Unser Bruder hat solch ein Mützchen erlangt und ist damit in die weite Welt gegangen, um sein Glück zu machen, und darüber hat er uns vergessen. Ich komme wieder zurück, wenn ich glücklich bin; siehst du mich aber nicht wieder, so bin ich nicht glücklich gewesen, und für diesen Fall: lebe wohl auf immer!“

Traurig trennten sich die Brüder, und der mittlere wanderte fort nach den grünen Bergen. Dort erging es ihm in allen Stücken genau so, wie seinem Bruder. Er sah die Zwerge, haschte nach einem Mützchen, aber der Zwerg war flinker als er und schrie: „Diebio! Diebio!“ Der helle Haufen der Unterirdischen stürzte sich auf und über den Knaben, band ihn, daß er kein Glied regen konnte, und führte ihn tief hinab in die unterirdische Wohnung.

Mit sehnsüchtiger Ungeduld harrte der jüngste Bruder daheim in der Mühle auf seine Wiederkehr, — aber vergebens. Da wurde er sehr traurig, denn er wußte ja nun, daß sein mittlerer Bruder nicht glücklich gewesen war und die Schwester wurde auch traurig. Der Vater aber blieb gleichgültig und sagte nur: „Hin ist hin. Wem es daheim nicht gefällt, der wandere. Die Welt ist groß und weit. In meinem Hause hat der Zimmermann nicht umsonst ein Loch gelassen. Wenn dem Esel zu wohl ist, geht er aufs Eis, tanzt und bricht ein Bein. Laßt den Guckindiewelt nur laufen, was grämt ihr euch um den Schlucker: Ich bin froh, daß er mir aus den Augen ist.“

Den jüngsten Bruder hatte es bisher getröstet, daß sie gemeinsam ihr Leid getragen hatten. Als aber nun seine beiden älteren Brüder fort waren, fand er seine Lage ganz unerträglich und sagte zu seiner Schwester: „Liebe Schwester, ich gehe nun auch fort, und wenn es mir ergeht wie unsern Brüdern, dann werde ich wohl nicht wiederkommen. Der Vater liebt mich eben nicht, und ich kann nichts dafür. Die Scheltworte, die früher

auf uns drei niederfielen, die fallen jetzt auf mich allein; das ist mir denn doch eine zu schwere Last. Lebe wohl und laß es dir gut gehen!"

Die Schwester wollte ihren jüngsten Bruder nicht fortlassen, denn sie hatte ihn am allermeisten lieb; doch er ging trotzdem heimlich von dannen und überlegte sich unterwegs recht genau, wie er es anfangen wollte, sich ein Zwergenmützchen zu verschaffen. Als er auf die grünen Berge kam, erkannte er bald an den grünen Ringeln im Grase den Ort der nächtlichen Zwergentänze und ihren Spiel- und Tummelplatz. Er legte sich in der Dämmerung hin und wartete ab, bis die Zwerglein kamen, spielten, tanzten und Mützchen warfen.

Eines kam ihm ganz nahe und warf sein Mützchen. Aber der kluge Knabe griff nicht danach. Er dachte: „Ich habe ja Zeit. Ich muß die Männlein erst recht sicher und kirre machen." Der Zwerg nahm sein Mützchen, das ganz nahe dem Knaben niedergefallen war, wieder. Es dauerte gar nicht lange, so fiel ein zweites Mützchen neben ihm. „Ei", dachte der Knabe, „da regnets Mützchen". Er griff aber nicht danach, bis ihm endlich ein drittes gerade auf die Hand fiel. Wuppdich, hielt er's fest, und dann sprang er rasch empor. „Diebio! Diebio! Diebio!" schrie laut der Zwerg, dem das Mützchen gehörte, mit feiner gellender Stimme, die durch Mark und Bein drang, und das Zwergenvolk wimmelte herbei. Aber der Knabe wurde unsichtbar, weil er das Mützchen aufgesetzt hatte, und sie konnten ihm gar nichts anhaben. Allesamt erhoben sie ein klägliches Jammern und ein Gewinsel um das Mützchen, er solle es doch um alles in der Welt wieder hergeben.

„Um alles in der Welt?“ fragte der kluge Knabe die Zwerge. „Das wäre mir schon recht! Aus dem Handel könnte etwas werden. Ich will aber erst sehen und hören, worin euer ‚Alles‘ besteht. Vorerst frage ich: Wo sind meine beiden Brüder?“

„Die sind tief drunten im grünen Berge!“ antwortete der Zwerg, dem das Mützchen gehört hatte. „Und was tun sie dort?“ „Sie dienen uns!“

„So! Sie dienen euch — und ihr dient nun mir. Auf! Hinab zu meinen Brüdern! Ihr Dienst ist aus, aber eurer fängt an!“

Da mußten die Unterirdischen dem irdischen Menschen gehorsam sein, weil er durch das Mützchen Macht über sie erlangt hatte und von ihnen fordern konnte, was er wollte. Welche Macht in und unter manchem Mützchen steckt, ist ganz unbeschreiblich.

Die bestürzten und bekümmerten Zwerglein führten nun ihren Gebieter an eine Stelle, wo sich eine Öffnung in dem grünen Berg fand; die tat sich klingend auf, und es ging rasch hinein und hinunter. Drunten waren herrliche und unermeßlich weite Räume, große Hallen und kleine Zimmer und Kämmerchen, je nach des Zwergvolkes Bedarf; aber der Knabe verlangte, noch ehe er sich nach etwas anderem umsah, nach seinen Brüdern. Die wurden herbeigebracht, und der Jüngste sah, daß sie in Dienertracht gekleidet waren, und sie riefen ihm wehmütig zu: „Ach, kommst auch du, lieber, guter Bruder, unser Jüngster! So sind wir drei nun doch wieder beisammen, aber in der Gewalt dieser Unterirdischen. Wir sehen das himmlische Licht, den grünen Wald und die goldenen Felder nimmermehr wieder!“

„Liebe Brüder“, erwiderte der jüngste, „wartet nur, das Blättchen wird sich bald wenden.“

„Herrenkleider und Prunkgewänder für meine Brüder und mich!“ herrschte er die Zwerge an. Er hielt aber wohlweislich das kostbare Mützchen fest in der Hand, als seinem Befehl augenblicklich gehorcht wurde und das Umkleiden vor sich ging. Nun befahl der Zwergengebieter eine Tafel mit auserlesenen Speisen und trefflichen Weinen, dann Gesang und Saitenspiel und außerdem noch Tanz und Theater. Dann befahl er kostbare Betten zum Ausruhen, Illumination des ganzen unterirdischen Reiches und eine gläserne Kutsche mit prächtigen Pferden bespannt, um in den grünen Bergen überall herumzufahren und alles Sehenswerte in Augenschein zu nehmen. Und so fuhren die drei Brüder durch alle Edelsteingrotten und sahen die herrlichsten Wasserkünste, sahen die Metalle als Blumen blühen, silberne Lilien, goldene Sonnenblumen, kupferne Rosen und alles strahlte von Glanz und Pracht und Herrlichkeit. Dann begann der Gebieter mit den Zwergen über die Zurückgabe des Mützchens zu verhandeln und legte ihnen schwere Bedingungen auf. Erstens: einen Trank aus den köstlichsten Heilkräutern, die mit allen ihren Kräften den Zwergen wohl bekannt sind, für das kranke Herz seines Vaters, damit es genese und Liebe zu den drei Söhnen gewinne. Zweitens: für die liebe Schwester einen Brautschatz, so reich wie für eine Königstochter. Drittens: einen Wagen voll Edelsteine und Kunstgeräte, wie sie nur die Zwerge anzufertigen verstehen, einen Wagen voll Geldmünzen, weil das Sprichwort sagt: „Bares Geld lacht“, und die Brüder auch gern lachen wollten, und endlich noch einen Wagen für die drei Brüder, und zu diesem Wagen alles Nötige: Kutscher, Pferde, Geschirre und Sattelzeug.

Die Zwerge wanden und krümmten sich bei diesen Forderungen und jammerten so erbärmlich, daß es einen Stein erweicht haben würde. All ihr Gewinsel half ihnen aber nichts.

„Wenn ihr nicht wollt“, sagte der Gebieter, „so ist es mir auch recht. Dann bleiben wir da; es ist ja recht schön bei euch. Ich nehme euch allen eure Mützchen; dann werdet ihr bald merken, was aus euch wird, wenn man euch sieht — ihr werdet tot geschlagen, wo sich nur einer von euch blicken läßt. Noch mehr! Ich fahre hinauf auf die Oberwelt und sammle Kröten. Und dann stecke ich jedem von euch vor dem Schlafengehen eine ins Bett.“

Als der Gebieter das Wort ‚Kröten‘ aussprach, stürzten alle Zwerge auf ihre Knie und riefen: „Gnade! Gnade! Nur das nicht! Um alles in der Welt! Nur das nicht!“ Denn Kröten sind der Zwerge Abscheu und Tod.

„Ihr Toren“, schalt der Gebieter, „ich verlange gar nicht ‚alles in der Welt‘, ich habe euch die allerbescheidenste Forderung gestellt, ich könnte ja unendlich viel mehr verlangen, doch ich bin ein grundguter Knabe. Ich könnte euch ja alles nehmen und das Mützchen und die Herrschaft über euch außerdem für immer behalten, denn solange ich das

Mützchen hätte, würde ich ja nicht sterben das wißt ihr doch! Also: ihr wollt meine drei kleinen Bedingungen gewähren? — Nicht?"

„Ja, ja, hoher Herr und Gebieter!" seufzten die Zwerglein und gingen ans Werk, alles Begehrte herbeizuschaffen und alle Gebote zu erfüllen.

In der Mühle des alten grämlichen Müllers droben war es einsam und still geworden. Als der jüngste Bruder auch davon gegangen war, griesgrämelte der Müller. „Nun, der ist auch fort und bleibt auch fort, so geht es, das hat man davon, wenn man Kinder großzieht: sie wenden einem den Rücken zu. Nun ist nur noch das Mädchen da, mein Augapfel, mein Liebling."

Der Liebling aber saß dort und begann zu weinen.

„Weinst du schon wieder!" murrte der Alte; „denkst du, ich soll meinen, du weinst um deine Brüder? Ich weiß es besser: — um den armen Schlucker weinst du, der dich heiraten will. Dabei ist er so leer und ausgebeutelt wie ein Mehlsack. Er hat nichts, du hast nichts, ich habe nichts, so haben wir alle dreie nichts. Hörst du was klappern? Ich höre nichts. Die Mühle steht; schlechter kann es nicht stehen um eine Mühle, als wenn sie steht. Ich kann nicht mahlen, du kannst nicht heiraten, oder wir halten Bettelmanns Hochzeit. Wie?"

Solcherlei Reden hatte die Tochter täglich anzuhören, und sie verging fast in stillem Leid.

Da kamen eines schönen Morgens Wagen gefahren: einer, zwei, drei, — und hielten vor der Mühle; kleine Kutscher fuhren, kleine Lakaien sprangen vom Tritt und öffneten den Schlag des ersten Wagens; drei junge hübsche Herrchen stiegen aus, fein gekleidet wie Prinzen.

Dienerschaft wimmelte um die anderen Wagen, lud ab, packte ab, schnallte ab, Kisten, Kasten und schwere Truhen, und trugen alles in die Mühle. Stumm und staunend standen der Müller und seine Tochter dabei.

„Guten Morgen, Vater, guten Morgen, Schwester! Da wären wir wieder!" riefen die drei Brüder. Vater und Tochter starrten sie verwundert an.

„Trink uns den Willkommen zu, lieber Vater!" rief der Älteste und nahm aus eines Dieners Hand eine Flasche, schenkte einen überaus kunstvoll gearbeiteten Goldpokal voll edlen Trankes und bat den Vater zu trinken. Der trank und gab den Pokal weiter, und alle tranken nach ihm. Dem Alten strömte Wärme in das kalte Herz, und die Wärme wurde zum Feuer, zum Feuer der Liebe. Er weinte und fiel seinen Söhnen in die Arme und küßte sie und segnete sie. Und dann kam der Bräutigam der Tochter und durfte auch mittrinken.

Darüber fingen vor Freude die Mühlräder, die so lange still gestanden hatten, wieder an, sich rasch zu drehen, um und um.

Das Waldhäuschen und seine Bewohner

SCHLANGE HAUSFREUND

Es war einmal ein altes Ehepaar, das war trotz allen Fleißes sehr arm. Der Mann nährte sich und seine Frau, mit der er ein kleines Häuschen nahe einem Walde bewohnte, von Waldarbeit. Er half Bäume fällen, Holz einfahren, Holz zersägen und spalten, und so sammelte er auch das Holz, das er zu seinem eigenen Gebrauche nötig hatte, im Walde und führte es auf einem Schiebekarren jede Woche einmal oder öfter heim. Einmal hatte ein starker Sturmwind in der Nacht auch von einer stattlichen Eiche einen großen dürren Ast abgebrochen. Mit großer Freude sah das der Holzhauer und wollte sich den Ast gleich mitnehmen. Als er aber näherkam, gewahrte er mit Schrecken, daß vom Baume her nach dem Aste sich eine große Schlange ringelte. Er wich daher zur Seite und sammelte sich anderes Holz. Am folgenden Tage ging der Mann wieder in den Wald und wollte nun den Ast mitnehmen, aber da hatte die Schlange ihn mehrfach umschlungen und hob ihr Köpfchen auf dem schlanken Halse ihm ganz munter entgegen, als wenn sie ohne Furcht seine Bekanntschaft machen wollte. Leicht hätte der Mann die Schlange töten können. Er brauchte ihr ja nur mit dem scharfen Holzbeile, das er mit sich führte, den Kopf abzuhauen. Allein dieser Mann war einer von den wenigen verständigen Landleuten, die in ihrem schlichten Sinne es für eine Sünde erachten, ohne Not und ohne Bedürfnis ein Geschöpf Gottes zu töten. Er gab lieber den Ast auf und suchte sich kleineres Leseholz zusammen.

Wie nun der Mann mit seinem Reisigbündel nach Hause kam, sagte er zu seiner Frau, indem er das Holz abwarf: „Ich bringe leider den schönen Ast wieder nicht mit, von dem ich dir gestern schon erzählt habe; die Schlange hatte sich ganz um ihn herumgeringelt."

„Geh mir mit deiner Schlange!" sprach die Frau. „Ich bin froh, daß ich sie nicht gesehen habe, ich wäre zu Tode erschrocken gewesen."

Kaum hatte des Holzhauers Frau das gesagt, so stieß sie einen Schrei aus und sprang entsetzt zurück, denn aus dem Reisigbündel hervor kroch die Schlange, und ihr Anblick jagte der Frau einen tödlichen Schreck ein.

„Aber liebe Frau!" rief der Mann. „Was erschrickst du denn? Es ist ja keine giftige Schlange, es ist eine unschuldige Unke, die Frösche und Mäuse frißt. Man sagt, Unken bringen Glück ins Haus, vielleicht bringt sie es uns. Zeit wäre es, denn Unglück haben wir lange genug gehabt. Man hat auch Beispiele, daß Menschen in solche Tiere verwandelt worden sind, die Schätze vergruben und nun in Schlangengestalt das gleißende Gold hüten müssen. Vielleicht ist uns ein solcher Schatz beschert. Wir wollen daher der Schlange kein Leid zufügen."

Die Schlange aber war gleich in das Haus geschlüpft, hatte dort im Vorflur die Katze angetroffen und ihr guten Tag gesagt. Die Katze hatte einen hohen Buckel gemacht und angefangen zu fauchen. Die Schlange aber hatte gezischt und den Rachen aufgerissen, was die Katze bewog, nicht feindselig gegen die Schlange vorzugehen.

„Was ißt du?" fragte die Schlange. „Ich esse Mäuse", antwortete die Katze.

„Ich esse auch Mäuse", sagte die Schlange.

Dieser zarte Zug übereinstimmender Neigung begütigte die Katze, und sie fragte nun die Schlange: „Was trinkst du?"

„Ich trinke Milch, wenn ich welche haben kann!" antwortete die Schlange.

„Ei, ich trinke auch Milch!" sagte die Katze. „Das ist ja schön! Da passen wir eigentlich gut zusammen."

Darauf schlossen die Katze und die Schlange Frieden und Freundschaft miteinander, und die Hausfrau gewöhnte sich allmählich an die Schlange.

Und wenn sie der Katze Milch gab, so trank die Schlange, die sehr wenig bedurfte, mit der Katze aus einem Näpfchen, und die Mäuse fingen beide gemeinschaftlich weg, die Schlange die im Stalle und im Keller, und die Katze die auf dem Boden und in der Stube.

In dem Waldhäuschen aber kehrte Segen ein, seit die Schlange bei dem alten Ehepaare lebte. Der Tagelohn wurde dem Manne erhöht, die Waldbeeren, eßbaren Schwämme und Heilkräuter, welche die Frau sammelte und in die Stadt zum Verkaufe trug, wurden ihr viel besser als sonst bezahlt, und so lebten die armen Leute in glücklicher Zufriedenheit. Am Abend, wenn die Arbeit ruhte, saßen die beiden Alten im Sommer bisweilen vor der Tür und im Winter am warmen Ofen. Die Frau spann, neben ihr saß die Katze und spann auch — aber leider keinen Faden —, und die Schlange hatte Schlupfgänge, welche die Mäuse ausgearbeitet hatten, und kam herauf, und Mann und Frau hörten zu, wie die beiden Tiere einander Geschichten erzählten, in denen Katzen oder Schlangen stets die Hauptrollen spielten. Besonders die Schlange, die schon ziemlich alt war und sehr erfahren, konnte sehr vieles erzählen, teils was sie selbst erlebt, teils was sie von ihrer Mutter und Großmutter gehört hatte.

„Ich weiß nicht, ob du die Geschichte von der

Frau kennst, die lange Zeit eine Schlange an ihrer Brust trug?", sprach eines Abends die Schlange zu ihrer Freundin, der Katze.

„Nein, die kenne ich nicht; ich werde dir sehr dankbar sein, wenn du sie mir erzählst", antwortete die Katze, und strich sich mit ihrer rechten Pfote über den Kopf, worauf die Schlange das folgende Märchen erzählte.

DIE SCHLANGEN-AMME

„Es war einmal eine arme Frau", erzählte die Schlange, „die ging eines Morgens auf die Wiese, Gras zu mähen, und trug mit sich ihr kleines Kind, das noch an ihrer Brust trank. Sie legte das Kindlein in den Schatten einer alten Weide. Im Stamme dieser Weide aber, die hohl war, wohnte eine Schlange.

Die Frau tat fleißig ihre Arbeit bis zum Mittag. Dann legte sie ihre Sense nieder und ging zu ihrem Kinde, um ihm Nahrung zu geben, wie auch selbst ihr Mittagsbrot zu genießen. Als sie gegessen hatte, legte sie ihr Kindlein an ihre Brust und summte ihm ein Schlummerlied. Und da der Tag sehr heiß war und die Arbeit des Grasmähens die Frau auch ermüdet hatte, so entschlummerte sie selbst. Das Kind ließ ab von der Brust der Mutter und schlief in ihren Armen sanft ein.

Das alles hatte die kleine Schlange gesehen, die im Stamme der alten Weide wohnte und hervorgekrochen war, sich zu sonnen und zu sömmern in der heißen Mittagsluft. Und weil wir Schlangen gerne Milch trinken, so schlich sie sich sachte herbei, saugte sich an der Brust der jungen Mutter an und trank mit großem Behagen die süße Muttermilch. Aber groß war der Schreck der Frau, als sie aus ihrem Schlummer erwachte und gewahrte, welch einen ungebetenen Gast sie ernährte. Da erwachte die alte Feindschaft zwischen den Weibern und der Schlange auf das höchste. Aber der Schlange gefiel es allzuwohl da, wo sie war, und die Frau durfte sie nicht mit Gewalt wegreißen, denn gleich beim ersten Versuche hielt sich die Schlange so fest, daß es schmerzte, und die junge Mutter mußte gewärtigen, daß die Schlange sie beißen würde, wenn sie ihr Gewalt antue.

Da blieb nun der Frau für ihr Kindlein nur die eine Brust. Denn die andere behauptete die Schlange, die nicht mehr losließ, zumal die Milch ihr wundersam zum Wachstume gedieh. Und dem Kindlein schadete es auch nicht im mindesten, daß es an der Schlange eine Milchschwester hatte, es gedieh ebenfalls und wuchs mit der Schlange um die Wette. Die Frau hätte ganz zufrieden sein können. Denn wo Schlangen wohnen, kehrt Glück und Segen ein, wenn nicht das blöde Vorurteil und die Furcht gewesen wäre, die Schlange würde sie stechen. Als ob wir Schlangen einen Stachel im Maule hätten. Auch nennen die Menschen uns häßlich, während sie sich für schön halten. So beschränkt in ihrem Verstande sind sie, daß sie nicht einsehen, daß die ganze Schöpfung kein so vollendet schönes Geschöpf aufzeigt, wie eine Schlange: Rundung und Fülle, frei von der Unzier häßlicher Haare und Borsten, Anmut in jeder Bewegung, Vollkraft im tadellosen Wellenbau unseres Körpers, der nicht entstellt ist durch eckige, krallige Glieder oder Stelzbeine. Da sich nun das Weib aber fort und fort abhärmte, und die Schlange sich fort und fort an ihr ernährte und bereits die Dicke eines Menschenarmes erreicht hatte, so mußte das Kind entwöhnt werden. Aber die Schlange ließ sich nicht entwöhnen. Die wuchs und wuchs, und die Frau mußte einen Tragbeutel anfertigen, in dem sie den schweren Schlangenleib trug, während der Schlangenrachen fest an ihre Brust geheftet blieb. Zum Unglück hatte die Frau auch noch den Hohn ihrer Nachbarn, die ihr den Namen Schlangen-Amme beilegten.

Schon zehn Monate trug die Frau die Schlange, da kam ein Fremder in das Dorf. Der hörte die Märe, von der alle Welt sprach, und ging zu der Frau, sah den Gast, ihre sich abzehrende Gestalt und ihren Jammer. Der sagte ihr: „Frau, ich will Euch wohl von dieser Schlange helfen, wenn Ihr mir vertrauen wollt. Folgt mir nach dem Walde und fürchtet Euch nicht, wenn Ihr der Schlangen noch mehr seht. Daß Euch keine ein Leid zufügt, dafür stehe ich."

Dieser Mann war ein Schlangenbeschwörer, und die Frau folgte ihm vertrauensvoll in den nahen Wald. Dort zog er an einer baumfreien Stelle mit seinem Stabe einen Kreis und pfiff gellend auf einem kleinen Pfeifchen. Da rischelte und raschelte es bald darauf durch Gras und Waldlaub und Büsche, und es kamen von allen Seiten Schlangen herbei, große und kleine, daß der Frau angst und bange wurde, und sie aus dem Kreise entspringen wollte. Aber der Zauberer winkte ihr zu, ruhig zu stehen, und blies wieder. Da begannen alle Schlangen ihre Köpfe und Oberleiber kerzengerade in die Höhe zu richten und zu tanzen, und mit einemmale wurde auch die Schlange an der Brust der Frau unruhig, machte mit ihrem Leibe sanfte Bewegungen, ihr Kopf ließ die Brust fahren und rasch schlüpfte sie aus dem Tuche, glitt zum Boden nieder und ringelte sich auf die andern Schlangen zu, um mit ihnen zu tanzen, während der Zauberer lustige Stücke spielte.

Da fühlte die Frau sich mit einem Male erlöst und war ganz glücklich. Sie konnte nun wieder ungehindert arbeiten, war nicht mehr der Gegenstand des Abscheues ihrer Mitmenschen, die wunders glaubten, womit die arme Frau sich versündigt habe, und sie erzog mit Liebe und Sorgfalt ihr munteres Kindlein.

Als das Kind mehrere Jahre alt geworden war, lief es eines Tages mit Nachbarskindern in den nahen Wald, um dort Beeren zu suchen. Auf einmal hörte die Frau ein gräßliches Geschrei der Kinder und sah das Häuflein in eiligster Flucht aus dem Walde hervorstürzen, aber ihr eigenes kleines Kindlein, das noch nicht so laufen konnte wie die größeren war nicht darunter. Und ein Knabe schrie: „Ein Wolf! Ein Wolf!" und ein zweiter schrie: „Ein Bär! Ein großer Bär!" und ein dritter: „Eine Schlange, eine gräuliche Schlange!" Die Mutter erschrak zu Tode, sie sprang auf und eilte nach dem nahen Walde hin.

Vergebens fragte sie die Kinder, die in Hast an ihr vorüber rannten, nach ihrem Kinde. Keines stand ihr Rede, die Angst lähmte ihnen die Zunge. Kaum waren sie verschwunden, da sah die Frau einen großen Wolf, der noch einige wunderliche Sprünge machte, aber dann vor ihren Augen zusammenbrach und alle viere von sich streckte. Voll Entsetzen eilte die Frau am Wolfe vorüber und erreichte den Saum des Waldes. Da bot sich ihr ein schrecklicher Anblick. Ein laut brüllender Bär bäumte sich auf im Kampfe mit einer großen Schlange, die ihn eng umringelt hatte und ihm die Kehle zuschnürte. Und kaum hatte die Frau ihn aufrecht gesehen, so stürzte er nieder, und neben der Stelle, wo er in seinen letzten Atemzügen zuckend am Boden lag — o Wunder, da lag unversehrt und süß schlummernd ihr Kind, auf das sie sich mit einem lauten Freudenschrei stürzte. Jetzt aber ringelte sich die Schlange vom Halse und Leibe des Bären los, und kaltes Entsetzen übergoß die Frau aufs neue — sie kannte diese Schlange. Die Schlange aber sprach zu ihr: „Du brauchst dich vor mir nicht zu fürchten. Die Schlangen sind nicht falsch und nicht undankbar, wie ihr Menschen euch einbildet und euch einredet. Du bist es, die mich so groß und stark gemacht hat, daß ich imstande war, den Wolf und den Bären zu entseelen, die deinem Kinde Gefahr drohten. Ich habe Gutes mit Gutem vergolten! Fahre wohl!" Und sie ringelte sich in die Büsche.

KLARE-MOND

Mit Vergnügen hörte die Katze die Erzählung ihrer Freundin, der Schlange. Und als sie geendet hatte, sagte sie: „Kein Tiergeschlecht hat vom Undanke der Menschen so viel zu leiden wie wir armen Katzen. Wie diese Menschen euch Schlangen zu Sinnbildern der Falschheit, des Undankes und der Bosheit machen, so auch uns. Deshalb tun wir beide wohl, Freundschaft miteinander zu halten. Da heißt es immer: die falsche Katze, Katzenfalschheit und solcher Ehrentitel mehr. Eines ihrer zahlreichen Laster, den Diebstahl, haben die Menschen nach unserem vom Schöpfer in uns gelegten Beruf und Nahrungstrieb, Mäuse zu fangen, das Mausen genannt, was doch recht schändlich von ihnen ist. Und sie haben die Lügenmäre ersonnen, daß ihre bösen Hexenweiber und Teufelsbündnerinnen sich in ein so edles und schönes Geschöpf wie eine Katze verwandeln können. Das hat dann wieder dahin geführt, daß viele Menschen jede Katze für eine Hexe halten, und durch diese heilige Einfalt haben schon viele tausende unseres Geschlechtes den grausamsten Tod erlitten. Ich könnte dir bis an das Ende meines Lebens solche Märlein erzählen, in denen wir als Hexen eine Rolle gespielt haben sollen, und würde doch nicht fertig.

Ich will dir nur ein Märchen erzählen, das nicht so grausame Züge vom Pfoten- oder Kopfabhacken hat wie so viele andere. Vielmehr wird darin von unserer Begabung mit wunderschönem Gesang und unserer Freude am Betrachten des schönen gestirnten Himmels berichtet. Ich glaube fest, daß die Sirenen des Altertums nur singende Katzen waren, die im Meere lebten, also echte Meerkatzen. Die tückischen Menschen aber haben diesen Namen eines nicht mehr vorhandenen schönen Tiergeschlechtes der häßlichsten

Affenart beigelegt. Auch ist der bei Nacht leuchtende Glanz unserer Augen nichts anderes als Sternenlicht, das wir in unsere Augen einsaugen. Daher sehen wir auch bei Nacht, und es gibt für uns, die bevorzugtesten Geschöpfe auf der ganzen Erde, kein Dunkel. Und wenn wir durch die Nacht schleichen, so schleichen wir doch nie im Finstern. Doch ich bin weit entfernt, mich und mein Geschlecht selbst zu loben, ich bedarf in Wahrheit nicht des Eigenlobes. Mein Märchen lautet:

Es lebte einmal ein Mann, der hatte auf seinem Hause einen schönen geräumigen Söller, von welchem aus man sich einer herrlichen Aussicht über die Stadt, in welcher er wohnte, und in deren ganze Umgegend erfreute. Von diesem Söller, der mit Blumentöpfen und kleinen Bäumen geschmückt war, führte eine Glastür in das Schlafgemach des Mannes.

In einer wunderherrlichen Sommernacht, in welcher der volle Mond prachtvoll schien und der Himmel voller Sterne stand, erwachte jener Mann von himmlischen Tönen, die ganz in seiner Nähe erklangen. Er erhob sich von seinem Lager und sah durch eine Scheibe des Glasfensters hinaus auf seinen Söller. Da erblickte er mit großem Erstaunen eine zahlreiche Gesellschaft schöner Damen teils in weißen, teils in farbigen und dunkeln Kleidern, alle vom angenehmsten Äußern. Die saßen um eine Tafel herum, die gewöhnlich auf dem Söller stand, und sangen mit den lieblichsten Stimmen einen Rundreim, welcher lautete:

Wir trinken hier viel süßeren Wein,
Als Burgunderwein,
Als Champagnerwein,
Wir trinken den klaren Mondenschein.

Indessen schien diese zarte Gesellschaft auch einige leibliche Erquickung nicht zu verschmähen. Wenigstens sah der Mann, daß die Frauengesellschaft auch irdischen Wein und niedliche Speisen genoß. Er konnte sich, da er ein Hagestolz war und außer alter Dienerschaft sein Haus ganz allein bewohnte, gar nicht denken, wer diese vielen Frauen und Fräulein waren, und woher sie in aller Welt gekommen seien, und weshalb gerade zu ihm herauf? Es deuchte ihm ein sehr hübscher Traum zu sein. Aber dagegen sprach, daß er sich dennoch lebhaft wachend fühlte. Und so dachte er bei sich: „Ich bin doch der Herr des Hauses, ich habe ein Recht, in diese Gesellschaft zu treten, da werde ich ja gleich hören, welche seltsame Veranlassung sie zu mir heraufführt." So klinkte der

Mann die Glastür auf und trat unbefangen mit freundlichem Gruße zu den Damen heraus. Diese erhoben sich bei seinem Anblick von ihren Sitzen, und ein ganz artiges junges Mädchen in einem schneeweißen Kleide, mit blondem Haar und rosenrotem Mäulchen und Händchen trat auf ihn zu und sprach: „Verzeiht gütigst, edler Herr, die Freiheit, die wir uns genommen, diese schöne wonnevolle Mainacht auf Eurem Söller zu feiern, und nehmt es nicht für ungut, wenn vielleicht unser Gesang Euern Schlummer gestört hat. Gesellt Euch zu uns, nehmt Platz, nehmt Kuchen, nehmt Wein!“

Der Mann wußte nicht, wie ihm geschah. Des kleinen holdseligen Fräuleins liebliches Geplauder schnitt ihm alle Fragen vom Munde ab, er setzte sich mit an die runde Tafel, ließ sich nicht ungern ein Gläschen Sekt kredenzen, und da er mit ihnen trank, sangen jetzt die Damen ihren Reim ein wenig verändert:

Wir trinken den allerköstlichsten Wein,
Burgunderwein!
Champagnerwein!
Und den klaren, klaren Mondenschein!

Das weißgekleidete Mägdlein schmiegte sich mit so großer Zutraulichkeit an den Mann wie eine junge Tochter an einen Vater, den sie liebt, und bot ihm nun auch von dem Kuchen an. Auch von diesem nahm er, doch wollte er nicht recht munden, es fehlte ihm etwas, und er sagte daher: „Verehrte Damen! Dürfte ich Sie wohl um ein wenig Salz bitten?“

Kaum waren diese Worte gesprochen, als plötzlich der Mann an Stelle des lieblichen Gesanges ein wildes Durcheinander von Katzenstimmen hörte, für deren zarten, melodischen und unvergleichlichen Wohllaut den plumpen Menschen das Ohr gänzlich verschlossen ist. Und nicht minder erblickte er die ganze Gesellschaft zu lauter Katzen geworden, darunter seine eigene, die eben das schöne weiße Fräulein gewesen war, das heute seinen Geburtsabend feierte. Der Mann sah aber die Katzen nur noch nach allen Seiten hin vom Söller auf die Dächer springen und schnell über die Firste laufen. Und ehe er sich’s versah, war alles samt Gläsern, Tellern, Wein und Kuchen verschwunden — bis auf das Stückchen Kuchen, das er in der Hand hielt, und das nichts war, als ein Restchen altbackenes Brötchen. Seine eigene Katze war durch das Fenster der Söllertür in sein Schlafgemach geflüchtet, in das er nun ebenfalls sehr erbost zurückschritt und nach einem spanischen Rohre griff, um die so schön geübte Gastfreundschaft mit Undank zu vergelten. Als nun der Mann mit dem Prügel unter sein Bett fuhr, fauchte und schrie die weiße Katze furchtbar, sprang unter dem Bette hervor und abermals durch das Fenster, wobei eine zweite Scheibe in Trümmer ging, hinaus auf den Söller, auf ein Dach und kam niemals wieder. Wenn der Mann das, was ihm mit den Katzen begegnet war, nun häufig seinen Freunden erzählte, ihnen dazu den Reim jedesmal vorsang und allen Katzen Vertilgung zuschwur, so lachten die Freunde viel über ihn und nannte ihn spottweise Klare-Mond und Katzen-Herodes bis an sein Ende.

SIEBENHAUT

Als die Katze ihre Märchenerzählung geendet hatte, nahm die Frau des Holzhackers, die aufmerksam zugehört hatte, das Wort und sagte: „Solcher Geschichten wüßte ich auch genug. Daß sie alle wahr sind, will ich nicht behaupten. Und was deine Geschichte betrifft, meine gute Schlange, von einer Frau, die eine deiner Verwandten an ihrer Brust nährte und großzog, so weiß ich eine noch viel schönere von einer Frau, die sogar eine Schlange zur Welt brachte und sie als ihr Kind stillen mußte." Da wollten Katze und Schlange dieses Märchen auch gern vernehmen und baten die Frau, es ihnen zu erzählen.

‚Es war einmal ein Graf', begann hierauf die Frau, ‚der war sehr reich und hatte auch eine sehr schöne und liebevolle Gemahlin, die ihn mit Zärtlichkeit liebte. Aber sie hatten kein Kind, und deshalb liebte der Graf seine Frau um vieles weniger als sie ihn. Er war überhaupt von etwas rohen und rauhen Sitten, wenn er es auch nicht eigentlich böse meinte. So nannte er seine Frau, die ihn durch Freundlichkeit, Demut und schweigsames Wesen bei Gutem zu erhalten strebte, eine Aalhaut, eine Schmeichelkatze, eine glatte Schlange und dergleichen, und bisweilen weinte die arme Frau darüber und sagte: ‚Du versündigst dich, daß du mich einer Schlange vergleichst. Wenn dich Gott nur nicht einmal dafür straft!' Darüber lachte der Graf. Als nun doch nach Jahr und Tag Aussicht auf ein Kindlein dieser beiden Ehegatten vorhanden war, da wurde der Graf in seinem Benehmen wie umgewandelt. Er wußte nicht, wie gut er es jetzt mit seiner Gemahlin meinen sollte. Aber da kam ein schweres Verhängnis über beide. Die Frau Gräfin brachte statt eines Kindes eine Schlange zur Welt. Der Graf war außer sich vor Wut und Grimm und die Frau fast des Todes. Bist du nun eine Schlange, Schlangenmutter, oder bist du keine? brüllte er. Eine Hexe bist du, eine Teufelsbuhle, eine falsche Katze! Sterben mußt du und dein Schlangenbalg, den du geboren hast, dazu!' — Indes durch Bitten und Flehen brachte die Gräfin es dennoch dahin, daß er sie und die Schlange nicht töten ließ, und dem Grauen, womit sie die Schlange ansah, mischte sich doch auch Mutterliebe bei. Der Graf aber kümmerte sich kaum noch um sie und betrachtete sie nicht mehr als seine Gemahlin. Sie durfte auch nicht aus ihren abgesonderten Gemächern, und außer der nötigsten Bedienung durfte kein Mensch zu ihr. Die Gräfin legte in ihrer Abgeschiedenheit die Schlange an ihre Brust und nährte sie mit ihrer Milch. Sie gewöhnte sich allmählich an sie und hatte sie lieb wie ein Kind. Auch hatte sie zum öfteren einen häufig in gleicher Weise wiederkehrenden Traum: die Schlange sei ein schöner Knabe, und habe deshalb Schlangengestalt angenommen, weil sie sich so oft darüber entsetzt und geweint habe, wenn ihr Gemahl sie eine Schlange genannt. Daher pflegte sie die Schlange sorglich und treu und sah zuletzt mit Freude, daß sie groß wurde und gedieh, bald still auf ihrem Schoße lag, bald den schlanken Hals mit dem kleinen Köpfchen und den klugen blitzenden Augen emporhob bis zu ihrem Munde und diesen wie küssend berührte, bald fröhlich im Zimmer herumringelte und tanzende Bewegungen machte wie ein fröhliches spielendes Kind. Einförmig genug ging der eingesperrten Gräfin die Zeit hin. Es waren schon zwanzig Jahre vergangen, die Schlange war längst ausgewachsen, und mit Ernst dachte die Gräfin an ihren Tod, und was dann aus der Schlange werden sollte? Da tat eines Abends die Schlange, die in dieser ganzen langen Zeit noch nie ein Wort geredet, ihren Mund auf und sagte zur namenlosen Überraschung der Gräfin: ‚Verehrteste Frau Mutter! Ich habe nun bereits mein zwanzigstes Lebensjahr zurückgelegt und wünschte mich zu verheiraten. Ihr würdet mich zu größtem Danke verpflichten, wenn Ihr mir eine Braut verschaffen wolltet, mir einerlei aus welchem Stand, wenn sie überhaupt standhaft und brav ist.‘

Die Gräfin versprach, den Wunsch ihres Sohnes zu erfüllen und sandte nun Werbeboten aus. Aber sie empfingen aller Orten und Enden nur ablehnende und oft spöttische Antworten. Schlanke Freier, hieß es, seien gern gesehen, aber Schlangen als Freier wären nicht an der Tagesordnung. Eine solche Verbindung sei doch allzu ungleich. Einen goldenen Schlangenring um den Finger lasse man sich noch gefallen, auch eine goldene Schlange als Armband. Aber eine Schlange um den ganzen Leib, das sei nicht zu tragen. Das machte die Gräfin sehr betrübt, und da sich gar keine Heiratspartie fand, der Sohn aber sein Gesuch wiederholte, so verfiel die Gräfin auf ihre Hühnerwärterin, ein junges frisches Dirnlein, und suchte dieses zu der Verbindung zu überreden. Die Dirne sagte aber: ‚Was kann mir mit einem Schlankel gedient sein? Das frißt nur, und arbeitet nicht! Ich finde wohl noch einen Freier, der Händ und Füß hat!‘

Doch die Gräfin stellte der jungen Hühnerwärterin vor, daß vom Arbeiten keine Rede mehr sei, wenn sie den Grafensohn heirate, daß sie reich werde, und in goldenen Kleidern einhergehen könne. Wenn sie klug sei wie die Schlangen, so nähme sie die Schlange, und wenn sie bei den Hühnern bleiben wolle, so sei sie eine Gans.

Zureden hilft, sagt das Sprichwort, und die Hühnerwärterin sagte, sie wolle sich besinnen und sich die Sache beschlafen. Guter Rat käme über Nacht. Und der kam auch. Nach einem frommen Abendsegen entschlief das Mägdlein und hatte einen Traum, in welchem ein Engelchen erschien, das flüsterte ihr zu: ‚Nimm ihn, nimm ihn, bekommst keinen bessern! Bist berufen, ihn zu erlösen.‘ Und flüsterte ihr zu, was sie tun solle am Hochzeitabend. Das merkte sich das Mädchen genau und gab am andern Morgen der Gräfin ihren Entschluß kund, auf deren heißen Wunsch einzugehen. Darüber hatte die Mutter der Schlange eine große Freude und traf alle Vorbereitungen, doch sollte die Verheiratung in aller Stille gefeiert werden. Als nun das junge Pärchen beisammen war, sprach die Schlange zur Braut: ‚Zieh dich aus!‘ — ‚Nein!‘ — ‚Nein!‘ sprach die Braut, ‚zieh du dich zuerst aus!‘ Da hüpfte die Schlange, schlang einen Kreis, biß sich in den Schweif und fuhr aus der Haut, hatte aber eine viel schönere darunter. Die alte war braun gewesen, die neue war grün, und die Schlange sprach: ‚Ich hoffe! — Nun ziehe dich aus!‘ —‚Nein, ziehe du dich aus!‘ rief die Braut. Da tat die Schlange wie das vorige Mal, schlüpfte aus dem grünen Balge und erschien himmelblau und sagte: ‚Ich vertraue! — Nun ziehe dich aus!‘

‚Nein, ziehe du dich aus!‘ rief die Braut, denn das war das Geheimnis, das ihr im Traume das Engelchen vertraut hatte. Und abermals gehorchte die Schlange und erweckte dadurch die besten Hoffnungen, ein guter, nachgiebiger Ehemann zu werden. Es fiel die blaue Haut von ihr, und eine neue rosenrote kam zum Vorschein, und die Schlange sprach: ‚Ich liebe dich! Und nun ziehe dich aus!'

‚Nein, ziehe du dich aus!' sprach die Braut.

‚Du verlangst sehr viel, mein Kind', antwortete die Schlange, aber sie häutete sich zum vierten Male und erschien jetzt ganz silbern. ‚Mein Herz ist rein, wie Silber! — Ziehe dich nun aus!' sagte die Schlange, aber die Braut tat dies wiederum nicht, sondern sagte abermals: ‚Nein! Ziehe du dich aus!'

Darauf streifte die Schlange auch ihre Silberhaut ab und kroch mit einer herrlich glänzenden Goldhaut aus der silbernen und sprach: ‚Mein Herz ist treu, wie Gold — Nun endlich ziehe dich aus!'

‚Nein! Ziehe du dich aus!' sprach zum sechsten Male die Braut, und wiederum gehorchte die Schlange und kam aus der Goldhaut, die sie abwarf, hervor wie ein lebendiger Regenbogen in allen Farben glänzend und glühend, daß die Augen kaum den Glanz ertragen konnten: ‚Mit dir und mir sei Friede!' rief die Schlange, ‚aber ich bitte dich, ziehe nun dich aus!'

‚Nein! Ziehe du dich aus!' sprach unerbittlich die Braut. Da schnellte die Schlange hoch empor, und in welcher Haut erschien sie nun?

„Das kann ich nicht raten", sagte die Schlange. „Ich häute mich jährlich nur einmal."

„Und ich noch weniger", fügte die Katze hinzu, „ich häute mich niemals, ich haare mich nur."

„Pah! In einer Menschenhaut erschien der Schlangenbräutigam und verwandelte sich auch zugleich in einen Menschen", rief die Erzählerin, „und zwar in einen schönen und jungen. Er schloß die Braut in seine Arme und küßte sie und rief: ‚Dank dir, du hast mich erlöst!'

Und das war es gewesen, was das Engelchen der Braut im Traume zugeflüstert hatte: siebenmal mußte sie sein Ansinnen weigern und ihn zurückschieben. Und nun stand er vor ihr als der liebreichste Grafensohn, als der schönste Ritter, und sie sank an sein Herz.

Daß die Gräfin über die Verwandlung höchst glücklich war, und daß ihr Gemahl sich wieder mit ihr versöhnte, versteht sich von selbst."

So erzählten sich die Bewohner jenes Waldhäuschens immer eins um das andere, bald die Frau, bald auch der Mann, oder die Schlange, oder die Katze, und den beiden Eheleuten ging es immer gut.

DIE DREI WÜNSCHE

Zu den Zeiten, als der liebe Gott bisweilen noch sichtbar auf Erden wandelte, um die Menschen zu prüfen — und niemand weiß, ob er das nicht noch heute tut —, kam er einmal in Gestalt eines armen, alten, gebrechlichen Mannes in ein Dorf und vor das Haus eines Reichen. Er bat um ein wenig Trank und Speise und um ein Nachtlager, denn der Abend war da und die Nacht nicht fern, und das Wetter stürmisch. Da trat der Reiche spottend aus seinem stattlichen Hause und sprach zum lieben Gott: „Dumm bist du nicht, Alter! Meinst du, hier sei ein Wirtshaus oder eine Bettelmannsherberge? Nein, ich sage dir, hier ist Bettelmannsumkehr. Fort, marsch! Gleich packe dich vom Hofe, oder ich pfeife dem Hunde, du alter Tagedieb, du Strolch und Stromer. Und untersteh' dich nicht, noch einmal in meinen Hof zu treten!"

Mit einem Seufzer wendete sich der Arme vom Hofe des reichen, geizigen und hartherzigen Mannes hinweg und wankte weiter. Da rief ihn von drüben aus einem kleinen Häuslein die Stimme eines Mannes voll Mitleid an: „Na, Alterchen! Wo willst denn du hin?" Der Arme antwortete: „Ach, nach Nirgendheim! Denn nirgends hab ich ein Heim! Aber Hunger und Durst hab ich und bin todmüde!"

„So komm doch herüber zu mir!" rief wieder der Häusler. „An dem, was dir mein Nachbar gegeben hat, wirst du nicht schwer zu tragen haben! Ich bin freilich selbst arm, aber ein Stück Brot hab ich noch, und einen Schluck Wasser kannst du auch haben und einen Sack voll Waldmoos zum Nachtlager, wenn du damit zufrieden bist!"

„Ihr seid sehr gütig! Ich nehm' es an, und Gott gesegne es euch!" sagte der liebe Gott. Er trat beim Häusler ein, aß mit ihm, trank mit ihm und ruhte sich aus. Weil es noch nicht Schlafenszeit war, setzten sich die beiden Männer vor das Haus, denn der liebe Gott hatte das wilde Wetter schnell vergehen lassen und eine klare, milde Mondnacht geschaffen. Er ließ das Firmament leuchten und seine Sternenheere, die ihn ewig preisen und voll Pracht über der dunklen Erde wandeln.

Da saßen die beiden Männer, der alte und der junge, der liebe Gott und der arme Häusler, auf der steinernen Bank vor dem Häuslein und sprachen miteinander.

Drüben aber sah der reiche Mann zum Fenster heraus, paffte aus einer großmächtigen Tabakspfeife und schimpfte vor sich hin: „Da hat der Lump, mein Nachbar, richtig den alten Strolch aufgenommen und gibt ihm Quartier, und hat doch selbst nichts zu beißen und zu brechen. So was Dummes lebt nicht noch einmal! Aber ich sage ja immer: Gleich und gleich gesellt sich gern, gleiche Lumpen, gleiche Lappen. Eigentlich gehört sich's gar nicht, so einen hergelaufenen Landstreicher aufzunehmen; denn man weiß nie, was hinter ihm steckt, und ob nicht so ein Stromer das Dorf anzündet, und seine Bande dann aus dem Walde bricht und plündert. Wie sie schwätzen, die beiden Taugenichtse! Ich will doch noch etwas verweilen und ein wenig zuhören."

„Du bist so gut und so fromm", sprach der liebe Gott zu seinem Wirte, „du wärest wert, daß dir geschähe, wie vorzeiten manchem frommen Mann. Ich meine, daß du drei Wünsche sagen dürftest zu deinem Heil und zum Heil deiner Seele. Aber du dürftest das letztere ja nicht vergessen, damit es dir nicht so ergehe, wie dem Schmied von Jüterbog."

„Und wie erging es dem?" fragte der Häusler.

„Kennst du das Märchen nicht?" fragte der liebe Gott zurück. „Zu diesem Schmiede kam der Apostel Petrus geritten und bat ihn, seinen Esel mit neuen Hufeisen zu beschlagen, dafür durfte er drei Wünsche tun. Da wünschte sich der Schmied, daß seine Schnapsflasche niemals leer werden solle und daß, wer auf seinem Birnbaume sitze, so lange darauf sitzen bleiben müsse, bis der Schmied ihm abzusteigen erlaube, und daß endlich niemand ohne Erlaubnis in seine Stube kommen dürfe außer etwa durch das Schlüsselloch. Damit gewann der Schmied zwar dem Tode ein langes Leben ab, denn er überlistete ihn, sich auf seinen Birnbaum zu setzen. Er spielte dem Teufel einen bösen Streich, weil der durch das Schlüsselloch in des Schmiedes Stube gehuscht war, aber den besten Wunsch, die ewige Seligkeit, hatte der Schmied nicht getan. Deshalb starb er nicht, und Petrus konnte ihn nicht in den Himmel lassen, und selbst der Teufel fürchtete sich vor ihm; er schloß das Höllentor vor ihm zu und verriegelte es von innen, und seitdem muß der Schmied für alle Zeiten ruhelos und unselig umherwandeln.

„Ach du lieber Gott!" rief der Häusler, ohne zu wissen, wer neben ihm saß. „Das ist schlimm! Das war gefehlt. Da wollt' ich schon gescheiter wünschen, wenn zu mir so ein heiliger Nothelfer oder Apostel käme! Das wird aber nicht sein!"

„Man kann das nicht wissen", erwiderte der Gast. „Nur muß der Mensch nicht so töricht wünschen wie jenes Ehepaar, zu dem der Engel Gottes kam und ihm drei Wünsche bescherte."

„Was geschah da?" fragte der Häusler.

„Ein Mann und eine Frau", erzählte der Gast, „lebten in großer Armut und baten Gott Tag und Nacht, ihre Lage zu bessern und ihnen zu helfen. Weil sie nun fromm und redlich waren, so wollte Gott ihr Flehen erhören und sandte ihnen seinen Engel. Der Engel sprach: ‚Drei Wünsche dürft ihr tun zu eurem Heile, aber es darf nicht der Wunsch nach Geld und Gut dabei sein; denn wenn euch solches beschieden und nütze und zuträglich wäre, so besäßet ihr es längst. So aber ist es euch nach Gottes weisem Ratschlüsse versagt.' Der Mann sprach: ‚Was sollen mir drei Wünsche helfen, wenn ich nicht wünschen darf, was mir zu meinem Glück dienlich zu sein scheint? Was ist der Mensch ohne Geld? Da spricht man von ihm wie von einem falschen Groschen: Er gilt nichts.' Darauf sagte der Engel: ‚Nun, so wünsche denn in Gottes Namen, doch trage selbst die Schuld, wenn du dir Unheil wünschest.' Nun fragte der Mann sein Weib: ‚Was wünschen wir? Was brauchen wir zunächst? Ich dächte, einen ganzen Berg von Gold und eine dicke Mauer rundherum, — oder aber lieber einen Kasten Immervoll, aus dem man immer Geld nehmen kann, soviel man braucht?' ‚Ich dächte', nahm das Weib das Wort, ‚du wärest vor allen Dingen so gütig und überließest einen der drei Wünsche mir, denn ich habe genug danach geseufzt und mich wundgekniet; du kannst dir immer noch wünschen, was du willst'

‚Nun gut', antwortete der Mann, ‚Frauen sind oft klüger als die Männer, so wünsche denn.'

‚Ich wünsche', sprach die Frau, ‚für mich das allerschönste Kleid, wie nie ein Weib eins getragen hat, schöner als das Kleid der größten Kaiserin!' Kaum hatte die Frau diesen Wunsch ausgesprochen, so war sie angetan mit dem herrlichsten Kleide, überreich besetzt mit Diamanten, Perlen, Gold und Silber, daß es nur so davon starrte.

‚War das nicht ein dummer, unüberlegter Wunsch!' rief der Mann verärgert. ‚Du konntest damit allen Frauen Gewänder wünschen, dann wäre tausendfacher Segen auf dein Haupt vom Himmel von den Dürftigen herabgefleht worden; so hast du nur einen Wunsch des hoffärtigen und übermütigen Eigennutzes ausgesprochen!'

‚Pfui über dich', schrie die Frau, ‚daß du mich so schiltst! Gefalle ich dir nicht in diesem schönen Kleide, so wette ich, daß ich anderen desto besser gefallen werde. Geh fort, du Hans Narr!'

‚Eitle Gans!' schrie voller Zorn der Mann. ‚Daß dir doch gleich das Kleid in deinen hoffärtigen Leib fahre!'

‚Wehe mir!' schrie die Frau, — denn im Augenblick verschwand das Kleid in ihren Leib und schmerzte sie so, daß sie laut aufheulte und durch das Dorf lief. Sie klagte allen Bauern ihr Leid; und erzählte, wie sie durch ihres Mannes Schuld so schrecklich leiden müsse. Darauf liefen die Bauern in hellen Haufen zu dem Mann und riefen ihm drohend zu, er solle seinem Weibe von ihrem Weh helfen, oder sie wollten ihn gleich erwürgen. Sie zückten schon ihre Messer gegen ihn.

Als der Mann den großen und grimmigen Bauernzorn sah, und wie sein Weib litt, sprach er: ‚Ich wünsche in Gottes Namen, daß sie ihrer Schmerzen wieder ledig werde.'

Darob wurde das Weib heilfroh, und alle ihre Schmerzen hörten sofort auf. Aber auch der dritte Wunsch war getan. Das Kleid kam nicht wieder zum Vorschein, und der Mann hatte nun keine gute Stunde mehr auf Erden. Er war der Spott aller Welt und starb bald vor Gram und Kummer. — Darum merkt Euch, mein werter Gastfreund, wenn Ihr Wünsche tut, daß Ihr nicht auf den Wegen der Toren wandelt."

„Und welche Wege meinst du?" fragte wieder der Häusler.

„Der Toren Sitte", sprach des Häuslers Gast, „ist, Unrechtes zu begehren, nach Unrechtem zu trachten und nach dem Verluste um Unrechtes zu klagen. Die Toren sind dreierlei Schlages. Toren, die nichts wissen und nichts können; Toren, die nichts wissen wollen, die Wissen und Können verachten, und Toren, die wissen und können und dennoch nicht das tun, was das Rechte ist, das sie doch einsehen sollten, damit sie ihre Seele bewahren."

„Nun denn, dürfte ich wünschen", sagte der Häusler, „so wünschte ich mir vorerst und vor allen anderen Schätzen die ewige Seligkeit, hernach Gesundheit und Zufriedenheit bis zu meinem Tode, und dann — wenn es nicht gegen Gottes Willen wäre — möchte ich wünschen, daß mein Häuslein wieder in guten Stand gesetzt wäre, denn es droht einzustürzen."

„Eure Wünsche sind Gott angenehm", sagte der Gast, und ich will Euch den Hauptwunsch dazu tun, daß sie alle drei in Erfüllung gehen!"

Nach diesem guten Gespräch verließen die beiden Männer, der arme Alte und der arme Häusler, ihren Steinsitz und gingen in die Hütte. Sie sprachen ihr Nachtgebet und legten sich zur Ruhe nieder.

Der Reiche drüben hatte jedes Wort gehört, das jene sprachen und machte seine Bemerkungen darüber. „Man sollte nicht meinen", brummelte er vor sich hin, „daß so ein alter Mann noch so kindisches Zeug vorbringen könnte, so läppischen Märchenschnickschnack, aber freilich, das Alter macht kindisch, und Alter schützt nicht vor Torheit. O ihr Wünschelnarren!"

Soeben wollte sich der Reiche nun auch zur Ruhe begeben, als er wahrnahm, daß ein eigentümlicher Lichtschimmer das Häuschen des Armen umfloß, während alle anderen Häuser dunkel dalagen. Doch war es kein Feuerschein, auch nicht eine Wirkung des Mondlichtes, sondern ein reines Himmelslicht. Dann schienen auch lichte Gestalten um das Häuschen zu schweben. Sie bewegten sich wundersam ab und auf, als ob sie auf unsichtbaren Leitern schwebten. Sie glitten um das Dach und um die Wände, und dabei war alles feierlich und still.

Den Reichen gruselte es. Er meinte, es seien Gespenster, schlug sein Kreuz und legte sich nieder, aber er konnte fast die ganze Nacht nicht schlafen, und am frühen Morgen, als kaum der Tag graute, war er, von einer inneren Unruhe getrieben, schon wieder am Fenster. Da sah er gerade den armen Alten an seinem Hause vorübergehen, der sich schon früh aufgemacht hatte.

„Hm!" murmelte der Reiche, „der ist früh auf den Beinen, das hat sicher einen Ha-

ken. Und er trägt einen Sack; gestern trug er keinen. Der hat gewiß da drüben etwas mitgehen heißen und ist durchgebrannt, so lange der Nachbar noch schläft. Geschieht dem Nachbarn schon recht! Was geht es mich an?"

Unter dieser Betrachtung wurde es draußen heller. Des Reichen Weib war auch aufgestanden und sah aus dem Fenster nach dem Wetter. Der Nebel verzog sich, und beide trauten ihren Augen nicht, als sie gegenüber ein ganz stattliches neues Bauernhaus stehen sahen, das zwar noch die Gestalt des alten hatte, aber in allen Teilen größer und schöner war.

„Träum' ich oder wach' ich?" fragte der Reiche. „Ist wirklich der Wunsch in Erfüllung gegangen? Wer war denn der Alte? Hilf Himmel! Sicherlich Petrus oder gar der liebe Gott selbst. Dummkopf, der ich war, ihn gestern abzuweisen."

„Jawohl, Dummkopf!" rief die Frau. „Spute dich, reite nach, bitte ihm ab und gib ihm gute Worte. O Himmel, wie ist doch unsereins übel daran, wenn man so einen dummen Mann hat!"

„Holla! Knecht! Pferd satteln! Ausreiten!" rief der Reiche stürmisch. Er steckte Geld zu sich und Eßwaren und galoppierte durchs Dorf, die Straße entlang. — Bald genug holte er den Alten ein, und er tat so, als habe er ihn noch nie gesehen.

Freundlich rief er vom Pferd herunter: „Grüß Gott, Alter! Wie geht's? Immer noch munter? Wo hinaus schon so früh? Was trägst du denn da im Sack?"

„Dank dem Gruß! Nach Gottwalte!" antwortete der Wanderer.

„Bist wohl ein recht armer Schlucker! Da hast du etwas Geld!"

„Danke! Danke!"

„Aber was du im Sack trägst, möcht' ich wissen!"

„Ach", schien der Alte zu scherzen, „es ist ein Sorgenbürdlein, lieber Herr, hab's einem armen Schlucker abgenommen."

„So, so!" lachte der Reiter. „Ich will nicht wissen, was darin ist, ich wünschte bloß —"

„Aha! Ihr seid auch ein Wunschfreund", unterbrach ihn der arme Alte. „Das trifft sich gut, ich trage in diesem Sacke gerade drei Wünsche, die sich dem erfüllen, der sie ausspricht. Er muß aber den Sack dazu nehmen!"

„Gib her! Gib her!" rief habgierig der reiche Mann und langte nach dem Sacke. „Da hast du auch ein Stück Brot und eine ganze Wurst! Du siehst, daß ich nicht geizig bin, wie mich meine Feinde und Neider ausschreien. Ich bin ein rechtlicher Mann, der auf Ordnung sieht und sparsam wirtschaftet. Aber ich gebe gern den Armen, die der Gaben würdig sind. Allen kann man freilich nicht helfen."

„Allen? Nein, das ist bei Gott unmöglich!" sagte der Alte. „Ich habe doch immer sagen hören", widersprach der Reiche, der den Sack bereits in der Hand hatte, „bei Gott ist kein Ding unmöglich, und sein Wille sei es, daß allen geholfen werde?"

„Oh, mein lieber Herr", erwiderte der Arme, „das ist geistlich zu verstehen, nicht weltlich!"

Der Reiche wendete sein Roß und sprengte wieder heimwärts. Der Kopf war ihm voller Wünschegedanken, es ging ihm darin herum wie mit Windmühlenflügeln. Was sollte er nur alles wünschen? Geld brauchte er eigentlich nicht, das hatte er vollauf, folglich gutes Leben die Fülle; gesund war er ebenfalls, und zufrieden — ach, Zufriedenheit sich zu wünschen, deuchte ihm nicht der Mühe wert, denn „der Mensch ist doch nie zufrieden", dachte er und ritt immer hastig darauflos und gab dem Pferd, das ohnedies schon keuchte, die Sporen. Jetzt stolperte es so, daß es beinahe seinen Reiter abgeworfen hätte.

„Ei, so wollt' ich, daß du den Hals brächst, verwünschtes Vieh!" rief zornig der reiche Mann. Und o weh, da knickte das Roß zusammen, stürzte und brach den Hals. Ein Wunsch war dahin, und der Reiche war wütend. Er schnallte Sattel und Zaumzeug von dem toten Tier los und trug es eine Strecke, aber gar nicht weit; da war es ihm zu schwer, und es wurde ihm furchtbar heiß, und da wünschte er wieder: „Wenn nur das verdammte Gepäck daheim wär' und mein Weib, die mir zu diesem Ritt geraten hat, auf dem Sattel säße!" Zwei Wünsche waren dahin. Sattel und Zaum mit Gebiß, Steigbügel und Schabracke, alles war fort, und der Geizige atmete freier. Ein Glück, daß er nicht noch einmal wünschte, denn daheim saß sein Weib fest im Sattel und hatte die Reitpeitsche in der Hand, wußte nicht, wie ihr geschah, und wünschte ihren Mann, seinen Gaul und sein Sattelzeug alles zum Teufel.

Ob er wollte oder nicht, der Reiche mußte seinem Weib die schreckliche Reitausrüstung wieder hinweg wünschen. Da war auch der dritte Wunsch dahin.

Das nagelneue Haus des Nachbarn aber stand hell glänzend im Sonnenschein und war das schönste des Dorfes.

Neugierig öffnete der Reiche den Sack — hätte er nur das nicht getan! Im Sack steckte — des Nachbars Armut, die kam jetzt über ihn wie ein gewappneter Mann.

DIE STROHBRÜCKE

Mancher sah wohl schon ein Holz- oder ein Porzellanfigürchen, das einen jungen Mönch darstellt, mit einer Schütte Stroh auf dem Rücken. Aus der Schütte Stroh gucken schelmisch oben ein Köpfchen und unten ein Paar Füßchen heraus, die beide keinem Männlein angehören — und keiner dachte wohl dabei daran, daß diesem Gebilde eine Sage zugrunde liegt.

In der Uckermark lag ein Kloster namens Himmelpforten und nahe dabei zwei Seen, Modernitz und Sidow genannt. Beide sind miteinander durch einen Wasserarm verbunden, den ein Steg überbrückt. Über den geht der Weg von Himmelpforten nach dem Dorfe Lichen. Da hatte nun vorzeiten, als im Kloster Himmelpforten noch Mönche waren, ein Mönch im Dorfe Lichen ein Liebchen. Das mochte er wohl für seine wahre irdische Himmelpforte halten, die ihm den Weg in den Himmel erschließen sollte. Er wurde daher mit sich und dem Liebchen einig, es in eine Schütte Stroh zu verpacken und huckepack in das Kloster zu tragen. Die Sache machte sich ganz vortrefflich, nur war die Schütte Stroh etwas schwerer, als sie sonst zu sein pflegt. Aber wenn einer Unglück haben soll, bricht er den Arm im Bette: Dort auf der Brücke stand der gestrenge Abt von Himmelpforten, erblickte den herankommenden Strohträger und wartete auf ihn. Da begann das Mönchlein zu schwitzen teils von der Last, die es trug, noch mehr aber vor Angst, und grüßte den Abt demütig mit frommem Gruß. „Was trägst du denn, mein Sohn?“ fragte der Abt. „Eine Schütte Stroh, hochwürdigster Vater Gnaden“, antwortete bebend das Mönchlein. „Wo hast du denn die bekommen?“ „Drüben in Lichen, hochwürdigster Vater Gnaden!“ „Aber ich sehe, mein Sohn, sie wird dir zu schwer — komm, ich will sie dir abnehmen!“ „O nein, hochwürdigster Vater Gnaden, das würde sich für Euch nicht schicken.“ „O doch, mein Sohn, wir sind ja Brüder, und es steht geschrieben: einer trage des andern Last.“ Da nun der geängstigte junge Mönch sich nicht mehr zu helfen wußte, löste er das Tragband und ließ die Schütte auf den Boden gleiten. Und wie die Füßchen den Boden berührten, siehe, da lief die Schütte, was sie laufen konnte von der Brücke herunter und wieder nach Lichen zu. Der Abt aber schlug ein Kreuz und rief: „Apage Satana! Was ist das für ein Zeichen?“ Der Mönch fiel dem Abt zu Füßen und rief: „Verzeihung, hochwürdiger Vater Gnaden! Diese Schütte Stroh ist mir nicht geschenkt worden — ich hatte sie — genommen!“ Da bestrafte der Abt den Mönch nur milde und warnte ihn, solche grobe Sünde nie wieder zu begehen. Unter der Brücke saß ein Bäuerlein. Das sah das Wunder, das sich begeben, daß eine gestohlene Strohschütte lebendig wurde und dahin lief, woher sie gekommen war, und brachte es unter die Leute.

DER DRESCHER UND DER ZWERG

In der Burgscheuer zu Schweckhausen draschen einmal zwei Drescher Erbsenfrucht auf der Tenne aus; die Schoten waren groß und ausgiebig, und nach dem Ausdreschen worfelten sie die Erbsen, aber als sie bald fertig waren, sahen sie, daß es kein Haufen wurde. Die Erbsen flogen wohl durch die Luft, und die Spreu fiel nieder, aber auf die Tenne kamen keine Erbsen. — „Höre, das geht nicht mit rechten Dingen zu", sagte der eine Arbeiter zum andern, und der erwiderte: „Da hat der Kuckuck sein Spiel", und warf seine Wurfschaufel in die Höhe nach der Stelle hin, wohin sie die Erbsen geworfen hatten. Mit einem Male stand ein Zwerg sichtbar vor ihnen, der hielt einen großen Sack aufgesperrt, und dahinein waren alle Erbsen geflogen. Durch den Schaufelwurf aber war dem Zwerg die Nebelkappe vom Kopf gestreift, daher war er nun sichtbar geworden. Rasch fuhr der Knecht zu, nahm die Kappe weg, und der andere griff nach seinem Dreschflegel, um auf den Zwerg loszuschlagen. Der aber flüchtete eilend von dannen, ließ den Sack mit Erbsen zurück und auch seine Nebelkappe. Die ist hernach noch lange im Schloß aufbewahrt worden, und die Herren haben damit viel Kurzweil getrieben.

DER FROMME BÄCKER

Im Kloster zu Reinhardsbrunn arbeitete vor Zeiten ein frommer Bäcker namens Wolfhart. Er war ganz das Gegenteil seines Namens — weder ein hachiger Wolf, wie so viele seines Zeichens, noch hart gegen die Armen. Da brach eine Zeit schwerer Teuerung und Hungersnot aus, und die Armen drängten sich in ungewöhnlichen Scharen, um im Kloster Almosen zu erbetteln. Nun hatte der Abt des Klosters seit langem dem Bäcker, dessen Redlichkeit, Frömmigkeit und Menschenliebe ihm bekannt war, die Austeilung der für die Armen bestimmten Brotspende übertragen. Als er nun sah, daß der Bäcker weit mehr Brot austeilte als sonst und keinen Armen ohne Spende aus der Klosterpforte gehen ließ, fürchtete der Abt, es möge bei dem eingetretenen Kornmangel schließlich dem Kloster selbst an Nahrung gebrechen. Er sprach darüber mit dem Bäcker, der aber erwiderte getrost: „Wir haben Korn genug und brauchen uns keine Sorgen zu machen." Gleichwohl gebot der Abt dem Bäcker die äußerste Sparsamkeit und ordnete an, die Armen nur an bestimmten Tagen zu speisen. Aber gleich am anderen Tage, der aber keiner der bestimmten Tage war, sah der Abt den Backmeister mit bauschenden Rockschößen voll Brot über den Hof kommen und nach der Pforte schreiten, wo die Armen warteten. Rasch trat der Abt zu ihm hin und fragte: „Was trägst du?" — „Späne! Herr Abt Gnaden!" antwortete der Bäcker. Da riß der Abt ihm den Rockschoß auf, und da fielen lauter Hobelspäne heraus. Der besorgte Abt aber begab sich nun in eigener Person zum Getreidespeicher und erschrak nicht wenig, als er ihn fast leer fand. Der Vorrat war so gering, daß das Kloster unmöglich damit ausreichen konnte, und wenn auch gar kein Brot an die Armen gegeben wurde. Sehr erzürnt ließ der Abt den Bäcker zu sich kommen, schalt ihn und sagte ihm, der Getreidespeicher sei ja fast leer, und was er sich denn denke? Woher er Brotgetreide nehmen wolle? — Der fromme Bäcker hörte des Abtes Strafpredigt ganz geduldig an und sprach dann: „Herr Abt Gnaden, ich kann's nicht glauben!" — „So sollst du es sehen. Folge mir!" gebot der Abt. Und der Bruder Kornrentner mußte abermals den Getreidespeicher öffnen. Und da stand Korn in Hülle und in Fülle, Sack an Sack, genug auf Jahr und Tag und für das halbe Land. Da traute der Abt kaum seinen Augen, erhob seine Hände betend und lobpreisend und sprach: „Backmeister, du solltest des Klosters Abt sein, denn dein Glaube ist mächtiger als der meine."

SEELENLOS

Es war einmal ein Menschenfresser, der verspeiste nichts lieber als junge Mädchen und war so gewaltig und gefürchtet im Lande, daß niemand es wagte, ihn zu bekämpfen und ihm diesen Appetit zu vertreiben. Vielmehr mußte ihm, sobald er ein Mägdelein verspeist hatte, ein anderes geliefert werden, und um bei der Wahl unparteiisch zu verfahren, mußten alle Mädchen des Landes bis zu einem gewissen Alter (nicht über achtzehn Jahre) das Los ziehen ohne Unterschied des Ranges und Standes ihrer Eltern. Denn Seelenlos, so war der Name jenes mädchenfressenden Ungeheuers, sagte stets, er liebe nächst dem Mädchenfleische vor allem die Gleichberechtigung.

Nun geschah es, daß eines Tages wieder das Los gezogen wurde. Das war jedesmal für die arme Jungfrau, die es traf, ein trauriges Los. Diesmal traf es die Tochter des Königs. Zwar suchte der König durch Anerbieten vieler Schätze das Los, das ihr drohte, von seiner Tochter abzuwenden, aber Seelenlos sprach:

„Nein! Was einem recht ist, ist dem andern billig. Mir ist es recht, daß das Los die Königstochter getroffen hat, denn ich habe noch keine Prinzessin gegessen. Ich glaube aber, daß ihr Fleisch zart und gut sein muß, und deshalb muß es der König billig finden, daß ich ihn nicht seiner Schätze berauben, sondern mich ehrlich und redlich nach meinem Grundsatze der Gleichberechtigung mit Fleisch von seinem Fleische begnügen will."

Da die Königstochter indessen nicht gleich nach gezogenem Lose ausgeliefert zu werden brauchte, so ließ der König bekannt machen, daß, wer seine Tochter von dem schrecklichen, ihr drohenden Lose erlöse, sie zur Gemahlin und sein halbes Reich als Mitgift erhalten sollte. Allein es meldete sich niemand. Denn mit Leuten, welche Seelenlos heißen oder sind, ist schlecht umzugehen, und niemand mag sich mit ihnen befassen, sollten sie auch nicht ausschließlich Menschenfresser sein. Da hörte ein junger Soldat von des Königs Aufruf und dachte in seinem Sinn: „Hm, mir ist in meinem Dienste schon so viel Seelenloses vorgekommen, und mir ist dafür so viele Herzhaftigkeit eingekorporalt worden, daß ich's mich getraue, es mit Herrn von Seelenlos aufzunehmen." Er ging also zum König und bat sich die Gnade aus, sein Leben gegen Seelenlos für die Prinzessin in die Schanze schlagen zu dürfen. Darauf gab ihm der König ein schönes Handgeld und schenkte ihm ein scharfes Vorlegemesser, um womöglich den Mann der Gleichberechtigung damit in Stücke zu zerschneiden.

Der mutige Soldat machte sich auf den Weg und kam über einen Anger, auf dem ein toter Esel lag und alle vier Beine von sich streckte. Um den Esel herum saßen ein Löwe, ein Bär und ein Adler, auf der Nase aber saß eine große blaue Schmeißfliege. Jedes wollte seinen Teil vom Esel haben, und alle vier konnten sich, wie das so häufig bei Teilungen der Fall ist, nicht einigen. Sie riefen den Soldaten an, als Unparteiischer das Teilungsgeschäft vorzunehmen, wenn er sich nicht etwa selbst am Esel beteiligen wolle. Denn für diesen Fall würden sie alle viere über ihn herfallen.

„Nein!“ sagte der Soldat, „ich will mit lebendigen Eseln nichts zu schaffen haben, geschweige denn mit toten! Aber teilen will ich nach Recht und Überzeugung, und nach dem schönen Spruche: Jedem das seine!“ Er zog sein Vorlegemesser, strich es hübsch auf seinem Säbelriemen ab wie ein Barbier sein Schermesser auf dem Streichriemen und fing an, den Esel zu zerlegen.

„Dir, dem Löwen“, sprach der einsichtsvolle Soldat, „gebührt vor allem der Löwenanteil, der Eselskopf, mit dem schönen Gehirn, weil du selbst der Tiere Haupt und König bist; dann die breite, kräftige Eselsbrust, die stets so siegesstolz und freudig weithin jauchzet und mit ihrem Ruhme die Welt erfüllt, nebst einem Rückenstück und zwei Schinken.

Dir, dem beherzten, heißblütigen Adler, dem Könige der Vögel, gebührt des Esels Herz samt allem edlen Eingeweide, absonderlich der starken Lunge, so wie Leber und Nieren, und ein Schinken; vom Fleische ebenfalls ein Rückenstück und ein Lendenbraten.

Dir, Meister Petz, kühner Nordlandsrecke, großer Brummer und in nördlichen Gegenden auch ein König der Tiere, gebührt das dritte Rückenstück, der zweite Lendenbraten, und der vierte Schinken, und was du sonst magst. Und dir endlich, blau angelaufene Schmeiße, kleiner Brummer, gebührt des Esels Schwanz, die Beine, und alles, was die drei andern nicht mögen und etwa übrig lassen zu wollen in Gnaden geruhen dürften. Du wirst dich damit um so freudiger bescheiden, da du ja viel zu feinschmeckerisch bist, um schnödes Eselsfleisch zu essen, vielmehr dich vom Tau und Dufte der Blumen sättigst, und nur für deine Eier und künftige Larvenbrut ein wenig faulen Fleisches bedarfst.“

Die vier Tiere waren mit dieser Teilung außerordentlich zufrieden und zollten dem klugen Soldaten den Tribut ihres Dankes. Die Brummfliege setzte sich ihm auf die Hand, küßte diese mit dem Rüssel und mit dem After zugleich und sprach: „So oft du diese Stelle mit deinem Finger berührst, kannst du deine unförmige und ungeschlachte Menschengestalt in eine eben so schöne, zarte und bewunderungswürdige, auch mit reizendem Musiktalent begabte Brummfliege verwandeln, wie ich eine bin.“ Der Adler zog sich mit seinem Schnabel eine Schwungfeder aus dem rechten Flügel, reichte sie dem Soldaten und sagte: „Mittels dieser Feder kannst du dich, so oft du sie drehst, in einen Adler verwandeln, und als solcher große Dinge tun. Auch kannst du sie schneiden, und was du mit ihr unterschreibst und verbriefst oder verbriefen läßt, das hält und dauert drei Tage länger als die aschgraue Ewigkeit.“

„Biederer Mensch“, sprach der Löwe, „ich muß dir eine Pfote geben, das wird dich stärken und großmächtig machen in der Welt!“ — und der Bär sprach:

„Edelster der Edeln! Komm an mein Herz, ich muß dich umarmen und dir einen Kuß geben!“ Aber der Soldat entgegnete: „Ich danke euch zwei beiden schönstens! Ihr seid gar zu gütig! Ich habe schon genug!“ Denn er fürchtete die scharfen Klauennägel der Löwentatze, wie des Bären Umarmung und die Nähe von dessen Zähnen an seiner Nase. Er drehte daher sehr schnell die Feder, und wurde zum Adler, als welcher er sich rasch in die Lüfte erhob, von wo aus er nach dem Hause des Herrn Seelenlos umherspähte und es mit seinem Adlerblicke auch sehr bald entdeckte. Das war schon ein großer Gewinn für den braven Soldaten. Doch mußte er nun auch auf Mittel sinnen, wie dem Seelenlos beizukommen sei. Dem war mittlerweile die Königstochter ausgeliefert worden. Doch hielt er sie noch eine Zeitlang gefangen. Nun verwandelte sich der Soldat erst wieder in einen Menschen, drückte mit dem Finger auf das kleine Denkmal der Fliege auf seiner Hand, verwandelte sich in eine solche, und schlüpfte durch das Fenster des Gemaches, in dem die Königstochter gefangen saß. Dort verwandelte er sich in seine menschliche Gestalt und sagte der Prinzessin, daß er sie erlösen wolle. Nur solle sie ihm sagen, auf welche Weise er dies möglich machen könne. Denn er halte es für eine große Kunst und schwere Aufgabe, jemanden zu entseelen, der Seelenlos sei und heiße. Jedenfalls müsse die Seele des Herrn Seelenlos sich doch irgendwo befinden, und dieses Wo müsse ausfindig gemacht werden.

Die Königstochter war sehr erfreut über das Vorhaben des tapfern Soldaten, und sie versprach ihm, Erkundigungen einzuziehen. Hierauf nahm der Soldat seine Verwandlung vor und entfernte sich. Zu der Königstochter aber kam Seelenlos, der Menschenfresser, und brachte ihr vortreffliche Speisen und Getränke, damit sie sich gut nähre, bis er es an der Zeit fände, sie zu verspeisen. Sie fragte ihn gleich, wo denn seine Seele sei? Er aber antwortete ihr: „Dir das zu sagen, werde ich wohl bleiben lassen. Denn wenn ich schon Seelenlos bin, so bin ich doch nicht hirnlos, und es könnte mir, wenn nicht an der Seele, so doch am Leibe schaden, wenn ich mein größtes Geheimnis dir, einem schwatzhaften Weibe, anvertrauen wollte."

Aber die Königstochter ließ mit Bitten nicht nach, bis Seelenlos ihr dennoch sein Geheimnis anvertraute und ihr sagte, seine Seele sei in einer kleinen goldenen Truhe verschlossen, diese Truhe stehe auf einem gläsernen Felsen und der Felsen stehe mitten im roten Meere. Ein böser Zauberer habe das alles so angerichtet, ihn erst seelenlos und dann mädchenfleischfressend gemacht. Er könne nichts dafür. Wenn er seine Seele wieder bekomme, so werde er die jungen Mädchen nicht mehr so freßlieb haben, sondern sie mit bescheidenen Augen ansehen.

Das alles sagte die gefangene Königstochter dem Soldaten, als dieser sie abermals besuchte. Und alsbald verwandelte er sich in einen Adler und flog nach dem Schloß der vier Winde. Diese selbst waren ausgeflogen, aber ihre Mutter war zu Hause, und er bat sie um Herberge in ihrem luftigen Palaste. Er erzählte ihr seine Geschichte, worauf die Windmutter gleich bereit war, ihm durch ihre Söhne Beistand zu leisten. Gegen Abend kamen der Südwind und der Ostwind nach Hause. Die Mutter stellte beide dem tapferen Krieger vor und beschenkte ihn mit einem Wünscheiflughütchen, das ihm die Kraft verlieh, so schnell wie der Wind zu fliegen. Am anderen Morgen, als die Winde ausgeruht hatten, erhoben sie sich aufs neue, und der Soldat flog in Adlergestalt mit ihnen und ebenso rasch wie sie an die Küste des roten Meeres. Unterwegs hatte er den Winden erzählt, was er wünsche, und die Winde fuhren deshalb nicht über das Meer, damit es ruhig bleibe. Dann geboten sie den Fischen, das Kästchen zu suchen, in dem sich die Seele des Herrn Seelenlos befand. Das taten die Fische auch. Sie fanden wohl den gläsernen Felsen, darauf die kleine Truhe stand, konnten aber nicht hinauf. Endlich kam eine krumme Gadde oder Weißling, die schnellte sich in die Höhe und ergatterte das Trühlein mit einem Satze, faßte es in ihr Maul und brachte es dem Adler. Dieser schlug mächtig mit seinen Schwingen, wackelte mit dem Schwanze, und tanzte vor Freude, worüber die Winde sehr lachen mußten, denn sie hatten noch keinen Adler possierliche Sprünge machen sehen. Hierauf drückte der Adler erst den Winden, dann dem Weißling seinen verbindlichsten Dank aus und flog, immer noch das Wünschelflughütlein auf dem Kopfe, nach der Heimat zurück und geradewegs nach dem Schlosse des Herrn Seelenlos. Hier verwandelte er sich wieder in einen Menschen. Er ließ sich als Handelsmann aus dem Morgenlande anmelden, der ein Kleinod anzubieten habe. Seelenlos war sehr ungnädig über solchen Besuch und ließ den Angemeldeten nur eintreten, um ihn mit den ausgesuchtesten Grobheiten zu beköstigen.

Der Soldat und vermeintliche Handelsmann kehrte sich indessen nicht an das grimmige Gesicht des Herrn Seelenlos und an sein Anschnauzen, sondern war um so höflicher, je gröber jener war, der sich nicht anders gebärdete, als wolle er ihn ebenfalls fressen.

„Ich habe einen Schatz, der für Euer Gnaden von unschätzbarem Werte ist“, sprach der Fremde, „und biete ihn zum Tausche an.“

„Wird ein rechter Bettel sein, sein Schatz!“ murrte Seelenlos. „Was kann so ein Lump mir bieten? Bildet Er sich ein, ich könnte ihn nicht mit barem Gelde bezahlen, daß Er sich erfrecht, vom Tausche zu reden? Was hätte ich, nach dem der Sinn ihm steht? Gleich will ich's wissen!“

„Eure Gnaden halten gnädigst zu Gnaden!“ antwortete der Fremde. „Hochdieselben halten ein Juwel in Verwahrung, das ist die schöne Königstochter. Und der Bettel, nach Hochdero eigenem Worte, den ich gegen dieses Kleinod anzubieten mich unterfange, ist Euer Gnaden gnädige Seele.“

„Meine Seele?“ rief Seelenlos mit namenlosem Erstaunen. „Meine Seele hast du? Bei meiner armen, leider verlorenen und mir abhanden gekommenen Seele schwöre ich dir, daß du, wenn ich hundert Königstöchter gefangen hielte, alle hundert bekommen solltest, wenn ich nur meine Seele wieder hätte.“

„Ich bescheide mich mit der einen“, erwiderte der Handelsmann. „Hundert dürften mir zu viele werden. Aber schließen wir den Vertrag schriftlich ab! Mit diesen Worten zog der Soldat ein beschriebenes Blatt Papier hervor, darauf schon alles kurz und bündig stand, und reichte Seelenlos die Adlerfeder dar, mit ihr zu unterzeichnen, was Seelenlos auch tat. Dann ließ er auf der Stelle seine schöne Gefangene herbeiführen, die eine große Freude hatte, den Soldaten bei dem Menschenfresser zu finden. Der hatte den Fremden gebeten, sich auf das Kanapee niederzusetzen, da schon die Nähe seiner Seele ihn menschlicher zu stimmen begann. Die Königstochter aber hatte geglaubt, sie solle in die Küche geführt und dort abgeschlachtet werden wie eine arme Taube. Jetzt nahm der Soldat aus seiner Tasche das kleine goldene Trühelein, das mit einer Schraube verschlossen war, und gab es Seelenlos in die Hand. Der öffnete geschwind die Schraube, hielt die Öffnung an seinen Mund und sog mit Wohlgefühl seine Seele in sich ein. Da war mit einem Male der schlimme Zauber gelöst. Die Königstochter war nicht mehr gefangen und Seelenlos war nicht mehr seelenlos, sondern vielmehr ganz selig. Er umarmte den Soldaten unter einem Strome von Freudentränen und hätte gern auch die Königstochter umarmt. Aber eine ehrfurchtvolle Scheu hielt ihn davon zurück, der beste Beweis, daß er wieder eine Seele gewonnen hatte, und er bat beide um ihre Freundschaft. Hierauf zog der Soldat mit der Königstochter von hinnen, ward vom König, ihrem Vater, in den Prinzenstand erhoben, heiratete als neuer Prinz die junge Prinzessin, und der gewesene Seelenlos verspeiste keine jungen Mädchen mehr. Er wurde vielmehr der artigste Kavalier von der Welt.

Der Mönch und das Vögelein

In einem Kloster lebte ein frommer und fleißiger junger Mönch Urbanus. Dem war der Schlüssel zur Bücherei des Klosters anvertraut, und er hütete sorglich diesen Schatz, schrieb selbst manches schöne Buch und studierte viel in den anderen Büchern und in der Heiligen Schrift. Da fand er auch einen Spruch des Apostels Petrus, der lautet: Vor Gott sind tausend Jahre wie ein Tag und wie eine Nachtwache. Das dünkte dem jungen Mönche schier unmöglich, er mochte und konnte es nicht glauben und quälte sich darob mit schweren Zweifeln. Eines Morgens, als der Mönch hinunterging aus dem dumpfen Bücherzimmer in den hellen, schönen Klostergarten, da saß ein kleines buntes Waldvögelein im Garten, das suchte Körnlein, flog auf einen Ast und sang. Es war auch gar nicht scheu, sondern ließ den Mönch nahe an sich herankommen, und er hätte es gern erhascht, doch entfloh es von einem Ast zum andern. Der Mönch folgte ihm eine gute Weile nach, aber es ließ sich nicht fangen, obschon der junge Mönch das Vögelein aus dem Klostergarten heraus in den Wald noch eine gute Weile

verfolgte. Endlich ließ er ab und kehrte zurück nach dem Kloster, aber alles kam ihm ganz verändert vor. Alles war weiter, größer und schöner geworden, die Gebäude, der Garten, und statt des niederen alten Klosterkirchleins stand jetzt ein stolzes Münster da mit drei Türmen. Nun wandelte der Mönch über den Klosterkirchhof, auf dem waren viele, viele Denksteine, die er noch nie gesehen hatte. Und als er nun zu den Brüdern trat, wichen sie alle vor ihm aus.

Da schauerte der Mönch zusammen und wankte, wie ein Greis wankt, und senkte den Blick zur Erde. Siehe, da hatte er einen langen silbernen Bart bis über den Gürtel herab, an dem noch der Schlüsselbund hing zu den vergitterten Bücherschreinen. Den Mönchen dünkte der Mann ein wunderbarer Fremdling, und sie leiteten ihn mit scheuer Ehrfurcht zum Sessel des Abtes. Dort gab er einem jungen Mönche die Schlüssel zu dem Büchersaal, der schloß auf und brachte ein Chronikbuch. Darin stand zu lesen, daß vor dreihundert Jahren der Mönch Urban spurlos verschwunden sei, niemand wisse, ob er entflohen oder verunglückt sei. „O Waldvögelein, war das dein Lied?“ fragte der Fremdling mit einem Seufzer. „Kaum drei Minuten lang folgte ich dir und horchte deinem Gesang, und drei Jahrhunderte vergingen seitdem! Du hast mir das Lied von der Ewigkeit gesungen, die ich nicht fassen konnte! Nun fasse ich sie und bete Gott an im Staube, selbst ein Staub!“ Sprach’s und neigte sein Haupt, und sein Leib zerfiel in ein Häuflein Asche.

SCHNEIDER HÄNSCHEN UND DIE WISSENDEN TIERE

Ein Schuhmacher und ein Schneider sind einmal miteinander auf die Wanderschaft gegangen. Der Schuster hatte Geld, der Schneider aber war ein armer Schwartenhans. Beide hatten dasselbe Mädchen lieb. Es hieß Lieschen, und jeder gedachte es zu heiraten, wenn er sich ein gutes Stück Geld verdient habe und Meister geworden sei.

Peter, der Schuster, hatte ein schwarzes, schlechtes Herz; das Schneiderlein aber war gutmütig und leichtgläubig, und sein Name war Hänschen. Zuerst wollte Hänschen nicht mit dem Peter zusammen wandern, weil er kein Geld hatte. Aber Peter, der auf des Schneiderleins Verderben sann, weil Lieschen das Hänschen lieber sah als ihn, sagte: „Komm nur mit mir; ich habe Geld genug, ich halte dich frei, auch wenn wir keine Arbeit bekommen. Alle Tage wollen wir uns dreimal tüchtig satt essen und satt trinken. Ist dir das recht?"

„Von Sattessen und Sattrinken bin ich ein Freund!" antwortete Hänschen. Und sie schnürten beide ihr Ränzel und traten die Wanderschaft an. Neun Tage gingen sie und fanden nirgends Arbeit, zumal Peter keine finden wollte. Und wenn Hänschen eine gute Gelegenheit zur Arbeit hatte, dann verlockte ihn Peter immer, sie nicht anzunehmen, sondern mit ihm weiter zu wandern.

Nun aber nach neun Tagen sagte Peter: „Hänschen, mein Geld nimmt ab! Wenn es noch eine Weile reichen soll, so dürfen wir von jetzt ab nur zweimal am Tage essen und trinken."

„O weh!" seufzte Hänschen; „wird Schmalhans schon jetzt unser Wandergeselle? Wäre ich doch nicht mit dir gegangen! Hungern konnte ich auch daheim!"

Peter, der während des Weitermarsches stets die Speisen kaufte, aß sich heimlich dick satt, denn er hatte Geld genug; aber Hänschen gab er täglich nur zweimal und hatte seine Freude daran, wenn seinem Gefährten der Magen murrte und knurrte.

So vergingen abermals neun Tage, und noch immer fand sich keine Arbeit. Da sagte Peter:„Liebes Hänschen, mit meinem Gelde wird es jetzt bald zu Ende sein. Es langt nicht mehr zu vier Mahlzeiten alle Tage, zwei für dich und zwei für mich. Wir können von jetzt an nur einmal am Tag etwas essen!"

„Ach, ach, Peterlein!" klagte Hänschen, „in welches Unglück hast du mich gebracht! Das halt ich ja nicht aus! Sieh mich nur an, ich bin ja schon so dünn und durchsichtig, daß ich kaum noch einen Schatten werfe. Wo soll denn das zuletzt hinaus?"

„Schnalle einen Schmachtriemen um!" lachte Peter. „Übe dich in der Tugend der Enthaltsamkeit!"

„Ich mein', ich hätte mich schon genug darin geübt", jammerte das Schneiderlein.

Aber was half das? Hänschen hungerte tapfer; er wurde rasseldürr und bekam ein Gesicht wie der blasse Tod. Und Arbeit gab es nun erst recht nicht, denn die Meister sprachen: „Reise mit Gott, Bruder Mondschein. Schneider dürfen dünn sein, aber so dünn, daß man sie wie Nähgarn einfädeln kann, dürfen sie doch nicht sein."

Hänslein weinte heiße Tränen, wenn er solche losen Reden zu hören bekam, und der schlechte Peter frohlockte innerlich darüber. Als wiederum neun Tage vergangen waren und Hänschen vor Hunger fast am Wege liegen blieb, sprach der falsche Peter: „Bruderherz, es tut mir leid und schneidet mir in die Seele, daß ich's sagen muß, aber meine Geldquelle ist ganz versiegt, mit Essen ist es nun ganz und gar vorbei."

„Daß Gott erbarm!" schrie Hänschen. „Gar nicht mehr essen? Wer kann das aushalten? O wehe, wehe mir, wie habe ich mich täuschen lassen, als ich dir folgte!"

„Mein Himmel, wie du gleich außer dir geraten kannst, Hänschen!" rief Peter. „Als ob es nicht zu trinken vollauf gäbe! Überall, Bruderherz! Wasser, gesundes Wasser."

„Aber Wasser ist kein Essen!" klagte Hänschen. „Gib mir etwas zu essen, Peter, oder ich muß ins Gras beißen."

„Nun, so warte hier auf mich, ich will zum Bäcker gehen um für das letzte Geld ein Brötchen zu kaufen, das will ich redlich mit dir teilen!" sagte der falsche Peter, und ging zu einem Bäcker. Dort kaufte er vier Brötchen, aß drei davon gleich auf und trank einen Schnaps dazu. Dann kam er wieder zu Hänschen.

„Aber Peter!" sprach das hungrige Schneiderlein, „du bleibst sehr lange aus. Gib mir zu essen, ich falle sonst um!"

„Ich habe erst warten müssen, bis das Brot sich abgekühlt hatte“, verteidigte sich Peter. „Warmes Brot ist nicht gut in einen leeren Magen. Hier hast du deine Hälfte.“ — „Peter, du riechst nach Schnaps!“ sprach Hänschen. „So?“ fragte Peter, „kann schon sein, drinnen trank einer; der stieß an mich und schüttete mir dabei ein paar Tropfen auf mein Gewand.“

Hänschen verschlang sein halbes Brötchen mit Wolfshunger, stillte mit Wasser seinen Durst und wanderte mit seinem treulosen Gefährten weiter. Beide sprachen fast nichts mehr miteinander.

Als es Abend wurde und sie durch ein Dorf kamen, ging Peter wieder zu einem Bäcker, aß sich satt und kam mit einem Brötchen aus dem Laden. Hans dachte, er würde das Brötchen mit ihm teilen, aber Peter schob es in die Tasche. Nach einer Weile sprach Hänschen, als sie das Dorf im Rücken hatten und in einem Wald waren:

„Nun, Peter! Rücke heraus mit deinem Brötchen! Mich hungert ungemein.“

„Mich nicht“, antwortete Peter ganz kurz.

„Nicht?“ schrie Hänschen erschrocken und blieb stehen, und seine Beine zitterten. „Unmensch, der du bist!“

„Vielfraß, der du bist!“ höhnte Peter. „Das Brötchen, das ich noch bei mir trage, ist, wie du sehr richtig bemerktest, mein Brötchen, und du bekommst nicht eine Krume davon, weil du mich Unmensch genannt hast.“

„So muß ich ja Hungers sterben!“ schrie Hänschen in heller Verzweiflung.

„Es wird wenig schade um dich sein“, antwortete Peter.

„Aber ich bitte dich um Gottes willen!“ jammerte Hänschen.

„Um was?“ fragte Peter lauernd.

„Um die Hälfte deines Brötchens!“ stammelte Hänschen.

„Umsonst ist der Tod, es hat mich mein allerletztes Geld gekostet. Wie vieles Geld könnte ich noch haben, hätte ich dich nicht mitgeschleppt und gefüttert!“ sagte Peter aufs neue.

„Aber du selbst hast mich ja überredet, mit dir zu gehen!“ warf Hänschen ein, doch machten Ärger und Hunger es ihm schon schwer, die Worte hervorzuwürgen. Seine Zunge klebte am Gaumen.

„Gibst du mir, so geb' ich dir“, nahm Peter wieder das Wort. „Mir ist mein Brötchen so lieb wie meine Augäpfel. Folglich ist es zwei Augäpfel wert. Gib mir einen deiner Augäpfel für die Hälfte.“

„Gott im Himmel, wie strafst du mich“, wimmerte Hänschen, denn schreien konnte das arme Schneiderlein schon vor Schwäche nicht mehr — doch streckte er die Hand nach dem halben Brötchen aus und aß es auf — und dann nahm ihm Peter den einen Augapfel weg.

Am anderen Tage wiederholte sich dasselbe noch einmal. Peter kaufte wieder ein Brötchen und gab Hänschen nichts davon und wollte das andere Auge Hänschens für die Hälfte haben.

„Aber dann bin ich ja stockblind“, jammerte das Schneiderlein. „Dann kann ich ja nicht mehr arbeiten!“

„Wer blind ist“, tröstete der hartherzige Peter mit heimlichem Hohn, „der hat es gut. Er sieht nicht mehr, wie böse, falsch und treulos die Welt ist! Er braucht nicht mehr zu arbeiten, und einem armen Blinden gibt auch der Geizigste zur Not noch eine Gabe.“

Hänschen vermochte auf diese teuflische Rede gar nichts mehr zu erwidern; er ließ alles mit sich geschehen und gab, um nicht vor Hunger zu sterben, dem treulosen Gefährten auch den zweiten Augapfel preis. Als das geschehen war und Hänschen hoffte, daß der Peter ihn nun leiten und führen werde, sagte der: „Nun gehabe dich recht wohl, mein gutes, dummes Hänschen! Hier habe ich dich haben wollen! Hier ist Bettelmanns Umkehr. Jetzt wandere ich wieder heim und heirate mein Lieschen. Siehe du zu, wohin du kommst!“

Und fort ging der Peter. Hänschen schwanden vor Körper- und Seelenschmerz eine Zeitlang völlig die Sinne, sodaß er umsank und wie tot am Wege lag.

Da kamen drei Wanderer des Weges daher. Es waren aber keine zweibeinigen, sondern vierbeinige: ein Bär, ein Wolf und ein Fuchs. Sie berochen den Ohnmächtigen, und der Bär brummte: „Dieses Manntier ist tot! Mögt ihr ihn? Ich mag ihn nicht!“

„Ich habe vor einer Stunde erst ein frisches Schaf verspeist, und habe jetzt keinen Hunger, auch ist er mir zu dürr und so hart wie ein Baumast!“ sprach der Wolf. „Dazu sind mir meine Zähne zu schade!“

„Dieser Held muß ein Schneider gewesen sein!“ spöttelte der Fuchs. „Mir ist eine fette Gans lieber als ein dürres Schneiderlein. Wäre er ein Kürschner gewesen, so würde ich ihm die Ehre antun! Der hier hat gewiß nie einen Fuchs geschossen!“

Das arme Schneiderlein kam wieder zu sich, bemerkte seine Gesellschaft und hielt den Atem an, so gut es ging, während die drei Tiere sich gar nicht weit von ihm behaglich ins Grüne lagerten.

„Tot zu sein, ist ein großes Unglück“, sprach der Fuchs, „sowohl für uns edle Tiere als für die schlechten zweibeinigen Tiere, die sich Menschen nennen und sich so klug dünken und so dumm sind, daß sie gar nichts wissen. Sie können aber auch nichts wissen, weil sie unsere Sprache nicht verstehen, sonst wüßten sie, was ich weiß, und dann gäbe es keinen Blinden mehr!“

„Oho!“ rief der Wolf. „Ich weiß auch, was ich weiß. Wüßten das die Manntiere in der nahen Königsstadt, so litten sie nicht den brennenden Durst, den sie leiden, und kauften nicht ein Schnapsgläschen voll Wasser um einen Dukaten.“

„Hm, hm!“ brummte der Bär. „Unsereiner ist auch nicht auf den Kopf gefallen. Auch ich kenne ein Geheimnis. Sagt ihr mir das eure, so sage ich euch das meine, aber bei Leib und Leben darf keiner von uns den anderen verraten!“

„Nein, das dürfen und wollen wir nicht tun!“ gelobte der Fuchs.

„Es muß einer dem anderen feierlich die rechte Pfote darauf geben!“ bekräftigte der Wolf.

„Topp, es gilt!“ rief Meister Petz und hielt seine haarige Tatze hin. Und als die anderen einschlugen, drückte und schüttelte der Bär zum Spaß ihre Pfoten so, daß sie vor Schmerz laut aufheulten und dem armen Schneiderlein angst und bange wurde.

„Ich weiß“, begann der Fuchs, als ihn der Bär über seine Empfindlichkeit ausgelacht und wieder begütigt hatte, „daß heute eine besonders heilige Nacht ist; in dieser fällt Himmelstau auf Gras und Kraut. Wer blind ist, der braucht nur mit dem Tau seine Augen zu benetzen, so wird er wieder sehend; und selbst wenn er keine Augäpfel mehr hat, so bekommt er wieder neue."

„Das ist ein schönes Geheimnis", sprach der Wolf. „Meins ist aber auch nicht zu verachten. In der Königsstadt ist seit kurzem das Wasser ausgeblieben, und die Leute leben dort fast nur noch vom Geist, — wenigstens sagen sie so. Wenn das aber so weitergeht, dann werden sie aber wohl ihren Geist bald ganz aufgeben müssen. Aber sie haben Wasser die Fülle unter der Stadt, nur wissen sie es nicht. Auf dem Marktplatz mitten unter dem Pflaster liegt ein Wackerstein; wenn der aufgehoben wird, so wird ein Wasserstrahl turmhoch aus dem Boden springen. Ach, wie froh würden die Stadtleute sein und wie heilsam wäre es ihnen, wenn sie wieder Wasser hätten. Daß aber keiner von euch es ihnen sagt, sonst beiße ich jedem die Zunge im Maule ab!"

„Nichts wird gesagt, Bruder Isegrim!" erwiderte Herr Braun und brummte: „Was ich weiß, ist dieses: Seit sieben Jahren ist des Königs einzige Tochter krank und kein Arzt kann ihr helfen. Niemand weiß, was ihr fehlt, trotzdem sie alle meinen, sehr gescheit zu sein. Die Krankheit der Königstochter ist so ernst, daß der König verkündigt hat, sie dem zur Gemahlin zu geben, der ihr hilft. Es kann ihr aber keiner helfen, der das nicht weiß, was ich weiß."

„Du machst uns neugierig, hochgeschätzter Herr Braun!" sprach der Wolf, und Meister Petz brummte: „Nur Geduld, ihr werdet doch ein wenig warten gelernt haben?" — Darauf schnaufte der Bär erst einmal gehörig und erzählte dann: „Die Prinzessin Königstochter sollte in der Kirche ein Goldstück in den Opferstock werfen; sie war aber noch sehr jung und befangen und ängstlich und schämte sich vor den vielen Leuten in der Kirche und warf das Goldstück so ungeschickt hinein, daß es daneben in eine Spalte fiel. Darauf wurde sie von ihrer Krankheit befallen, die nicht früher enden wird, bis man das Goldstück hervorzieht und in die Ritze des Opferstockes einwirft. Diese Kur ist kinderleicht, es dürfte nur einer hingehen und das Goldstück suchen."

Als die Tiere sich einander so ihre Geheimnisse erzählt hatten, standen sie auf und zogen weiter. Hänschen aber war heilfroh über das, was er gehört hatte. Er bestrich sich eilends mit dem bereits fallenden Himmelstau die Augen; da wuchsen ihm neue Augäpfel. Er sah die goldenen Sterne am Himmel blinken und die dunkeln Wipfel der Waldbäume. Bald brach der Morgen an, Hänschen sah Weg und Steg und wanderte neu gestärkt die Straße entlang. In einigen Dörfern, durch die er kam, erbat er so viel, daß er seinen neu erwachten Hunger und Durst stillen konnte, und endlich kam er in die Stadt, wo der Wassermangel so groß war, daß alle Leute Wein und viele Schnaps tranken.

Hänschen hatte kein Geld dazu; er trat zu einer Wirtin und bat, ihm ein großes Glas Wasser zu reichen. Die Wirtin sah ihn groß an und schalt: „Seh' mir einer den Schlecker! Hat nicht einmal Geld, einen Schnaps zu bezahlen, und will Wasser zechen! Meint der Mosjö, Herr von Fadenschein, das Wasser quelle nur so für nichts und wieder nichts? Es koste kein Geld? Oh, weit gefehlt. Wein kann er haben, mit Wasser kann ich nicht dienen, zumal in so großer Menge nicht."

„Ist denn hier wirklich eine solche Not um das Wasser?" fragte Hänschen. „Diesem Mangel wollte ich bald abgeholfen haben; ich bin ein Brunnenkenner!"

Diese Worte hörten einige junge Ratsherren, die bei der Wirtin Champagnerwein tranken. Sie taten dies in Ermangelung des Wassers, sonst würden sie es gewiß nicht getan haben, denn sie nannten den Champagner Gift, und ohne die äußerste Not wird sicherlich niemand Gift zu sich nehmen. Diese jungen Herren umringten Hänschen und fragten hastig, wie er es anstellen wolle, dem Mangel abzuhelfen?

„Meine hochverehrtesten Herren", sprach Hänschen, „wenn ich solchen Mangel allhier abstellen soll, so ist vor allem nötig, daß ich erst angestellt werde. Soll ich euch geheimen Rat erteilen, so würde eine mir zugeteilte kleine Geheimratsbesoldung — so vier- bis sechstausend Tälerchen alljährlich — mich zu Dank vergnügt machen. Dann solltet ihr Herren aber auch sehen, daß ich etwas Tüchtiges zu leisten verstehe."

Die Sache wurde nun im Gemeinderat und vom Magistrat reiflich erwogen, und alle Stimmen einigten sich in dem Rufe: Wasser um jeden Preis, ehe wir im Sande vertrocknen!

Der Magistrat trug hierauf die Not der Stadt dem Könige vor und auch das Mittel zu deren Abhilfe und bat seine Majestät, in Gnaden zu geruhen, den fremden Brunnenkenner zum Geheimrat zu machen, die Besoldung solle aus städtischen Mitteln gern bestritten werden. Der König genehmigte mit väterlicher Huld dieses Gesuch, jedoch mit dem Vorbehalt, daß es nicht eher in Kraft trete, bis der Brunnen wieder Wasser spende. Hänschen begab sich nun in Begleitung einer schnell ernannten Wasserkommission auf den Markt. Er sah schon von weitem den grauen Pflasterstein und rief: „Diesen Stein lasset ausbrechen, ihr Herren!"

Man beeilte sich, seiner Anordnung nachzukommen, und im selben Augenblick rauschte plötzlich der Strahl eines Springbrunnens stark und mächtig turmhoch in die Luft. Es quoll so viel Wasser aus der Erde, daß auf der Stelle in allen Kaufläden der Hauptstadt die Preise für wasserdichte Kleidung um das Doppelte in die Höhe gingen.

Laut erscholl überall das Lob des Wasserwundermannes. Und der neue Geheimrat, der sich in aller Eile mit Staatskleidern, Staatswagen und Dienerschaft versehen hatte, wurde noch an demselben Tag an den Hof gerufen und ließ sich stolz am Palaste vorfahren. Der König sagte ihm viel Freundliches und schenkte ihm in Anerkennung seines Verdienstes um die Hauptstadt einen schönen Orden, am gewässerten Bande zu tragen. Sehr bald lenkte sich das Gespräch auf die Krankheit der Königstochter, und der König fragte den neuen Geheimrat, ob er als geschickter Wasserdoktor vielleicht für die Prinzessin eine Brunnenkur heilsam finde? — „Nein, Euer Majestät", erwiderte der Geheimrat. „Ich habe mich nur dieses einemal mit Wasser befaßt und gedenke dergleichen nicht mehr zu tun. Lassen mich Eure Majestät der Gnade teilhaftig werden, allerhöchstdero Tochter, die Prinzessin zu sehen. Ich hoffe dann zuversichtlich, die Ursache ihrer Krankheit zu ergründen." Darüber war der König über alle Maßen froh. Er führte den neuen Geheimrat selbst zu der kranken Prinzessin. Der fühlte ihr den Puls und sah, daß sie sehr schön war. Dann sagte er: „Großmächtiger König, wenn die allerdurchlauchtigste Prinzessin genesen soll, so kann das nicht durch irdische Mittel geschehen, sondern nur durch göttliche Hilfe! Gestatten Allerhöchstdieselben, daß wir die Kranke in die Hofkirche tragen lassen; dort wird sie gewiß genesen."

Dieser Vorschlag ward vom König gutgeheißen, denn er war sehr fromm und freute sich, einen so frommen neuen Geheimrat gewonnen zu haben. In der Kirche ließ sich der Heilkünstler von der Prinzessin den Opferstock zeigen, suchte nach und fand in einer Ritze das Goldstück. Das gab er der erlauchten Kranken in die Hand. Die Prinzessin warf es nun richtig in den Opferstock, und alsbald wurde sie völlig gesund und begann wie eine Rose aufzublühen. So führte sie der Geheimrat zum Könige zurück. Was da für eine große Freude war, ist gar nicht zu schildern. Aus dem Geheimrat wurde alsbald rasch nacheinander ein Reichsrat, ein Standesherr, ein Graf, ein Fürst — und aus diesem ein Bräutigam der genesenen Prinzessin.

Nach der Hochzeit fuhren die Neuvermählten auf einer Rundfahrt durch das ganze Land. Da kamen sie auch durch das Dorf, aus dem der Fürst vor gar nicht allzu langer Zeit als Hänschen auf die Wanderschaft gegangen war. Da stand vor einem Wirtshaus ein Scherenschleifer und schliff, und seine Frau drehte ihm das Rad. Und das waren der Peter und das Lieschen. Das Lieschen wollte damals den Peter zuerst durchaus nicht haben; und zuletzt nahm sie ihn nur deshalb, weil Peter ihr zuschwor, Hänschen würde sie nie wieder sehen.

Hänschen erkannte den Peter sofort. Er befahl dem Kutscher zu halten und rief: „Peter!" Peter horchte auf und fragte, was der Herr befehle?

„Nichts will ich befehlen, Peter", erwiderte Hans, „als daß du das Hänschen in mir

wiedererkennen sollst, dem du zu hohem Glück verholfen hast. Dort im Walde fand ich armer Augenloser das blinde Glück, wie manche blinde Taube ihre Erbse. Unter dem Baume, an dem ich allein zurückblieb, suchte es mich heim. Hier ist der blinde Bettler, der wieder sehend und reich geworden ist. Leb wohl! — Fahr zu, Kutscher!"

Peter stand da wie aus den Wolken gefallen; lange starrte er dem Prachtwagen nach, dann sagte er: „Dorthin muß ich auch — muß auch das blinde Glück finden." Alsbald rüstete sich Peter und wanderte, so rasch er wandern konnte, an jenen Ort, wo er am armen Hänschen die letzte treulose Tat begangen hatte.

Auf seiner Wanderschaft lief schon sehr bald ein Fuchs unruhig vor ihm her. Dann kam ihm ein Wolf entgegengesprungen. Rasch wollte Peter wieder zurück, doch da trabte ein Bär des Weges daher. Voll Entsetzen kletterte Peter auf einen Baum, um sich zu retten. Es war derselbe Baum, unter dem er Hänschen den letzten Augapfel genommen hatte.

„Verräter! Verräter! Verräter, die ihr seid!" bellte der Fuchs, heulte der Wolf, brummte der Bär, und jeder beschuldigte den anderen, das Geheimnis ausgeplaudert zu haben, obwohl sie sich doch alle drei die Pfote darauf gegeben hatten. Sie waren sehr bissig gegeneinander und beschimpften sich mit groben Worten. Endlich nahmen Bär und Fuchs gegen den Wolf Partei. Der sollte zunächst der Verräter sein und dafür gehenkt werden. Schnell drehte der Fuchs ein Seil und eine Schlinge aus Tannenreisig, der Bär hielt den Wolf fest, der Fuchs warf ihm die Schlinge um den Hals und zog den Zappelnden in die Höhe. Der Wolf starrte stieren Auges empor, da sah er Peter im Gezweige des Baumes sitzen und heulte: „O falsche Welt! Da droben sitzt er, der unser Geheimnis verraten hat!"

Jetzt sahen die anderen beiden Tiere auch in die Höhe und ließen den Wolf fallen. Der Bär kletterte auf den Baum und holte den Peter herunter. Unten empfing ihn der Fuchs, der so böse und wild war, daß er ihm gleich beide Augen auskratzte. Dann würgte ihn der Wolf, und der Bär drückte ihn mausetot. Darauf haben sie ihn zu dritt aufgefressen, daß kein Knöchelchen von ihm übrigblieb. Und das war recht.

BECHSTEIN

DIE DREI GABEN

Es war einmal ein armer Leinweber, zu dem kamen drei reiche Studenten, und da sie sahen, daß der Mann sehr arm war, schenkten sie ihm in seine Wirtschaft hundert Taler. Der Leinweber freute sich sehr über diese Gabe, gedachte sie gut anzuwenden, wollte aber noch eine Zeitlang seine Augen an den blanken Talern weiden, sagte daher seiner Frau, die nicht zu Hause gewesen war, nichts von seinem Glück und versteckte das Geld dahin, wo niemand Geld sucht, nämlich in die Lumpen.

Als er einmal ausgegangen war, kam ein Lumpensammler, und dem verkaufte die Frau den ganzen Vorrat für einige Kreuzer. Da war groß Herzeleid, als der Leinweber heim kam und seine Frau ihm erfreut die Kreuzer zeigte.

Über ein Jahr kamen die drei Studenten wieder, hofften den Leinweber nun in guten Verhältnissen zu treffen, fanden ihn aber noch ärmer als zuvor. Er klagte ihnen sein Mißgeschick. Mit der Ermahnung, vorsichtiger zu sein, schenkten ihm die Studenten abermals hundert Taler; nun wollte er's recht klug machen, sagte seiner Frau wieder nichts und steckte das Geld in den Aschentopf. Da ging's gerade wieder so, wie das vorige Mal; die Frau vertauschte die Asche an einen Aschensammler gegen ein paar Stückchen Seife, als gerade ihr Mann abwesend war, irgendeinem Kunden bestellte Leinwand abzuliefern.

Über ein Jahr kamen die Studenten zum dritten Male, fanden den Leinweber fast am Bettelstab und sagten ihm, indem sie ihm ein Stück Blei vor die Füße warfen: „Was nützt der Kuh Muskat? Dir Tropf Geld zu schenken, wäre dümmer, als du selbst bist. Zu dir kommen wir nicht wieder." Damit gingen sie ärgerlich fort, und der Leinweber hob das Stück Blei vom Boden auf und legte es aufs Fensterbrett.

Bald darauf kam sein Nachbar herein, der war Fischer, bot guten Tag und sprach: „Lieber Nachbar, habt Ihr nicht ein Stückchen Blei oder sonst was Schweres, womit ich mein Netz beschweren könnte? Ich habe nichts mehr dergleichen." Da gab ihm der Leinweber das Stückchen Blei, und der Nachbar bedankte sich schön und sagte: „Den ersten großen Fisch, den ich fange, den sollt Ihr zum Lohne haben!" — „Schon gut, es ist nicht darum", sprach der zufriedene Leinweber.

Bald darauf brachte der Nachbar wirklich einen hübschen Fisch von vier bis fünf Pfund, und der Leinweber mußte ihn annehmen. Er schlachtete den Fisch und fand einen großen Stein im Magen. Den Stein legte der Leinweber auf das Fensterbrett. Abends, als es dunkel wurde, fing der Stein an zu glänzen, und je dunkler es wurde, desto heller leuchtete der Stein wie ein Licht. „Das ist eine wohlfeile Lampe", sagte der Leinweber zu seiner Frau und legte den Stein so, daß er die ganze Stube erhellte.

Am folgenden Abend ritt ein Herr am Hause vorbei, erblickte den Glanzstein, stieg ab und trat in die Stube, besah den Stein und bot zehn Taler dafür. Der Weber sagte: „Der

Stein ist mir nicht feil!" — „Auch nicht für zwanzig Taler?" fragte der Herr. „Auch nicht", antwortete der Leinweber. Jener aber fuhr fort zu bieten und zu bieten, bis er tausend Taler bot, denn der Stein war ein kostbarer Diamant und noch viel mehr wert. Jetzt schlug der Weber ein und war der reichste Mann im Dorfe. Nun hatte die Frau das letzte Wort und sagte: „Siehst du, Mann, wenn ich das Geld nicht zweimal fortgegeben hätte, würden wir nicht so reich geworden sein. Das hast du nur mir zu danken!"

BECHSTEIN

DER WANDERGESELLE

Es lebte einst die Witwe eines Metzgers, die besaß nur einen einzigen Sohn. Der hatte bereits begonnen, das Handwerk seines Vaters zu erlernen, als der Vater ihm starb. Die Mutter ließ den Sohn vollends auslernen und sandte ihn dann in die Fremde. Da sollte er drei Jahre lang reisen, sich die Welt besehen und etwas Tüchtiges draußen lernen. Sie stattete den Sohn aus, so gut sie konnte, und gab ihm ihren besten Hund mit, der hieß Fassan.

Auf der Wanderschaft kam der junge Metzgergeselle in einen dichten Wald, in dem Räuber hausten. Die fielen über ihn her, beraubten ihn oder wollten ihn gar töten. Der junge Geselle aber wehrte sich kräftig, und sein Fassan stand ihm wacker bei und verwundete die Räuber mit wütenden Bissen. Darüber geriet der eine Räuber so in Zorn, daß er den treuen Fassan tot schoß. Der junge Metzger aber entrann den Räubern. Er lief immer tiefer in den Wald hinein und verirrte sich und wußte schließlich nicht mehr, wo er war. Endlich erblickte er von fern ein kleines Häuschen mitten in dem Wald, auf das eilte er zu, und nachdem er angeklopft hatte, trat er ein. Da saß ein altes graues Mütterlein drinnen. Das regte sich nicht und bewegte sich nicht, aber der junge Geselle begann frischweg, der Alten zu erzählen, was ihm alles begegnet war. Er bat sie, ihm den Weg aus diesem Walde zu zeigen, und er klagte sehr um den armen Fassan, den die Räuber ihm erschossen hatten. Da sprach das alte Mütterlein. „Hab' auch schöne Hunde, kannst dir einen aussuchen und mitnehmen." Dabei rief sie: „Reißebeis!"

Auf diesen Ruf trat ein großer Hund in das Häuschen, und das Mütterlein fragte: „Gefällt dir der?"

„Es ist ein schöner Hund", antwortete der Gesell, „aber der meine war schöner."

Da rief die Alte abermals: „Sprengalleband!" Und ein noch größerer und noch schönerer Hund kam herein, und die Alte fragte: „Wie gefällt dir der?"

„Er gefällt mir recht gut", antwortete der junge Metzger, „aber meiner war mir halt doch noch lieber."

Da rief die Alte abermals: „Hurtigundgeschwind!" Jetzt sprang ein ganz großer und mutiger, sehr schön gebauter Hund herein. Da wartete der Geselle gar nicht erst die Frage des Mütterleins ab, sondern rief sofort: „Den laß ich mir gefallen! Gerade so wie der hat mein Hund ausgesehen. Hätten sie den guten Fassan nicht vor meinen Augen tot geschossen, so würde ich drauf schwören, der sei es selbst."

„Ich will dir etwas sagen, mein junger Wandersmann", sprach die Alte. „Ich will dir die braven Hunde alle drei schenken. Du mußt aber, wenn du ihnen einst dein Glück dankst, auch an mich arme alte Waldfrau denken und dich meiner Armut nicht schämen.

Da der junge Bursche das versprach, zog die Alte auch noch ein Pfeifchen hervor, gab

es ihm und sagte: „Dieses Pfeifchen verwahre recht gut. Denn damit kannst du die drei Hunde zu deiner Hilfe herbeirufen, sie mögen sich befinden, wo sie wollen. Das wird besonders nötig sein, wenn du selbst in Not gerätst."

Mit vielem Danke schied der Wandergeselle von der guten Alten und von ihrem Häuschen und ging den Weg, den sie ihm als den richtigen bezeichnet hatte, wohlgemut fort, und die drei schönen Hunde sprangen munter bald vor, bald hinter ihm und hetzten sich und spielten miteinander.

Als der Abend zu dämmern begann, erreichte der Reisende mit den drei Hunden ein einsames Wirtshaus, das auch noch in dem großen Walde lag, der gar kein Ende zu nehmen schien. Vor dem Hause fand der Metzger eine junge Magd, die hölzerne Gefäße scheuerte. Als sie den hübschen jungen Gesellen erblickte, schien sie zu erschrecken und machte ihm eine abwehrende Gebärde. Sie winkte ihm gleichsam, hier nicht einzutreten, ja sie öffnete schon den Mund zu einem warnenden Zuruf, als die Türe aufging, und der Wirt heraustrat und den späten Wanderer einlud, doch bei ihm einzukehren, zumal er, der Wirt, auch ein Metzger sei.

Dem Jüngling kam ein argwöhnisches Gefühl in das Herz. Allein er war einmal da, hatte Hunger und Durst, und die Nacht war vor der Tür. So setzte er sich in der Stube nieder, und seine drei Hunde lagerten sich um ihn her. Nun bestellte er sich etwas zu essen. Darauf mußte er gar nicht lange warten. Es kam ein großes Stück Fleisch in einer fetten Brühe und gutes Brot dazu.

Es schmeckte aber dem Gaste nicht. Das sah jetzt der Wirt, und er sprach: „Gesell, es schmeckt dir wohl nicht! Du bist von daheim wohl bloß Gebratenes gewohnt?"

„Das nicht, Meister", antwortete der Gast. „Aber ich habe schon Schweinefleisch gegessen, und dieses Fleisch in meiner Schüssel ist keins. Ich habe Hammelfleisch gegessen, und dies ist keins. Ich habe Rindfleisch und Kalbfleisch gegessen, und das ist keins! Auch weiß ich, wie jede Art von Wildbret schmeckt, und das ist keins. Von irgendeinem Vogel ist's auch nicht. Das dünkt mich ein seltsames Essen!"

Der Wirt lachte und antwortete: „Mein guter Wanderbursche, du wirst in deinem Leben noch gar vieles hören, sehen, riechen, schmecken und fühlen, was du doch nie gehört, gesehen, gerochen, geschmeckt und gefühlt hast. In der Welt geht es gar wunderlich her."

Auf diese Belehrung aß der Geselle schweigend weiter, obschon es ihm nicht schmeckte, und schöpfte sich auch noch etwas Brühe heraus. Da fiel ein Knöchlein aus dem Löffel, und als er das recht ansah, war es ein Finger. Da erschrak der arme Jüngling zu Tode, und es wurde ihm sehr übel von solcher Mahlzeit, und gerade ging die Tür auf, und die Wirtin trat herein. Die trug einen Teller, auf dem Fettbrote lagen, vielleicht ihr eigenes Abendessen. Der Wirt stand auf von der Bank und sprach leise mit seiner Frau. Da setzte der Geselle geschwinde seinen Teller und seine Fleischschüssel seinen Hunden hin, die leerten sehr rasch alles ab.

„Wünsche guten Appetit gehabt zu haben!" sprach die Wirtin zum Wanderburschen, und dieser antwortete: „Großen Dank, Frau Wirtin, ich hatte welchen" — ‚ist mir aber vergangen', setzte er in Gedanken hinzu.

„Nun wollen wir ihm seine Schlafkammer zeigen!“ sprach die Wirtin, und gab ihrem Mann ein Licht in die Hand. „Die Hunde kommen in den Stall. “

„Ich wünsche, daß meine Hunde bei mir bleiben“, versetzte darauf der junge Metzger.

„Das wird sich finden“, erwiderte die Frau.

Der Wirt öffnete jetzt ein Nebenzimmer und ging mit dem Lichte voran. Hinter dem Gaste ging die Wirtin und trug immer noch die drei Fettbrote.

Man trat in ein Zimmer, das hing voller Waffen, Gewehre, Pistolen, Karabiner, Pallasche, Hirschfänger usw. Daneben hingen auch Ketten, Stricke, Handschellen und solcher Dinge mehr, womit man die Leute wehrlos macht.

„Ja, man wohnt hier im Walde so einsam“, erklärte der Wirt, „man muß sich vorsehen. Ich habe auch meine Leute, die mit diesen Waffen gut umgehen können.“

Während dieser Worte öffnete der Wirt eine zweite Tür und schritt durch diese voran. Die Wirtin aber warf eins der Fettbrote auf den Boden. Reißebeis schnappte danach, und indem der Hund das Brot fraß, warf die Frau die Tür in das Schloß, und Reißebeis war in der Waffenkammer eingesperrt.

Das zweite Zimmer war herrlich ausgestattet. Das eine Licht, das der Wirt trug, reichte gar nicht aus, die Pracht vollständig zu beleuchten. Es standen Fässer voll Geld darin, an den Wänden hingen kostbare Kleider, und in Glasschränken starrte alles von Schmuck, von Gold- und Silbergeräten und edeln Steinen. So etwas hatte der junge Metzger noch nie gesehen und konnte sich gar nicht genug darüber verwundern, noch sich zusammenreimen, wie das alles hierher in die einsame Waldherberge komme. Der Wirt erschloß jetzt ein drittes Gemach, und die Wirtin warf das zweite Fettbrot hin. Da schnappte Sprengalleband gleich hastig danach. Und wie er noch daran kaute, warf die Frau die Tür in das Schloß, und Sprengalleband war in der Schatzkammer gefangen. Der Herr der drei Hunde aber merkte nicht, daß nur noch einer von den Dreien bei ihm war. Er folgte dem Wirte in das dritte Gemach. Aber da sah es ganz abscheulich und schauderhaft aus. Die Wände waren mit Blut bespritzt, und mitten im Zimmer stand ein Block, auf dem ein scharfes Metzgerbeil lag. Man sah zerstückte Gliedmaßen von Menschen umherliegen, und an der Wand hingen aufgeblasene Gedärme, um Wurst einzufüllen. Auch standen Wiegemesser und kupferne Fülltrichter für dieses Geschäft bereit. Den Gesellen schauderte, der Wirt aber sprach mit harter Stimme: „Mein Bursche, hier ist die Werkstätte. Hier wirst du dein Meisterstück machen und bei mir bleiben. Wo nicht, wirst du hier selbst massakriert, daß du es weißt. Entweder du zerhackst hier und schneidest Grieben und wiegst, oder du wirst selbst zerhackt, zerschnitten und zu Wurst gewiegt.“

Dem armen Gesellen wurde in der Seele bange, doch faßte er Mut und sprach: „Lieber will ich sterben, als Euer Genosse sein!“

„Wie du willst!“ sagte der Wirt. „Folge mir!“ Er öffnete eine weitere Tür, und jetzt warf die Frau das dritte Fettbrot hin. Danach sprang hastig und hungrig der Hurtigundgeschwind, und schnapp, war die Tür im Schloß und der gute Hund in der Blutkammer gefangen, während der Wirt mit dem Gesellen in eine düstere Halle trat und zu ihm sprach: „Jetzt sind wir im Schlachthaus, und jetzt schicke dich an, mein Wanderbursche, zur weiten Wanderschaft in die andere Welt.“

Der Geselle erschrak, denn er merkte wohl, daß der Wirt nicht spaßte, und sah sich nach seinen drei Hunden um. Die waren aber alle drei hinweg, und er war allein und hilflos.

„Willst du stehend oder liegend sterben?" fragte der Wirt, und hob ein blinkendes, schweres Beil. Der Geselle antwortete: „Ich will stehend sterben. Vergönne mir nur so viele Zeit, ein Vaterunser zu beten."

„Meinetwegen, so bete!" antwortete gefühllos der schlimme Wirt.

Der Geselle betete mit rechter Andacht, und da fiel ihm mitten im Beten das Pfeifchen der guten Alten ein, die ihm die drei Hunde geschenkt und gesagt hatte, er solle, wenn er in Not sei, und die Hunde nicht bei ihm wären, nur darauf pfeifen. Er bedachte sich daher auch keinen Augenblick, sondern pfiff — zu des Wirtes und der Wirtin großer Verwunderung.

„Heißt das gebetet, Bursche?" schrie der Wirt voller Wut und hob sein Mordbeil. Aber ehe er den tödlichen Streich führte, hatte ihn Hurtigundgeschwind, der wie ein Blitz ins Schlachthaus fuhr, im Nacken und riß ihn nieder, und Sprengalleband und Reißebeis waren nun auch schon da, und alle drei zerrissen den Wirt in tausend Stücke.

Die Wirtin aber fiel auf ihre Knie und schrie: „Gott Lob! Gott Lob! Nun bin ich erlöst!"

„Nein, Weib!" rief jetzt zornig der Gesell. „Deine Stunde hat auch geschlagen, Helfershelferin des Menschenmetzgers, die meine Hunde heimlich fing, damit ich wehrlos in eurer Gewalt sei."

„O seid barmherzig!" rief flehend die Wirtin. „Ich mußte ja den Willen des Wüterichs tun, der mich auch einst fing und hier seitdem gefangen gehalten hat. O laßt mich leben! Ich will Euch auch eine goldene Dose schenken!"

„Ich danke, ich schnupfe nicht!" versetzte der Geselle.

„Ist auch nicht notwendig", erwiderte die Wirtin. „Aber jeder, der aus dieser Dose schnupft, wenn Ihr den Deckel nach rechts gedreht habt, muß so lange machtlos stehen, liegen oder sitzen bleiben, bis Ihr den Deckel nach links gedreht habt. Laßt mich leben, guter Geselle, um Gottes und um Eurer selbst willen, denn noch seid Ihr nicht außer aller Gefahr. Ich allein kenne den Aufenthaltsort der Spießgesellen meines Mannes, einer ganzen Bande Räuber, Mörder und Menschenfresser, vor denen Ihr trotz Eurer Hunde nicht sicher wäret."

„Nun denn, ich will Euch leben lassen, Meisterin", sprach der Jüngling. „Doch hütet Euch wohl, mich hintergehen zu wollen!"

Die Wirtin dachte in der Tat nicht daran, den jungen Gesellen zu täuschen, da sie ihm wirklich ihre Befreiung dankte, denn sie und ihr Gesinde mußten nun nicht mehr die entsetzliche Last tragen, dem Menschenschlächter untertan zu sein. Sie zeigte ihrem Befreier den Eingang zu dem verborgenen Schlupfwinkel der Mörderbande, in den man durch eine Falltür gelangte. Der junge Metzger öffnete sie und ließ seine drei Hunde hinein, die der ganzen Raub- und Mordgenossenschaft die Hälse abbissen.

Der Gesell war nun der Herr und betrachtete die Herberge als seine Eroberung. Er gab der Dienerschaft — besonders der mitleidigen Magd, die ihn gewarnt hatte —, von den Schätzen, sandte einen Knecht mit reichen Geschenken an die alte Waldmutter, die ihm die drei Hunde geschenkt, und ebensoviel schickte er nach Hause zu seiner eigenen Mutter. Die Wirtin durfte sich nehmen, was und so viel sie wollte. Die Falltüre zu der Mördergrube ließ er vermauern und die Waldherberge bis auf den Grund niederbrennen. Darauf nahm er Abschied von der Frau Wirtin und zog mit seinen drei Hunden seine Straße.

Eigentlich hätte er jetzt keimkehren können, denn er hatte genug Gut und Geld, und die Metzgerei war ihm verleidet ein für allemal — aber er hatte seiner Mutter versprochen, drei Jahre in der Fremde zu wandern, und wollte auch selbst mehr von der Welt sehen und etwas Tüchtiges lernen.

Als nun der gute Geselle mit seinen drei Hunden Reißebeis, Sprengalleband und Hurtigundgeschwind ein gutes Stück in die Welt hinein gewandert war, da begegnete ihm eines Tages eine Kutsche. Die war ganz mit schwarzem Flor überhangen und der Kutscher desgleichen und die Pferde ebenso. Da blieb der Wandergeselle stehen, und sein Herz bewegte sich voll Trauer. Er sann, was das wohl möge zu bedeuten haben, daß ihm ein solches Fuhrwerk begegne? Der Kutscher aber war ein grober Schroll, der rief dem Gesellen zu:

„Na Schlingel, was gibt's hier zu gaffen? Wirst du wohl aus dem Wege gehen, wenn eine Prinzessin gefahren kommt!"

Dieser unhöfliche Zuruf verdroß den guten Gesellen, und er rief Hurtigundgeschwind, den Kutscher einigermaßen Mores (das sind gute Sitten) zu lehren. Darauf sprang Hurtigundgeschwind hinauf auf den Bock, kriegte den Kutscher beim Kragen, schüttelte ihn wie ein Karnickel, riß ihn vom Bocke herab und titschte ihn um und um in einer großen Pfütze am Wege und setzte ihn dann dreckig und triefend wieder auf den Kutscherbock. Davon wurde der Kutscher so geschmeidig wie ein Ohrwurm. Er hätte gern seinen Tressenhut vor dem Gesellen abgezogen, wenn der nicht drunten in der gelben Pfütze liegen geblieben wäre.

Der Wanderbursche hielt nun dem Kutscher eine kleine Rede über die Regeln der Höflichkeit, die Leute seines Gleichen nie außer Acht lassen sollten und dürften gegenüber Personen, die zu Fuße gehen, weil möglicherweise die eine oder andere Person solcher Art sich statt eines zehn Kutscher halten könne, und weil sich für jede Kutschergrobheit eigentlich ein solches Bad in der Pfütze nebst einigen fühlbaren Rippenstößen gebühre. Nach dieser Rede, die dem Kutscher gar nicht zusagte, schaute der Geselle in den florumhangenen Glaswagen. Darin sah er eine ganz schwarz gekleidete Prinzessin sitzen, die hatte sehr geweint. Und als er sie ganz bescheiden fragte, warum sie geweint habe, erzählte ihm die Prinzessin ihr Schicksal.

„Ich bin die Tochter des Königs dieses Landes", begann sie, „über das der Teufel eine große Teuerung und Hungersnot gebracht hat. Als man ihn fragte, ob er beides nicht unter irgendeiner Bedingung wieder von dem Lande nehmen wollte, machte er die Bedingung, daß ich sein eigen werden solle. Da nun mein Herr Vater sein Land und Volk mehr liebt als mich und sich selbst, so hat er in diese entsetzliche Bedingung gewilligt, und du findest mich Ärmste jetzt auf dem Wege, schnurstracks zum Teufel zu fahren."

„Aber schöne Prinzessin, warum seid Ihr denn so ganz allein?“ fragte der Wandergeselle.

„Ja, mein guter Jüngling“, antwortete die Prinzessin, „das kommt daher, daß kein Mensch mit wollte, obschon meine Dienerschaft mir immerfort Treue bis zum Tode beteuert hat. Aber das sind nur leere Redensarten gewesen. Nur der Kutscher war bereit mich zu fahren, weil der schon des Teufels ist.“

„Habe das an seiner Grobheit gemerkt, meine schöne Prinzessin“, sprach der Wanderbursche. „Und Euer Herr Vater — erlaubt mir diese Bemerkung — ist nicht recht gescheit. Gewährt mir, Euch als diensttuender Kammerherr zu begleiten. Vielleicht kann ich Euch den besten Dienst tun und Euch aus den Klauen des Teufels losmachen.“

„Ach, das höre ich sehr gerne!“ antwortete die Prinzessin. „Ja, du sollst mein lieber Kammerherr sein. Steige nur zu mir herein. Es reist sich ohnehin besser zu zweien als allein.“

Darauf stieg der Wandergeselle zu der schönen Prinzessin in den schwarzen Wagen. Er unterhielt sie so gut, daß sie lachte, und sie fuhren miteinander ganz lustig zum Teufel. Dieser saß auf einem Holzblock und wartete schon eine geraume Zeit. Er war sehr erstaunt, daß die Prinzessin nicht allein kam. Der Jüngling sagte: „Hochverehrtester Herr Teufel, ich hoffe, Ihr werdet ein vernünftiges Wort mit Euch reden lassen. Mich dauert diese arme und schöne Prinzessin sehr. Gebt sie frei, und nehmt dafür meine Seele an. “

Der Teufel schlug einigemale rechts und einigemale links mit seinem Schweif um sich, als wenn er sich die Mücken wegwedeln wollte, und sagte dann: „Diesmal könnte sich die Sache machen“, er dachte aber in seinem Sinne, über's Jahr hole ich mir doch die Prinzessin, „also Topp!“

„Topp!“ sagte der Geselle. „Und da nichts zu trinken da ist, so schnupfen wir einmal darauf!“ Damit zog er seine goldene Dose, drehte den Deckel nach rechts, schnippte mit dem Finger auf den Deckel, öffnete sie und bot sie dem Teufel dar.

„Eigentlich schnupfe ich nicht!“ sagte der Teufel.

„Nun so schnupfe einmal uneigentlich! Es ist Doppelmops!“ entgegnete der Geselle, und sein Herz lachte innerlich vor Freude, als der Teufel wirklich mit seiner haarigen Kralle in die Dose fuhr und eine tüchtige Prise nahm.

„So mein werter Herr Teufel“, nahm nun wieder der Geselle das Wort, indem er die Dose wieder mit ihrem Deckel verschloß und in die Tasche schob, „jetzt können wir ein verständiges Wort miteinander reden, denn Ihr seid nun ein vollkommen gesetzter Mann.“

„Wieso gesetzt?“ fragte der Teufel.

„Weil Ihr sitzt, und nicht eher wieder aufstehen könnt, als bis es mir beliebt!“ erhielt er zur Antwort.

„Weiter fehlte mir nichts, du Dummkopf!“ schrie der Teufel und wollte auffahren und dem Sprecher an das Genick. Aber er konnte nicht, er mußte auf dem Holzblocke fest, wie angenagelt, sitzen bleiben.

„Wie lange soll der dumme Spaß dauern?“ fragte der Teufel in außerordentlicher Übellaune. „Ich bin das Sitzen schon müde. Mach' es kurz! Das halte der Teufel aus, wenn er's kann!“

„Ich will dir etwas sagen, aber sei hübsch artig, hochwohlgeborener Herr Teufel!" spottete der Geselle. „Es kann dir bald geholfen werden. Du gibst diese Prinzessin frei, wie sich von selbst versteht. Du gibst auch mich frei, und entsagst dem Anrecht auf meine Seele. Du gelobst, niemals wieder im Lande des Herrn Vaters dieser schönen Prinzessin Teurung und Hungernot, Aufruhr oder sonst dergleichen Teufeleien anzustiften und niemals eine Seele als Lösegeld dagegen zu verlangen. Vielmehr wirst du dich mit den Seelen begnügen, die dir von selbst und freiwillig in deinen Höllenrachen gelaufen kommen. Endlich gibst du mir das alles eigenhändig und schriftlich, denn der Teufel traue dem Teufel, und sorgst dafür, daß ich dich niemals wieder zu Gesichte bekomme."

Der Teufel ächzte und krächzte, schwitzte und krümmte sich, es half ihm aber alles nichts. Gewohnt, stets frei zu sein, quälte es ihn schrecklich, jetzt einmal nicht frei sein zu können, und so bequemte er sich, in die Forderungen des Befreiers der Prinzessin einzuwilligen. Darauf zog dieser nun wieder die goldene Dose hervor, drehte den Deckel nach links auf, und fragte höflich: „Beliebt noch ein Prischen? Es ist Marokko!" Der Teufel aber schlug hin, daß aller Schnupftabak in die Luft flog, erhob sich von seinem Holzblock, und brauste wie ein Sturmwind von hinnen.

Darauf stiegen die Prinzessin und ihr Befreier wieder in ihren Wagen, und die Prinzessin war so sehr von Dank erfüllt, daß sie zu dem Gefährten sagte: „Höre du, ich will dich heiraten, weil du mich errettet hast!"

„Ist mir sehr angenehm", versetzte der Jüngling. „Nur wünschte ich noch ein Weilchen damit zu warten, weil ich erst in die Welt muß und draußen etwas Tüchtiges lernen. Deshalb entlaßt mich jetzt, meine schönste Prinzessin. In einigen Jahren komme ich wieder, darauf verlaßt Euch."

Das mußte nun der Prinzessin recht sein, obwohl es ihr gar nicht recht war. Und als der erste Kreuzweg kam, stieg ihr Befreier aus, gab ihr seine Hand, küßte die ihre und sagte: „Wir sind verlobt und bleiben es! Trauet fest, schöne Prinzessin, auf Euern Bräutigam!"

Der Kutscher, der die Prinzessin fuhr, hatte alles, was er sah, mit Mißmut und Ärger gesehen. Er besaß eine ganz nichtsnutzige Seele. Den König hätte er am liebsten tot gesehen und wäre gern selbst König gewesen. Da man aber die Kutscher, und wenn sie sich einbilden, die schönsten Staatskutschen noch so schön lenken zu können, nicht zu Königen macht, so hatte sich sein schwarzes Herz darüber gefreut, daß wenigstens die unschuldige Königstochter untergehen sollte. Da dies nicht geschehen war, so war er wenigstens auf seinen Vorteil bedacht. Daher hielt er an, stieg vom Bock, öffnete den Kutschenschlag und sprach zur Prinzessin:

„Mein allergnädigstes Prinzeßchen! Sintemal und alldieweil Höchstdieselben nun befreit sind, so hätte ich auch eine kleine Bitte. Bitte dahero, nicht für ungut zu nehmen, wenn ich so mit der Tür ins Haus falle: ich möchte gar zu gerne heiraten!"

„Dagegen habe ich gar nichts einzuwenden, mein lieber Kutscher. Aber will Ihn denn jemand?"

„Die schätzbare Person, welche ich zu heiraten wünsche, sagte mir, sie habe nichts dagegen einzuwenden!" antwortete der Kutscher.

„Nun gut, so nehme Er sie!" versetzte die Prinzessin.
„Nun gut, so nehme ich Sie!" erwiderte der Kutscher.
„Wen denn eigentlich?" fragte die Prinzessin.
„Nun denn Sie! Sie haben es ja gesagt!" entgegnete der Kutscher.
„Ich glaube, Er ist verrückt!" schrie die Prinzessin außer sich vor Entsetzen.
„I Gott bewahre!" versetzte der Kutscher. „Im Gegenteil, Prinzeßchen. Aber wozu viele Worte! Sie sagen zu Hause, daß ich es war, der Sie befreite, und heiraten mich! Wollen Sie das nicht, so fahre ich Sie nicht nach Hause, sondern wieder zum Teufel. Und damit Punktum!"

Da gab die arme Prinzessin klein bei und weinte wieder und fuhr nach Hause. Da war aber ein Jubel über ihre Heimkunft. Als nun gar bekannt wurde, der Kutscher habe die Prinzessin befreit und werde von ihr zum Danke gefreit werden, da kannte der Jubel keine Grenzen mehr. Eine so volkstümliche Prinzessin hatte es noch nie gegeben. Paläste und Hütten wurden illuminiert, die Vivats nahmen kein Ende, und viele Personen, die in Kutschen fuhren, wurden damals umgeworfen, denn alle Kutscher hatten sich vor Freude betrunken und ihre Köpfe so hell illuminiert, daß sie die Prellsteine für glatte Fahrgleise ansahen.

Nun wurden die Vorbereitungen zur Hochzeit getroffen, die jedoch die Prinzessin immer von einer Zeit zur andern hinausschob. Sie verdarb ihre Brautkleider, sie wurde krank, sie erfüllte fromme Gelübde, sie wartete auf einen Schmuck, der erst vom Morgenlande kommen sollte, und hoffte mit sehnender Seele stärker und stärker auf die

Wiederkehr ihres geliebten wahren Bräutigams. Der Kutscher aber wurde sehr ungeduldig und knallte aus Ungeduld viel mit seiner Peitsche.

Endlich mußte ein Tag der Hochzeit doch festgesetzt werden, und schon kam der Vorabend — und der Wandergeselle kam nicht. Herzeleid und Wehklagen. Die Prinzessin ließ im Hoftheater das rührende Drama Lenore aufführen und vergoß viele Tränen bei dem herzbrechenden Liede:

Es flammen am Altare
Die Kerzen wundersam
Der Brautkranz schmückt die Haare,
Wo bleibt der Bräutigam?

Während aber dieses Lied gesungen wurde, war der wahre Bräutigam schon da. Er war in Begleitung seiner drei Hunde im vornehmsten Gasthofe der Residenz abgestiegen, freilich aber nicht wie ein vornehmer Gast, vielmehr als zerlumpter Bettler und Strolch. Der Wirt wollte ihn gerade von seinen Kellnern zur Türe hinausschmeißen lassen, als der anscheinende Bettler einen Dukaten auf den Tisch legte und dem Wirte zuflüsterte: „Mein guter Freund, ich bin ein Hochzeitsgast! Schafft mir einen Barbier und einen Schneider. Morgen am Hochzeitstage hoffe ich, so Gott will, die Ehre zu haben, mit der jungen Königin ein Glas Wein zu trinken.“

Der Wirt maß mit seinen Blicken den Lumpacivagabundus vom Kopfe bis zur Zehe und sprach: „Gott mag wissen, auf welcher grünen Wiese du den Dukaten gefunden hast. Indessen zu einem Abendimbiß für dich und die drei Hunde und auch noch zu einem Nachtlager reicht er aus. Du wirst aber morgen so wenig Wein mit der königlichen Prinzessin Braut trinken wie ich, ja noch viel weniger. Denn ich bin doch der Hofweinlieferant, ich kann daher eher den nämlichen Wein trinken — darauf wette ich all mein Hab und Gut, samt Gasthaus- und Schänkgerechtigkeit.“

„Wirt, schwatze nicht zu viel! Befolge hübsch meine Befehle! Die Wette gilt!“ sprach ganz kurz der Gast, forderte feines Briefpapier und Siegellack, schrieb und siegelte rasch einen Brief an die Prinzessin, hielt dem erstaunten Wirt die Aufschrift unter die Augen und gab den Brief dem Hurtigundgeschwind ins Maul, der damit fortschoß.

Jetzt kamen der Barbier und der Schneider. Der Fremde ließ sich aufs feinste die Haare richten und vom Schneider in Samt und Seide kleiden und legte bloß Goldstücke auf den Tisch mit dem stummen Bedeuten, jeder möge sich nehmen, was ihm gebühre. Der Schneider glaubte, ihm gebühre viel, folglich nahm er viel. Der Barbier aber wollte gerne wieder auf das Goldstück herausgeben. Er hatte jedoch kein kleines Geld. Aber der Gast winkte wieder, er möge es nur ungewechselt behalten. Am andern Morgen war die ganze Residenzstadt voll von der Kunde, daß ein Herr im ersten Gasthofe wohne, der viel freigebiger sei als der König, wozu — im Vertrauen gesagt — nicht viel gehörte.

Wie froh war aber die gute Prinzessin geworden, als Hurtigundgeschwind in den Saal sprang und einen Brief in ihren Schoß legte, während alles vor dem großen und seltsamen Briefpostkurier erschrak — zumeist aber der falsche Bräutigam, der Kutscher. Er dachte: „Wo der ist, da ist auch sein Herr nicht weit“, und verzog sich ganz leise. Daran tat er sehr klug, denn sonst hätte ihn der Hund zerrissen.

Am andern Morgen hielt eine königliche Kutsche vor dem Gasthof, ein Hoflakai öffnete den Schlag und ein besternter Kammerherr stieg aus und fragte nach dem fremden Herrn, der gestern gekommen sei. Dem Wirt fiel das Herz in die Kniekehle, denn er hatte sein Hab und Gut, samt der Schänkgerechtigkeit verwettet. Der fremde Herr aber fuhr zur Rechten des Kammerherrn im Wagen sitzend nach Hofe.

Bei Hofe war nun große Freude. Der wahre Bräutigam gefiel dem Könige doch besser als der Kutscher, da er sich sehr gut zu benehmen wußte und sich schon durch die Befreiung der Prinzessin am besten benommen hatte. Die Hochzeit nahm daher ihren ungestörten Fortgang. Dem Wirt schenkte der glückliche Bräutigam die verlorene Wette, und den Kutscher, den er durch Reißebeis, Sprengalleband und Hurtigundgeschwind sehr leicht hätte einfangen lassen können, den ließ der edle Bräutigam laufen.

Mit abermaliger reicher Gabe aber bedachte er die alte Waldmutter. Seine eigene Mutter ließ er in einer goldenen Kutsche holen und behielt sie bei sich bis an ihr Ende. Als alles zu einem guten Ziele gelangt war, verschwanden die drei Hunde, und niemand wußte, wohin sie gekommen waren. Auch das Pfeifchen war fort, so daß man die Hunde auch nicht wieder herbeirufen konnte. Es war auch nicht nötig, da sich kein Teufel mehr um das Land des alten und des jungen Königs bekümmerte.

DAS QUELLENDE SILBER

In dem Tal, wo die Bode aus den Schluchten der Roßtrappe hervorkommt und friedlicher fließt, hat vorzeiten ein armer Bauer gelebt. Der schickte einst seine Tochter in die nahe Waldung, um etwas Holz zu sammeln. Das Kind füllte mit den abgefallenen Ästen und Zweigen einen Tragkorb und auch noch einen Handkorb, soviel es fortbringen konnte, und ging heimwärts. Da ist ihm ein altes schneeweißes Männlein begegnet, das hat ihm geboten, sein zusammengelesenes Holz wieder auszuschütten und ihm zu folgen, weil es ihm etwas Besseres zeigen wollte. Das Männlein nahm das Kind an die Hand, führte es wieder zurück an einen Hügel und zeigte ihm einen Platz. Der war so breit wie zwei Tische. Darauf quoll pures Silbergeld, kleine und große Münzen mit uralter Schrift drauf und einem Marienbild, wie die Stadt Goslar am Harz in ihrem Wappen eines führt. Das Mädchen erschrak vor dem quellenden Silber und fürchtete sich. Das Männlein aber füllte ihm selbst den Handkorb mit den uralten und doch noch blanken Harzgulden. Den Tragkorb wollte das Mägdlein nicht ausschütten. Es sagte, zu Hause brauchten sie Holz, Milch und Suppe für die kleinen Kinder zu kochen und um ihnen eine warme Stube zu machen. — Da war das Männlein zufrieden und ließ das Mädchen nach Hause gehen. Als es nun überall im Dorf sein Glück erzählte, da entstand ein Laufen und Rennen. Jeder Nachbar wollte der erste sein. Jeder nahm einen Feuereimer oder zwei und eine Schöpfkelle mit, als wenn es brenne. Aber es hat ihrer keiner weder das alte Männlein noch den Ort des quellenden Silbers gefunden. Der Herzog von Braunschweig aber kaufte von den alten Münzen ein ganzes Pfund und ließ die Stücke im Münzkabinett aufbewahren.

PUMPHUT

In der Gegend um Pausa trieb sich vor langen Zeiten ein koboldähnlicher Bursche herum. Er erschien immer als ein Mühlknappe und wurde wegen seines eigentümlich geformten Hütleins von alt und jung der Pumphut genannt. Er war ungeheuer fleißig, hielt es aber in keiner Mühle lang aus, weil er es durch neckische und täppische Streiche immer dahin brachte, daß man ihm Feierabend gab. Er konnte, das sagten alle, die ihn kannten, mehr als Brot essen und hatte schon manchen, der an ihn wollte, garstig ablaufen lassen. Meist aber trieb er harmlosen Schabernack.

So saß einst in einem Bauernhause zu Wallengrün die Familie, groß und klein, beim Mittagsmahl am Tische, umschwärmt von einer ungeheuern Schar von Fliegen, als sich die Tür auftat und der Pumphut hereinsah. Er wurde freundlich willkommen geheißen und zur Teilnahme am Essen eingeladen, was er sich nicht zweimal bieten ließ, sondern rasch dabei war. Gleich, als ihm die gastliche Bäuerin die etwas zu fest geratenen Klöße auf den Teller gelegt hatte, ereignete sich ein Spaß: Als Pumphut seinen Kloß zerteilen wollte, zeigte der sich von einer solchen Härte, daß er unter dem Messer Pumphuts hinwegschlüpfte, wie eine Kanonenkugel durch die Stubentür schlug, durch die Stalltür gegenüber ebenso fuhr und sich auf das Horn eines scheckigen Ochsen spießte. Alle sperrten vor Verwunderung Maul und Nasen auf. Pumphut aber nahm sich ruhig einen Kloß nach dem anderen und verzehrte ihn mit großem Wohlbehagen. Da ihn nun die Fliegen bei dieser angenehmen Arbeit aufs äußerste belästigten, so brummte er und riet, daß man doch das Ungeziefer zur Tür hinausjagen solle.

„Ja, wenn sie sich hinausjagen ließen und draußen blieben“, ward ihm erwidert, „was hilft denn aber das Hinausjagen?“

„Nun“, entgegnete Pumphut, „so solltet ihr sie doch wenigstens so lange an einen besonderen Platz bleiben lassen, bis das liebe Essen verzehrt ist.“

Alles lachte, und der Hausvater sagte:

„Tue Er das doch, Pumphut, bringe Er doch die Fliegen auf einen Platz, Er ist ja ein Hexenmeister!“

Der Pumphut fletschte die Zähne, legte sein Hütlein auf eine besondere Stelle und gebot den Fliegen, sich hineinzubegeben! Und zum Erstaunen aller schwärmten die Fliegen wie ein Bienenschwarm in den Hut, so daß er voll und übervoll wurde und sie über den Rand noch wimmelnd aufeinanderkrochen. Pumphut aber wischte sich den etwas großen und breiten Mund, bedankte sich fein, nahm den Hut samt den Fliegen, trug sie zur Tür hinaus und schüttelte sie draußen in die Milchtöpfe, indem er laut lachend von dannen ging.

Als echter Mühlknappe ging Pumphut, wenn es ihm in einer Mühle nicht mehr gefiel, dem Wasser nach. So kam er einst zu einer Mühle, die Burkhardsmühle genannt. Dort fand er eine ziemliche Zahl Leute versammelt, denn es war ein neues Mühlrad erbaut worden, das sollte feierlich gehoben werden nach Müllerbrauch. Darüber freute sich Pumphut, denn daß es bei solchen Gelegenheiten nicht vollauf zu essen und zu trinken gegeben hätte, das wäre gegen alles Herkommen gewesen. Der Meister aber, der Pumphut nicht kannte — sonst hätte er wohl klüger gehandelt — ließ diesem nur ein Stückchen Brot reichen und ein Gläschen Branntwein einschenken, wie er das zu tun gewohnt war, wenn fechtende Klapperburschen das Handwerk grüßten. Der Pumphut aß sein Brot, leerte sein Gläschen und fragte den Meister, was los sei, weil er so viele Leute bei sich habe?

„Das Rad wird gehoben", sagte der Müller kurz.

„So?" sagte der Pumphut noch kürzer und ging ohne großen Dank aus der Stube.

Nun wurde mit der Arbeit des Radhebens begonnen. Aber wer beschreibt des Müllers Schreck und Ärger, als sich fand, daß die Welle viel zu kurz war und die Zapfen nicht bis dahin reichten, wohin sie doch reichen mußten! Der Müller und der Zimmermann

und der Schmied schwuren zu dritt Stein und Bein, daß vorher alles genau abgemessen worden sei und richtig gepaßt habe, und nun erschien die ganze Arbeit vergebens.

Da fiel einem der Gäste ein, daß der fremde Knappe am Ende der Pumphut gewesen sein möge, der geheimnisvolle Hexenmeister, der aus Ärger, daß man ihn so karg abgespeist hatte, dem Müller solchen Schabernack spiele. Man stimmte bei, und einige liefen fort, um den Pumphut einzuholen und zurückzubringen. Bald sahen sie ihn auch ganz langsam seines Weges dahinschlendern und riefen ihm mit lauter Stimme zu. Der aber tat, als höre er nicht. Nun liefen sie, um ihn einzuholen, noch schneller; sie mußten aber laufen, bis sie schwitzten und außer Atem waren, denn obschon er ganz langsam ging wie ein erzfauler Geselle, blieb der Pumphut doch von den Nachrennenden in immer gleicher Entfernung. Endlich ließ er sich einholen. Er hörte jedoch die Einladung, zur Mühle zurückzukehren, höhnisch an und zeigte keine Lust, ihr Folge zu leisten. Nur viel anhaltendes Bitten schien ihn zu bewegen, endlich umzukehren.

In der Mühle viel freundlicher als zuvor begrüßt, führte Pumphut gleich den Beweis, daß er mehr könne als Brot essen, denn er aß nun auch Braten, Schinken, Wurst und Kuchen in erstaunlicher Menge und trank dazu auf eine nicht minder in Erstaunen setzende Weise. Und als das geschehen war, ging er hinaus zum Rade. Nun kletterte er auf das Brett, nahm sein Hütlein ab, klopfte damit an die eine Seite des Gestells, dann an die andere. Da rückten die Seiten ganz sanft der Welle näher und nahmen den Zapfen auf. Alles jubelte Beifall, und Pumphut ging seines Weges, ohne ein Wort zu sagen.

BECHSTEIN

DIE HEILIGE GENOVEVA

Zu Pfalzel an der Mosel lebte ein Pfalzgraf Siegfried, der hatte eine treue und fromme Gemahlin, eines Herzogs Tochter aus Brabant. Aber es geschah, daß Siegfried in das Heilige Land ziehen mußte. Er ließ daher sein Weib in seiner Pfalz am Moselstrom zurück und übergab sie in die Obhut seines vertrauten Dienstmannes Golo.

Golo aber war ein schlimmer Hüter, er entbrannte in Liebe zu der schönen Herrin und begann Ränke zu schmieden. Er schrieb falsche Briefe, als sei Siegfried mit all den Seinen im Meere ertrunken, und las sie der Pfalzgräfin vor, gestand ihr seine Liebe und wollte sie umarmen, sie wehrte ihn aber mit einem Faustschlag ins Gesicht ab. Nun verwandelte sich seine Liebe in bittern Haß; er entzog der Pfalzgräfin alle Bedienung, und als ihre Stunde nahte, wo sie eines Söhnleins entbunden werden sollte, hatte sie niemand zum Beistand als eine alte Waschfrau.

Da kam Botschaft in ihr Haus, daß ihr Herr lebe und heimkehre. Darüber erschrak Golo, der Verräter, zu Tode und suchte Rat bei einem alten Hexenweibe. Das riet ihm teuflisch: Golo solle dem Pfalzgrafen einreden, der schöne Sohn Genovevas sei nicht der seine, sondern Dracos, des Kochs. Das tat Golo. Er reiste seinem Herrn entgegen und berichtete ihm, wie ihn seine Gemahlin geschändet hatte. Da wurde Siegfried sehr betrübt und wußte nicht, was er tun solle. Da riet Golo, daß er Genoveva samt ihrem Kinde an ein Wasser führen und sie beide ersäufen wolle, und Siegfried willigte ein.

Darauf bestellte Golo zwei Knechte, die mußten Genoveva und ihren Sohn hinwegführen und sollten sie umbringen, so oder so. Unterwegs taten den Knechten die schöne Frau und das schöne Kind leid, und sie töteten den Hund, der mit ihnen lief, schnitten ihm die Zunge heraus und zeigten sie Golo vor, zum Wahrzeichen, daß sie die Frau getötet hätten. So ließen die Knechte die arme Genoveva mit ihrem Kinde trostlos und weinend und betend im Walde zurück. Das Kind nannte Genoveva Schmerzenreich, es zählte noch keine dreißig Tage, und der Schmerz ließ die Milch in seiner Mutter Brust versiegen. Da trat aus dem Waldesdickicht eine Hindin, die lagerte sich vor Genoveva hin, und Genoveva legte ihr Söhnlein an die Zitzen des Tieres, sich selbst aber nährte sie mit dem, was der Wald bot, und baute auch für sich und ihren Sohn eine Hütte aus Holzstämmen, Reisig, Dornen und Moos. Darin blieb sie sechs Jahre und drei Monate und sah kein anderes Wesen als die treue Hindin.

Nun geschah es, daß der Pfalzgraf Siegfried einmal in dieser Gegend des Waldes jagte, und da trieben die Hunde die Hirschkuh auf, die mit ihrer Milch Genoveva und ihren Knaben ernähren half. Jäger und Hunde folgten dem Wild, die Hinde floh zur Hütte Genovevas und kniete zu dem Knaben hin, und Genoveva wehrte mit einem Stock die nachhetzenden Hunde ab. Jetzt kam der Pfalzgraf und sah mit Staunen das Weib im

Walde. Der Pfalzgraf meinte, es sei ein heidnisches Weib oder eine Zigeunerin, und rief sie an:

„Bist du eine Christin?"

„Ich bin eine Christin — aber gib mir deinen Mantel, daß ich mich bedecke."

Das tat Siegfried und fragte sie, warum sie keine Kleider habe und so einsam im wilden Walde hause?

„Meine Kleider sind vor Alter zerschlissen", sagte sie.

„Wie lange wohnst du in diesem Walde? Und wer ist dieser Knabe? Wer ist sein Vater? Und wie heißest du?"

Auf diese Frage antwortete Genoveva:

„Sechs Jahre und drei Monate wohne ich einsam in diesem Walde! Der Knabe ist mein Sohn, und seinen Vater kennt Gott so gewiß, wie ich ihn kenne. Und Genoveva ist mein Name!"

Bei diesen letzten Worten erschrak der Pfalzgraf, und ein Kämmerling trat zu ihm und sprach:

„Herr, trügt mich nicht die Erinnerung, so ist das wahrhaftig unsere Frau, schaut doch nach dem Muttermal an ihrem Halse."

Und siehe — sie hatte das Mal.

„Sehet doch, ob sie auch den Trauring noch trägt."

Und sie trug ihn noch. Da kam über den Pfalzgrafen ein unsäglicher Schmerz und eine tiefe Reue, er eilte zu Genoveva hin und schlang die Arme um sie und küßte sie und den Knaben und rief:

„Ja, das ist mein Weib, das ist mein Sohn!"

Genoveva erzählte, wie es ihr ergangen durch Golos Teufelstücke und Verrat, und eben kam er nichtsahnend. Die zornigen Mannen des Pfalzgrafen wollten ihn niederstoßen. Aber der Pfalzgraf gebot ihnen Einhalt und sagte, daß dieser Verräter des Todes von Ritterhand nicht wert sei. Vier Ochsen, die noch an keinem Pflug gezogen hatten, wurden genommen, an jeden Fuß und jede Hand des Missetäters wurden Seile gelegt und an die Ochsen gespannt und diese dann nach vier Seiten getrieben. So ward Golo lebendigen Leibes in vier Teile zerrissen.

Nun wollte Siegfried seine Gemahlin auf sein Schloß führen und aller Ehren teilhaft werden lassen, allein sie wollte ihm nicht folgen und sprach:

„Hier dieser Ort hat mich beschirmt und behütet, die wilden Tiere abgewehrt, und die Hindin hat mein Kind erhalten. Dieser Ort soll meine Stätte bleiben."

Dem willfahrte der Pfalzgraf Siegfried, sandte zu Hildulf, dem Bischof, ließ durch ihn die Stätte weihen und ordnete auf Genovevas Bitten den Bau einer Kirche an. Die Pfalzgräfin wohnte nun unter besserm Dach, allein sie konnte keine andere Speise mehr vertragen als die gewohnte Waldkost und lebte nach dem Wiederfinden nur noch wenige Tage. Sie starb froh und selig und ruhte in der neu erbauten Waldkapelle unweit Mayen. Es sind danach manche Wunder dort geschehen, und die Geschichte von der frommen Genoveva ist durch alle Lande gegangen.

BECHSTEIN

DER SCHMIED IN RUHLA

Graf Ludwig, der die Wartburg baute, der auch die Stadt Eisenach mit Mauern umgab und das Kloster Reinhardsbrunn gründete, hinterließ einen Sohn, auch Ludwig geheißen, den machte der Kaiser zum Landgrafen in Thüringen. Er war, als er noch ein Jüngling war, gütig und demütig gegen Edle und Unedle und von mildem Wesen, und das wurde ihm von seinen Vasallen als Schwäche und Torheit ausgelegt. Er strafte nicht gern und hörte nicht gerne klagen, hatte zu allen Menschen das beste Vertrauen und wußte nicht, daß die Edeln seine Untertanen bedrückten, und daß Bürger und Bauern von ihnen viel Gewalt leiden mußten, zumal die, die um ihn waren, zu verhindern wußten, daß Beschwerden an den Herrn gelangten.

Da geschah es, daß der junge Landgraf sich eines Abends auf einem Jagdritt im Forste verirrte und in die Nähe des Ortes Ruhla kam. Da sah er das helle Feuer einer Waldschmiede durch die Nacht leuchten, ging darauf zu und bat den Schmied um Herberge. Der Schmied kannte ihn nicht und fragte ihn, wer er sei.

„Ich bin ein Jäger Eures Herrn, des Landgrafen."

„Pfui über den Landgrafen!" rief der Schmied, spuckte aus und wischte sich den Mund ab. „Wer ihn nennt, muß sein Maul wischen, daß er es nicht verunreinigt mit dem Namen. Um deines Herrn willen beherberge ich dich wahrhaftig nicht! Geh, ziehe nur dein Pferd in den Schuppen, dann komm her und setz dich nieder — iß und trink, was da ist, und ruhe auf dem Heu, denn Bettzeug ist hier nicht vorhanden."

Der Landgraf wunderte sich über diese grobe Rede und schwieg still. Er ging und brachte sein Pferd unter Dach und kam wieder in die Schmiede. Der Schmied kümmerte sich soviel wie gar nicht um ihn, schürte sein Feuer, zog den Blasebalg, hitzte und hetzte, glühte sein Eisen, löschte es, glühte wieder und hämmerte und rief bei den Schlägen fort und fort:

„Landgraf Ludwig, werde hart, werde hart!"

Er schlug mit dem gewichtigen Hammer, daß die Funken stoben, und erzählte alles der Reihe nach, worüber die Untertanen klagten. Er schob alle Schuld und alles Unrecht, was im Lande geschah, auf den Landgrafen und verwünschte und verfluchte ihn in die unterste Hölle. Er sang das alte Lied von den dünkelvollen Räten, die alles besser wissen, sich und ihre Weisheit für unfehlbar halten, die Fürsten glauben machen, es stehe alles gut im Lande, und hinterdrein ist's Lug und Trug, und der Aufruhr schlägt in hellen Flammen aus, und alles Unglück, das daraus entsteht, wird hernach den Fürsten in die Schuhe geschoben.

Dem Landgrafen erschrak das Herz im Leibe, als er nun aus dieser harten Stimme des Schmiedes des Volkes Stimmung gegen sich vernahm, und er gelobte sich, dem Unfug, den seine Edeln verübten, ein Ende mit Schrecken zu machen. Ganz hart geschmiedet verließ er, nachdem er kein Auge zugetan hatte, die Waldschmiede, und sein milder Sinn war in einen eisernen verkehrt.

Er nahm die Zügel der Regierung in die eigne Hand und zog sie so straff, daß die edeln Rosse schäumten und knirschten und sich bäumten — aber das Volk atmete freier auf, und es ward ihm wohler, denn die ritterlichen Vasallen durften es nicht mehr placken und schinden.

ZWERGSCHABERNACK

Bei Zittau liegt der Breitenberg. In dem hausten gutartige Zwerge, die sich oft in der Stadt und den umliegenden Dörfern einfanden, den Menschen hilfreich waren und gern, wenn auch unsichtbar, an deren Leiden und Freuden teilnahmen. Bei guten Gelegenheiten und Gelagen ließen sie sich's trefflich wohl sein und vergüteten auf andere Weise, was sie genossen.

Eines Tages rief eine junge Frau ihrem weggehenden Manne nach:

„Eile, daß du bald zurückkehrst, damit wir nicht zu spät zur Hochzeit kommen!"

Diesen Ruf hörten einige Zwerglein und riefen es ihren Brüdern zu, daß Hochzeit gehalten werde. Gleich fand sich eine Schar zusammen, die wollten alle hin. Ihre Beratung darüber hörte ein Mann, der am Breitenberge arbeitete, und rief ihnen zu:

„Wenn ihr unsichtbar zur Hochzeit fahren wollt, ei, so nehmt mich doch auch mit, ihr guten Gesellen!"

Die Zwerge stutzten, sagten ihm aber seines Wunsches Erfüllung zu unter der Bedingung, daß er, obschon er essen und trinken dürfe, soviel er wolle, durchaus nichts heimlich zu sich stecken und mitnehmen dürfe.

So fuhren sie alle miteinander ungesehen zum Hochzeitshause. Das war zwar schon ganz voll von Gästen, jedoch die Zwerglein bedurften wenig Raum: zwischen jedem Gast saß ein Zwerg, und der Peterbauer, den sie mitgenommen, hatte auch einen guten Platz, aber freilich kein hochzeitlich Kleid an. Er zechte wacker und ließ sich's trefflich schmecken. Es tat ihm nur leid, daß seine Frau nicht bei ihm war, denn der Bauer Peter war im Grunde ein guter Kerl und genoß nicht gern allein. Und diese Liebe zu seiner Frau ließ ihn sein Versprechen brechen und etwas einstecken.

Das nahmen die Zwerge übel. Sie brachen schleunigst auf, und der zunächst beim Peter saß, riß ihm die Nebelkappe vom Kopf und verschwand mit den anderen. Da saß der Peter in seinem Schmierkittel, mit vollen Backen und kauenden Zähnen, und alles sah auf den seltsamen Gast — der war noch nie ein so angesehener Mann gewesen wie heute. Der Peter aber langte tapfer zu und kaute und schluckte, was das Zeug hielt, denn er hatte die Entführung des leichten Zwergenmützchens von seinem Stichelhaar gar nicht wahrgenommen, bis er von verschiedenen Seiten her Püffe und Rippenstöße bekam, und dann noch hinter dem Braten her die Suppe, nämlich die Prügelsuppe. Sodann ward er zum Hause hinausgefuhrwerkt und vor der Tür seinem Nachdenken und seinen schmerzlichen Gefühlen überlassen.

Hernach sind die Zwerge aus dem Breitenberge fortgezogen. Man sagt, das viele Glockenläuten oder die vielen Hunde, die die Bauern in Ober- und Niederolbersdorf halten, haben die Zwerglein vertrieben. Ein Bauer aus Heinewalde habe auf zwei Wagen die ganze Schar der Zwerge und alle ihre Schätze hinweggefahren und sehr reichen Lohn erhalten.

DER PILATUS UND DIE HERDMANNDLI

In der ganzen Schweiz, im Berner und Luzerner Land, im Haslital und fast allenthalben gehen Sagen von Zwergen und Berggeistern, die sich vielfach ähnlich sind. Absonderlich viel Redens ist von dem hohen Berge Pilatus und den Zwergen, die sonst in seinem Geklüft wohnten, die heißen Herdmanndli. Der Pilatus heißt auf welsch Fraxmont, auf lateinisch mons pileatus, Hutberg, weil im Land die bekannte Rede geht:

Hat der Pilatus einen Hut,
So steht das Wetter gut.

Aber es geht die Sage, daß nach Christi Tod und Auferstehung der römische Landpfleger Pilatus in dieses Land gezogen sei, oder gar, daß der Satan seinen Leichnam hergetragen habe. Da habe er am Berge den ungeheuerlichen See gefunden, der hat weder Zunoch Abfluß und ist wegen der unergründlichen Tiefe schwarz und gräßlich anzusehen, ein unheimlicher Moorgrund. In diesen See habe sich der römische Landpfleger gestürzt, weil sein Gewissen ihn fort und fort gepeinigt, andere sagen, der Teufel habe ihn hineingesteckt.

Die Herdmanndli wohnten vielfach in der Pilatushöhle, die hoch oben liegt, tief und schaurig. Sie waren den Menschen gut und hilfreich, „gespässige Lüet (Leute)", wie die Hirten sagen; sie verrichteten nachts der Menschen Arbeit, kamen vom Berg auch herunter in die Täler, schafften und ackerten redlich, und ein Herdmanndli konnte mehr verrichten als zehn Meister mit allen Knechten. Aber sehen ließen sich die Manndli wunderselten, und auch da hatten sie lange, graue Kutten an, die bis auf die Erde reichten, daß man nimmer ihre Füße sah. Sie kamen wohl auch und begehrten Speise, liebten insonderheit das Schweinefleisch, und wer ihnen gab, hatte es gut und erfreute sich ihrer Gunst. Wenn ihnen die Sennerinnen etwas Milch beiseitestellten, so melkten und fütterten sie und waren ganz heimisch bei den Mägden; sie konnten auch wahrsagen aus Karten und Händen und waren geschickt zu allen Dingen, aber erzürnen durfte man sie nicht. Wem sie im Sommer beim Heuen halfen, der konnte zufrieden sein, sie mehrten das Heu wunderbar. Manchmal sahen sie auch dem Heuen zu und halfen nicht. Einstmals verdroß das einen Heuer, der machte mit noch einem Kameraden, bevor die Arbeit anging, ein Feuer auf den Felsstein, darauf die Herdmannli zu sitzen und zuzusehen pflegten, und kehrten dann geschwind Asche und Kohlen vom heißen Steine weg. Als die Manndli kamen und den Stein betraten, verbrannten sie sich ihre Füße. Da schrien sie überlaut: „O böse, böse Welt!" und kamen nimmermehr wieder.

Einem Hirten, der einen reich tragenden Kirschbaum oben am Berge hatte, pflückten die geschäftigen Zwerglein die Kirschen ab und brachten sie zum Trocknen auf die

Hürden, daß hernach gutes Kirschwasser gebrannt werden konnte. Der Hirt war neugierig, zumal wollte er gern die Füße der Herdmanndli sehen. Er streute Asche rings um den Baum, als die Früchte im nächsten Jahr wieder reiften. Die Herdmanndli kamen, pflückten redlich die Kirschen ab, und am Morgen sah der Hirt ihrer Füßlein Spur in der Asche. Es waren lauter kleine Gänsefüße. Der Hirte lachte und sagte es freudig seinen Genossen, daß er nun wisse, was für Füße die Herdmanndli haben. Die Zwerge ergrimmten, zerbrachen des Hirten Dach und Fach, versprengten seine Herde, zerknickten den Kirschbaum Ast um Ast, und keines kam jemals wieder herunter, den Menschen hilfreich zu sein. Sie blieben droben in ihrer tiefen Höhle und in ihrem Geklüft wohnen. Der Hirte aber wurde ganz tiefsinnig, schlich bleich umher und hat nicht mehr lange gelebt.

Kastelen-Alpe

Auf der Kastelen-Alpe wohnte ein reicher Bauer, der hatte viele Herden und Matten. Drunten in Kriens hatte er eine arme Muhme; die war Witwe und hatte nur eine einzige Tochter. Sie nährten sich sehr kümmerlich, und die Muhme lag schwer an der Gicht darnieder. Eines Tages entschloß sich das Maidli, hinauf auf die Alp zum reichen Vetter zu gehen und ihn um eine Unterstützung zu bitten.

Als sie auf der Alpe ankam, stieg ein schreckliches Gewitter am Himmel auf. Ihr aber wurde kein Trost und keine Gabe bei dem reichen Vetter, sondern nur Hohn und Scheltworte. Sie ließen droben auch trotz des drohenden Wetters das Mägdlein wieder fortgehen. Das kam tüchtig in das Wetter und erreichte mit Not die Hütte eines Sennen. Das war ihr Bub Aloys, der hatte noch einen kleinen Käs, den gab er ihr für sie und ihre Mutter.

Raschen Schrittes eilte die Dirne abwärts. Da glitt sie auf der glatten Trift aus, fiel hin, und der Käs rollte in die Tiefe, unaufhaltbar in unzugängliche Felsklüfte. Weinend und kummervoll schaute die arme Dirne dem wegrollenden Käse nach. Da faßte etwas ihre Hand. Sie erschrak zu Tode, denn bei ihr stand so ein klein-winziges, graues Herdmanndli; das hatte auf seiner Schulter das verlorengegangene Stückchen Alpenkäse, etwa so groß wie ein Viertelmühlstein, und in der Hand ein Büschel Kräuter, und sagte:

„Magst den Käs mit heimnehmen und deiner Mutter von den Kräutern einen Tee kochen, sollst nicht mehr hilflos weinen."

Hoch droben im Gebirge aber tobte das Unwetter noch fort, über alle Maßen greulich. Es war ein Donnern, Tosen und Krachen, als ginge die Welt unter. Als das Maidli zu seiner Mutter zurückkam, war der Käs ein Stück schweres Gold geworden, und von dem Kräutertee wurde die Mutter ganz gesund. Über die Kastelen-Alp aber hatte sich im Gewitter ein Bergsturz geschüttet, die Matten verwüstet, die Herden erschlagen, und ein Stein, etwa so groß wie ein Alpenkäs, hatte dem geizigen Vetter einen Fuß abgeschlagen.

Später ist er dann zu seiner Muhme Haus gehinkt gekommen und hat gebettelt.

BECHSTEIN

DER GOLDENE KEGEL

Bei Ärzen, zwischen Pyrmont und Hameln, liegt der Lüningsberg. Auf dem haben weiße Geister zur Nachtzeit über einen schönen, grünen Rasen mit goldenen Kugeln nach goldenen Kegeln geschoben. Das ist ein Rollen und Klingen gewesen, daß bisweilen die Vögel vom Schlummer erwachten und des Waldes Tiere gekommen sind und haben neugierig unter den Büschen hervorgelugt. Die Menschen aber haben sich nicht herzugewagt, denn jeden, der dieses versuchen wollte, wandelte ein geheimes Grauen an.

Ein kecker Webergeselle faßte sich aber endlich doch ein Herz. Er meinte, solch ein goldener Kegel sei mehr wert als ein hölzerner Webstuhl, und er wollte sein Glück auch einmal mit den Geistern versuchen. In einer lauen Sommernacht erstieg er den Lüningsberg. Er trat in den Wald, kam an den Geisterrasen, sah des Berges kleine weiße Geister, wie sie eifrig Kegel schoben und keinen Kegeljungen dazu brauchten, denn die Kugeln rollten von selbst zurück, und die Kegel stellten sich von selbst wieder auf. Pfeilschnell und klingend rollten die Kugeln, mit tönendem Hall sanken die Kegel um, die Tiere lauschten, und die Vöglein huschten im Gezweig. Hui, da flog wieder ein Kegel um; der rollte rasch zu dem Weberburschen hin, der ängstlich und bebend im Gebüsche lag. Der hatte ihn jetzt in der Hand, er wußte selbst nicht wie, — und nun auf und davon.

Alsbald entdeckten die Geister den Verlust ihres Kegels. Sie setzten hinter dem Räuber her; der lief schon über die Wiese am Bergesfuß. Dort floß die Humme, und ein Baumstamm lag über ihr als Brücke von einem Ufer zum anderen. Als der Webergeselle den morschen Stamm betrat, merkte er die Geister dicht hinter sich, verfehlte den rechten Tritt und sprang in den Bach hinab. Da riefen viele Stimmen: „Das war dein Glück! Im Wasser haben wir keine Macht! Hätten wir dich zu Lande erreicht, so hätten wir dir den Hals umgedreht!"

Die Geister schwebten von dannen — der Bursche aber hielt den Kegel fest, kam glücklich heim, baute vom Golde des Kegels ein Haus, freite sein Mädchen und wurde glücklich.

Noch zeigt man am Mühlbach das Haus, eine große Linde steht davor. Noch zeigt man auch am Lüningsberge die Geisterkegelbahn. Aber die Geister kegelten nicht mehr, seitdem ihnen der neunte Kegel geraubt wurde.

BECHSTEIN

DIE UNTERIRDISCHEN

Das Volk der Unterirdischen und der Glaube daran ist im deutschen Norden und weiter nordwärts verbreiteter als irgendwo. Es wohnt unter der Erde, häufig in den alten Grabhügeln und Hünenbetten.

Die Sage von ihrer Entstehung lautet: Christus, der Herr, wandelte einmal auf Erden und nahte einem Hause, darinnen eine Frau wohnte, die hatte fünf schöne Kinder und fünf häßliche. Der Häßlichen schämte sie sich vor dem hohen Gast und verschloß sie schnell im Keller. Wie nun der Herr in das Haus kam, sprach er:

„Frau, lasset Eure Kindlein zu mir kommen."

Da brachte die Frau ihre fünf hübschen Kinder, daß der Herr sie segne.

„Und wo sind Eure andern Kinder?" fragte der Herr.

„Andere Kinder hab' ich keine", log das Weib.

„So?" sagte der Herr und legte die Hände auf die fünf Kinder, segnete sie und sprach: „Was drunten ist, soll drunten bleiben, was oben ist, soll oben bleiben."

Als der Herr hinweg war, lief die Frau in den Keller, ihre häßlichen Kinder herauszulassen, aber da waren sie verschwunden. Aus ihnen ist das Geschlecht der Unterirdischen entstanden.

Zahllos sind die Orte, wo Unterirdische sich aufhalten sollen, und noch viel zahlloser die mannigfaltigen Sagen von ihnen.

Ein Mann ließ sich einfallen, ihnen nachzugraben, wie man einem Fuchs oder Dachs nachgräbt; da schrie es hinter ihm: „Feuer!", und wie er sich umschaute, sah er sein Haus in hellen Flammen stehen. Eilend ließ er ab von seiner Graberei und stürzte seinem brennenden Hause zu; als er hinkam, war da keine Spur einer Flamme. Er war klug genug, sich die Lehre zu merken, er grub nicht wieder.

Die Unterirdischen sollen auch an Gott glauben, aber vom Christentum wissen sie nichts.

Viele sonderliche Kunst wird den Unterirdischen zugeschrieben, besonders sollen sie die Verfertiger der so mannigfach geformten Grabtöpfe sein, die in Hünengräbern stehen. Same, aus solchen Gefäßen gesät, gedeiht besser als anderer, Hühner, daraus getränkt, werden nicht krank, Milch, in ihnen hingestellt, rahmt besser und gibt mehr Butter.

Wer den Unterirdischen etwas, das ihnen gehört, wegnimmt, erzürnt und vertreibt sie. Lärmenden Instrumentenschall können die Unterirdischen nicht vertragen, am wenigsten aber den Klang der Glocken, der hat sie fast überall hinweggetrieben, und dieser Glaube ist übereinstimmend in allen Ländern.

DIE KREMPNER GLOCKE

Wieviel Gold die Hamburger übrighatten, erhellt aus dieser Sage: Zu Krempen hing eine herrliche Glocke im Kirchturm. Es hatte sich bei ihrem Guß etwas Besonderes zugetragen; als nämlich die Glockenspeise schon flüssig und alles zum Gusse fertig war, hatte der Meister noch ein Geschäft und befahl dem Lehrjungen die Obhut des Gießofens. Da stand auf einer Kapelle ein Schmelztiegel, in dem Silber floß — der Meister mochte das wohl zu einer Zier oder Inschrift benutzen wollen, der Junge aber meinte, das müsse noch zur ganzen Masse, um sie recht gut und wohlklingend zu machen, und schüttete den Tiegel voll Silber hinein zur Glockenspeise. Der Meister kam gerade dazu, ergrimmte und schlug mit seinem Stock so hart auf den Jungen, daß der tot niederfiel.

Der Glockenguß fand statt, und als nun die Glocke getauft war, in ihrem Stuhle hing und geläutet wurde, da hatte sie von dem Silber einen hellen, reinen Klang, dergleichen noch niemand so schön gehört hatte, aber immer klangen und lauteten die Worte hindurch: Schad' um den Jungen! Schad' um den Jungen.

Weil nun die Glocke so schön tönte, wurden die Hamburger neidisch auf die Krempner. Sie boten und boten mehr, zuletzt eine Kette von Gold, so groß, daß sie um ganz Krempen herumreichen sollte. Das waren endlich die Krempner zufrieden, die Glocke wurde auf einen Wagen gesetzt und fortgefahren. Aber auf einer nahen Anhöhe stand der Wagen und sank ein. Aber soviel man auch vorspannte, die Pferde vermochten nicht, ihn weiterzubringen. Da spannte man zwei Pferde am hintern Teile des Wagens an, und siehe, mit Leichtigkeit ließ er samt der Glocke sich ziehen, wieder hinab nach Krempen zu. Da hing sie bald wieder im Turm und ließ ihre wehmutvolle Klangstimme ertönen: Schad' um den Jungen!

Im Kriege der Russen gegen die Schweden, der auch über diese friedlichen Gefilde sich hinwälzte, haben die Schweden die schöne Kirche von Krempen in die Luft gesprengt, aber von der Glocke ist nichts entdeckt worden. Die Sage geht, sie sei in die Erde versunken und werde dereinst wohl wiedergefunden werden.

BECHSTEIN

DIE SEELEN DER ERTRUNKENEN

In einem See im Böhmerlande wohnte ein Wassermann. Er trug einen grünen Hut und konnte die Lippen nicht schließen, so daß man auch seine grünen, bleckenden Zähne sah; sonst war er von einem Menschen in nichts zu unterscheiden. Zuweilen hat er sich den Mädchen gezeigt; er saß dann am Ufer des Sees, grünes Band messend, das er endlos aus der Flut herauszog. Das warf er ihnen zu, wenn er genug gemessen hatte.

Dieser Wassermann war mit einem Bauern gut bekannt geworden, der am See wohnte. Er kam oft in dessen Haus und lud auch den Bauern ein, ihn in seiner Wohnung unter dem See zu besuchen. Das tat der Bauer auch und fand es unten über alle Maßen schön. Und endlich kam er in eine kleine Stube, darin standen ganze Reihen neuer Töpfe, aber alle umgekehrt.

„Was tut ihr damit?“ fragte der Bauer.

„Das will ich dir sagen“, antwortete der Wassermann. „Alle Jahre hole ich mir einen in den See, und seine Seele, die ist dann mein, und die halte ich unter dem Topf eingesperrt. Jeder Mann muß doch ein Vergnügen auf der Welt haben, auch der Wassermann, und das ist nun das meine.“

Den Bauer verdroß dieses Vergnügen. Es ärgerte ihn und ging ihm im Kopf herum. Er achtete genau auf die Art, wie er in den See gekommen war. Der Weg ging durch eine Brunnenstube; und als er eines Tages in der Mittagsstunde den Geist am See sitzen und Band messen sah, was er den Mädchen dann nur hinwarf, um sie damit zu fangen und hinabzuziehen, da schlüpfte der Bauer geschwinde heimlich hinunter in des Wassermanns Behausung und schmiß alle Töpfe um. Hei, war das eine Seelenlust, als alle die Seelen aus der Sammlung des Wassermannes frei wurden und erlöst aufwärtsschwebten

Der Wassermann aber wurde sehr böse über den ihm gespielten Streich und drohte dem Bauern mit grimmiger Rache!

Nun hatte der Wassermann die Gewohnheit, sein Fleisch an den Fleischbänken der Stadt selbst zu kaufen und immer mit alten böhmischen Groschen zu bezahlen. Da stach ihn bei einem Besuch der Metzger unversehens mit dem spitzen und scharfen Messer in den Daumen, womit er die Groschen zählte, so daß das Blut des Wassermanns herausfloß, und das sah aus wie Froschlaich. Zornig wandte der Wassermann sich hinweg, ging und kam nimmermehr wieder.

Und dadurch entging der Bauer seiner Rache.

DIE KOBOLDE

Im nordwestlichen und südlicheren Deutschland hausen die Kobolde, denen der Namen gar viele und mannigfaltige zugeteilt worden sind. Ihre Verrichtung ist fast überall dieselbe: Haus-, Küchen-, Boden-, Keller- und Stalldienstleistung. Ihr Lohn ist ein Schüsselchen mit Essen oder Milch.

Aller Kobolde Kobold aber war der vielberufene Hinzelmann.

Im Lüneburger Land auf dem Schlosse Hudemühlen über der Aller begann man im Jahre 1584 zuerst einen Poltergeist zu spüren, der seine Anwesenheit durch allerlei Pochen und Lärmen kundgab. Dabei aber ließ er es nicht lange bewenden, sondern er begann zu reden und zu sprechen, erst mit dem Gesinde, dann auch mit dem Schloßherrn, endlich auch mit fremden Gästen.

Im Anfang kam es allen sehr grauslich vor, unverhofft eine Stimme bei sich im Zimmer oder in der Küche reden zu hören und doch keinen Redenden zu sehen. Da aber diese Stimme mild und fein war wie die eines Kindes, und weil der Spukgeist niemand beleidigte, vielmehr oft lachte, Kurzweil trieb und auch sang, so gewöhnten sich die Schloßgenossen allmählich an ihn, so daß sie sich nicht mehr fürchteten und graulten, ja an ihn die Frage wagten, wer und woher er sei, wie er heiße und was er gerade auf Hudemühlen zu schaffen habe? Darauf erwiderte er, daß er vom böhmischen Gebirge komme, dort sei seine Gesellschaft, die möge ihn aber nicht leiden und deshalb sei er ausgewandert, bis sich seine Sachen in der Heimat besserten. Er heiße Hinzelmann, auch Lüring, und habe eine Frau, die heiße Hille Bingels, von der er jetzt getrennt lebe. Einst werde er sich auch sichtbar zeigen, jetzt schicke es sich aber noch nicht. Und er sei ein so guter und ehrlicher Hausgeist als irgendeiner und besser als viele andere.

Das war nun dem Schloßherrn und dem Gesinde auf Hudemühlen verwunderlich anzuhören und ganz unheimlich, mit so einem wunderseltsamen Gesellen zusammenzuleben, der nicht daran dachte, sobald wieder abzuziehen. Da dachte der Schloßherr: du willst ihm aus dem Wege gehen! Er ließ deshalb den Reisewagen richten und fuhr nach Hannover zu. Auf der stillen, öden, menschenleeren Strecke zwischen Essen und Brockhof sahen Kutscher und Diener fort und fort eine kleine weiße Flaumfeder neben dem Wagen herfliegen und wußten gar nicht, wie es zugehe, daß diese Feder immer den Wagen begleitete.

Als nun der Schloßherr eine Nacht in Hannover zugebracht hatte, war seine goldene Halskette fort. Er machte deshalb Lärm und beschuldigte die Leute im Hause des Diebstahls. Der Wirt aber nahm sich seiner Leute an und verlangte Beweis und Genugtuung. Tief verstimmt darüber saß der Schloßherr auf seinem Zimmer, da fragte es neben ihm:

„Warum bist du traurig? Wohl wegen der Kette, die dir fehlt?“

„Wie? Du bist hier, Hinzelmann? Mir gefolgt? Und warum? Wo ist die Kette?“

„Sahst du nicht die weiße Feder, die neben deinem Wagen flog?“ fragte der Geist. „Das war ich, und ich folgte dir zu deinem Besten! Die Kette hast du gestern abend selbst unter deinem Hauptkissen verborgen.“

Und richtig, es war so. Dem Schloßherrn war zwar lieb, daß die Kette wieder da war, aber daß Hinzelmann da war, das war ihm nicht im mindesten lieb. Er zürnte mit dem Geist und beschloß, wieder nach Schloß Hudemühlen zurückzureisen, weil er dem Kobold ja doch nicht entgehen konnte und dieser sich an seine Person zu hängen schien.

Auf dem Schloße Hudemühlen verwaltete nun Hinzelmann den Küchendienst in musterhafter Weise. Er spülte ab, kehrte, scheuerte, putzte, hielt Knechte und Mägde zum Fleiße an und teilte wohl auch nötigenfalls Maulschellen aus. Er pflegte auch die Rosse, wusch, kämmte, striegelte sie, so daß sie an Schönheit zunahmen und glatt und glänzend aussahen wie die Aale. Hoch im Oberstock des Hauses Hudemühlen hatte sich Hinzelmann ein Kämmerchen zur Wohnung ausersehen. Darin hatte er einen kleinen runden Tisch, einen Sessel, dessen Sitz das zierlichste Strohgeflecht war, das man sich denken konnte und das er selbst kunstreich verfertigte. Auch gab es dort eine kleine Bettstatt, die aber nie zerwühlt war. Nur ein Grübchen, wie es etwa eine Katze macht, wenn sie sich auf ein Bett legt, fand sich jeden Morgen darin. Auf das Tischchen kam eine Schüssel süße Milch mit Semmelbröckchen, das leckte und schleckte der Hinzelmann so rein aus wie ein Kätzlein. Bisweilen speiste der Geist auch mit an der Tafel, wo immer ein Gedeck für ihn bereit gehalten wurde.

Hinzelmann war gern fröhlich mit den Fröhlichen, sang Reimverschen und Scherzlieder, doch nie eins, das unehrsam gewesen wäre, neckte gern, doch ohne Tücke, und hatte wohl seine Freude daran, wenn das Gesinde aneinander geriet, hetzte auch wohl ein wenig zu und ließ die Schläge, die es dann gegenseitig setzte, bis zu roten Striemen und blauen Flecken gedeihen, aber nicht weiter, so daß Gesundheit und Leben nicht litten. Wenn die Gäste einander in die Haare gerieten und ihre Waffen ziehen wollten, konnten sie die Degen nicht aus den Scheiden bringen oder es fand sich kein tödliches Gewehr, weil der Hinzelmann alles versteckt hatte. Der Geist hielt sich auch zum christlichen Glaubensbekenntnis, wenn er auch oft bei dessen Hersagung mit leiser und heiserer Stimme über manches hinwegglitt; er sang auch geistliche Lieder mit feiner klarer Stimme. Genug — es war ein sehr wunderlicher Geist.

Weil der Schloßherr wiederholt in Hinzelmann drang, sich ihm doch einmal zu zeigen oder sich mindestens anfühlen zu lassen, so gab Hinzelmann auf langes Drängen und Bitten endlich nach und sagte: „Da ist meine Hand.“

Der Schloßherr faßte hin, und es war ihm, als fühle er die Finger einer kleinen kalten Kinderhand, und blitzschnell zog der Geist sie wieder zurück. Als nun der Herr auch bat, sein Antlitz befühlen zu dürfen, und Hinzelmann es zugab, tastete der Herr an einen kleinen, kalten Schädel, der ihm fleischlos zu sein schien; ehe er aber deutlich fühlen konnte, war der Kopf zurückgezogen.

So gab auch die Köchin keine Ruhe mehr, sie wollte den Hinzelmann durchaus einmal sehen. Er sagte ihr aber immer, es sei noch nicht an der Zeit, sie würde ihren Vorwitz bitterlich bereuen. Sie ließ aber nicht nach, ihn zu drängen, bis ihr endlich Hinzelmann

sagte, sie möge anderntags vor Sonnenaufgang hinab in den Keller kommen, aber in jeder Hand einen Eimer Wasser mit hinunterbringen. Das dünkte ihr ein seltsames Verlangen, aber ihre große Neugier überwog jedes Bedenken. Sie ging in den Keller und brachte das Wasser mit. Erst sah sie gar nichts, endlich aber fielen ihre Augen auf eine Mulde in der Ecke, und da lag ein nacktes, totes Kind. Über diesen Anblick entsetzte sich die Magd so sehr, daß sie laut aufschrie und ohnmächtig niederstürzte. Da nahm der Geist die Wassereimer und goß ihr den Inhalt über den Kopf, einen nach dem anderen. Nun kam sie wieder zu sich, sah die Mulde und das Kind nicht mehr und hörte nur Hinzelmanns Stimme:

„Siehst du? Ohne das Wasser wärst du hier im Keller gestorben und nicht wieder zu dir gekommen!"

So ungern und so wenig Hinzelmann sich Erwachsenen zeigte, und dann meist schrecklich, so gern gesellte er sich sichtbar als ein schönes Kind unter Kinder, spielte mit ihnen, hatte gelbes Lockenhaar bis über die Schultern hängen und ein rotes Samtröcklein an. Wenn aber Erwachsene seiner gewahr wurden, schwand er sogleich aus dem Kinderkreise hinweg.

Als der Geist vier Jahre lang auf Hudemühlen zugebracht hatte, schied er freiwillig und verehrte noch vor dem Scheiden dem Schloßherrn dreierlei Andenken. Das war ein kleines Kreuz von Seide geflochten, fingerlang und inwendig hohl. Es gab einen Klang von sich, wenn man es schüttelte. Dann einen sehr kunstvoll geflochtenen Strohhut und endlich einen ledernen Handschuh mit Perlenstickerei in wunderbaren Figuren. Solange diese Stücke in guter Verwahrung beisammenblieben, solle des Hauses Geschlecht blühen und wachsen, wenn man sie aber mißachtet und verzettelt, so würde das Gegenteil stattfinden.

Hinzelmann schied im Jahre 1588 von Hudemühlen und soll hernach zu Estrup, auch im Lande Lüneburg, seinen Aufenthalt genommen haben.

Die Klabautermännchen

Was im höheren Norden die Trollen, in Deutschland die Hinzchen, Heinzelmännchen, Hütchen sind — die Zwerge und zwerghaften Erdgeister — das sind in Holland und Niederland die Klabautermännchen, Kaboter- oder Kaboutermannekens; sie wohnen in Höhlen und sind oft hilfreich, den Menschen gut gesinnt und dankbar.

Beim Dorfe Gelrode liegt ein Kabouterberg; darin wohnten die Mannekens, nahe bei einer Mühle. Sie schärften dem Müller die Mühlsteine und wuschen sein Linnen, wenn er ihnen nur ein Butterbrot und ein Glas Bier zur Nacht hinstellte. Ein anderer Müller im Kämpner Lande fand, wenn er zufällig etwas von seinem Butterbrote liegen ließ, des Morgens lange Zeit alle Arbeit in der Mühle getan, die er für den anderen Tag vorbereitet hatte. Er wußte, daß in der Nähe Klabautermännchen hausten, deshalb steckte er sich einmal hinter die Säcke und sah richtig in der Nacht ein solches Männchen alles mit ungeheurer Kraft und Schnelligkeit tun, und dabei verzehrte es das Restchen Butterbrot. Das Manneken war ganz nackt. Das tat dem Müller leid; er bestellte ihm beim Schneider ein Kleidchen nach ungefährem Maß und legte es ihm hin und ein großes Butterbrot daneben. Dann verbarg sich der Müller. Das Klabautermännchen kam, tat einen Freudensprung, aß schnell das große Butterbrot, zog die Kleidchen an, verschwand und kam nimmermehr wieder. Nun wußte aber der Müller, daß die Klabautermännchen jeden Abend über einen Steg am Mühlbach schritten, und da lauerte er ihnen auf. Als sie kamen, waren alle nackt, und er ließ sie vorüber gehen, bis das letzte kam, welches der Müller gekleidet hatte. Nach diesem langte er und rief:

„Hab' ich dich?"

Da schrie es „Hilfe! Hilfe!" aus dem Mühlbach mit der Stimme von des Müllers Frau; der Mann erschrak, sah sich um, glitt vom Stege ab und plumpste hinunter in das Wasser. Die Klabautermännchen aber verschwanden und kamen niemals wieder.

Ein anderer Kaboutermannekensberg liegt zwischen Tournhout und Casterle. Die darin wohnten, waren aber böse von Natur. Anderswo gibt es hingegen viele gute Manneken, und wer sich mit ihnen versteht, dem dienen sie gern und oft. Häufig aber üben sie auch Tücke, besonders gegen solche, die ihnen nicht gut gesinnt sind: Sie verderben die Butter, saugen die Kühe aus und treiben mannigfachen Spuk und Schabernack. Sie werden auch Rotmützchen und Klabbers genannt.

Ein armer Bauernbursche liebte ein reiches Mädchen und sie auch ihn, aber der Vater sagte nein. „Wer nicht tausend blanke Gulden besitzt und aufzählt, wird nicht mein Schwiegersohn", sagte er. Der arme Bursche schlich traurig heim. Er mochte seine

Barschaft gar nicht zählen, denn er hatte nicht hundert Batzen, geschweige denn tausend Gulden. Er ging hinaus in Feld und Busch und dachte: „Was liegt am Leben, wenn es nicht Liebe krönt? Willst's abwerfen!"

Siehe, da stand ein Klabautermännchen vor ihm, wie hergeschneit oder aus dem Boden herausgewachsen, und fragte ihn:

„Was fehlt dir?"

Da klagte ihm der Bursche sein Leid.

„Wenn's weiter nichts ist", sagte der Klabautermann, „zähle doch nur erst einmal dein Geld."

„Ich hab's gezählt, es langt nimmer."

„Hast nur nicht recht gezählt, geh, zähl noch einmal, es muß treffen!"

Der Bursche ging, halb ungläubig, halb hoffend; er zog seine kleine Habe hervor und begann zu zählen. Er zählte und zählte und zählte immerfort, bis tausend Gulden voll waren, und da war's alle, nicht einer darunter, nicht einer darüber. Welch ein Glück! Er rannte wieder ins Feld hinaus, er wollte danken, er rief:

„Kaboutermänneken! Kaboutermänneken!"

Ja, guten Morgen, da war kein Kaboutermänneken weder zu hören noch zu sehen.

Nun lief er heim, hob und schleppte seinen Schatz zum reichen Bauern hin, zählte ihm die blanken Gulden vor, bekam des Mädchens Hand und des Alten Segen und wurde ein glücklicher Mann.

BURGGEIST POPPELE

Auf der Burg Hohenkrähen im Hegau Schwabens, die im Volksmund Kreihen genannt wird, haust ein wunderlicher Spukgeist. Der muß schon seit mehr als ein paar hundert Jahren ruhelos umherwandern. Dieser Geist gehörte, als er noch in einem menschlichen Leibe umging, dem Vogt einer Witwe an, die auf Hohenkrähen saß. Der Vogt hieß Hans Christian Poppel und war ein übergeschäftiges lustiges Männlein, das die Leute gern foppte und das Gesinde fleißig zur Arbeit anhielt. Nebenbei trieb er Ränke und Schwänke, wünschte auch auf der Welt nichts anderes und besseres, als dies immerfort zu tun. Da Poppel nun doch nach der Welt Lauf einmal nicht ewig leben konnte, so setzte er das Geschäft nach dem Tode fort und heißt im Volke allgemein der Poppele.

Seine Hilfe ist meist so unerbeten wie unwillkommen. Er trägt zwar die Garben in die Scheuer, aber er wirft sie durcheinander, statt sie auszudreschen. Er spannt zwar das Vieh an und ein, aber verkehrt; die Wagen und Kutschen hemmt er, wo es nicht nötig ist. Manchen äffte Poppele, der zerbrechliche Ware hatte, er stand dann als Baumstrunk oder als einladende Bank am Wege; setzten sich nun die Müden mit ihrem Glas- oder Eierkorbe darauf — plauz, saßen sie auf dem eigenen Poppel, Strunk oder Bank waren weg, und alles lag in Scherben am Boden. Schon manchesmal blies in stiller Nacht das Posthorn und kam dem Stadttor von Radolfzell immer näher, immer näher. Der Wächter dachte: du willst dem Postillon das Tor auftun! Und wenn der Wächter nun dicht vor dem Tore das Horn hörte und tat das Tor sperrangelweit auf, so war kein Teufel da und auch kein Postillon, — und nur in weiter Ferne hörte der Wächter, wie der Spukgeist eine grelle Lache anschlug.

Will man, daß der Poppele einem wohlgesinnt sei, so muß man ihn zum Mitessen oder Mitfahren einladen, und wenn er etwas recht und nicht verkehrt tun soll, muß man dazu sprechen: „It ze lützel und it ze viel."

Die Benennung Poppele hat im Wort Popel, Popanz seine Wurzel — und geht durch ganz Unter-, Mittel- und Oberfranken bis Bamberg. „Ich hole den Popel, wenn du nicht artig bist!" — werden dort die Kinder bedroht.

Ein ähnlicher Geist wie der Poppele auf Hohenkrähen war der Kasperle zu Gomaringen. Er machte allerlei Spuk in Haus und Hof, besonders in der weihnachtlichen Zeit. Auch machte er alles verkehrt, wie so viele andere Kasperle. Er war ein gewaltiger Raucher und qualmte oft zum Fenster hinaus. Außerdem war er auch ein Schnupfer und bot den Leuten Schnupftabak aus seiner Dose an, die war grün wie ein Kuhfladen und roch auch nicht gut. Wollte aber jemand dennoch eine Prise nehmen, so zog er schnell die Dose weg.

Zuletzt wurde das Haus, in dem er rumort hatte, abgebrochen. Das Holz, aus dem

es gebaut war, fuhr man an einen andern Ort und gedachte, den Kasperle loszuwerden. Dieser aber wartete, bis der letzte Wagen vollgeladen war, dann setzte er sich obendrauf und machte sich so schwer, daß die Pferde die Last kaum fortziehen konnten; denn der Umzug behagte ihm keineswegs. Als nun von dem Holz einige Balken zum Bau eines neuen Hauses verwendet wurden, richtig, da war auch der Kasperle wieder da und begann von neuem seine Possen.

DIE ROSSTRAPPE

Von keiner Felsengruppe des Harzgebirges gehen der Sagen so viele wie von dem schaurigen Talkessel, den nahe beim Dorfe Thale die Bode, das wilde Waldwasser, brausend durchwallt.

In frühen, frühen Zeiten bewohnten Riesen den Harzwald; ein solcher Hüne hatte eine schöne Tochter, die liebte einen jungen Riesensohn des Namens Wittig, der dem Felsen, der heute die Roßtrappe heißt, gegenüber seinen Wohnsitz hatte. Ihr Vater wollte aber nichts von dieser Liebe wissen und verbot sie ihr mit Strenge. Da beschloß das Riesenfräulein heimliche Flucht, und da der Vater unter solchen Umständen nicht an ihre Mitgift denken konnte, so beschloß sie, diese selbst mitgehen zu heißen. Sie nahm daher nebst andern Schätzen auch ihres Vaters schwere goldene Krone und setzte sie auf ihr Haupt, stieg zu Roß und eilte dem Felsgebirge zu, in der Nähe des Geliebten sich zu bergen.

Bald wurde die Flucht entdeckt, und die Verfolgung brauste hinter ihr her. Auf hohem Felsenvorsprung, der in jähe Tiefe hinab sich senkte, rings Fels an Fels aufgegipfelt, und im Tale der schwarze, strudelnde, schäumende Waldbach — sah sie sich umringt, aber da zwang sie ihr Roß zum entsetzlichen Sprung über den Talkessel, und glücklich kam sie hinüber, wohin kein Verfolger ihr nach konnte. Nur die Krone entfiel ihr, tief in den Bodestrudel hinab.

Die Stelle, wo des alten Harzkönigs Krone noch immer in der Tiefe ruht, heißt noch heute das Kronenloch, und da, wo des Rosses Huf dem Fels durch die Gewalt des Sprunges sich eingedrückt, blieb die Spur stets sichtbar und hat der ganzen wildschönen Felsengruppe den Namen Roßtrappe gegeben. Eine Stelle ganz nahe dabei wird der Tanzplatz genannt; auf ihm tanzte die Hünentochter vor Freude, der Verfolgung entronnen und mit ihrem Geliebten vereinigt zu sein. Andere nennen den Platz des Teufels Tanzplatz oder Hexentanzplatz.

LURLEI

Wo das Stromtal des Rheins unterhalb Kaub am engsten sich zusammendrängt, starren hoch und schroff zu beiden Seiten echoreiche Felsenwände von Schiefergestein schwarz und unheimlich empor. Schneller schießt dort die Stromflut, lauter brausen die Wogen, prallen ab am Fels und bilden schäumende Wirbel. Nicht geheuer ist es in dieser Schlucht, über diesen Stromschnellen; die schöne Nixe des Rheins, die gefährliche Lurlei oder Lorelei, ist in den Felsen gebannt, doch erscheint sie oft den Schiffern, strählt mit goldenem Kamme ihr langes flachsenes Haar und singt dazu ein süß betörendes Lied. Hoch oben auf ihres Felsens höchster Spitze sitzt sie — im weißen Kleide, mit fliegendem Schleier, mit wehendem Haar, mit winkenden Armen. Keiner aber kommt ihr nahe, wenn auch einer den Felsgipfel erstiege, sie weicht vor ihm — sie schwebt zurück, sie lockt ihn durch ihre zaubervolle Schönheit bis an des Abgrunds jähen Rand, er sieht nur sie, er glaubt sie vor sich auf festem Boden, schreitet vor und stürzt zerschmetternd in die Tiefe.

Einst schiffte auch der Teufel auf dem Rhein und kam zwischen die Lurleifelsen; der Paß schien ihm zu enge, er wollte ihn weit haben und den gegenüberliegenden Felsenkoloß entweder von der Stelle rücken oder in solche Brocken brechen, daß sie den Strom ganz sperren und unschiffbar machen sollten. Da stemmte er seinen Rücken an den Lurleifels und rüttelte am Berge gegenüber. Schon begann dieser zu wanken, da sang die Lurlei. Der Teufel hörte den Gesang, und es wurde ihm seltsam zumute. Er hielt inne mit seiner Arbeit und hielt es fast nicht länger aus. Gern hätte er sich selbst die Lurlei zum Liebchen erkoren und geholt, aber er hatte keine Macht über sie. Als der Lurlei Lied schwieg, eilte der Teufel von dannen; er hatte schon gedacht, an den Fels gebannt bleiben zu müssen.

Aber als er hinweg war, da zeigte sich, o Wunder, seine ganze Gestalt, der Schwanz nicht ausgenommen, in die Felswand schwarz eingebrannt, womit er sein Andenken bei der Lurlei verewigte. Nachher hat sich der Teufel sehr gehütet, der Sirene des Rheins wieder nahezukommen.

Drachen und Lindwürmer

Auf dem hohen Pilatus hat es Drachen und Lindwürme vollauf gegeben, die hausten in unzugänglichen Höhlen und Schluchten des gewaltigen Alpenbergstocks. Oft haben Schiffer auf den Seen sie mit feurigen Rachen und langen Feuerschweifen vom Pilatus herüber nach dem Rigi fliegen sehen.

Solch ein Drache flog einstmals in der Nacht vom Rigi zurück nach dem Pilatus; ein Bauer, der die Herden hütete, sah ihn. Da ließ der Drache einen Stein herunterfallen, der war wie eine Kugel geformt und glühend heiß; der war gut gegen allerlei Krankheit, wenn man davon eine Messerspitze voll abschabte und dem Kranken eingab. Zu andrer Zeit hat man einen grauslich großen Drachen aus dem Luzerner See die Reuß hinaufschwimmen sehen.

Einstmals ging ein Binder oder Küfer aus Luzern auf den Pilatus, Reifholz und Holz zu Faßdauben zu suchen; er verirrte sich, und die Nacht überfiel ihn, mit einem Male fiel er in eine tiefe Schlucht hinab. Drunten war es schlammig, und als, es Tag wurde, sah er zwei Eingänge in der Tiefe zu großen Höhlen, und in jeder dieser Höhlen saß ein greulicher Lindwurm. Die Würmer flößten ihm viel Furcht ein, aber sie taten ihm kein Leid; sie leckten bisweilen an den feuchten salzigen Felsen, und das mußte der Küfer auch tun, damit fristete er sein Leben, und das dauerte einen ganzen Winter lang.

Als der Frühling ins Land kam, machte sich der größte Lindwurm auf und flog aus dem feuchten Loche heraus mit großem Rauschen; der andre kleinere kroch immer um den Küfer herum, liebkoste ihn gleichsam, als wolle er ihm zu verstehen geben, daß er doch auch mit heraus sollte. Der arme Mann gelobte Gott und dem heiligen Leodager in die Stiftskirche im Hof zu Luzern ein schönes Meßgewand, wenn er der Drachengrube entrinne. Und als der zweite Drache sich anschickte, aufzufliegen, hing er sich ihm an den Schweif und fuhr mit auf, kam also wieder an das Licht, ließ sich oben los und fand sich wieder zu den Seinen. Doch lebte er nicht lange mehr, weil er der Nahrung ganz entwöhnt war, hielt aber Wort und sein Gelübde, ließ ein prächtiges Meßgewand fertigen, darauf die ganze Begebenheit sticken und alles in das Kirchenbuch einzeichnen.

Es soll diese Wundergeschichte sich ereignet haben 1410 oder 1420, und vom 6. November des einen Jahres bis zum 10. April des folgenden hauste der Küfer bei den Lindwürmen.

BECHSTEIN

WINKELRIED UND DER LINDWURM

Zu Wylen, einem Dorfe nicht weit vom Pilatus, lebte ein Mann, der hieß Winkelried, und in der Nähe droben am Berge hauste ein schädlicher Lindwurm, der fraß Menschen und Vieh und verödete den ganzen Landstrich, so daß ihn die Umwohner Öd-Wyler nannten. Nun hatte der Einwohner Winkelried wegen einer Mordtat Leib und Leben verwirkt und war flüchtig geworden. Er sandte Botschaft, daß er den Mut habe, den Lindwurm zu bestehen, wenn man ihn wieder freisprechen würde.

Diesen Kampf vergönnte man ihm gern. Er bewehrte sich gut mit einem scharfen Schwert, und statt des Schildes hielt er in der linken Hand einen Dornenstamm. Den stieß er dem Drachen, sowie der auf ihn losfuhr, in den weit aufgesperrten Rachen hinein. Das waren dem Lindwurm zu viele Zahnstocher auf einmal! Er wand und krümmte sich, und sobald Winkelried eine Blöße sah, stieß er ihm mit sicherer Hand das Schwert in den Leib. Der Lindwurm sank tot nieder und von seinem Blute troff Winkelrieds Schwert. Der schwang es freudig und hoch als Sieger empor und hatte sein Leben gewonnen, aber nur, um es trotzdem alsbald zu verlieren. Denn vom Schwert floß das giftige Drachenblut herab, brannte sofort wie Feuer der Hölle, und der Held starb an diesem Brand.

DAS RIESENSPIELZEUG

An einem wilden Wasserfall in der Nähe des Breuschtales im Elsaß liegen die Trümmer einer alten Riesenburg, Schloß Niedeck geheißen.

Von der Burg herab ging einstmals ein Fräulein bis gen Hasloch. Das war des Burgherrn riesige Tochter, die hatte noch niemals Menschenleute gesehen. Da gewahrte sie wie von ungefähr einen Ackersmann, der mit zwei Pferden pflügte. Das schien ihr etwas sehr Gespaßiges, das kleine Zeug. Sie kauerte sich zum Boden nieder, breitete ihr Schürztuch aus und raffte mit der Hand Bauer, Pflug und Pferde hinein, schlug die Schürze um sich herum, hielt's mit der Hand recht fest und lief, was sie nur laufen konnte, und sprang eilends den Berg hinauf. Mit wenigen Schritten war sie droben und trat jubelnd über ihren Fund und Fang vor ihren Vater, den Riesen, hin, der gerade bei Tische saß und sich am vollen Humpen labte. Als der die Tochter mit so freudeglühendem Gesicht eintreten sah, fragte er:

„Nun, mein Kind, was hast du da Zappeliges in deiner Schürze. Laß sehen!"

„O mein Vater", rief die Riesentochter, „ein allerliebstes Spielzeug hab' ich gefunden."

Und da kramte sie aus ihrem Vortuch aus: Bauer und Pferde und Pflug! Sie stellte es auf den Tisch hin und hatte ihre Herzensfreude daran, weil das Spielzeug lebendig war, sich bewegte und zappelte.

„Ja, mein Kind", sprach der alte Riese, „da hast du was Schönes gemacht! Das ist ja kein Spielzeug, 's ist einer von den Bauern; trag alles wieder fort und stell's genau wieder dorthin, wo du's hergenommen hast!"

Das hörte das Riesenfräulein gar nicht gern, daß sie ihren Fund wieder forttragen sollte, und greinte. Der Riese aber wurde zornig und schalt:

„Potz tausend, daß du mir nicht widersprichst! Wenn die Bauern nicht ackern, so müssen wir Riesen verhungern!"

Da mußte das Riesenfräulein seinen vermeintlichen Spielkram wieder forttragen und stellte alles wieder auf den Acker hin.

DER FLIEGENDE HOLLÄNDER

Im Lande Limburg liegt ein altes Schloß, das ist Falkenberg genannt, darin es spukt und umgeht. Eine Stimme ruft gegen die vier Wände den Klageruf: „Mörder! Mörder!“ — Zwei kleine Flämmchen flackern vor der Stimme her, aber den Rufer sieht keiner. Und das ist so seit sechshundert Jahren.

Damals stand das Schloß noch in seinem Glanze, zwei Brüder von Falkenberg wohnten darin, die hießen Waleram und Reginald und liebten beide die schöne Tochter eines Grafen von Cleve, Alix. Waleram war der Glückliche, den die Jungfrau erkor, und feierte mit ihr glänzende Hochzeit. Dem verschmähten Reginald aber versteinerte der Rachegeist das Herz in der Brust, und er ging und ermordete die Liebenden. Im Todeskampfe griff Waleram in des Bruders Mordwaffe, schlug ihm die blutende Hand ins Gesicht und sank dann tot zurück. Der Mörder schnitt vom Haupt der von ihm erdolchten Braut eine Locke und entwich.

Es lebte dazumal nicht allzu weit vom Schlosse Falkenberg ein frommer Einsiedel, dessen Klause neben einer kleinen Kapelle stand. Bei dem klopfte es an um Mitternacht und begehrte Einlaß im Namen des Himmels. Reginald war’s, den die Reue marterte und auf dessen Gesicht die Spur einer blutigen Hand unaustilgbar sichtbar war. Er beichtete dem Einsiedel seine schwere Schuld, und der führte ihn in die Kapelle, kniete mit ihm am Altare und betete mit ihm die ganze Nacht. Am andern Morgen gebot der Einsiedel dem Grafen Reginald von Falkenberg: „Wandelt als büßender Pilger gen Norden und immer gen Norden, bis Ihr keine Erde mehr unter den Füßen habt. Dann wird Gott Euch durch ein Zeichen offenbaren, was Ihr weiter beginnen sollt.“ Da sprach Reginald kein anderes Wort als Amen! Er verbrannte an der ewigen Ampel des Altars Alixens Locke und ging von dannen gen Norden und immer gen Norden und büßte und betete. Zwei Gestalten sind mit ihm gegangen, eine weiße zu seiner Rechten und eine schwarze zu seiner Linken; die zur Rechten bestärkte ihn im Büßen und Beten, die zur Linken aber flüsterte ihm zu, davon abzulassen und den Freuden der Welt zu leben, und so kämpften sie um seine Seele, und dieser Kampf, den er im Herzen fühlte und mitkämpfte, war seine Buße.

So ging er tagelang und wochenlang und mondenlang, bis er am Meere stand und kein Erdreich mehr vor sich sah, darauf er seinen Fuß hätte setzen können. Aber da fuhr ein Nachen heran, da saß einer drin, der winkte Reginald und sprach: Exspectamus te!, d.h.: Wir erwarten dich! Das war das Zeichen, und Reginald stieg in den Kahn, die zwei Gestalten mit ihm. Der Mann im Nachen stieß ab und fuhr nach einem großen Schiffe hin, das im Meere lag und alle Segel aufgespannt hatte und alle Flaggen aufgezogen. Die drei stiegen an Bord, und der Mann samt dem Nachen verschwand, und das Schiff segelte durch das Meer. Reginald aber ging unter das Verdeck des Schiffes, das ganz menschenleer war und ohne alle Bemannung; da stand eine Tafel und Stühle, und die drei setzten sich, und die schwarze Gestalt legte drei beinerne Würfel auf den Tisch und sprach: Jetzt wollen wir um deine Seele würfeln bis zum Jüngsten Tag.

Das tun sie noch heute, ohne Ruder und ohne Steuer fährt das Schiff durch den Ozean im Norden, zur Nacht wabern Flammen auf seinen Masten und tanzen auf den Rahen. Seine Segel sind grau wie Erde, und seine Flaggen sind fahl wie abgebleichte Bänder an Totenkränzen. Sein Deck ist leer, und am Steuer steht kein Steuermann. Sein Gang ist Flug, und sein Begegnen ist Fluch, Unheil verheißend dem Fahrzeug, dem es begegnet. Mancher Schiffer hat es schon gesehen, und es hat ihm Grausen erregt. Selbst bei Windstille fliegt es wie ein Pfeil über die Meeresglätte. Und sie nennen es den Fliegenden Holländer.

DIE LUFTBRÜCKE

Aus dem Ahrtale ragten einst stolz und kühn zwei stattliche Burgen einander gegenüber empor. Zwischen beiden rauschte in der Taltiefe die Ahr. Das waren die Schlösser Nuwenahr und Landskron. Und hoch über dem Tale verband eine luftige Brücke die beiden Burgsitze miteinander. Die beiden Herren dieser Burgen, der Graf von Nuwenahr und der Herr von Landskron, waren so eng befreundet, daß sie diese Brücke gemeinschaftlich bauten, mit unsäglicher Kunst gefügt, ohne Mittelstützen und doch dauerhaft, so daß die beiden Freunde zu jeder Stunde beisammen sein konnten, und doch auch jeder schnell wieder in seinem Hause war, während ein nachbarlicher Besuch durch Herabritt und Hinaufritt mehrere Stunden in Anspruch nahm.

Als die Freunde verstorben waren, kam die Brücke in Verfall. Wind und Wetter zerstörten sie; an jeder Burg blieben nur die Brückenpfeiler, die das Ganze mächtig gestützt hatten, erhalten.

Da geschah es, daß ein Rittersohn auf Landskron seine Nachbarin, eine junge Gräfin von Nuwenahr, liebte. Sie dachten an die Freundschaft ihrer Väter und wünschten sich sehnlichst die Brücke zurück. Da band die Grafentochter an einen Armbrustpfeil ein Garnknäuel, ganz lose gewickelt, dessen Endfaden sie befestigte, und schoß den Pfeil zur Nachbarburg hinüber. Nun waren durch den Faden die Burgen wieder verbunden, und an dem Faden lief noch eine dünnere Schnur mit einem Vorhangring, daran ließen sich Brieflein und Liebespfänder hin und her ziehen in der Dämmerstunde. Den dünnen Faden, dessen Farbe nicht ganz hell und nicht ganz dunkel war, gewahrte man kaum oben und von unten gar nicht.

Als die Herzen beider Liebenden sich nun verständigt hatten, heirateten sie einander und bauten, wie die Sage meldete, die Brücke noch einmal neu. Doch dann ist sie wieder verfallen und nicht wieder aufgebaut worden, und die Burgen sind verfallen, und Freundschaft und Liebe wohnen dort nicht mehr, ja, Burg Nuwenahr ist heute bis auf seine Ruinen völlig verschwunden.

BECHSTEIN

DAS WEIDWIESENWEIBLEIN

Mag das Weidwiesenweiblein nun ein verwunschenes Fräulein sein, wie einige sagen, oder auch nicht, so viel steht aber baumfest, daß dieses Weiblein gehörig spukt. An der Wegscheide sitzt es und winselt zum Steinerbarmen; aber die Steine sind dort gar zu groß. Als Baumstamm saust es die steilen Bergwände prasselnd hernieder und rollt hinter den Pferden des Reiters her bis nahe an den Kaitl, dann ist's weg. Auf den Felsen hört man es herzzerschneidend schreien und wimmern. Am schlimmsten hat es sich im Jahre 1831 aufgeführt, nachdem es auch in den Jahren 1782 und 1783 tüchtig gespukt und viel Redens von sich gemacht hatte.

Seine Gestalt war klein, sein Gewand schwarz, in der Hand trug es einen Tiegel und im Tiegel ein brennend Lämpchen. Ein großer Hut barg das spinnwebige, runzelvolle Gesicht. Mit dem Lämpchen leuchtete es den Leuten ganz getreulich durch die dunkle Nacht, und kein Wind vermochte es zu verlöschen. Bisweilen aber hat es manche auch ganz ungetreulich irregeführt, besonders wenn sie sich im Kaitl recht bezecht hatten.

Im letzterwähnten Jahre machte sich im Spätherbst der Brunnenwärter vom Nesselgraben auf und ging dem Winseln nach, das sich deutlich hören ließ. Er stieg hoch hinauf bis auf den Grat des Bergstocks. Da hörte er das Gewinsel wieder tief unter sich, und unter ihm klaffte steil die abschüssige Wand. Als er mit Not wieder heruntergestiegen war, kam ein Bekannter zu ihm. Das war der Kreiser von Helmbach. Der stieg kühn und unter Gefahr für sein Leben durch die Schrunden, der Stimme nach und fand endlich ein uraltes, buckliges Weiblein! Das saß in einer Felsenspalte wie eine Unke und greinte gotterbärmlich. Es gab auf keine Frage eine Antwort, und wie der Bub sich zu ihm bog, krallte es ihm nach dem Gesicht. Der aber, nicht furchtsam und nicht faul, erwischt das Weiblein beim Schlafittich und zieht es nach sich bis auf die Matte, wo er vorher seine Joppe ausgezogen hat. Da läßt er es fahren, bückt sich und zieht die Joppe wieder an; und als er sich umschaut, ist das Weiblein weg wie fortgeblasen. Da kommt ihm aber ein gewaltiges Grauen an. Er macht, daß er heimkommt, und wird acht Tage lang krank vor Schrecken.

Nicht lange darauf ist das Weiblein auch auf den Kaitl gekommen und hat Gaben empfangen, aber nie dafür gedankt.

Einige sagen, daß das Weidwiesenweiblein mit seinem Lämpchen einem Fuhrmann geleuchtet hat, dem in finsterer Nacht beim Kalkofen ein Rad zerbrochen war; dem sei das Leuchten ein großer Trost gewesen und er habe gesagt:

„Tausend Dank!“

Da hätte das Weiblein voller Freuden gerufen:

„An einem Dank hab' ich genug! Jetzt sieht mich niemand mehr!“ Darauf sei es verschwunden und erlöst gewesen.

BECHSTEIN

DER GAST DES PFINGSTTÄNZERS

Zu Kessin war lustiger Pfingstreigen. Das Pfingstbier war gut und die Freude groß. Ein munterer Bauernknecht war unter den Tänzern, der war von einem entfernten Dorfe hergekommen und war überall dabei. Als es aber Mitternacht wurde, mochte er nicht länger bleiben, trotzdem die Tänzer ihn dazu nötigten und die Dirnen merken ließen, daß sein Weggang ihnen nicht lieb sei, aber er ging.

Stockdunkel war es; weil aber der Knecht nicht viel getrunken hatte, schritt er sicher dahin. Plötzlich tat sich der Himmel flammend auf, machte alles bis in weite Fernen taghell, und ein schwerer Donnerschlag rollte. Darauf war es wieder tiefdunkel, jedoch der Bursche fürchtete sich nicht, sondern ging gottgetrost seinen Weg. Auf einmal hallte es neben ihm wie Tritte, und im Dunkel der Sommernacht sah er, daß ein langer Mann neben ihm wanderte. Der lange Mann grüßte ihn nicht, und der Knecht grüßte den langen Mann nicht, denn viel Grüßen ist im Mecklenburger Lande nicht Sitte. Jetzt kamen die stillen Wanderer an einen schmalen Steg, da fing der lange Mann an zu reden und fragte:

„Wie willst du da hinüberkommen?“

„Der Nase nach! Ist’s deine Sorge?“ antwortete der Knecht mit landesüblicher Derbheit und schritt über den Steg. Der Lange folgte ihm. Nach einer Weile kamen sie an ein umzäuntes Gehöft.

„Wie willst du da hinüberkommen?“ fragte wieder der Fremde.

„Geht dich das was an?“ fragte der Knecht zurück. „Ohne deine Hilfe!“ Damit stieg er über den Zaun. Da kletterte der Lange auch über den Pfahlzaun. Jetzt ging der Knecht auf das Haus zu; das war verschlossen.

„Wie willst du da hineinkommen?“ fragte der lange Mann.

„Du wirst mir doch nicht aufschließen!“ antwortete der Knecht und klopfte an das Fenster. In dem Stübchen war eine alte Frau, die erhob sich, schlug Licht, trippelte zur Tür und schloß auf. Das war des Burschen Mutter; sie hieß ihn willkommen. Der Fremde trat uneingeladen mit in das Haus und in die Stube, und da sagte der Bursche:

„Ach, Mutter, da ist auch ein fremder Mann, ich glaube, dem ist nicht wohl zumute! Geh doch hin zum Herrn Nachbar, dem Pastor, er möchte kommen und den fremden Herrn aus Gottes Wort trösten.“

Da schauderte es dem Langen durch alle Gebeine, und er hörte auf, lang zu sein. Er kroch in sich zusammen, wurde klein und immer kleiner, und endlich kroch er unten durch die Türspalte wie ein Mäuslein, und weg war er. Der Knecht und seine Mutter aber freuten sich und dankten Gott, daß sie den schlimmen Gast los waren.

DER FARRENSAMENFINDER

Manche mühen sich um den Farrensamen und versuchen ihn durch böse Kunst und höllischen Beistand zu erlangen — und andere, die ihn nicht suchen, die finden ihn. Der Farrensame, zu rechter Zeit und Stunde gefunden und gesammelt, hat nicht nur die Eigenschaft, Glück zu bringen, unfehlbare Schüsse auf Wild und anderes zu tun, sondern er macht auch unsichtbar.

Einem Manne zu Berka an der Werra ging es damit gar wunderlich. Sein Fohlen hatte sich im Walde verlaufen. Er suchte es nun und trat unversehens auf der Waldwiese auf reifendes Farnkraut. Dabei fiel ihm etwas von dem Samen in die Schuhe. Er lief lange im Walde herum, fand das Füllen nicht, kam erst früh am Morgen wieder nach Hause, ging in die Stube und setzte sich verdrießlich und müde hinter den Kachelofen auf den Lehnstuhl. Frau, Kinder und Gesinde gingen ab und zu und plauderten und keines sagte guten Morgen zu ihm. Darüber wunderte er sich. Endlich sprach er:

„Ich habe das Fohlen nicht gefunden!“

Alle erschraken, niemand wußte, woher plötzlich die Stimme kam; alle sahen einander an, ihn sah niemand.

„Ja, Mann, wo steckst du denn?“ rief fragend die Frau.

Da erhob sich der Mann, trat mitten in die Stube und sagte:

„Da bin ich ja, närrische Frau, ich stehe ja vor dir!“

Nun erschraken die Seinen noch mehr, denn sie hatten ihn aufstehen und gehen hören und sahen doch noch immer nichts von ihm. Da merkte der Mann, daß er unsichtbar geworden war. Er wünschte aber nicht, so zu bleiben, entsann sich, daß ihm etwas in die Schuhe gefallen war, das ihn drückte wie Sand. So streifte er die Schuhe ab und klopfte sie aus. Da fiel der Wünschelsame heraus, der Finder aber stand wieder sichtbar vor allen da.

BECHSTEIN

DIE EPPSTEINER

Es hauste in den wirren Felsenschluchten und dunkeln Gebirgstälern um das heutige Eppstein ein wilder Riese, der lauerte den Jungfrauen auf, und wenn er eine fing, geschah ihr mehr nach seinem Willen als nach dem ihren. Einstmals gelang es ihm, ein Fräulein von Falkenstein, das der edle Ritter Eppo liebte, hinwegzuführen.

Der Ritter folgte eilend dem Riesen nach, um mit ihm zu kämpfen oder ihn durch List zu besiegen. Er hatte ein eisernes Netz, das er auf dem Wege zum Riesen auslegte. Damit der ihn nicht sogleich erkenne, mußte der Knappe Eppos Gewand und Rüstung anlegen, und Eppo trug die des Knappen.

Der Riese kümmerte sich keinen Deut um den Ritter, er war mit all seinen Gedanken nur bei seiner Gefangenen und trachtete danach, ihr zu tun wie den andern. Aber ein Schutzgeist war mit und bei ihr, gegen den weder des Riesen Stärke noch seine Zaubermacht, denn er war auch ein Zauberer, etwas vermochte. Voll Grimm darüber wandte sich nun der Riese gegen Eppo, und als er ihn daherkommen sah, gebrauchte er seine Zauberkunst und Macht. Er verwandelte Eppos Dienstmann in einen Felsen und eilte vorwärts, um auch alles Gefolge des Ritters unschädlich zu machen. Darüber aber stürzte er in das eiserne Netz, zappelte darin gewaltig, konnte es aber nicht zerreißen.

Nun kam der Ritter, der sich verborgen gehalten, in Knappentracht hervor, schleppte den Riesen auf einen hohen Felsen und stürzte ihn von da herunter, worauf er die Gefangene des Riesen befreite und sie zum Ehgemahl gewann. Den verzauberten Dienstmann konnte Eppo leider nicht erlösen, der steht heute noch starr und steif wie ein Felsen und ist ein Felsen und heißt der Mannstein.

Darauf erbaute Ritter Eppo eine neue Burg auf dem Fels, von dem er den Riesen herabgestürzt hatte, und das wurde der Eppstein.

BLUTLINDE

In der Nähe Wiesbadens steht bei den Trümmern der Burg Frauenstein eine riesige Linde, von der die Sage geht, daß sich einst sehr Trauriges an diesem Ort ereignet habe. Ein Fräulein aus dem Geschlechte der Frauensteiner liebte einen ihr nicht ebenbürtigen Jüngling. Sie sah ihn oft abends an einem traulich stillen Plätzchen, wohin ein stets verschlossenes Pförtchen führte, zu dem nur sie den Schlüssel bei sich trug. Als ihr harter und stolzer Vater die Liebenden bei einer ihrer Zusammenkünfte überraschte, zürnte er heftig und erschlug den Geliebten mit eigener Hand. Da brach die Tochter jammernd einen jungen Lindenschößling, steckte ihn durch das rinnende Blut ihres Geliebten in den Boden, sprach zu ihrem Vater nie wieder ein Wort und ging in das nächste Kloster. Täglich weinte sie um ihren erschlagenen Geliebten. Der Lindenschößling aber schlug Wurzeln und trieb und wurde ein Baum. Und so lange die trauernde Geliebte lebte und weinte, so lange floß Blut aus des Lindenbaumes Zweigen, wenn jemand ein Blatt oder einen Ast abriß. Das tat aber bald niemand mehr, denn die Menschen scheuten sich, und so erwuchs die Blutlinde zu mächtiger Höhe und Dicke, und vier Mann können den Baum jetzt kaum umspannen.

DER WODE

Im Lauenburger Lande heißt der wilde Nachtjäger Wode, das mag wohl ein Namensnachhall des Sachsengottes Wodan sein. Der Wode jagt vornehmlich in der Adventszeit und in den Zwölfnächten. Er reitet das altheilige, große, weiße Roß, und es folgen ihm vierundzwanzig Hunde. Sein Pferd hat nur drei Beine. Wenn die Wodensjagd auf Zäune stößt, krachen sie gleich zusammen, aber über Nacht richten sie sich von selbst wieder auf.

Des Woden Hunde bleiben bisweilen ermattet liegen, schnaufen, heulen und winseln. So geschah es in Wulfsdorf, in Fühlenhagen und anderswo. Tags darauf holt sie der Wode wieder. Läßt eine Frau zur wilden Jagdzeit Wäsche im Freien hängen, so wird sie von den Wodenshunden in Fetzen gerissen. Bäckt jemand zu dieser Zeit, so kann er es erleben, daß die Brotlaibe als Jagdhunde auf und davon fliegen. Läßt jemand die Haustür unversehens offenstehen, so kann er gewärtigen, daß das Wodensheer hereinzieht und hindurch und daß die Hunde auffressen, was sie vorfinden, besonders den Brotteig. Doch weiß der Wode solchen Verlust auch zu vergüten.

Einst klagte ein Bäuerlein erbärmlich, was es denn nun mit den Seinen essen, und ob es keinen Schadensersatz erhalten sollte? Der Wode schrie:

„Jo, jo! Ho, ho!“

Er schmiß einen toten Hund aus der Luft herunter dem Bauer vor die Füße und rief dazu:

„Wirf’s Aas durch den Schornstein!“

Der Bauer erschrak und tat’s. Der tote Hund war schwer. Auf des Bauern Herd zerplatzte der Hundebalg, und in der Küche rollten die Goldstücke.

Der Wode jagt — wie der wilde Jäger im Vogtland die Wichtel, Holzweibel und Moosleute — die kleinen Waldfrauen, die Erd- und Bergmännchen, die die Leute im Lauenburger Lande Unterirdische nennen.

Jetzt jagt der Wode bloß noch in der Luft, denn die Unterirdischen, so hört man, hat er bereits alle von der Erde fortgebracht.

Auch im Mecklenburger Lande wird der wilde Jäger „der Wode“ genannt, und es werden von ihm vielerlei ähnliche Geschichten erzählt.

DER KAISER FRIEDRICH

Kaum ein thüringisches Bergschloß wird — neben der Wartburg — mehr und schöner von der Sage des Volkes gefeiert als die Burg Kiphausen oder der Kyffhäuser. Wilde Heerzugsage, Zwergensage, Rittersage und Bergwerkssage, alle sind hier zu finden, und zwar wundersam durcheinander gemischt. In den Vordergrund aller aber tritt die Sage von dem in den Schoß des alten Bergschlosses verzauberten Kaiser. Das war Friedrich I., der Rotbart. Der war vom Papst in den Bann getan. Kein Priester las ihm mehr die Messe, und keine Pforte einer Kirche oder Kapelle tat sich vor ihm auf. Da mochte Kaiser Friedrich nicht mehr auf der Welt sein. Er bestieg sein Lieblingsroß und ritt in einen dunkeln tiefen Wald, und es folgten ihm nur wenige seiner getreuen Gewappneten. Im Walde drehte Kaiser Friedrich ein Wunschringlein, das er am Finger trug, wünschte sich weg von der Welt und entschwand dem Angesichte der Seinen und wurde nie wieder gesehen. Nach anderer Sage aber habe er seine Gefolgsleute und auch seine Tochter und deren Hoffräulein, auch mancherlei Gezwerg mit hinab gewünscht in einen Berg, und das ist der Kyffhäuser, wiewohl auch Berge anderer deutscher Länder als Sitz des unterirdischen Kaiserhofhaltes genannt werden, so der Untersberg bei Salzburg in Österreich, ein Berg bei Kaiserslautern und noch andere.

Schon in früheren Zeiten sagten alte Leute, Kaiser Friedrich lasse sich zu Zeiten sehen, als Waller oder Pilger, oder es seien einzelne Menschen von Zwergen in die unterirdische Kaiserburg hinabgeführt worden, die haben den Kaiser im Halbschlummer träumend an einem Steintisch sitzen sehen, um dessen Fuß sein roter Bart schon zweimal herumgewachsen war. Und der Kaiser habe selbst gesagt, wenn sein roter Bart zum dritten Male um den Stein reiche und die Raben nicht mehr um die graue Warte der Kaiserburg fliegen würden, dann wolle er aufstehen und wiederkehren. Des deutschen Reiches versunkene Herrlichkeit wolle er dann glorreich erneuern, — er wolle das tun; daß andere es machen sollten irgendwo, das hat er nicht gesagt — er wolle das heilige Grab aus Heidenhand befreien und nach einer großen Siegesschlacht seinen Schild hangen an den Ast eines dürren Birnbaumes, der dann wieder üppig grünen solle. Er wolle das Reich an Frieden reich machen und für alle gleiches Recht erstreiten. Und gar oft, wenn jemand von der Oberwelt zum Kaiser kam, habe er gefragt, ob die Raben noch um den Turm fliegen. Und wenn — wie immer — die Antwort lautete: „Ja, sie fliegen noch“, so habe er seufzend geantwortet: „So muß ich noch einmal hundert Jahre schlafen!“ — Dann sei er wieder in seinen Zauberschlummer versunken. Das Volk aber harrte von einem Jahrhundert zum andern auf des alten Heldenkaisers Wiederkehr und gab der grauen, rabenumflogenen und sturmumbrausten Warte seinen Namen: Kaiser Friedrich.

DIE BUCKLIGEN MUSIKANTEN AUF DEM PERVISCH

Zu Aachen in der alten Reichsstadt haben einmal zwei Musikanten gelebt, von denen hatte jeder einen nicht kleinen Buckel. Das war aber auch alles, was sie miteinander gemein hatten, denn der eine war gut und wohlgesinnt, der andere war neidisch und tückisch und habgierig.

Nun trug sich's einstmals zu, daß der erstere in einem Dorf zu einer Hochzeit aufspielen mußte und erst am späten Abend heimwanderte. Er mochte dort manch gutes Trünklein getan haben, denn er war sehr fröhlich; und als er auf seinem Wege am hohen Dome vorbeikam, pfiff er wohlgemut ein lustiges Schelmenstücklein. Da schlug die Glocke Mitternacht, und alsbald war um ihn her ein Schwirren und Schweben, geisterhaft und grauenhaft. Die Gespensterfurcht ergriff den Spielmann und trieb ihn eilends vorwärts, durch die Schmiedegasse auf den Pervisch; das ist der Fischmarkt. Dort traf es der Spielmann ganz hell an: alle Fischbänke waren illuminiert, Wein und Speisen standen in Hülle und Fülle auf reich gedeckten Tafeln in köstlichen Gefäßen, und vornehme Frauen saßen da und schmausten und zechten. Eine solche Dame trat auf den Spielmann zu und sprach:

„Holla, Fiedler, du kommst gerade recht, jetzt geig uns eins auf, wir wollen tanzen. Doch zuvor trink erst einmal!“

Sie reichte ihm würzigen Wein in einem Goldpokal, und er trank und nahm sein Saitenspiel und geigte fröhlich drauflos. Die Frauen begannen miteinander zu tanzen im wilden Reigen, und des Geigers Tanzweisen gellten wie toll durch die Nacht. Da schlug es dreiviertel auf eins, und jetzt ließen allgemach die wirbelnden Paare vom Tanzen ab wie ermüdet — und die Frau, die den Geiger angesprochen hatte, trat jetzt wieder zu ihm und sprach:

„Habe Dank und auch Lohn.“

Dabei strich sie ihm mit ihrer Hand sanft über den Rücken, daß er vermeinte, sie wolle ihn an sich ziehen — aber sofort war sie verschwunden und alle anderen Frauen auch, desgleichen die Lichter, die Speisen, die Geräte, — alles; und die Münsteruhr schlug eins. Der Spielmann ging nach Hause, so leicht, so wohlig. Er wußte gar nicht, wie ihm geschehen. Als er sich nun auskleidete, da war sein Buckel weg, den hatte ihm zum Lohn die nächtliche Tanzfrau abgestreift!

Bald lief durch ganz Aachen die Wundermär. Die hörte auch der andere Buckelmusikant. Sofort kam der Neid über ihn, und er dachte, mir soll das doch wohl auch gelingen, was jenem Lump gelang. Er konnte kaum die Nacht erwarten und stand lange vor Mitternacht schon auf dem Pervisch, seine Geige mit dem Fiedelbogen in der Hand. Endlich schlug es zwölf, und da glänzten auch die Fischbänke voll Lichter, da standen die kostbaren Geräte, da reichte ihm eine Dame würzigen Wein, alles wie es vorher ging, und forderte auch ihn auf, seine Tanzweisen zu spielen. Das tat er, aber seine Tänze wurden, ohne daß er es wollte, Grabmelodien, der Tanz wurde ein Totentanz, die holden Frauenbilder wurden zu Gerippen, und als es dreiviertel schlug, huschte ein wolkiges Schattengebilde an den Spielmann heran, das hatte zuvor aus einem Silbergefäß ein Kleinod gehoben, und sprach:

„Habe Dank und auch Lohn."

Es hing ihm und drückte ihm das Kleinod an die Brust, schier wie einen Orden. Dann schwand alles hinweg, und der Spielmann wankte und schwankte nach Hause. Es war ihm weh auf der Brust, und er konnte kaum atmen. Als er sich aber auszog, da hatte er den Buckel seines Spießgesellen vorn auf der Brust und seinen eigenen hinten, und mußte beide Buckel tragen bis an sein Ende.

DER MÜHLENBÄR

Im Elsaß, in der Gegend von Niederbronn und Gunthershof, liegt eine Mühle, in der sollte es gar nicht richtig sein, ein Bär sollte in ihr spuken. Wenn ein Mühlarzt zugereist kam oder aber am Werk etwas zerbrochen war und ein solcher berufen werden mußte, blieb keiner länger als eine Nacht in der Mühle, denn das Gespenst litt sie nicht, und zuletzt drohte ihr Verfall und dem Müller Verarmung, denn es blieb auch kein Mahlbursche.

Da kam eines Tages ein frischer kecker Klapperbursche dahergewandert, sagte sein Müllersprüchlein ohne Anstoß her und bot um guten Lohn und gute Kost seine Dienste an. Der Müller war froh, daß wieder einer kam, nahm ihn gern in Dienst, und er sollte gleich in der nächsten Nacht mahlen.

Der neue Bursch hatte schon von dem Mühlspuk gehört, fürchtete sich nicht, ließ sich gegen Mitternacht vom Glöcklein wecken, schüttete frisch auf, tat einen guten Zug aus der Flasche und legte sich auf ein paar Mehlsäcke schlafen. Neben sich legte er aber die scharf geschliffene Mühlaxt.

Er war noch nicht eingeschlafen, als die Tür der Meisterstube aufging und ein schwarzer Zottelbär in die Mühle getreten kam. Er schnupperte und griff erst am Mehlkasten herum, schritt die Treppe hinauf an die Trommel und bemerkte jetzt den neuen Mahlburschen, der, die Hand am Beile, die ganze Zeit über den Bären beobachtet hatte, denn die Laterne brannte hell. Jetzt reckte der Bär mit Gebrumm die eine Tatze nach dem Burschen aus. Der, nicht faul, hob das Beil, hieb zu, und die Tatze lag am Boden. Laut auf heulte der Bär und stürzte in die Meisterstube zurück.

Als man am andern Morgen das Frühmahl einnahm, fehlte die Müllerin. Sie lag im Bette, und ihr fehlte der rechte Vorderarm. Da holte der Bursche die Tatze, und die Tatze war der Vorderarm, und die Müllerin war eine Hexe.

Solchen Hexenspuk mit Müllerinnen, die auch als Katzen erscheinen und arge Teufeleien treiben, erzählt man sich auch viel in Thüringen und Sachsen.

DIE WEIBERTREUE

Überm Städtchen Weinsberg liegen die Trümmer der Burg Weibertreue. Die Sage davon ist eine der bekanntesten in allen deutschen Gauen. Es geschah im Jahre 1140, daß König Konrad III. von Hohenstaufen die Stadt Weinsberg am Neckar belagerte, die dem Herzoge Welf von Bayern gehörte.

König Konrad von Schwaben war zu Waiblingen geboren und wurde von seinem Kriegsvolk der Waiblinger geheißen, der Bayernherzog aber, Konrads Gegner, hieß Welf, daraus entstanden die Feldschreie: „Hie Welf, hie Waibling!" Dieses verwelschten hernach italienische Truppen in Guelf und Gibelin, und so ist in späterer Zeit die Benennung Welfen und Gibellinen aufgekommen.

Da nun Welf eine Schlacht bei Waiblingen verloren hatte, warf er sich mit den Seinen in das Schloß Weinsberg, konnte aber eine lange Belagerung darin nicht aushalten, sondern mußte um Gnade nachsuchen. Nun hatte der Kaiser auf dringendes Bitten den Frauen freien Abzug gewährt, und daß jede von ihrem Schatz mit sich tragen dürfe, soviel sie könne, die Männer aber sollten alle über die Klinge springen.

Die Frauen dachten mehr an die

Treue, die sie ihren Männern schuldig waren, als daran, ihre Habe zu retten und zu bergen. Es nahm eine jede ihren Mann auf den Rücken, und die Herzogin Jutta ging mit ihrem Gemahl Welf voran den Berg hinab, und die andern folgten in langer Reihe. Das gefiel dem Kaiser über die Maßen wohl, und er begnadigte auch die Männer, obschon sein Bruder, Herzog Friedrich, Einsprache tat und solche Gnade nicht gut hieß. Da antwortete ihm der Kaiser: „Am Königswort ziemt nicht zu rütteln."

Als der Florentiner Fürst Lorenz von Medici, der erkrankt war, auf seinem Lager dieses Ereignis las, lachte er sich gesund darüber. Die Sage von der Weibertreue — die Burg Weinsberg wird seit damals vom Volke so genannt — findet sich auch an anderen Orten, wenn auch nur immer eine einzelne Frau das tat, was hier von vielen geschah.

Im Sachsenlande war ein Ritter von Staupitz in Fehde mit einem Ritter von Bernwalde und gewann diesem sein Schloß Kriebenstein ab. Er warf sich mit den Seinen hinein und wehrte sich wacker, als Friedrich der Streitbare, der erste Kurfürst von Sachsen, beider Ritter Lehensherr, von dem verdrängten Bernwalder zu Hilfe gerufen, den Kriebenstein belagerte. Als sich die Burg nicht länger halten konnte, da erflehte auch die Frau von Staupitz freien Abzug mit ihrem Heiratsgut, und der Kurfürst gewährte ihr, mitzunehmen, soviel sie tragen könne. Da trug sie ihren Gatten auf ihren Schultern herab als das beste Gut, das sie erheiratet, und Kurfürst Friedrich sprach dasselbe, was Konrad III. gesprochen:

„Wenn einem Fürsten die Treue nichts mehr gilt, für wen soll sie dann noch einen Wert haben?"

Das trug sich zu im Jahr 1415.

BECHSTEIN

DAS LINDIGSFRAUCHEN

Bei Gerstungen soll eine Burg gelegen haben, das Lindigsschloß genannt. Darauf wohnte ein wunderschönes Fräulein, dessen Schönheit sprichwörtlich wurde im ganzen Gau. Das hatte aber seltsamen Verkehr mit den Geistern der Elemente, mit den Nixen des Talflusses und mit den Kobolden und Wichtlein im Reichelsdorfer Bergwerk. Deshalb taten die Eltern ihre Tochter in ein Kloster unter dem Arnsberge, das der heilige Bonifazius angelegt haben soll. Aber aus diesem Kloster ließ sich das Fräulein durch einen jungen Ritter von der Brandenburg entführen, der sie zur Gemahlin nahm.

Doch auch dann konnte sie den Umgang mit Nixen nicht ganz lassen. Sie verlobte ihren einzigen Sohn einer Wasserfee, und diese holte ihn frühzeitig in ihr nasses Reich; das heißt in der Alltagssprache: der junge Knabe ertrank in der Werra.

Von einem dunklen Sehnen ruhelos umhergetrieben, fand die junge Frau kein Glück. Sie gehörte nur halb der Oberwelt an, und als ihr früh das letzte Stündlein schlug, schied sie ohne Beichte, weil sie keine Lust und Neigung hatte, zu sagen, welche wonne- und wundersamen Geheimnisse ihr tief verschlossenes Herz hatte. Deshalb mußte sie auch ohne Absolution hinübergehen und kam nicht in den Himmel, sondern in das Mittelreich der umgehenden Geister, was ihr vielleicht nicht unangenehm war.

Denn sie hat nun alle sieben Jahre zu erscheinen, und zwar einmal zwischen Brandenburg und Gerstungen auf der Stätte der ehemaligen Lindigsburg und zum andernmal auf dem Wege von Gerstungen nach dem ehemaligen Kloster im Kolbacher Tale. Sie trägt einen Schlüsselbund und hat die unglückliche Neigung, sich den Leuten auf den Rücken zu setzen. Auch soll sie, trotz ihres sonstigen Umganges mit ätherischen Wesen, gar nicht unbeträchtlich schwer sein. Wer sie aber bis an ihr Ziel geduldig hocken läßt, dem soll sie mit ihrem Schlüsselbunde reich angefüllte Burg- und Klostergewölbe aufschließen, von den Schätzen dort darf er die Hälfte für sich behalten, für die andere Hälfte aber soll er ein Kirchlein in Rom bauen. Das ist allerdings bisher nicht geschehen, wohl aber haben einige vom Aufhocken des Lindigsfräuleins den Tod gefunden wie der Ackermann Öhme, der Fleischer Rösing und andere Biedermänner. Andere wieder sind von der bloßen Erscheinung schon so erschrocken, daß sie in schwere Krankheit fielen.

So wird das arme Lindigsfrauchen wohl fort und fort unerlöst und im Mittelreich bleiben, denn gesetzt den Fall, es bekäme einer wirklich den Schatz, so würde er es sich doch überlegen, eine Kirche in Rom zu bauen, denn das hieße Wasser in die Werra tragen.

Bergentrückungen in den Kyffhäuser

Zu Kaiser Friedrich, der sich selbst in den Schoß des Kyffhäusers verwünscht hat, wurden nicht selten Bewohner der Oberwelt zeitweilig — länger oder kürzer — entrückt.

Ein Hirte hatte einmal seine Schafherde weit hinauf an den alten Kaiser Friedrichsturm getrieben und pfiff sich ein fröhliches Stücklein auf seiner Schalmei, daß es weithin schallte. Da stand plötzlich ein Zwergmännlein vor ihm und fragte ihn, ob er wohl Lust habe, ihm zu folgen in die unterirdische Burg und dem verzauberten Kaiser auch solch ein hübsches Stücklein vorzublasen? Dazu war der Schäfer gern bereit und folgte dem Zwerge durch das Mauergeklüft. Er kam mit ihm in eine weite Halle und sah den alten Barbarossa am runden Steintisch schlummernd und mit den Augen zwinkernd sitzen, und er hörte ihn fragen: „Fliegen die Raben noch um den Berg?“ Und da der Schäfer diese Frage bejahte, so seufzte der Kaiser tief und schwer und gab die schon erwähnte Antwort. Hierauf wurde der Schäfer durch den Zwerg wieder zur Oberfläche geführt, nachdem er sein Liedlein gespielt, ohne etwas dafür zu erhalten. Wie er aber nach seiner kleinen Herde sah, so erstaunte er, denn es waren hundert Stück mehr als zuvor, die nun alle sein Eigentum waren und ihn reich machten.

Hier währte die Zeit der Entrückung nur eine kurze Frist, bei anderen dauerte sie länger. Ein Ziegenhirte aus Sittendorf trieb auch gern seine Herde ganz hoch hinauf in die Turmnähe und nahm wahr, daß eine seiner Ziegen sich stets von der Herde verlor und immer erst hinterherkam, wenn er schon hinweg war und seine Tiere heimwärts trieb. Da beobachtete der Hirte die Ziege und fand, daß sie durch eine Mauerspalte verschwand. Er zwängte sich ebenfalls hindurch und hinab. Drunten stand die Ziege in einem Gewölbe und fraß begierig Haferkörner, die von der Wölbung der Decke herabrieselten. Auch hörte der Hirte über sich Stampfen und Wiehern von Pferden und merkte wohl, daß er unter einem Pferdestalle stehe. Er wunderte sich, woher hier die Pferde und der frische Hafer kommen sollten? Gleich darauf erschien ein Knappe, der winkte dem Hirten, ihm zu folgen, und führte ihn über einen ummauerten Hof. An diesem Orte erblickte der Ziegenhirte zwölf Ritter beim Kegelspiele. Der Knappe wies ihn an, den Spielenden die Kegel aufzusetzen, was der Hirte — Peter Klaus war sein Name — auch tat und sich aus einer Kanne voll Wein stärkte, die nicht leer wurde, er mochte trinken, so viel er wollte. Und als das Spiel vorüber war, hatte der Peter Klaus sich so mächtig gestärkt, daß er eingeschlafen war. Endlich wachte er auf und fand sich außerhalb vor dem Turme liegen. Da war das Gras höher als sonst, und kleine Sträuchlein waren Bäume geworden. Peter Klaus pfiff seinem Hunde, aber es kam kein Hund. Er sprang auf vom

Boden und sah nach seiner Herde, aber es war keine Herde da. Nun stieg er hinab nach Sittendorf, wo ihm bald Leute begegneten, die er aber nicht kannte, und sie schienen ihn auch nicht zu kennen. Er kam sich vor wie verhext und ging zum Hirtenhaus. Dort saß ein Hirtenknabe vor der Tür, der ihn nicht kannte, und ein alter, magerer, knurrender Hund. Leute umdrängten ihn, er fragte nach alten Bekannten — die waren längst gestorben oder weggezogen. Endlich erblickte er ein junges Weib mit ein paar Kindern, und da stellte sich heraus, daß das seine Tochter war und ihre Kinder seine Enkel, und daß er, der Peter Klaus, vor zwanzig Jahren zum letztenmale die Herde auf den Kyffhäuser getrieben habe und seitdem nicht wieder gekommen sei.

Ein Beispiel noch längerer Bergentrückung ist die Sage von einem jungen Brautpaar aus Tilleda, das Hochzeit feiern wollte, aber nicht einmal so viele Gerätschaften besaß, um einigen geladenen Gästen das Essen auftischen zu können. Da sprach der Vater der Braut halb im Scherz zu den Brautleuten: „Ei geht doch hinauf auf den Kyffhäuser, und borgt euch was von der verzauberten Prinzessin.“ Und die jungen Leute gingen wirklich hinauf, und oben trafen sie auch schon die Prinzessin an, als habe sie auf sie gewartet. Sie winkte beiden, ihr in den Berg zu folgen. Da bekamen sie so viel Gutes an Essen und Trinken vorgesetzt, daß das reichste Hochzeitsmahl in Tilleda nicht stattlicher hätte ausgerichtet werden können. Dann wurden sie beladen mit so viel Hausrat, daß sie ordentlich schwer daran zu tragen hatten, als sie frohen Herzens den Berg verließen und wieder hinunter nach Tilleda stiegen. Aber da erging es ihnen seltsam. Der Ort war ganz verändert, so daß sie meinten, sich in ein fremdes Dorf verirrt zu haben. Das Häuschen des Brautvaters stand nicht mehr, an seiner Stelle war ein großes Ökonomiegutshaus erbaut. Die Leute hatten ganz andere Tracht und staunten sie wegen ihrer seltsam altmodischen Kleider an. Da gingen sie zu dem Geistlichen des Ortes. Der sprach freundlich mit ihnen und fragte sie, woher sie denn kämen? Das Brautpaar sagte ihm, daß es ja erst heute Nachmittag hinauf zum Kyffhäuser spazieren gegangen sei, und sie wüßten nicht, warum alles in Tilleda so anders und lauter fremde Menschen hier wären. Der Pfarrer schlug im Kirchenbuche nach, und da stand, daß vor 200 Jahren ein junges Brautpaar auf den Kyffhäuser hinaufgegangen und niemals zurückgekehrt sei. Da weinten die so alt Gewordenen und ließen sich von dem Pfarrer einsegnen. Sie suchten den Kirchhof auf, wo ihre Verwandtschaft von 200 Jahren ruhte und blieben dort allein, denn das junge Geschlecht scheute sich vor den beiden Alten. Und nach drei Tagen fand man auf dem Kirchhofe die Leiber und Gewänder der beiden zu Asche zerfallen.

SCHNEIDER VON UNKEN

Zu Unken im Lofertal lebte ein tapferer Schneider, eines Schneiders Sohn, das war ein gewaltiger Nimrod. Er hatte den Stutzen lieber als das Bügeleisen und den Hirschfänger lieber als die Schere, tat wenigstens so und hielt sich einen großen Fanghund. Aber mit dem Jagdgewehr durft' er am Tage nicht gehen.

Nun ging er einstmals bei Nacht über die Wegscheid, wo es gar nicht geheuer ist, war auf dem Kaitl gewesen und hatte da ohne Zweifel etwas getrunken, denn man kann am Kaitl nicht wohl ohne Einkehr vorübergehen. Wie nun der Schneider so hinaufsteigt zur Wegscheid, geht neben ihm ein schwarzer Mann, hält Tritt und Schritt mit ihm und spricht kein Grüß Gott, auch nicht guten Abend, sondern gar nichts. Dem

tapfern Schneider wird es seltsam, und er ruft seinen großen Jagdhund. Aber der große Fanghund, wie er den schwarzen Mann sieht, klemmt den Schwanz zwischen die Beine und reißt aus wie Schafleder, daß er in zwei Augenblicken seinem Herrn aus dem Gesicht ist.

Jetzt wird's dem Schneider brühheiß und eiskalt zugleich, doch faßt er sich ein Herz und zieht vom Leder, nämlich aus seinem Gürtel sein Messer, an dem auch, wie dort landesüblich, eine Gabel war. Er nestelt die Gabel ganz in der Stille vom Messer los, schnappt beide auf, faßt das Messer in die rechte, die zweizinkige Gabel in die linke Hand und denkt, nun komm nur an, du Schwarzer! — Dabei zitterten ihm aber alle Glieder, und die Knie schlotterten ihm. Der Schwarze blieb stumm. Ein sehr starkes Stück Weges ging der dunkle Begleiter mit, bis sie herunterkamen, wo eine Brücke über einen Bach führt. Auf der Brücke blieb der Schwarze stehen und bog sich hinab zum Wasser. Der tapfere Schneider, fest die Wehr, Messer und Gabel in den Händen, trabte weiter, erreichte das Wirtshaus zur Schnagelreit mit Mühe und Not und mehr tot als lebendig und käseweiß.

Da dachten die Leute, er wolle jemand totstechen, denn er legte die Wehr gar nicht aus der Hand. Endlich fand sich, daß er vom ängstlichen Festhalten den Krampf in die Finger bekommen hatte und die Fäuste nicht öffnen konnte. Nicht um die Welt wäre er noch einmal vor die Haustür gegangen, und niemals ging er wieder im Zwielicht über die Wegscheid.

Am andern Morgen, als der tapfere Schneider heimkam nach Unken, prügelte er den großen Fanghund weidlich mit der Elle durch und jagte ihn aus dem Hause.

BECHSTEIN

DER SCHMIED VON JÜTERBOG

Zu jener Schar, welche die Sage selbst zu Kaiser Friedrich hinabgewünscht und hinabgerückt hat in den Schoß des Kyffhäusers, gehört auch eine vereinzelte Gestalt, das ist der Schmied von Jüterbog. Von dem erzählen sich Kinder und Alte ein wundersames Märlein. Er hatte als junger Bursche einen sehr strengen Vater, hielt aber treulich Gottes Gebote. Er machte große Reisen und erlebte viele Abenteuer. Dabei war er in seiner Kunst über alle Maßen geschickt und tüchtig. Er hatte eine Stahltinktur erfunden, die jeden Harnisch und Panzer undurchdringlich machte, der damit bestrichen wurde. Er gesellte sich dem Heere Kaiser Friedrichs II. zu, wurde kaiserlicher Rüstmeister und machte den Kriegszug nach Mailand und Apulien mit. Dort eroberte er den Heer- und Bannerwagen der Stadt und kehrte endlich, nachdem der Kaiser gestorben war, als reicher Mann in seine Heimat zurück. Er sah gute Tage, dann wieder böse und wurde über hundert Jahre alt. Einst saß er in seinem Garten unter einem alten Birnbaum, da kam ein graues Männlein auf einem Esel geritten, das sich schon mehrmals als des Schmiedes Schutzgeist bewiesen hatte. Dieses Männchen herbergte bei dem Schmied und ließ den Esel beschlagen, was jener gern tat, ohne Lohn zu fordern. Darauf sagte das Männlein zu Peter, er solle drei Wünsche aussprechen, aber dabei das Beste nicht vergessen. Da wünschte der Schmied, weil Diebe ihm oft Birnen gestohlen, es solle keiner, der auf den Birnbaum gestiegen, ohne seinen Willen wieder herunterkönnen. Und weil er auch in der Stube öfters bestohlen worden war, so wünschte er, es solle niemand ohne seine Erlaubnis in die Stube kommen können, es wäre denn durch das Schlüsselloch. Bei jedem dieser törichten Wünsche warnte das Männlein: „Vergiß das Beste nicht!" Da tat der Schmied den dritten Wunsch und sagte: „Das beste ist ein guter Schnaps. Drum wünsche ich, daß die Flasche niemals leer werde!" „Deine Wünsche sind gewährt", sprach das Männchen, strich mit der Hand noch über einige Stangen Eisen, die in der Schmiede lagen, setzte sich auf seinen Esel und ritt von dannen. Das Eisen war in blankes Silber verwandelt. Der vorher arm gewordene Schmied war wieder reich und lebte fort und fort bei gutem Wohlsein, denn die nie versiegenden Magentropfen in der Flasche waren, ohne daß er es wußte, ein Lebenselixier. Endlich klopfte der Tod an, der ihn bis jetzt vergessen zu haben schien. Der Schmied war scheinbar auch gerne bereit, mit ihm zu gehen und bat nur, ihm noch ein kleines Labsal zu vergönnen. Der Tod möge ihm ein paar Birnen von dem Baum holen, den er nicht selbst mehr besteigen könne aus Altersschwäche. Der Tod stieg auf den Baum, und der Schmied sprach: „Bleib droben!" Denn er hatte Lust, noch länger zu leben. Der Tod fraß alle Birnen vom Baum, dann ging seine Fastenzeit an, und vor Hunger verzehrte er sich selbst mit Haut und Haar.

Auf Erden aber starb niemand mehr, und darüber entstand viel Unheil. Endlich ging der Schmied hin zu dem klappernden Tod und nahm ihm das Versprechen ab, daß er ihn nie mehr besuchen werde. Dann ließ er ihn los. Wütend begann der Tod nun auf Erden aufzuräumen. Da er sich an dem Schmied nicht rächen konnte, so hetzte er ihm den Teufel auf den Hals, daß er ihn hole. Der Teufel machte sich flugs auf den Weg, aber der pfiffige Schmied roch den Schwefel voraus, schloß seine Türe zu und hielt mit den Gesellen einen ledernen Sack an das Schlüsselloch. Als Herr Urian hindurchfuhr, da er nicht anders in die Schmiede konnte, wurde der Sack zugebunden und zum Amboß getragen. Und nun wurde unbarmherzig mit den schwersten Hämmern auf den Teufel losgepocht, daß ihm Hören und Sehen verging, er ganz mürbe wurde und das Wiederkommen auf immer verschwor. Nun lebte der Schmied noch gar lange Zeit in Ruhe, bis er, als alle Freunde und Bekannten ihm gestorben waren, des Erdenlebens satt und müde wurde. Er machte sich deshalb auf den Weg und ging nach dem Himmel, wo er bescheiden am Tor anklopfte. Da schaute der heilige Petrus herfür, und Peter, der Schmied, erkannte in ihm seinen Schutzpatron, der ihn oft aus Not und Gefahr errettet und ihm die drei Wünsche gewährt hatte. Jetzt aber sprach Petrus: „Hebe dich weg, der Himmel bleibt dir verschlossen. Du hast das Beste zu erbitten vergessen: die Seligkeit!“ — Da wandte sich Peter und gedachte, sein Heil in der Hölle zu versuchen. Als aber der Teufel erfuhr, daß der Schmied von Jüterbog im Anzuge sei, schlug er ihm das Höllentor vor der Nase zu und setzte die Hölle gegen ihn in Verteidigungszustand. Da nun der Schmied von Jüterbog weder im Himmel noch in der Hölle Zuflucht fand und auf Erden es ihm nimmer gefallen wollte, so ist er hinab in den Kyffhäuser gegangen zu Kaiser Friedrich, dem er einst gedient. Der alte Kaiser, sein Herr, freute sich, als er seinen Rüstmeister Peter kommen sah und fragte ihn gleich, ob die Raben noch um den Turm der Burgruine Kyffhausen flögen? Und als Peter das bejahte, seufzte der Rotbart und sprach: „So muß ich noch einmal hundert Jahre schlafen.“ Der Schmied aber blieb im Berge, wo er des Kaisers Handpferd beschlägt, bis des Kaisers Erlösungsstunde auch ihm schlagen wird.

BECHSTEIN

DAS VERSUNKENE KLOSTER

Unweit des Fleckens Neuenkirchen im Odenwald liegt ein stilles, einsames Wiesental mit einem kleinen Weiher ohne Zufluß und ohne Abfluß. Dort hat vor Zeiten ein Nonnenkloster gestanden. Darin war eine junge Novize, die das Gelübde noch nicht abgelegt hatte. Sie war zum Kloster gezwungen worden und liebte einen Ritter von einer der nahen Burgen, der oft zur Nachtzeit, wenn alles ruhte, heimlich in den Klostergarten kam und die Geliebte sah und sprach.

Eines Abends kam ein müder, greiser Pilger an die Klosterpforte und begehrte Einlaß und Obdach über Nacht, allein die Priorin und der ganze Konvent wiesen ihn ab. Nur die Novize bat, die Bitte des alten Mannes doch zu gewähren; jedoch weil sie noch nicht Nonne war, stand ihr nicht einmal zu, einen Rat zu geben, und die Pforte des Klösterleins blieb dem Pilger verschlossen. Da murmelte er einen Fluch, schwang seinen Stab, schlug dreimal damit an die Pfortenmauer — und da versank das Kloster mit Kirche und Konventhaus lautlos in die Tiefe. Wo es gestanden hatte, breitete sich eine stille Wasserfläche geheimnisvoll aus. Der Pilger aber schwand hinweg; an seine Stelle trat der liebende junge Ritter und traute gar nicht seinen Sinnen, als er nichts mehr von dem Kloster sah. Laut rief er den Namen der Geliebten durch die öde Stille, die ihn umschauerte. Da scholl es aus der Tiefe herauf:

„Morgen zu dieser Stunde kehre wieder zu dieser Stätte! Einen roten Faden, der auf dem Wasser schwimmen wird, erfasse dann!“

Der Ritter tat in der folgenden Nacht, wie ihm geboten war. Er faßte den Faden und zog an ihm, und da stand sein liebes Lieb vor ihm und küßte ihn und sprach:

„Unschuldig muß ich mit den anderen büßen, doch ist mir vergönnt, dich zu dieser Nachtstunde zu sehen, nur darf ich nicht über ihren letzten Schlag verweilen. Der rote Faden, an dem du mich emporziehst, ist mein Lebensfaden, darum halte mich nicht über die Zeit.“

Lange sahen sich so die Liebenden fast in jeder Nacht, bis sie einmal allzulange verweilte. Da hatte der Ritter sein Lieb zum letzten Male in seinen Armen gehabt. Als er in der folgenden Nacht wiederkam und den Faden faßte, da war er nicht mehr rot — er war durchschnitten. Und der ganze See war rotgefärbt vom Blute der Geliebten. Andere sagen, der Nonnen Mißgunst habe ihn durchschnitten. Der Liebende blickte traurig in den See und versenkte sich dann selbst hinab in die Tiefe.

In Mondnächten rauschen die versunkenen Nonnen zuweilen herauf und tanzen am grünen Ufer als Nixen mit Skapulier und Stola lustigen Ringelreihen, und die Irrlichter mischen sich in ihren Reigen.

JUNKER JÖRG

Der heilige Ritter Georg, der Drachentöter, war der Schutzpatron des Schlosses Wartburg, der Stadt Eisenach und ihrer schönsten Kirche. Und es geschah, daß eines Abends ein Mann auf die Wartburg gebracht wurde, der kam im Geleite des Amtmannes Hans von Berlepsch und des Ritters Hans von Wenkheim, der im Schlosse zu Altenstein drüben vor dem Walde saß. Die beiden Edeln hatten mit reisigen Knechten den Mann gefangen genommen, als er über Altenstein durch den Wald nach Waltershausen reisen wollte. Sie hatten das getan auf Befehl ihres Herrn, des Kurfürsten von Sachsen. Auf der Wartburg wurde dieser Mann in einem Zimmer des Ritterhauses gut gehalten, trug ritterlich Gewand und ein Schwert, und wurde Junker Jörg genannt.

Junker Jörg schien aber mehr ein Gelehrter als ein Ritter zu sein, denn er saß immer schreibend in seinem Gemach und übersetzte die Bibel, das Wort Gottes, in die deutsche Sprache. Das ärgerte und verdroß den Teufel sehr, und er versuchte, den gelehrten Ritter in seiner Arbeit durch allerhand Spuk und Lärm zu stören, ließ ihm auch nachts keine Ruhe, sondern rasselte und rappelte in den Nüssen, die der Junker in einem Sack unter seinem Bette hatte, und polterte auch auf dem schmalen Gang im Ritterhause vor der Stube des Junkers herum. Aber der kehrte sich nicht daran und sprach: „Bist du's, so sei es!"

Einmal aber umsummte und umbrummte der Teufel den eifrig über seiner Arbeit Sitzenden in Gestalt einer großen Brummfliege allzusehr. Da wurde der Junker zornig, nahm sein Tintenfaß und warf es nach ihm. Es flog neben dem Ofen an die Wand und machte dort einen großen Fleck. Von da ab hat ihn der Teufel in Ruhe gelassen. Der Fleck aber ist geblieben, und wenn man die Wand überstrich, ist er immer wieder zum Vorschein gekommen. Und endlich hat jeder, der ihn gesehen, davon ein Bröcklein als Wahrzeichen mit sich nehmen wollen; jetzt ist freilich eher ein Loch in der Wand als ein Fleck. Der fromme und fleißige Junker Jörg aber arbeitete von da ab ungestört weiter an der Übersetzung des heiligen Buches. Als aber in Wittenberg und an andern Orten die Rott- und Schwarmgeister aufstanden, da hielt es ihn nicht mehr in der stillen Wartburgzelle. Er machte sich eilend auf nach Wittenberg und war wieder, der er zuvor gewesen: Doktor Martin Luther.

BECHSTEIN

DIE GETREUE ALTE

Zu Husum sollte einst ein Winterfest gefeiert werden auf dem Eise, denn das Eis war fest. Auf der herrlichen blanken Fläche zwischen dem Ufer und der Insel Nordstrand wurden Zelte aufgeschlagen, und alles lief Schlittschuh, was laufen konnte. Stuhlschlitten flogen dahin, und Musik und Tanz, Lied und Becherklang verherrlichten den schönen Tag und die nahe lichthelle Mondnacht, die den Jubel noch vermehren sollte.

Alles und alles war hinaus aufs Eis gezogen und machte sich lustig. Nur ein steinaltes Mütterchen war zurückgeblieben, das hatte die Weltlust hinter sich, und wenn sie Lust dazu hatte, konnte sie hinaus und hinab auf das Eis sehen, denn ihr Häuslein stand auf dem Damm. Und sie tat es. Sie sah gegen Abend hinaus und sah im Westen ein Wölkchen über die Kimmung heraufziehen. Da befiel sie große Angst, denn sie war eines Schiffers Witwe und kannte die See und die Zeichen von Wetter und Wind.

Sie rief, sie winkte — niemand vernahm sie, niemand blickte nach ihr, aber das Wölkchen wuchs zusehends und war ein Bote der Flut und des schnell umspringenden Windes von Nord nach West. Und wenn die Menschen auf dem Eis nur noch eine halbe, ja eine viertel Stunde zögerten, so war es um sie getan, so stand Husum menschenleer. Wie die Wolke wuchs, zusehends, riesengroß, schwarz — wie sie schon den lauen Windhauch spürte, wuchs auch der Alten unsägliche Angst. Und sie war allein, krank, halb gelähmt, machtlos. Dennoch raffte sie sich zusammen, kroch auf Händen und Füßen zum Ofen, nahm einen Brand, zündete das Stroh ihres eigenen Bettes an und kroch zur Tür des Häuschens hinaus.

Bald schlug die Flamme aus dem Fenster, hinauf zum Dach! Des Sturmes Odem fachte hellodernde Glut an, und „Feuer! Feuer!“ schrie es auf dem Eise. Die Zelte wurden verlassen, die Schlittschuhläufer flogen dem Strande zu, die Schlitten lenkten sich heimwärts. Und da fauchte auch schon der Wind über die Eisfläche, da pochte es schon drunten und polterte, und wie Kanonendonner krachte das Eis in der Ferne. Die schwarze Wölke überzog den Mond und den ganzen Himmel. Wie ein Leuchtturm flammte das Haus der Witwe und zeigte den Heimwärtseilenden die sichere Bahn. Als die letzten am Strande waren, rollte die Flut ihre Wogen über das Eis und riß Zelte und Tonnen, Wagen und Zechgeräte in ihre rauschenden Wirbel.

Die arme Alte hatte ihr Häuschen geopfert, um die Bewohner ihrer Stadt zu retten. Es wird ihr ja wohl nicht unvergolten geblieben sein.

BECHSTEIN

DAS PFAFFENKÄPPCHEN

Zwischen schroff und steil überm Tal der Nahe zum Himmel sich aufgipfelnden Felskolossen erblickt man jetzt die Trümmer der einst trotzigen Burgfeste Rheingrafenstein.

Auf der Kauzenburg saß ein junger Rheingraf, jagdlustig und mutig, der wünschte sich eine Burg auf diesen ungeheuern Felsen, und mit solchen Wünschen weilte er sinnend in der Nähe der Felsriesen, deren Gipfel noch kein Mensch erstiegen hatte. Da gesellte sich einer zu ihm, den man nicht gern nennt, der las in des jungen Rheingrafen Seele den Wunsch und redete ihn an und sprach:

„Eine Burg da droben, eine schöne stattliche, feste, ja, die wär' Euch recht, nicht wahr? Fehlt nur der Baumeister. Ja, und wenn nun einer käme und baute sie über Nacht, dem verschriebt Ihr wohl einen stattlichen Lohn? Was gäbt Ihr ihm? Sagt an!"

„Ihr redet wunderlich", erwiderte der Rheingraf. „Seid Ihr der Mann, der das vermag, so fordert und bestimmt den Lohn."

„Nur eine einzige Seele, die Seele dessen, der zuerst durchs Fenster der neuen Burg schaut. Das ist doch wohl wenig für eine stattliche Grafenburg?"

„Kommt heute abend wieder her — ich will es überlegen!" sagte der Rheingraf und verließ gedankenvoll den Ort. Eine Seele seinem Wunsche zu opfern, dünkte ihm sündlicher Frevel, und doch war sein Wunsch stark und groß.

Daheim ließ er seinen Burgkaplan kommen und offenbarte dem den Handel. Der schlug viele Kreuze und riet ernstlich ab, warnte vor des bösen Feindes List und Tücke und rückte sein schwarzes Käppchen auf dem Scheitel wohl hin und her. Da trat des Rheingrafen junges Ehegemahl herein und hörte das Gespräch, ließ erst den Pfaffen hinausgehen und sagte dann:

„Laß den Fremden nur bauen, versprich ihm, was er begehrt, das andere findet sich."

Als es dämmerte, ging der Ritter zum Fuß der Felsen. Oben sprang eine schwarze Gestalt von Fels zu Felsen einer Gemse gleich, und mit einem Male stand der Fremde auch unten im Tale.

„Was machtest du da oben?" fragte der Ritter.

„Ich nahm einstweilen die Maße", antwortete der Fremde und fragte: „Nun, soll ich?"

Fast hätte der Rheingraf gesagt: „In Gottes Namen" — da wäre es gleich aus gewesen — er besann sich und sagte bloß:

„Ja — aber bis morgen früh fertig, und daß nichts fehlt, Bergfried, Palas, Lug ins Land, Mauern, Brücken, alles, was zu einer stattlichen Burg gehört."

Am andern Morgen glänzte die Burg flammendrot ins Nahetal herab, alle Welt war erstaunt, solch Wunder- und Zauberwerk war noch nicht dagewesen.

Der Rheingraf ritt nun hinauf, und der Architekt der Nacht führte ihn in dem neuen herrlichen Eigentum umher, zeigte ihm Hallen und Säle, Brücken und Gänge und öffnete im Palas ein hohes Bogenfenster, die herrliche Aussicht bewundern zu lassen. Aber der Ritter sah nicht hinaus, er sagte spöttisch:

„Macht zu, hier zieht's, wir sind warm vom Steigen. Morgen wollen wir hier heraufziehen. So wird es Euch wohl recht sein?"

Der Teufel zog ein schiefes Maul, er hatte sich schon unendlich darauf gefreut, dem Rheingrafen einen Stoß aus dem Fenster in die schwindelnde Tiefe zu geben und mit dessen Seele davonzufahren.

Am andern Morgen kamen der Rheingraf und die Gräfin und der Burgkaplan und das Hofgesinde, die Leibdiener, die Jäger, die Knappen, die Stalleute, die Wächter, die Hundejungen, die Hühnerwärter, die Schloßmägde, die Käsemutter, die Zwergin und die Pferde, die Kühe, die Esel, die Rüden, der Meeraff, die Katzen, ein endloser Zug zu Roß, zu Esel, zu Wagen — alles auf das neue Schloß.

Die junge Gräfin scherzte freundlich mit dem Burgkaplan, da droben werde es sehr zugig sein, sie wolle ihm ein wärmeres Käpplein nähen, er möge ihr das alte zum Muster einmal leihen. Als sie oben angelangt war, ließ sie durch die Knappen ein Eselfüllen hinauf in den Palas führen. Ihm band sie das Pfaffenkäpplein auf den Kopf, ließ das Fenster öffnen und das Füllen daranstellen. Das schaute gar fromm und bedächtig zum Fenster hinaus, spitzte die Ohren und witterte die frische Morgenluft.

Der Teufel hatte lange schon still lauernd seitwärts gegenüber auf der Turmzinne gesessen, jetzt sah er das Fenster sich öffnen und des Pfaffen ihm wohlbekanntes Käppchen zum Vorschein kommen. Im Nu fuhr er hin und krallte seiner Meinung nach den Pfaffen heraus, schmetterte ihn ins Tal und fing die Seele auf.

Herrgott, was der Teufel für einen Zorn hatte, als er von einer Tochter Evas sich überlistet sah und statt einer Pfaffenseele eine Eselsfüllenseele in den Klauen hielt!

BECHSTEIN

DER GRAF VON HOYA

Drei Gaben sind es, die in mannigfaltiger Gestaltung die Sage durch Erd- und Wassergeister, durch Zwerge und Kobolde edeln Geschlechtern insgeheim verleihen läßt und an dieser Gaben Dauer der Geschlechter Fortblühen und Dauerbarkeit knüpft. Wie der Hinzelmann dem Herrn auf Hudemühlen Kreuz, Hut und Handschuh schenkte, so geschah es auch einstmals einem Grafen von Hoya, daß in der Nacht ein kleines Männlein an ihn herantrat und ihn, da er sich entsetzte, ansprach und sagte:

„Fürchte dich nicht, höre mich freundlich an und schlage mir meine Bitte nicht ab."

„Was begehrst du?" fragte der Graf und fügte hinzu: „Wenn ich's ohne meinen und der Meinen Schaden gewähren kann, sage ich dir's zu." Darauf hat das Männlein gesagt:

„Nächste Nacht wollen etliche von uns in dein Haus kommen, deiner Küche und deines Saales sich bedienen ohne Nachfragen und Lauschen deiner Diener, die nichts davon erfahren dürfen. Das soll dir und deinem Geschlechte zugute kommen, und in keiner Art soll jemand geschädigt werden." Der Graf sagte zu, den Wunsch des Zwergmännleins zu erfüllen, und trug Sorge, daß seine Leute sich alle niederlegten und keiner um Küche oder Saal im Wege war. Da kamen in der Nacht die kleinen Leute alle zu Hauf wie ein reisiger Zug, wimmelten über die Brücke hinauf in das Schloß und in die Küche und schafften und rüsteten, kochten und brieten und trugen Speisen auf in den Speisesaal. Was aber sonst in diesem sich begab, ist niemand kundgeworden. Gegen Morgen kam dasselbe kleine Männlein, das den Grafen zuerst angeredet hatte, dankte ihm höflich und brachte ihm drei Gaben; das waren ein Schwert, eine bunte Decke und ein güldner Ring, in dem ein roter Leu eingegraben war. Diese drei Stücke solle der Graf wohl bewahren und nicht von sich und seinem Hause lassen, dann werde es Glück haben und behalten. Der Graf hat dann später wahrgenommen, daß der rote Löwe im Ringschildlein jedesmal erbleichte, wenn in seinem Hause ein Sterbefall bevorstand. Als aber die Stücke doch weggekommen sind, ist das Grafenhaus erloschen. Die Grafschaft Hoya ist dem Hause Hannover zugefallen.

VOM ZAUBERER AGRIPPA

Der Zauberer Henricus Cornelius Agrippa, der weithin einen großen Ruf hatte, wohnte zu Löwen. Er führte stets einen schwarzen Hund mit sich, der ihm auf dem Fuße folgte wie dem Doktor Faust sein Hund; auch mochten wohl beide von einer Art abstammen. Dieser weise Meister der Magie, Agrippa, hatte immer einen Schüler, den er die schwarze Kunst lehrte und der ihm als Famulus diente.

Nun trug sich mit einem dieser Schüler folgendes zu: Der Meister mußte verreisen, und der Schüler, den er damals gerade hatte, war noch zu unerfahren, als daß der Meister ihn in seine Heimlichkeiten hatte blicken lassen können oder wollen. Er gab daher beim Abschied den Schlüssel zu seinem Studierzimmer der Hausfrau und befahl ihr bei Leib und Leben, keinen Menschen hineinzulassen.

Kaum aber war der Meister weg, da bat der Schüler die Frau, ihn in des Meisters Zimmer zu lassen, denn er war neugierig und brauchte allerlei Vorwand. Und wenn auch anfangs die Frau widerstand, so gab sie endlich doch nach und ließ den Schüler hinein. Da lag das große Zauberbuch des Meisters auf seinem Pult an einer Kette, damit es keiner wegtragen konnte. Neugierig trat der Jüngling hinzu, schlug das Buch auf und begann darin zu lesen. Er wußte aber wohl kaum, daß das, was er las, eine Beschwörungsformel war. Da klopfte es an der Tür. Er überhörte das Klopfen und las weiter. Es klopfte noch einmal, aber er hörte wieder nicht, er las immer weiter. Da sprang die Tür auf, und es trat ein höllischer Geist ein, fürchterlich anzusehen, und fragte:

„Was rufst du mich? Was soll ich für dich tun?"

Der Schüler erbebte, als die übermächtige Erscheinung vor ihm stand. Er vermochte nicht zu sprechen, das Entsetzen erfaßte ihn, denn er konnte auch den Geist nicht wieder hinwegbannen. Zürnend hob der Geist die Hand, und der Schüler sank entseelt zu Boden.

Das alles sah in der Ferne der Zauberer Agrippa in seinem Erdspiegel. Er eilte flugs nach Hause zurück, rief einen dienstbaren Geist und gebot ihm, in die Leiche zu fahren und aus dem Hause zu wandeln, damit es nicht heiße, es sei bei ihm sein Schüler umgekommen. Danach aber solle er wieder aus dem Körper entweichen. Diesem Gebot gehorchte der Geist, und der Schüler wandelte wieder wie lebend durch die Straßen. Aber an einer Ecke fiel er um, denn der Geist hatte ihn wieder verlassen, und jedermann mußte glauben, daß ihn erst an dieser Stelle ein jäher Tod befallen hatte.

Als es mit Henricus Cornelius Agrippa zum Sterben kam, verfluchte er seinen Hund und rief:

„Packe dich hinweg, du meiner Verdammnis Schuld und Urheber!"

Und nach dem Tode des Meisters war der Hund verschwunden, niemand wußte wohin. Einige sagen, er sei ins Wasser gesprungen und seit der Zeit nicht mehr gesehen worden.

DIE PFERDE AUS DER BODENLUKE

Zu Köln nahe am Eingang der Kirche zu den heiligen zwölf Aposteln war ein Gemälde zu schauen, das stellte eine gar absonderliche Geschichte dar. Es gab vorzeiten einen Bürgermeister, der hieß Richmuth von Andocht; dem starb sein Eheweib und wurde begraben. Als man am Grabe den Sarg nochmals öffnete, wie es so üblich war, und über der Leiche betete, da sah der Totengräber, daß die Frau einen großen, goldenen Ring am Finger hatte, mit Edelsteinen besetzt. Da wurde in dem Totengräber die Gier lebendig, zur Nacht das Grab wieder zu öffnen und den Ring zu stehlen. Aber als er das tat, drückte die Leiche ihm die Hand zusammen, denn die Frau war nicht tot, sondern lebend begraben und wollte sich aus dem Sarge helfen. Eilends entfloh der Totengräber voller Schreck. Die Begrabene aber wickelte sich aus den Grabtüchern los, trat aus dem Grabe und ging auf ihr Haus zu, klopfte und befahl dem Diener zu öffnen. Der Diener vermeinte ein Gespenst zu sehen und zu hören. Er lief schnell zu seinem Herrn, ihm die Begebenheit zu melden, und stammelte:

„Ach, Herr! Unsere Frau — drunten vorm Haus steht sie leibhaftig und will, daß ich ihr auftue."

„Du bist ein Narr", antwortete der Bürgermeister, Herr Richmuth von Andocht. „Ebenso könntest du sagen, meine Schimmel stünden droben auf dem Dachboden."

Kaum hatte er das Wort ausgeredet, da erhob sich von unten nach oben ein grausamer Tumult; und als der Diener nachsah, standen schon die sechs Kutschpferde oben, ohne die anderen, die noch nachkamen. Der Bürgermeister war ganz starr vor Schreck und glaubte nun. Da wurde die Frau eingelassen und mit warmen Tüchern und Arzneien wohlgeflegt, so daß sie sich wieder erholte. Am anderen Tage aber schauten zu jedermanns Verwunderung die Pferde aus den Bodenluken heraus, und man mußte große Gerüste anbringen, um sie wieder herunter in den Stall zu bringen. Darauf wurden einige Pferde ausgestopft, die mußten zum Andenken auch weiterhin oben herausschauen. Und die Frau lebte noch sieben Jahre lang und spann und webte einen schönen großen Vorhang von weißem Linnen, den sie der Apostelkirche verehrte.

DIE NÄGELSTÄTTER WEIDE

Zwischen Langensalza und Groß-Vargula liegt das Dorf Nägelstätt und dabei eine Trift, die ist verrufen und heißt die Nägelstätter Weide. Des öftern sind Geister dorthin gebannt worden.

So lebte zu Langensalza ein wunderlicher Doktor, der von aller Welt sich abgeschieden hielt, doch ließ er reiche Gaben an die Armen durch seinen Diener austeilen. Er starb endlich alt und vielleicht auch lebenssatt. Als es nun zu seinem Begräbnis kam und der Sarg schon im Flur stand, sangen die Kurrendeschüler vor dem Hause nach üblicher Weise ein Sterbelied — siehe, da schaute oben der alte tote Doktor in seiner weißen Zipfelmütze und mit einer grünen Brille zum Fenster heraus. Man eilte bestürzt in das Haus, öffnete den Sarg, da lag der Alte starr und steif. Rasch hob man den Sarg auf und trug ihn zum Gottesacker hin, während der Doktor wiederum gemütlich nachsah, wie man mit ihm dahinlief.

Von da an schaute von jedem Mittagsglockenschlag zwölf bis ein Uhr der Geist des Doktors aus dem Fenster, und niemand wollte in das Haus ziehen. Da ließ man einen Geisterbanner kommen, das war ein Jesuit vom Eichsfeld, der brachte einen Fuhrmannskober mit, bannte den Geist dahinein und trug ihn in die Nägelstätter Weide.

Acht Tage darauf geschah es von ungefähr, daß ein Brautpaar aus dem Dorfe durch die Weide ging. Es wollte in die Stadt und Einkäufe zur Hochzeit machen, hatte aber nicht viel Geld, und da tat die Braut einen Wunsch:

„Ach, wenn wir doch einen Schatz fänden, da wäre unserer Sorge mit einem Male abgeholfen!“

„Ja, ja“, sagte der Bräutigam, „hat sich was mit Schatz finden!“

Da aber gewahrte er an einer alten Eiche einen Kober, der mit Stricken fest umwunden war. Der hing an einem Ast, und der Bräutigam rief scherzend:

„Fundus! hier hängt unser Schatz.“

Rasch wurde der Kober vom Baume genommen — er war sehr schwer, gewiß enthielt er Geld — und wurde etwas seitab vom Wege geöffnet. Als die fest geknoteten Stricke mühsam gelöst waren und der Deckel abgehoben war, da stieg ein Qualm aus dem Kober, der roch wie Teufelsdreck, Baldrian und Moschus durcheinander. Aus diesem Qualm formte sich die Gestalt eines uralten höckerückigen Männleins, und das war der Langensalzaer Doktor, der sprach gar freundlich:

„Habt Dank, ihr jungen Leutchen, daß ihr mich aus dem Kober erlöst habt, in den mich der Jesuiter hineingebannt hat, und empfangt zum Danke diesen Goldgulden. Dafür mögt ihr kaufen, was ihr wollt, er wird immer wieder zu euch zurückkehren. Doch mißbraucht nie die Gabe meines Dankes.“

Da wurde das Brautpaar reich und glücklich. Der Geist des alten Doktors ging aber nicht wieder in das Haus nach Langensalza zurück, sondern blieb in der Nägelstätter Weide, wo er sich noch immer bisweilen sehen läßt.

BECHSTEIN

DIE TEUFELSBRÜCKE

Vom Multhorn, nicht allzu fern von St. Gotthard, stürzt sich mit raschem Rollen und unbändigen Sprüngen ein wildes Bergwasser, die Reuß.

Ein Alpenhirt liebte eine Sennerin, die er des öftern besuchte, aber er hatte oft seine Not, über den wilden Fluß hinüberzukommen, und er mußte doch hinüber und auch wieder herüber zu seiner Hütte und Herde. Als nun einmal die Reuß recht angeschwollen war und wilder als jemals über die Felsen herabstürzte, sah der Hirte keine Möglichkeit, hinüber zu seiner Geliebten zu gelangen, und rief aus:

„Ei, so wollt' ich, daß der Teufel käme und baute eine Brücke über dich verfluchtes Wasser."

Und da kam der Teufel hinter einem Felsklumpen hervor und sagte:

„He! Was gibst mir, wenn ich dir die Brücke baue?"

„Was soll ich dir geben?" fragte der Hirte.

„Die erste lebendige Seele, die darüber geht", sagte der Teufel und dachte, es werde niemand vor dem Hirten hinüberkommen.

„Ich bin's zufrieden", sagte der Hirt.

„Topp, schlag ein!" sagte der Teufel, und der Bub schlug ein.

Jetzt baute der Teufel mit Hilfe aller seiner höllischen Geister die Brücke in ganz kurzer Frist, und als sie fertig war, setzte er sich hin und lauerte. Wer aber nicht darüberging, war der Hirtenbub, er jagte vom Gotthardgebirge unterm Hospital eine Gemse auf und trieb sie abwärts immer der Reuß zu bis an die Brücke, und da setzte sie flink hinüber. Der Teufel fuhr zu, wurde teufelswild über solches Wild und zerriß die Gemse in Stücke, nachdem er sie hoch in die Luft hinaufgetragen hatte.

Nun ging der Hirte ungehindert, sooft er wollte, über die Brücke herüber und hinüber, doch soll es an ihr, die auf ewige Zeiten die Teufelsbrücke heißt, nicht recht geheuer sein, und es geht auch die Sage, der Teufel reiße alle Jahre ein Stück ein, so daß immerdar daran gebaut werden müsse.

Das Beil des Zimmergesellen

Im Flecken Reichenbach in der Nähe von Elsterberg und Greiz wurde einst ein neues Haus gerichtet. Die Gesellen arbeiteten wacker, der Bauherr spendete Bier und Branntwein, der Dachstuhl hatte schon fast die volle Höhe, und der Spruchsprecher stand schon mit dem Bänderstrauß bereit, den er auf den Giebel stecken wollte. Ein Geselle wollte eben noch den letzten Schlag mit dem Axtrücken auf den Pflock tun, der die Giebelbalken verbindet. Da verlor er das Gleichgewicht, schwankte, konnte sich nicht mehr halten und stürzte hinunter. Glücklicherweise verlor er mit dem Gleichgewicht nicht auch die Besinnung. Vielmehr besann er sich im Fallen auf seine Rettung und hieb mit gewaltiger Kraft sein Beil, das er noch in der Hand hatte, so fest in einen Balken, daß er selbst daran hängen blieb und Zeit gewann, sich mit den Füßen anzuklammern. Keiner brachte das Beil wieder aus dem Balken, und so blieb es als ein Wahrzeichen darin, als nachher das Haus vollends fertig war. Jedem Fremden wurde es gezeigt, und die Zimmerleute waren stolz auf diese Kraft und Geistesgegenwart ihres Kameraden. Lange Jahre war das Beil zu sehen, bis ein unglücklicher Brand Reichenbach heimsuchte und auch jenes Haus samt dem Beile des Zimmergesellen aufzehrte.

BECHSTEIN

VOM ESCHENHEIMER TURM

Zu Frankfurt steht noch ein alter Turm von der ehemaligen Stadtmauer. Einst hatten die Frankfurter einen Wilddieb gefangen, der hieß Hänsel Winkelsee. Er saß neun Tage im finsteren Loch, bevor Spruch und Urteil über ihn erging, und hörte über seinem luftigen Stüblein allnächtlich die Wetterfahne kreischen und rasaunen hoch oben im Eschenheimer Turme und sagte ingrimmig zu sich selbst:

„Wäre ich frei und dürfte ich das schießen, was ich wollte, so schösse ich dir, du lausige Fahne, so viele Löcher durch das Blech, als ich Nächte hier gesessen habe.“

Diese Rede hörte der Kerkermeister und trug sie vor den Stadtschultheißen der freien Stadt, und dieser sagte:

„Dem Kerl gehört keine Gnade als der lichte Galgen; wenn er aber ein gar so guter Schütze sein will, so wollen wir ihn sein Glück versuchen lassen.“

Da wurde dem Winkelsee seine Büchse zurückgegeben und gesagt, nun solle er das tun, womit er zu prahlen vermessen. Wenn er das könne, solle er frei von dannen gehen; wenn aber auch nur eine Kugel fehlgehe, so müsse er baumeln, und da krähe kein Hahn nach ihm. Da hat der Wildschütze seine Büchse genommen, sie mit guten Weidmannssprüchlein besprochen und Kugeln genommen, die auch nicht ohne waren. Dann hat er angelegt, nach der Fahne gezielt und losgedrückt. Da saß ein Löchlein im Blech, und alles hat gelacht und „Bravo“ gerufen. Noch achtmal schoß er so, und jede Kugel an die richtige Stelle. Und mit dem neunten Schuß war der Neuner fertig, der heute noch in der Fahne auf dem Eschenheimer Turm zu sehen ist; und es war ein großes Hallo um den Schützen her.

Der Stadtrat aber dachte bei sich: O weh, unsere armen Hirsche und sonstiges Wild, wenn dieser Scharfschütze und Erzdieb wieder hinaus in die Wälder kommt!

Man beriet sich, und der Schultheiß sagte: „Höre, Hänsel, daß du gut schießen kannst, haben wir schon lange an dem Wildbestand unserer Stadt verspürt und jetzt auch deine Kunst mit Augen gesehen. Bleibe bei uns, du sollst Schützenhauptmann bei unserer Bürgerwehr werden.“

Aber der Hänsel sprach:

„Mit Gunst, werte Herren, ins Blech hab’ ich geschossen und — schieß euch auch auf euern Schützenhauptmann! Eure Dachfahnen kreischen mir zu sehr, und euer Hahn kräht mir zu wenig. Mich seht ihr nimmer und mich fangt ihr nimmer! Dank für die Herberge!“

Er nahm seine Büchse und ging trutziglich von dannen. Mit dem Hahn hatte der Hänsel einen Spott dahergeredet, denn er meinte das Frankfurter Wahrzeichen, den vergoldeten Hahn mitten auf der Sachsenhäuser Brücke; die hatte der Teufel fertig bauen helfen. Denn als sie der Baumeister nicht fertig brachte, rief er den Teufel zu Hilfe und versprach ihm die erste Seele, die darüber laufen werde. Er jagte dann in der Frühe zuallererst einen Hahn über die Brücke. Da ergrimmte der Teufel, zerriß den Hahn und warf ihn durch die Brücke, mitten hindurch. Davon blieben zwei Löcher, die können bis heute nicht zugebaut und zugemauert werden, denn es fällt bei Nacht alles, was am Tage gemauert wird, wieder ein. Auf der Brücke aber wurde der Hahn zum ewigen Wahrzeichen aufgestellt. Und den meinte der Hänsel Winkelsee, als er sagte, daß er zu wenig krähe, nämlich gar nicht.

VON HEINRICH DEM LÖWEN

Herzog Heinrich, der Herr der Braunschweiger Lande, fuhr über Meer. Ein Sturm erfaßte sein Schiff und verschlug ihn und sein Schiffsvolk in unbekannte Meere. Alle Speisen gingen ihnen aus, und der Hunger quälte sie über die Maßen. Da mußte einer nach dem andern sein Leben opfern für der anderen Sättigung, und das Los bestimmte den, welcher sich töten lassen mußte, und immer fügte es Gott, daß das Los des Herzogs nicht gezogen wurde. Endlich waren nur noch der Herzog und ein einziger Diener auf dem Schiffe, und der Hunger nahm kein Ende.

„So losen wir denn nun zum letzten Mal", sprach traurig der Fürst, „und wen das Los trifft, der sterbe." „Nein, lieber tötet mich, Herr!" sprach der treue Knecht. „Nein, wir losen", antwortete der Herzog. Und da warfen sie das Los, und es traf Heinrich. Aber der Diener sprach: „Nimmer werde ich meinen Herrn töten! Ich habe noch einen Rat: ich will Euch in eine Ochsenhaut einnähen und Euer Schwert dazu, — vielleicht sendet der Himmel Euch eine Rettung." Der Herzog willigte ein. Und als es geschehen war, kam ein Vogel Greif geflogen, der faßte die Haut in seine Krallen, glaubte ein Tier zu rauben und trug die Beute weit übers Meer in sein Nest. Dann flog er wieder hinweg, und Heinrich durchschnitt mit dem Schwerte die Haut. Und da die jungen hungrigen Greifen ihn anfielen, schlug er ihnen mit dem Schwert die Köpfe ab. Dann nahm er sich eine Klaue mit und stieg in den Wald hinab.

Lange irrte der Fürst in dem wilden Walde umher. Endlich hörte er ein Geschrei, ein Brüllen, das wie Donner klang, und einen heisern pfeifenden Laut, gellend, daß der ganze Wald davon schallte. Als er nun dem furchtbaren Schreien nachging, sah er einen großen Löwen und einen entsetzlichen Lindwurm miteinander in wütendem Kampfe, doch drohte der Löwe schon zu unterliegen. Da dachte der Fürst, daß doch der Löwe ein schönes und edles Tier und der Tiere König, der Lindwurm aber ein giftiges Tier sei, und stand dem Löwen bei und erlegte den Lindwurm nach langem Kampfe. Als der Löwe sich befreit und sein Leben gerettet sah, streckte er sich dankbar zu des Herzogs Füßen nieder und verließ ihn nur, um Speise zu fangen, die er mit ihm teilte. Dem Herzog war in dieser Einsamkeit, in dieser Gesellschaft und bei dieser Kost nicht immer wohl zumute. Da das Meer nahe war, so baute er sich, so gut er konnte, ein Floß und fertigte ein Ruder. Und als der Löwe eines Tages wieder jagen gegangen war, da bestieg der Herzog sein Floß und stieß vom Strande. Bald aber kam der Leu zurück, vermißte den Herrn, folgte seiner Spur, kam zum Strande und sprang ins Meer. Er schwamm dem Floß nach, das er auch bald erreichte, und dort streckte er sich wieder ruhig vor den Herrn hin. Auf

dem Meere gab es kein Wild zu jagen, und die Pein des Hungers kehrte wieder ein. Da erschien dem Herzog der Teufel und sagte ihm: „Daheim bei dir in Braunschweig geht es heute lustig zu! Da ist Freude die Fülle. Du schwebst hier herum zwischen Wasser und Wolken und hungerst. Hier mußt du Hunger leiden, und dort daheim bei dir ist Hochzeit, denn dein Weib ist deines Ausbleibens müde und nimmt sich einen andern jungen Mann, einen gar schönen Grafen. Dich hält sie längst für tot." Herzog Heinrich erschrak über diese Rede, und der Teufel fuhr fort: „Du möchtest wohl gern auch bei dieser Hochzeit sein? Ergib dich mir, so führe ich dich noch heute heim, da kannst du mittanzen!" „Das kann Gott nicht wollen, daß ich von ihm abfalle und dein sei", sprach der fromme Herzog, und der Teufel antwortete: „Was dein Gott will oder nicht will, weiß ich nicht. Helfen scheint er dir nicht zu wollen. Ich aber wills, ich bin da, — besinne dich, eh's dich reut — zu solcher Hochzeit kommt einer nicht alle Tage, und morgen wär's zu spät!"

„Meine Seele würde ewigen Schaden leiden, wenn ich dir folgte", sprach wieder der Herzog, und der Teufel erwiderte: „Deine Seele wird auch so nicht schnurstracks zum Himmel fahren, Pein muß sie leiden, so oder so. Es ist gar nicht so übel in meinem Reiche — die sogenannte Seligkeit ausgenommen — sieh, ich wohne schon lange allda und befinde mich leidlich wohl. Ich schlage dir vor, du läßt dich heimführen."

„Aber mein Löwe", sagte Heinrich, „der ist so gut und treu, ich möchte ihn nicht mehr missen." — „Den bring ich dir nach", sagte der Teufel und stellte die Bedingung, daß Heinrich nur dann ihm angehören sollte, wenn er ihn bei der Wiederankunft mit dem Löwen auf dem Giersberge nahe bei Braunschweig schlafend finde. Außerdem verlangte der Teufel für seine große Mühe gar nichts. Herzog Heinrich, der sich herzlich nach seiner Gemahlin wie nach Erlösung aus seiner trostlosen Lage sehnte, willigte endlich in diese Bedingung und wurde sogleich vom Teufel durch die Lüfte bis auf den Giersberg geführt und auf diesem abgesetzt.

„Nun wache fein!" rief der Teufel und schwang sich wiederum hinweg, um den Löwen zu holen. Der Held fühlte sich von Entbehrung und von der Luftfahrt matt und todmüde. Bald konnte er sich des Schlafes nicht mehr erwehren. Er legte sich in das Grüne und schlief wie ein Toter. Jetzt kam der Teufel mit dem Löwen durch die Luft gesaust. Mit seinem Teufelsauge sah er schon aus endloser Ferne den Schlafenden und schnalzte vor Freude mit der Zunge, denn er hatte vorausgewußt, daß der Fürst schlafen müsse und werde. Aber als er näher kam, sah der Löwe bald auch den Herrn liegen — steif und starr. Er meinte, er sei tot und erhob ein so furchtbares Gebrüll, daß sie drunten in Braunschweig sagten: „Wir bekommen Gewitter, es donnert schon."

Von dem Gebrüll aber wachte Herzog Heinrich auf, und der Teufel war wütend, und warf den Löwen herunter, daß es krachte. Der Löwe aber, nach Katzenart, brach sich keine Knochen, sondern kam auf seine Beine zu stehen und folgte darauf seinem Herrn nach der Stadt und nach seiner Burg, aus der ihm viel Musikgetön und Jubel entgegenscholl. Das war die Hochzeitsfreude. Der Herzog ließ die Braut als Pilger um einen Trunk Wein bitten. In den Becher, den sie ihm sandte, warf er, nachdem er getrunken, einen Ring und bat den Diener, der Herrin beides zu übergeben. Da erkannte die Herzogin ihres Gemahles Ring und ließ den Pilger zu sich in den Saal entbieten. Der kam, und ihm folgte der Löwe nach. Da erkannte sie ihren Gemahl und fiel ihm zu Füßen und hieß ihn willkommen, und alle Diener jauchzten. Und der junge Bräutigam bekam eine andere Braut und war's zufrieden. Hernach hat Herzog Heinrich, den man nun den Löwen nannte, noch lange Jahre glücklich regiert. Als er starb, hat sich sein Löwe auf sein Grab gelegt und ist auch gestorben. Da wurde er auf der Burg begraben und ihm ein ehernes Denkmal errichtet. Andere sagen, Herzog Heinrich habe den ehernen Löwen schon zu Lebzeiten gießen und aufrichten lassen. Des jungen Greifen Klaue aber hatte Heinrich im Dom aufrichten lassen zum Zeichen seiner Meer- und Luftfahrt.

SCHWERTMANN

In dem Hofe Rothwisch in der Krempnermarsch lebte vorzeiten ein Raufbold, der trieb es arg mit allen tollen Streichen und hieß Schwertmann. Der hat für seine Übeltaten lange als Gespenst umgehen müssen als Feuermann und die Leute geschreckt und geängstigt.

Als Schwertmann gestorben war, sah man ihn auf seinem Leichenwagen wieder nach Hause fahren. Beim Leichenschmause saß Schwertmann unter den Leidträgern. Bald guckte er da, bald dort mit schrecklicher Fratze aus einem Fenster, einem Korbe, einer Luke. Als Pfarrer und Küster kamen und den Geist bannen wollten, warf er ihnen alles Böse, das sie heimlich getan, laut vor. Endlich überwand ihn der Schulmeister und trug ihn nach dem wilden Moor. Da zischelte ihm Schwertmanns Geist ins Ohr:

„Nur nicht zu tief in den Sumpf, hörst du? Nur nicht zu tief."

Als Schwertmann nun dorthin gebannt war, aber eben nicht zu tief, wandelte er von Zeit zu Zeit als Feuermann herum und schreckte viele Leute. Die größte Pein litt er an seinen brennenden Füßen. Wo er Schuhe fand, zog er sie an, weil sie seinen Brandschmerz linderten. Es paßten ihm auch alle, nur konnte er kein Paar lange tragen, weil er jedes gleich durchbrannte. Oft bat er selbst Leute um Schuhe, die gleich verschwanden, sobald sie ihm hingesetzt wurden.

Endlich hat ein Bäckergesell diesen ruhelosen Geist in einer Kiepe gefangen und sie ins Meer gesenkt. Seitdem war Ruhe vor ihm, aber sein tolles Wesen bei seinem Leben und nach seinem Leben, das blieb im Gedächtnis der Leute, und sie sprachen, wenn es wo recht wild und toll und übel herging: „Da regiert Schwertmann."

Wenn einmal einer etwa die Kiepe zufällig auffischt und öffnet, da wird er schon sehen, was für einen Fisch er gefangen hat.

DIE SCHWARZE GRET UND DAS DANEWERK

König Christoph I. von Dänemark hatte des Pommemherzogs Sambor Tochter zur Gemahlin. Die war ein arges Zauberweib; sie hieß nur die schwarze Gret und hatte den Beinamen Springhest. Sie ist die Urheberin des berühmten Danewerkes, eines riesigen und langen Walles. Um den zu erbauen, schloß sie einen Bund mit dem Teufel und gebot ihm, den Wall in einer Nacht fertigzumachen. Nur ein einziges, und zwar ein eisernes Tor solle hineinkommen. Als Lohn solle dem Teufel gehören, was zuerst durch das Tor des vollendeten Werkes schreite.

Der Teufel stellte ein zahlloses Heer von Arbeitern in das Feld, davon füllte jeder nur dreimal seinen eisernen Hut voll Erde, und der Wall war fertig. Der Teufel legte sich hinter dem Torflügel auf die Lauer, sah auch schon einen gutgekleideten Reiter die Landstraße daherkommen, und freute sich auf den Fang. Aber zufällig hatte der Reiter einen Pudel bei sich, der lief vorweg nach Hundeart. Der Teufel riß ihn wütend in Stücke, so wie auf der Reußbrücke die Gemse, auf der Frankfurter Brücke den Hahn, und wo sonst noch Ähnliches sich in der Sage findet.

Weil nun die wilde schwarze Gret, Springhest genannt, überhaupt ein gottloses, unseliges Leben führte, wurde ihr zur Strafe für die schrecklichen Sünden von Gott geboten, allnächtlich über ihr Teufels- und Danewerk als Geist zu reiten. Da haben viele Leute sie gesehen. Ihr Anzug ist ganz schwarz, aber ihr Pferd ist weiß, und sein Odem ist Feuer. Zwei Geister in weißen Kleidern folgen ihr, und da rennen und sprengen die drei wie der wilde Jäger von Hollingstede bis Haddebye. Dieses Gespenst erlaubt es nicht, daß auf seinem Walle etwas angebaut wird. In der Nähe von Haddebye heißt eine besondere Stelle im Danewerk nach der Springhest „Margaretenwerk", denn dort läßt sie sich am häufigsten sehen.

Einstmals erschien sie armen Fischern vom Schleswiger Holm, die traurig waren, weil sie nach einer arbeitsvollen Nacht nichts gefangen hatten, in all ihrer königlichen Pracht, mit Perlen und Diamanten geschmückt, wie man ihr Bild im Schlosse zu Husum sah. Sie gebot ihnen, die Netze noch einmal auszuwerfen, aber den besten Fisch, den sie fingen, den sollten sie wieder ins Wasser werfen.

Die Fischer taten den glückhaftesten Zug, der seit St. Petri Zeiten je getan worden ist, und der beste Fisch hatte Flossen von Smaragd, Schuppen von Gold, und seine Nase war mit Perlen besetzt. Der eine Fischer wollte dieses Prachtstück gleich wieder in die Flut werfen, dem anderen aber fraß die Habgier am Herzen, und er verbarg den Fisch gegen den Willen seines Gefährten. Rasch wurde fortgerudert, aber da begannen alle anderen Fische auch Schuppen von Golde zu bekommen, Perlen am Oberkiefer und Edelsteine statt der Flossen, und der Kahn wurde so schwer, so schwer, daß er sank. Der Habgierige mußte dabei ertrinken; der andere aber konnte nur mit knapper Not sein Leben retten.

BECHSTEIN

DER SCHWANRITTER

Als Herzog Gottfried von Brabant, der keinen Sohn hatte, zum Sterben kam, wollte er sein Land und Erbe seiner Gemahlin und seiner Tochter überlassen. Aber Gottfrieds Bruder, der Sachsenherzog, wollte darein nicht willigen und sagte, das Land sei kein Weiberlehen und Erbe, und nahm Brabant für sich.

Da klagte die Herzogin bei Kaiser Karl, und der lud sie und ihren Schwager nach Neumagen (Nimwegen, Nijmegen) am linken Arm des Rheinstroms, und sie kam mit ihrer Tochter hin und auch ihr Gegner.

Da geschah es, daß Kaiser Karl durch ein Fenster hinausschaute hinab auf den Strom. Da sah er einen Schwan schwimmen, der hatte ein silbern Halsband um und zog an silberner Kette einen Nachen, und in dem Nachen lag ein Ritter im gleißenden Harnisch. Auf seinem Schilde ruhte sein Haupt, seinen Helm und Halsberge hatte er abgetan und neben sich gelegt, und der Schwan ruderte an das Ufer heran. Alle Hofleute, die mit dem Kaiser das sahen, verwunderten sich hoch, vergaßen den Rechtshandel und eilten zum Ufer hinunter.

Der ritterliche Jüngling im Nachen erwachte, legte seine Waffen wieder an, erhob den Schild, auf dem acht Zepterlein um einen weißen Karfunkel gestellt waren, stieg aus der Barke und sprach zu dem Schwane: „Fliege deinen Weg wohl hin, lieber Schwan, wenn ich deiner bedarf, will ich dich rufen!"

Da wandte sich der Schwan und entschwand samt dem Nachen den Augen der ihm Nachblickenden. Alles blickte ganz verwundert nach dem Gast, dem Kaiser Karl selbst die Hand bot und nach der Burg geleitete. Dann setzte er sich auf den Richterstuhl und bat den Fremdling, bei den Fürsten und Herren Platz zu nehmen.

Nun erhob die Herzogin ihre Klage, und ihr Schwager brachte seine Gegenrede vor und sprach, daß er bereit sei, für sein Recht zu kämpfen, sie solle ihm nur einen Kämpen stellen, der mit ihm für ihr und ihrer Tochter vermeintes Recht stritte. Der Sachsenherzog war ein gewaltiger Held und dem Besten im Kampfe überlegen, darum erbebte die Herzogin, denn sie wagte keinen Kämpen aufzufordern, daß er ihm gegenüberträte.

Da weinte sie in bitterm Schmerz, und ihre Tochter weinte mit ihr.

Der junge Ritter, der mit dem Schwan gekommen war, erhob sich, neigte sich gegen den Kaiser und sprach:

„Wenn du es mir vergönnst, großer Kaiser, will ich wohl dieser Frauen Kämpe sein."

Das wurde ihm gewährt, und er stritt darauf einen schweren Streit mit dem Sachsenherzog, doch siegte er endlich und machte so der Herzogin und ihrer Tochter Erbe frei und ledig. Die dankten ihm in Züchten, und die Herzogin bot ihm jeden Kampfeslohn, den sie gewähren könne, und wär' es selbst ihrer Tochter Hand und Erbe. Da sagte der Jüngling, Schöneres könne ihm nimmer geboten werden. Sein Name sei Helias, mehr könne er von sich nicht sagen, und er müsse unerläßlich bedingen, daß seine Braut und Vermählte nie und nimmermehr ihn frage, wo er hergekommen, welches sein Geschlecht sei, wer sein Vater und Mutter wären, und solcher Fragen mehr, denn sowie sie solche Frage, auch nur die leiseste und nur ein einziges Mal, an ihn richte, müsse sie ihn auf immer verlieren.

Diese Bedingung erschien der Prinzessin von Brabant leicht. Sie gelobte es ihm und vermählte sich dem Schwanenritter Helias. Sie zogen nach Cleve, der uralten Stadt, wo schon Julius Cäsar eine Burg erbaute, erneuerten das Schloß, nannten es die Schwanenburg und freuten sich des Lebens und der schönen Landschaft. Sie bekamen auch zwei blühende Kinder und waren sehr glücklich, — wären es auch geblieben, wenn nicht der Weiber Erbsünde, die schlimme Neugier, die junge Herzogin gequält und immer mehr gequält hätte. Sie mochte gar zu gerne wissen, wer denn eigentlich ihrer Kinder Vater sei, und so drückte es ihr fast das Herz ab, bis sie endlich die Frage tat, die ihr doch so ernst verboten war. Da sprach Helias:

„Nun hast du dein Glück und mein Glück zerbrochen und hast mich am längsten gesehen.“

Er waffnete sich und winkte zum Fenster hinaus — da kam schon der Schwan geschwommen mit seinem Schifflein. Der Herzog küßte seine Kinder und drückte seiner Gemahlin stumm und schmerzlich die Hand — die weinte überlaut, stürzte ihm voller Reue zu Füßen und wollte ihn zurückhalten, und auch alles Volk flehte ihn an, daß er bleiben sollte. Aber Helias konnte nicht bleiben — er segnete alle, bestieg seinen Kahn und fuhr von dannen.

Tief drang der Kummer ins Gemüt der Herzogin, doch erzog sie die Kinder zu tüchtigen Rittern, und ihnen entstammten alle späteren Grafen und Herzöge von Cleve und Geldern und Reineck, die führten meist den Schwan im Wappen.

BECHSTEIN

DER BRAUTSTEIN

Vielfach trifft man in weiten, ebenen Landstrecken des nördlichen Deutschlands, wo weit und breit kein Urgebirge zu erblicken ist, vereinzelte, oft sehr große Granitfelsenstücke an. Ein solcher Block oder Stein liegt auch in der Nähe des Städtchens Lüchow auf der Kolborner Heide. Er sieht über und über rotgesprenkelt aus und ragt meterhoch über den Boden empor.

Ein adeliges Liebespaar, dem des Schicksals Fügung Abschiednehmen gebot — denn der Ritter mußte in den Krieg ziehen — saß auf diesem Stein, der mitten in einem Birkenwäldchen lag, und gelobte sich gegenseitig ewige Treue. Ringsum am Boden blühte ein niedriges Sträuchlein voll weißer Blumen die Fülle. Der Ritter fragte voll Besorgnis, ob die Geliebte ihm wohl treu bleiben werde? Sie aber fühlte sich durch diese Frage sehr gekränkt und schwur, daß, wenn sie treulos werde, dieser Fels sich bewegen und ihr Grabstein werden solle! Da gab sich der Ritter zufrieden und schied beruhigt von der lieben Braut.

Aber nach einiger Zeit vergaß die liebe Braut ihres fernen Bräutigams, wie das so zuweilen zu geschehen pflegt. Sie hatte einen neuen Buhlen und ging mit ihm spazieren auf der Kolborner Heide ins Birkenwäldchen. Sie kamen auch von ungefähr an den Felsblock, ließen sich darauf nieder und führten Gespräche von der Liebe des Nächsten. Da erhob sich mit einem Male der Stein riesengroß aus der Erde. Der Liebhaber stürzte an den Rand der dadurch entstandenen Vertiefung; die Treulose aber stürzte hinein, recht wie in ein offenes Grab und wurde von dem Stein, der sich über sie wälzte, so zerschmettert, daß ihr Blut ihn bespritzte und auch die weißen Blumen ringsumher.

Nach langer Zeit kehrte der Ritter wieder heim. Sein Weg führte ihn durch jenes Wäldchen. Als er an den Stein kam, sah er, daß er mit rötlichen Flecken und Adern überlaufen war und die Blumen rot waren, die zuvor weiß blühten. Er ahnte nichts Gutes. Deshalb zog er sein Schwert und führte einen Streich auf den Stein. Da sprang ein Blutstrahl heraus und ein Klageschrei tönte aus der Tiefe. Der Ritter pflückte einen Strauß von den Blumen, bestieg sein Roß und zog wieder in den Krieg, aus dem er nicht mehr heimkehrte.

Die Blume, die zuvor weiß und hernach rot blühte, das ist die Heide. Den Stein hat man den Brautstein genannt und die Heide Brauttreue. Selten findet man jetzt noch hier und dort einen Heidestengel mit weißen Blüten.

BECHSTEIN

DER SCHLOSSVOGT

Auf dem runden Schloßberge über Tilsit hart am Ufer der Memel hüteten Hirtenknaben aus dem Dorfe Alt-Preußen Vieh. Einmal standen sie betrachtend an einer in der Mitte des Berges tief in die Erde hinabgehenden Öffnung, erzählten auch einander dies und das und welche Bewandtnis es mit diesem unergründlichen Loche habe. Vor alten Zeiten habe hier oben ein Schloß gestanden voll unermeßlicher Schätze, dessen tiefen Graben und doppelte Wälle man noch erkenne. Dieses Schloß nun sei in einer Nacht plötzlich versunken, und das Loch sei der bis zur Bergeshöhe heraufreichende Schornstein. Bisweilen lasse sich der Schloßvogt sehen, ein altes graues Männchen mit schneeweißen Haaren.

Da wurden die Hirtenknaben sehr neugierig. Sie wollten wissen, wie tief diese Höhle sei und ob sich nichts aus ihr erlangen lasse. Sie schleppten ein Seil herbei und banden den Jüngsten ihrer Schar, wie sehr er sich auch sträubte und schrie, daran und ließen ihn hinunter. Das Seil war zweimal so lang wie der Kirchturm in Tilsit und hing immer noch straff, trotzdem sie schon längst das Schreien ihres Gefährten nicht mehr hörten. Endlich war das Seil leicht und krümmte sich. Der Knabe hatte also den Grund erreicht. Sie riefen hinunter — alles blieb still; sie warteten lange und bange. Endlich zogen sie das Seil herauf, es war leicht und leer. Voll Angst liefen nun alle vom Berge herunter und am anderen Morgen wagten sie sich nicht wieder zum Schloßberggipfel.

Noch trieben sie sich unschlüssig auf der Straße umher, da kam ihnen der Knabe, den sie gestern in den Berg hinabgelassen hatten, munter entgegen. Seine Taschen und seine Mütze waren voll Gold, und er erzählte nun seinen Kameraden, die ihn neugierig umringten, was ihm geschehen war.

„Ich kam“, erzählte er, „in eine große Küche, darin funkelte es rings von prächtigem Geschirr und Geräte. Und da kam ein altes graues Männchen; das muß der Schloßvogt gewesen sein. Das grüßte mich freundlich und sagte: ‚Das ist hübsch von dir, daß du mich auch einmal besuchst, sei nur nicht bange.‘ Er band mich los vom Strick und führte mich durch das Schloß, von einem Zimmer in das andere. Da lag alles voll Gold und voll von Schätzen. Hernach wurde ich müde. Da führte mich der Schloßvogt zu einem schönen Bett; darin schlief ich prächtig. Heute Morgen kam das alte Männlein, als ich gerade aufgestanden war, an mein Bett, füllte mir Mütze, Taschen und Hände voll Gold und sagte: ‚Das sollst du vom Schloßvogt verehrt erhalten!‘ Dann brachte er mich an ein enges Tor, schloß es auf und ließ mich hinaus. Wie ich draußen war, war ich im Tale, und als ich mich umsah, war das Tor mitsamt dem Schloßvogt verschwunden.“

Die Hirtenknaben verwunderten sich über diese Erzählung sehr. Sie beneideten ihren Kameraden um sein vieles Geld, wozu sie ihm doch eigentlich gegen seinen Willen verholfen hatten, und meinten, einen kürzeren Weg, als durch den Schornstein hinab in das Goldschloß und zu Geld zu gelangen, gäbe es auf der Welt nicht. Sie eilten deshalb auf den Berg, so schnell sie nur konnten, losten, welcher von ihnen zuerst hinabgelassen werden sollte, und den das Los traf, den ließen sie hinunter unter der Bedingung, daß er mit ihnen teilen werde, was er empfangen würde. Richtig kam das Ende des Seiles wieder leer herauf. Am anderen Morgen gingen sie dem Kameraden entgegen. Aber er kam nicht und ist bis heute nicht wiedergekommen.

DER KLAPPERER

Auf dem Kirchhofe zu Thierbach, unweit Pausa, war vorzeiten ein Gerippe, dessen Knochen alle noch zusammenhingen. Es stand in einer Mauernische und diente der Dorfjugend teils zum Schreck, teils zum Frevel. Wenn der Wind stark wehte, schlugen die gelblichen Gebeine klappernd zusammen, darum nannte man es den Klapperer.

Das Gerippe hatte einst einem reichen Bauernsohn angehört, man sagt, dem Sohne des Schulzen, der ein armes Mädchen aus dem Dorfe liebte und betrog. Er hatte ihr zugeschworen: wenn er ihr untreu werde und sie nicht nehme, solle sein Leib niemals im Grabe ruhen. Aber er durfte dieses Mädchen doch nicht heiraten und wollte hernach auch nicht und freite sich eine reiche Frau. Die arme fand doch einen Mann, der sie zu Ehren brachte, jener Treulose aber wurde nicht glücklich mit der reichen Frau, und da ergab er sich dem Trunke und starb an einem unglücklichen Sturz, den er in der Trunkenheit tat.

Er wurde begraben, aber der Sarg mit seinem Leibe hatte keine Ruhe in der kühlen Erde, er hob sich empor, und immer sah man ein klein wenig davon aus dem Grabe ragen. Man schüttete frische Erde darauf, es half aber nichts, der Sarg rückte immer höher. Da hob man ihn endlich heraus und stellte ihn in ein offenes Gewölbe, wo man die Totenbahren aufzubewahren pflegte. Allmählich verfiel der Sarg, und das Gerippe wurde frei und allen sichtbar.

Darüber gingen aber Jahre hin, und viele wußten schon nicht mehr, wie der geheißen hatte, der einst in diesem Leibe gewandelt, aber die Sage ging, daß er immer noch wandere, rastlos und ruhelos.

Da wurde zu Thierbach eine Hochzeit gehalten, auf der viele Junge und Alte waren, und das junge Volk spielte ein Pfänderspiel. Es war schon Mitternacht.

„Was soll der tun, dessen Pfand ich halt' in meiner Hand?" fragte eine Stimme.

„Er soll den Klapperer vom Kirchhof hierhertragen!", erscholl die Antwort.

Alles lachte, aber fast unbemerkt war der, dem das Pfand gehörte, und der die kecke Dirne liebte, die den frevelhaften Wunsch ausgesprochen, zum Kirchhof gegangen, hatte sich mit dem Klapperer beladen und kam bald darauf mit seiner Last angerasselt. Alles schrie auf vor Schreck und Entsetzen, der Bursche aber war stolz auf seinen Mut.

Mitten in den Lärm der jungen Leute trat nun ein alter Mann und sprach ernst:

„Gebt dem Klapperer alle die Hand und bittet ihn um Verzeihung, daß ihr ihn gestört habt, sonst wird Unglück über euch kommen."

Zagend taten die Versammelten, was der Alte gebot, nur ein Mütterlein stand ferne, und Tränen zitterten in ihren Augen.

„Auch du, auch du mußt bitten!" rief der Alte.

Und sie schritt zitternd heran, faßte die Knochenhand und flüsterte:

„Verzeihe, wie ich selber dir verzeihe!“

Es war die Verlassene. Und da lösten sich leise die Knochenbänder, und das Gerippe sank auseinander. Man sammelte und begrub die Knochen, und der Klapperer hatte nun Ruhe.

DIE TOTE BRAUT

Es war ein Brauer zu Braunschweig, der hatte eine schöne Tochter, die liebte von Herzen einen jungen Kaufmann aus Bremen. Die Liebenden schwuren, einander im Leben und im Tode treu zu sein, und wer die Treue bräche, den solle der andere Teil noch im Grabe mahnen dürfen. Nun mußte der Kaufmann von dannen reisen, in der Welt sein Glück zu machen, und blieb länger aus, als seine Geliebte hoffte. Der Vater aber hatte ohnedies diese Liebe nicht gern gesehen und sich einen Schwiegersohn gewünscht, der verstände, gute Braunschweiger Mumme (Süßbier) zu brauen. Weil er nun einen hübschen und geschickten Werkmeister hatte, sollte dieser und kein anderer sein Schwiegersohn werden, und die Tochter mußte sich dem von ihr nicht geliebten Mann verloben. Aber bald darauf warfen Sehnsucht und Gram sie auf das Krankenlager, von dem sie nicht wieder aufkam. Kaum war sie begraben, so kam ihr früherer Bräutigam zurück, erfuhr, daß seine Braut als die Verlobte eines andern gestorben sei, und konnte der Sehnsucht nicht widerstehen, sie noch einmal zu sehen. Er verleitete daher den Totengräber durch Geld, heimlich das Grab wieder aufzuschaufeln und den Sarg zu öffnen. Da lag das Mägdlein bleich und schön, mit einem Kranz um die Stirne, im himmlischen Frieden, der vom Angesicht der Toten uns anblickt, und da sprach der Jüngling:

„O meine liebe, liebe Braut, konntest du mich wirklich vergessen? So mahne ich dich bei unserm dreimal heiligen Schwur an dein Gelübde!“

Als der junge Kaufmann diese Worte gesprochen hatte, ist die Tote erwacht und hat die Augen aufgeschlagen und geseufzt: „Dein, nur dein, im Leben und im Tode“ — und hat ihre Arme erhoben und fest um ihn geschlungen. Da ist der Totengräber vor jähem Schreck umgefallen, und als er wieder zu sich kam, siehe, da war der Sarg leer und von den beiden Liebenden keines mehr zu sehen, und nie hat wieder jemand etwas von ihnen erfahren. Sobald nun diese Geschichte in der Leute Mäuler kam, schämte und ärgerte sich der zweite Bräutigam, der Mummebrauer, über alle Maßen. Er dachte bei sich, der Tod, das Begräbnis und das Aufschaufeln des Grabes möchte wohl nur ein abgekartetes Spiel gewesen sein, ihm die Braut zu entreißen. Er wußte nichts Besseres, als dem Teufel die Sache in die Schuhe zu schieben, der ja immer alles getan haben soll, was die Menschen Unrechtes oder Dummes machen. Er ließ also ein abscheuliches Zerrbild schnitzen und am Hausgesimse recht vor aller Augen festmachen. Da sah man ein Mägdlein aus einem Sarg steigen und dem Teufel mit dem Pferdefuß die Hand reichen. Er ließ auch einen nicht weniger abgeschmackten Spottreim darunterschreiben, der gerade schmeckte wie saure Mumme. Lange hat das alte Haus gestanden mit Reim und Bildwerk, bis es endlich abgebrochen worden ist. Aber die Sage davon lebt noch immer im Volke zu Braunschweig fort.

DIE WISPERSTIMME

Unweit von Lorch am Rhein liegt eine Mühle im Wispertale und am Wisperbach, darin lebten der Müller, seine Frau und einige Kinder ganz gut und glücklich. Das Haus lag dicht am Berg, auf dem die alten Schlösser Kammerberg und Rheinberg stehen.

Einst geschah es, daß die Müllerin eine Stimme hörte, als wispere ihr jemand in das Ohr, aber sie sah niemand, und dann wisperte es von neuem:

„Gehe hinauf auf den Kammerberg, hebe den Schatz im Turm, er ist dir bestimmt, der Schlüssel steckt im schwarzen Kasten."

Die Frau, die dadurch sehr beunruhigt war, erzählte ihrem Mann, was sie immer um sich flüstern und wispern hörte; der aber sagte:

„Possen! Träumerei! Hirngespinste, kehre dich nicht an solche Dinge. Unser Schatz ist der weiße Mehlkasten!"

Aber die Frau hörte die Wisperstimme fort und fort, und hatte keine Ruhe mehr und wollte auch gern den Schatz besitzen, wenn der ihr doch einmal beschert sei. Und eines Morgens, als der Müller weit oben im Tal am Wehr in der Wisper zu bauen hatte und nicht so bald nach Hause zu kommen gedachte, ging die Frau mit ihrem jüngsten Kinde, einem Säugling, in aller Stille hinauf auf den Kammerberg.

Der Müller vollendete sein Geschäft früher und kam nach Hause. Es war gerade Mittag und Essenszeit, aber die Müllerin fehlte. Wie er nun nach der Mutter fragte, sagte ihm sein ältester Knabe, daß seine Mutter mit dem jüngsten auf dem Arm schon vor ein paar Stunden den Berg hinaufgegangen sei. Eilend rannte der Müller hinauf, und als er in die Trümmer eintrat, hörte er die Stimme seines wimmernden Kindes, die aus der Öffnung eines halb verfallenen Turmgewölbes drang. Er stieg hinab und fand darin sein Weib leblos am Boden liegen. Eilend zog er Frau und Kind aus dem Gemäuer und trug beide hinab in sein Haus.

Nach langer Ohnmacht ist die Müllerin wieder zu sich gekommen und hat erzählt, die Wisperstimme habe ihr Tag und Nacht keine Ruhe mehr gelassen, sie habe hinaufgemußt; und die Stimme habe ihr auf dem Wege noch zugewispert, sie solle ganz ohne Furcht und Bangen sein, es werde ihr nichts geschehen, nur reden solle sie um keinen Preis. Sie stieg in das Turmgewölbe hinab — da stand der Kasten, da steckte der Schlüssel, sie öffnete — da lag das blanke Gold, sie durfte nur nehmen. Doch dann hörte sie plötzlich ihren älteren Knaben hinter sich rufen: „Mutter! Mutter!"

Sie antwortete unwillig: „Was gibt's!?"

Da tat es einen entsetzlichen Krach, als berste der Turm und stürze das Gemäuer auf sie und ihr Kind hernieder, und eine Stimme rief:

„Weh! weh! Warum redest du? Nun bin ich wieder unerlöst auf aber hundert Jahre!"

Da ist der Müllerin schwarz vor den Augen geworden.

Und als sie das alles ihrem Mann erzählt hatte, ist sie in eine tiefe, schwere Krankheit verfallen, und nach drei Tagen war sie tot. So hat es der Wispermüller selbst erzählt.

DER SCHLOSSBERG BEI KREUZBURG

Über Kreuzburg hat vorzeiten ein Schloß der Deutschherren gestanden, davon sieht man noch Trümmer, und es ist auf dem Berge nicht geheuer. Eine weiße Jungfrau wandelt dort umher und hofft auf Erlösung, wie das die Sage an so viele Schloßberge und Trümmerburgen knüpft. Unter den Trümmern ruhen noch viele verborgene Schätze. Spielenden armen Kindern, die zufällig in eines der halbverfallenen Kellergewölbe gerieten, erschien die weiße Jungfrau und füllte ihnen die Mützen mit Gold. Jubelnd brachten sie die Gabe nach Hause, und die bedrängten Eltern waren glücklich. Andere beneideten diese um ihr Glück. Sie durchkrochen alle Gewölbe, fanden aber nur Kröten und Unken und keine gabenspendende Jungfrau.

Eines Abends hatten die Schuhmacher ihren Jahrestag gefeiert und sich tüchtig bezecht. Da meinten zwei Gesellen, es wäre doch schön, wenn sie die Jungfrau im Schloßberg aufsuchten! Mut hätten sie dazu. So torkelten sie in der Nacht den Berg hinauf. Sie sahen auch die Jungfrau wirklich da sitzen. Das Kleid erschien ihnen sehr prächtig, vor sich hatte sie eine Braupfanne voll Gold und in der Hand eine silberne Kelle. Die Schustergesellen boten ihr einen recht schönen guten Abend und baten um einen Zehrpfennig. Da winkte ihnen die Jungfrau, ihre Schurzfelle aufzuhalten, und sie strich mit der Kelle das gehäufte Gold von der Braupfanne in die Schurzfelle. Sie hatten ganz schwer an der Last zu tragen.

Mit Neugier erwarteten die Meister und Gesellen in der Herberge ihre kecken Kumpane. Endlich kamen sie und jubelten, obschon ihre Köpfe schwerer und ihre Schurzfelle immer leichter geworden waren. Jetzt schütteten sie den Schatz auf den Tisch, — o pfui alle Teufel — was war das für Gold? Gelbe Molche, grüne Frösche, braune Kröten, faules Holz! Und das Ungeziefer kroch umher und hüpfte gar in das Putziger Bier und in das Danziger Goldwasser, daß es ein Ekel war.

Da sind die beiden Gesellen furchtbar durchgebläut worden, denn das Handwerk hielt alles für einen Schimpf und Schabernack, den die beiden ihm hätten antun wollen.

DIE KINDER VON HAMELN

Es geschah im Jahre 1284, daß ein Mann von wunderlichem Aussehen und bunter Tracht nach Hameln kam. Das war ein Rattenfänger, und er versprach gegen ein gewisses Geld die ganze Stadt von dem Ungeziefer der Ratten und Mäuse, das überhandgenommen hatte, zu befreien. Das Geld wurde ihm von einem hohen Rate und der Bürgerschaft zugesichert. Darauf zog der Mann ein Pfeifchen hervor, ging durch die Gassen und pfiff, und siehe, da kamen die Ratten und Mäuse aus allen Häusern gesprungen und liefen in Scharen hinter ihm drein.

Nachdem nun der Rattenpfeifer durch alle Gassen gegangen war, wandelte er mit seinem grauen Gefolge durch das Wesertor hinaus dem Strome zu, schürzte sein Gewand und ging in den Strom. Die Ratten und Mäuse folgten ihm blindlings nach und ersoffen.

Nun waren aber die Bürger zu Hameln damals geradeso erschreckend klug, wie viele Menschen noch heutzutage — und das nicht nur in Hameln, sondern überall. Sie legten den Maßstab des Lohnes nicht an die Kunst und Wissenschaft, sondern an die Arbeit und Plage, die einer hat, um etwas zu vollbringen, und sprachen unter sich: „Es ist doch sündhaft viel Geld, was dieser Rattenfänger sich ausbedungen hat für so gar keine Mühe! Ja, wenn er Fallen gestellt und Gift gelegt hätte in jedem Hause, das ließe sich hören! Aber so! Und ist es nicht heillos, daß er das Ungeziefer in die Weser gelockt hat, wo es nun die Fische fressen? Da mag ein anderer Weserfische essen, wir danken dafür. Und womit hat er es denn vollbracht? Mit einem Satanskunststück! Vielleicht war es überhaupt nur ein Blendwerk! Wenn er das Geld hat und fort ist, haben wir am Ende unsere Ratten wieder! Wir wollen ihm deshalb nur das halbe Geld geben, und wenn ihm das nicht recht ist, so wollen wir ihn als einen Zauberer in den Turm werfen und erst einmal abwarten, ob die Ratten und Mäuse nicht wiederkommen."

So sprachen die vorsichtigen und weisen, auch höchst sparsamen Bürger und Ratsherren zu Hameln zuerst unter sich, dann hielten sie das alles dem Rattenfänger vor, boten ihm das halbe Geld und drohten ihm mit dem Turme. Da nahm der Künstler das Geld und ging im Zorn davon.

Darauf geschah es, daß am Tage Johannis und Pauli, der heiligen Märtyrer, es war der 26. Tag des Heumondes, derselbe Rattenfänger wieder in den Straßen zu Hameln gesehen wurde, als die Leute in der Kirche waren. Er war aber in der Tracht eines Jägers mit einem roten, verwunderlichen Hut, und pfiff durch alle Gassen. Da kamen aber keine Ratten und Mäuse aus den Häusern, denn die blieben vertrieben und aufgerieben, wohl aber die Kinder, Knaben und Mädchen vom vierten Jahre an! Sie liefen dem Rattenfänger nach. Zwischen ihnen war auch eine schon ziemlich große Tochter des Bürgermeisters, der am meisten den Künstler angeschnurrt und bedroht hatte. Die Kinder folgten ihm mit großer Freude, führten sich an den Händen und hatten ihren Spaß daran. Selbst ein blinder und ein stummer Knabe gingen als die letzten mit im Zuge: der Stumme führte den Blinden. Hinterdrein kam noch eine Kindsmagd, die ein Kind im Mantel trug, die wollte auch sehen, wo es denn hingehen sollte.

Der Schwarm zog mit dem Jäger an der Spitze die schmale Gasse zum Ostertor hinauf und dann hinaus dem Koppelberg (Köppen) zu. Der tat sich auf! Der Pfeifer ging voran und die Kinder folgten, nur der stumme Knabe und der Blinde blieben draußen, weil der Blinde nicht so schnell gehen konnte, denn knapp vor ihnen tat sich der Berg mit einem Male wieder zu. Da wandte sich die Kindsmagd auch wieder um und schrie in der Stadt umher, daß die Kinder in den Koppelberg geführt worden seien!

Welch ein großer Schrecken! Die Kirche wurde geschlossen, die Eltern eilten voll Angst hinaus zum Berge, doch kaum fanden sie noch eine schmale Schlucht als Wahrzeichen. Einhundertunddreißig Kinder kamen so hinweg! Man sah sie nimmer wieder. In der ganzen Stadt war nur ein herzzerreißendes Jammern und Wehklagen. Und aufs Neue ward schmerzlich offenbar, daß der blödsinnige Geiz und die törichte Sparsucht die Wurzeln allen Übels sind.

Lange, lange trauerte Hameln um seine verlorenen Kinder. Zwei steinerne Grabkreuze wurden ihnen an der Stelle geweiht, wo der Berg sich hinter den Kindern zugetan hatte, eines für die Knaben und eines für die Mägdlein. In der Straße, durch die der Zug zuletzt gegangen war, durfte nie wieder Trommelschall und Musikgetöne laut werden; selbst der Brautzüge Musik mußte in ihr verstummen, deshalb wird sie auch bis heute die Bunge- (trommellose) Straße genannt, weil in ihr nicht getrommelt werden darf.

Der Unglückstag blieb schwarz angeschrieben in Hamelns Annalen. Das Rathaus verewigte sein Andenken in einer Steinschrift mit diesen Zeilen:

Im jar 1284 na Christi gebort
tho Hamel worden uthgevort (ausgeführt)
hundert vnd driczig kinder do sülvest (daselbst) geborn
dorch enen piper unter den köppen verlorn.

An der neuen Pforte wurde die Kunde lateinisch in Stein geschrieben. Im Jahre 1572 ließ der damalige Bürgermeister die Wundermär in der Glasmalerei der Kirchenfenster bildlich erneuern. Von Mund zu Munde gehend, hätte sie auch ohne das, unsterblich fortgelebt.

Später wurde die Sage noch erweitert und erzählt, daß die Kinder von Hameln unter der Erde hinweg nach dem Lande Siebenbürgen geführt worden seien, wo sie wieder an das Tageslicht gekommen seien und dort, nachdem sie erwachsen waren, den sächsisch-deutschen Volksstamm begründet hätten.

Den grausamen Rattenfänger und Teufelspfeifer hat niemand wiedergesehen. Aber nach ihm haben hernach alle Ratten- und Mäusefänger des Heiligen Römischen Reiches dieselbe bunte Tracht angelegt und sich „Kammerjäger“ genannt.

EIN DIEB RETTET THORN

Im Dreißigjährigen Kriege, der seine verderblichen Heereswogen auch über das alte Preußenland wälzte, rückte der schwedische Obrist Helmold Wrangel, insgemein der tolle Helm genannt, in Eile vor Thorn und wollte nach seiner tollen Art die Stadt überrumpeln und einnehmen. Das wäre ihm fast geglückt, aber er hatte keinen guten Tag und keine günstige Stunde gewählt, denn zufällig traf es sich, daß die Thorner einen Dieb hängen wollten. Und als der Dieb auf der Leiter stand und ihm schon die Schlinge um den Hals gelegt werden sollte, schaute er in das weite Feld hinaus, sah die feindlichen Heerhaufen daherziehen und schrie deshalb überlaut: „Der Feind, der Feind!“

Da liefen die Leute nach der Stadt, und das Amt lief, und die Schergen liefen, und der Henker ließ den Dieb von der Leiter fallen und lief, und der Dieb lief auch, und drinnen in Thorn läuteten sie Sturm mit den Glocken und griffen zu den Waffen, den Feind abzuwehren.

Als der tolle Helm ans Tor kam, da war es zu, und von der Mauer herab knallte ihm böser Gruß entgegen. Da mußte der Obrist Helmold von Wrangel wieder umkehren und der Stadt Thorn den Rücken zeigen.

Dem armen Dieb, der vor dem Tore schon sein Leben bald verloren hätte und auch wieder mit in die Stadt hineingelaufen war, wurde gern das Leben geschenkt.

KÖNIG WATZMANN

Südwestlich von Salzburg erhebt sich, mit ewigem Schnee bedeckt, ein Berg, das ist der Watzmann. Seit grauen Zeiten erzählt das Volk von ihm folgende Sage:

Einst, in undenklicher Frühzeit, lebte und herrschte in diesen Landen ein rauher und wilder König, der Watzmann hieß. Er war ein grausamer Wüterich. Liebe und menschliches Erbarmen waren ihm fremd, nur die Jagd war seine Lust. Zitternd sah sein Volk ihn durch die Wälder toben mit dem Lärm der Hörner, dem Gebell der Rüden, gefolgt von seinem ebenso rauhen Weibe und seinen Kindern, die zu böser Lust auferzogen wurden. Bei Tag und bei Nacht durchbrauste des Königs wilde Jagd die Gefilde, die Wälder, die Klüfte. Er verfolgte das scheue Wild und vernichtete die Saat und mit ihr die Hoffnung des Landmanns. Gottes Langmut ließ des Königs schlimmes Tun noch eine kurze Zeit gewähren.

Eines Tages jagte der König wiederum mit seinem Troß und kam auf eine Waldwiese, wo eine Herde weidete und ein Hirtenhäuslein stand. Ruhig saß die Hirtin auf frischem Heu vor der Hütte und hielt mit Mutterfreude ihr schlummerndes Kindlein in den Armen. Neben ihr lag ihr treuer Hund, und in der Hütte ruhte ihr Mann, der Hirte. Jetzt unterbrach der tosende Jagdlärm den stillen Frieden dieser Waldeinsamkeit. Der Hund der Hirtin sprang bellend auf. Da warf sich des Königs Meute sofort auf ihn, und einer der Rüden biß ihm die Kehle durch, während ein anderer seine scharfen Zähne in den Leib des Kindleins schlug und ein dritter die schreckensstarre Mutter zu Boden riß.

Der König kam indes nahe heran, sah das Unheil und stand und lachte. Plötzlich sprang der von dem Gebell der Hunde und dem Geschrei seines Weibes erweckte Hirte aus der Hüttentür und erschlug einen der Rüden, der des grausamen Königs Lieblingstier war. Darüber wütend fuhr der König auf und hetzte mit teuflischem Hussa Knechte und Hunde auf den Hirten, der sein ohnmächtiges Weib erhoben und an seine Brust gezogen hatte und verzweiflungsvoll erst auf sein zerfleischtes Kind am Boden und dann gen Himmel blickte. Bald sanken beide zerrissen von den Ungetümen zu dem Kinde nieder. Mit einem schrecklichen Fluchschrei zu Gott im hohen Himmel endete der Hirte. Und wieder lachte und frohlockte der König.

Aber alles hat ein Ende und endlich auch die Langmut Gottes. Es erhob sich ein dumpfes Brausen, ein Donnern in Höhen und Tiefen und in den Bergesklüften ein wildes Heulen. Der Geist der Rache fuhr in die Hunde des Königs: Die fielen ihn jetzt selbst an, und auch seine Königin und seine sieben Kinder. Sie würgten alle nieder, daß ihr Blut zu Tale rann, und dann stürzten sie sich wütend von dem Berge in die Abgründe. Aber die Leiber des Königs, der Königin und ihrer Kinder, die so für ihre Untaten büßen mußten, erwuchsen zu riesigen Bergen. Und so steht er heute noch, der König Watzmann, eisumstarrt, ein marmorkalter Bergriese, und neben ihm, eine starre Zacke, sein Weib und um beide die sieben Zinken, ihre Kinder. In der Tiefe hart am Bergesfuß ruhen die Becken zweier Seen, in die einst das Blut der grausamen Herrscher floß. Der große See hat noch den Namen Königssee, und die Alpe, wo die Hunde sich herabstürzten, heißt Hundstod.

So gewann König Watzmann mit all den Seinen für schlimme Taten den schlimmsten Lohn, und sein Reich hatte ein Ende.

Blümelis-Alpe

Im Berner Oberland liegt ein Bergzug, die Klariden geheißen. Darauf waren herrliche Weiden, alle voll der kräftigen Alpenkräuter und Blumen, so daß jede Kuh dreimal am Tage gemolken werden konnte und jedes Melken dritthalb Maß in den Milcheimer gab. Dort gab es auch eine Alp, die war absonderlich schön, triftenreich und ganz voll Blumen; deswegen hieß man sie auch die Blümelis-Alp. Darauf hatte ein reicher Hirte sein Haus. Das war ihm nicht schön genug. Er wollte es noch schöner haben und baute deshalb ein großes neues; baute eine Treppe nur von Käsen, darüber ging er mit seiner liebsten Sennerin, seinem Hund und seiner Kuh. Und wenn die Käsetreppe schmutzig geworden war, so ließ er sie mit Milch abwaschen.

Im Tale wohnte des Hirten fromme Mutter, die wußte nichts von ihres Sohnes Frevel und gottlosem Tun. Eines Sonntags ging sie einmal hinauf auf die Blümelis-Alpe. Sie wollte die Sennerei besuchen, und es dürstete sie sehr. Deshalb bat sie um einen Trunk Milch. Die Sennerin sah die Alte nur ungern kommen und der Sohn desgleichen, denn beide fürchteten ihre Vorwürfe und wollten sie gern bald wieder hinab haben. Und als die Alte trank, merkte sie, daß eine ruchlose Hand Sand auf die Milch gestreut hatte. Da ging die Alte bald wieder fort, schritt die Alpe hinunter, stand drunten still, hob die Hände empor und verwünschte die Gottlosen.

Da brach ein Wetter los, wie wenn der Jüngste Tag käme! Und der kam auch für die Blümelis-Alp und für alles, was auf ihr lebte: Hirt und Sennerin, Kuh und Hund, Haus und Gehöft — alles fand seinen Untergang. Und über die Alpe lagerten sich Gletschereis und Felsentrümmer. Auf diesem öden Gefilde spukte nachher der Geist der Hirten umher und klagte:

Ich und min Kathrin,
Min Kuh Brandlin,
Und min Hund, der Rhin,
Müssen stetig uf Klaride sin!

Es geht die Sage, diese umherirrenden Geister wären zu erlösen, wenn einmal an einem Karfreitag ein frommer Senne, der Dornen an den Handschuhen habe, die Gespenster-Kuh ganz stillschweigend ausmelken würde. Einstmals wagte es einer, wenn auch die Kuh sich wegen der Dornen noch so wild stellte, und hatte schon den Eimer halb voll. Da klopfte ihm ein Mann auf die Schulter und fragte:

„Schäumt's auch wacker?"

Der Senn vergaß des Schweigens Bedingung und sagte:

„O ja, es schäumt wohl."

Da riß sich die Kuh mit einem Ruck los, trat den Eimer um und verschwand, und die Geister der Blümelis-Alp blieben unerlöst.

DIE URURALTE

Zu jener Zeit, als das Wünschen noch etwas half — denn heutzutage hilft es wunderwenig mehr, und auch dazumal schon war der Wünsche Erfüllung nicht immer heilsam, da lebte zu Lübeck eine Frau, die war frisch und munter, gesund und stark; sie aß gern und trank gern und hatte alles, was ihr Herz begehrte. Und weil es nun so mit ihr stand, so gefiel es ihr auf der Welt ausnehmend wohl, und sie wünschte sich, nie zu sterben, sondern ewig zu leben! Nicht aber in einem ewigen, seligen Leben, wie andere Fromme es wünschen und erhoffen, sondern hienieden auf dieser Erdenwelt bei gutem Essen und Trinken. Und weil damals mit Wünschen noch etwas anzufangen war, so wurde jener Frau der Wunsch erfüllt, und sie lebte immer darauflos und war eine gar lustige Alte. Sie hatte aber doch etwas beim Wünschen vergessen, nämlich des Körpers Rüstigkeit mit einzubedingen.

Nun ging es ja wohl einhundert Jahre leidlich gut. Aber als sie die hundert Jahre aufgeladen hatte, da drückten sie doch gar sehr, so daß die Alte mehr und mehr zusammenkroch. Sie konnte zuerst nicht mehr gehen, dann nicht mehr stehen und schließlich auch nicht mehr selbst essen und trinken, und sterben konnte sie auch nicht. Die Menschen mußten sie füttern wie ein kleines Kind und heben und tragen. Das war aber noch nicht genug; sie kroch hernach noch immer mehr und mehr in sich zusammen und trank und aß zuletzt gar nichts mehr. Endlich vermochte sie sich nur noch dann und wann ein wenig zu regen. Da meinten die Leute, es wäre am besten, wenn sie ihnen unter den Füßen wegkäme. Weil aber doch noch Leben in ihr war, so taten sie die kleine zusammengeschrumpfte Alte unter ein Glas und hingen sie in der Kirche auf. Da hängt sie nun noch immer in der Lübecker Marienkirche, ist so groß wie eine Maus und bewegt sich nur alle Jahre einmal.

DES KÖNIGS ABENTEUER

An der St. Georgenkirche zu Mühlhausen erblickt man noch so manches altertümliche steinerne Bildwerk; das wird auf den Ursprung der Stadt Mühlhausen gedeutet, und sie haben darüber eine gar verwunderliche Sage.

Vor Zeiten fuhr ein Thüringer König einmal auf die Jagd. Da sprangen seine Windhunde im Dickicht um einen Baumstrunk herum und wollten sich davon nicht wegbringen lassen. Endlich mußte einer von des Königs Dienern auf den Baumstrunk klettern, der von oben hinein hohl war, und sehen, was darinnen steckte, um zu ergründen, warum die Rüden so bellten.

Da fanden sie einen kleinen wilden Mann darin, den holten sie heraus, und der König freute sich seines Abenteuers. Er ließ den wilden Mann bei sich im Wagen sitzen und Jagd Jagd sein. Er nannte seinen eingefangenen wilden Mann Noah, tat ihn in ein Gewölbe und wartete und pflegte ihn selbst.

Einst aber, als der König verreist war, spielte sein Sohn Georg Ball im Schlosse, und der Ball fiel durch ein Loch in das Gewölbe hinab. Da rief der kleine Königssohn hinunter:

„Wilder Mann Noah, gib mir mein Bällchen heraus!"

Darauf antwortete der wilde Mann:

„Dein Bällchen kann ich dir nicht herausgeben, denn würfe ich es hinauf, dann würde es so weit fliegen, daß du es nicht mehr wiederfändest. Gehe aber in deines Vaters Gemach, hole den Schlüssel und öffne mir, so will ich es dir herausgeben."

Da holte der Prinz im Gemach seines Vaters den Schlüssel, denn niemand konnte sonst das Gewölbe öffnen. Er öffnete es, und der wilde Mann kam heraus, gab ihm das Bällchen und sagte:

„Du hast mir aus meiner Not geholfen, und wenn du einmal in Not bist, so komm in den Wald und rufe mich, dann will ich dir auch heraushelfen."

Bald darauf kam der König nach Hause, und sein erster Gang war zu seinem kleinen Noah. Aber wie erschrak er, als er das Gewölbe leer fand, und sein Verdacht, den wilden Mann herausgelassen zu haben, fiel sogleich auf den Prinzen. Er ließ ihn vor sich rufen und fragte:

„Georg, du hast wohl den Schlüssel genommen, das Gewölbe geöffnet und den wilden Mann Noah herausgelassen?"

Der kleine Prinz gestand offenherzig, daß er das getan hatte. Da verstieß der König im Zorn seinen Prinzen, denn sein Noah war ihm lieber als alles.

Traurig schied der Prinz aus seines Vaters Hause und irrte umher, bis ihn endlich ein Schäfer zu sich nahm. Dieser Schäfer vermutete bald, daß der Knabe nicht von geringem Stande sei und behielt ihn bei sich. Er erzog ihn so, daß er ihn bei der Herde brauchen konnte.

Da nun der Schäferknecht Georg die Jünglingsjahre erreicht hatte, fügte es sich, daß er mit einem hübschen Mädchen bekannt wurde. Das machte er zu seiner Braut.

Damals hauste in der Gegend ein ungeheuerliches Tier, ein Lindwurm, und diesem Lindwurm mußte jedes Jahr ein Mensch geopfert werden. Nach alter Meinung war dieses Tier ein Verwünschter. Wenn es sein Opfer nicht auf den Tag empfing, brüllte es gleich ein Unwetter herbei, welches das Land zu verderben drohte. Nun kam wieder die Zeit, daß das Volk zusammengerufen und das Los geworfen wurde; wen es traf, der mußte das Opfer des Lindwurms werden. Das Los traf gerade die Braut des Schäfers Georg.

Da fiel ihm ein, was ihm der wilde Mann versprochen hatte. Er bat um Aufschub der Opferung, weil er den Lindwurm töten oder sich für seine Braut dem Ungeheuer opfern wollte. Eilends lief er in den Wald und rief den wilden Mann Noah um Hilfe und Beistand an.

Da kam der wilde Mann und gab ihm ein Schimmelpferd und ein Schwert und sagte ihm, er solle ein weißes Gewand anziehen, sich auf das weiße Pferd setzen, das Schwert an dem Kopfe des Pferdes herabführen und auf das Ungeheuer losreiten. Es würde begierig seinen Rachen weit aufsperren; dann solle Georg dem Tier das Schwert gerade zum Rachen hineinrennen.

Alles geschah genau so, wie der wilde Mann Noah gesagt hatte. Und die Braut Georgs wie auch das ganze Land wurde von dem Ungeheuer befreit. Großer Jubel entstand unter dem Volke. Freude und Dankbarkeit waren so groß, daß Georg zum Ritter geschlagen wurde. Als man nun nach Georgs Herkunft forschte, gestand er, daß er des Königs Sohn sei, und erzählte sein Schicksal. Da wurde ihm gesagt, daß sein Vater gestorben war. Deshalb könnte er sicher nach Hause gehen und das Reich übernehmen. So war aus des Königs Sohn ein Schäferknecht geworden, aus dem Schäferknecht ein Ritter und aus diesem wieder ein König.

Als nun Georg das Königreich übernommen hatte, reiste er im Lande umher, um alles kennenzulernen und auch selbst Abenteuer zu bestehen. Da kam ihm ein Örtchen zu Gesicht, das war eine Ansiedlung um ein Mühlhaus, und das Örtchen hatte noch keine Kirche. Weil nun der junge König gern dem lieben Gott seinen Dank abstatten wollte, so erbaute er dieser angesiedelten Gemeinde ein Gotteshaus, das seinen Namen als des Stifters Georg erhielt, und der Baumeister mußte seine ganze Geschichte in Stein bilden. Das ist der Anfang der Stadt Mühlhausen geworden.

Das bescherte Glück

Dicht bei Saalfeld liegt das Stift Graba. Dort träumte einem jungen Menschen, es sei ihm ein großer Schatz beschieden, er solle nur zu einer bestimmten Zeit an einer Stelle nachgraben, die der Traum ihm ganz genau bezeichnete; dort würde er einen Topf, mit Gold gefüllt, finden. Am Morgen darauf begegnete er einem seiner Bekannten und erzählte ihm den wunderlichen Traum. Der lachte darüber und redete ihm die Sache aus; er selbst ging aber in der folgenden Nacht in aller Stille hin, grub und fand wirklich den bezeichneten Topf. Leider aber war der Topf, statt mit dem erwarteten Golde, mit gelben Ameisen bis zum Rande angefüllt. Ärgerlich über die Täuschung, und um sich für die Anstrengung und Nachtwache zu rächen, nahm dieser gute Freund den Fund und schüttete seinem Freunde, der den Anlaß zu so herber Täuschung und seiner Traumerzählung gegeben hatte, die kleinen gelben Ameisen in das Bett. Vergebens aber lauschte er auf den Schrei, wenn dieser von den Bissen der Ameisen erwachen werde. Der Freund schlief wie ein Toter. Als dem Träumer der anbrechende Morgen die Augen aufschloß, sah er sich in lauter Gold liegen, denn ihm war einmal das Glück beschert und nicht dem andern.

KÖTERBERG

Der Köterberg an der Landscheide des Paderbornschen, Corveyschen und Lippeschen Gebietes mag wohl vorzeiten Götterberg geheißen haben. Viel erzählt von ihm die Sage: daß er innen voller Schätze sei, daß an seinem südlichen, bewaldeten Fuße eine Harzburg gestanden habe, deren Reste noch zu sehen sind, und daß bei Zierenburg, zwei Stunden von ihr, eine Hünenburg war. Oft haben die Hünen, die auf diesen Burgen wohnten, mit Hämmern herüber- und hinübergeworfen.

Einem Schäfer, der auf dem Köterberge seine Herde hütete, erschien eine reizende Jungfrau in königlicher Tracht; sie trug in ihrer Hand die Springwurz, gab sie dem Schäfer und sagte:

„Folge mir!"

Da folgte ihr der Schäfer, und sie führte ihn durch eine Höhle in den Köterberg hinein, bis am Ende eines tiefen Ganges eine eiserne Tür das Weitergehen hemmte.

„Halte die Springwurz an das Schloß!" gebot die Jungfrau. Und als der Schäfer gehorchte, sprang die Pforte krachend auf.

Nun wandelten sie weiter, tief, tief in den Bergesschoß hinein bis in des Berges Mitte. Da saßen an einem Tisch zwei Jungfrauen und spannen, und unter dem Tisch lag der Teufel, aber angekettet. Ringsum standen in Körben Gold und Edelsteine.

„Nimm dir, aber vergiß das Beste nicht!" sagte die Jungfrau zu dem Schäfer.

Er legte die Springwurz auf den Tisch, füllte sich die Taschen und ging. Die Springwurz aber ließ er auf dem Tisch liegen. Als er durch das Tor trat, schlug die Tür mit lautem Knall hinter ihm zu und traf ihn hart an die Ferse.

Mit Mühe entkroch der Schäfer der Höhle und betrachtete beim Tageslichte den gewonnenen Schatz. Als er ihn überzählte, gedachte er sich den Weg wohl zu merken, um bei Gelegenheit noch mehr zu holen. Allein als er sich umsah, konnte er nirgends den Ein- oder Ausgang entdecken, durch den er gekommen war. Er hatte das Beste, nämlich das beste Stück zur Wiederkehr, die Springwurz vergessen.

DER GAST DES TOTEN

In alten Zeiten war ein Totengräber im Kirchspiel Groß-Berkentime, der mußte eines Abends um neun Uhr noch ein Grab graben, denn der Tote sollte am andern Morgen beigesetzt werden. Als er eine Weile gegraben hatte, stieß er auf einen Sarg mit plattem Deckel, und da dieser ihm im Weg war, holte er ihn heraus, stellte ihn beiseite und machte das Grab so viel tiefer, daß ein Sarg auf dem andern Raum hatte. Der Sarg war aber so hübsch, fast wie neu, und der Totengräber, neugierig, wer darin liege, schraubte ihn auf. Da hatte der Tote ein schönes Kissen von rotem Samt unter seinem Kopf.

„Du scheinst mir ein vornehmer Herr gewesen zu sein, bei dir möcht' ich wohl gastieren."

Der Tote antwortete:

„Die Ehre kannst du haben."

Darauf der Totengräber:

„Komm du erst als Gast zu mir."

„Das kann geschehen!" sprach der Tote.

„Nun, so komme morgen abend an die große Kirchenpforte, da will ich dich empfangen."

Den andern Tag sprach der Totengräber:

„Mutter, ich bringe heute abend einen Gast."

„Was soll das für ein Gast sein?" fragte die Frau.

„Nun, du wirst ihn schon zu sehen bekommen", erwiderte der Mann, war Glock neun an der Kirchentür, holte seinen Gast, brachte ihn ins Haus und aß und trank mit ihm wie mit einem andern. Als der Gast gesättigt war, holte er ihm eine Pfeife und Tabak, und da rauchte jener auch eine Pfeife, und nach einer Stunde Verweilens sagte der Gast:

„Nun gibst du mir das Geleite bis zur großen Kirchentür, und morgen abend bist du bei mir zu Gast."

Am andern Tage mit dem nämlichen Glockenschlag und an der nämlichen Stelle empfing der Gast den Totengräber und ging mit ihm durch eine Gruft unter die Erde. Da war eine schöne Stube, und daran stieß noch eine Stube, darin war prächtige Musik, in die aber hineinzugehen, verwehrte der unterirdische Gastfreund. Es war auch außerhalb schon schön genug, und der Totengräber sagte:

„Ach, hier ist es ja herrlich, da möcht' einer wohl hundert Jahre sein."

Da kamen Leute, die gingen schweigend durch das Vorzimmer in jene Stube hinein, aus der die herrliche Musik tönte, darunter war auch des Totengräbers eigner Vater.

„Ei Vater, wo wollt Ihr denn hin?" rief er ihn an, aber jener antwortete ihm nicht. Es dauerte nicht lange, so kam des Totengräbers Frau, und er rief ihr zu: „Ei Mutter! wo willst du denn hin?"

Aber sie hat ihm nicht geantwortet und ist auch dahinein gegangen, wo die wunderschöne Musik war.

Nun kam seine älteste Tochter, wieder rief er, blieb ohne Antwort, und sie ging schweigend hinein. Es kamen Vettern, Nachbarn, Bekannte, jeden Alters, selbst Kinder, und keiner, den er anrief, antwortete. Endlich kam auch seine jüngste Tochter, sein Liebling, und er rief:

„Meine Dirn', wo willst denn hin?"

Aber auch sie sah ihn nicht an und antwortete ihm nicht, still schritt sie dahin und ging hinein. Nun wurde der Totengräber böse und sagte:

„Ha, was ist das hier für ein Donnerloch, daß alles von hier wegläuft nach der schönen Musik?"

Er hatte Lust, auch hineinzugehen, aber da kam sein Gastfreund wieder, und er meinte auch, die Stunde sei wohl herum, die er ihm habe schenken wollen, brachte ihn wieder vor die große Kirchentür und verabschiedete ihn. Der Totengräber ging nach Hause und klopfte an, die Uhr schlug gerade zehn. Da rief drinnen eine fremde Stimme: „Wer ist draußen?"

„Frag nicht lange, ich bin's! Wo sind meine Frau und meine Töchter?"

„Was für eine Frau? Was für Töchter?" fragte es drinnen.

„Meine, zum Kuckuck! ich bin ja der Totengräber."

„Nein", rief der drinnen, „das bin ich — du bist wohl wirr im Schädel? Warte, ich will dir gleich Beine machen!"

Den Totengräber wunderte die Geschichte, und er rief:

„Schwerenot, dann behalte mich wenigstens über Nacht, morgen früh wollen wir sehen, wer von uns beiden der rechte Totengräber ist."

Er bat so lange, bis der andere ihn einließ, blieb die Nacht über auf einem Stuhl sitzen, und am Morgen fragte er, wie der Priester heiße? Der andere nannte den Namen.

„Hm!" sagte der Totengräber. „Den Namen kenne ich nicht, geh doch mit mir zu dem Pastor."

Nun gingen die beiden hin, und der Pastor fragte den alten Totengräber nach seinem Namen und schlug im Kirchenbuche nach. Da stand der Name und dazu war geschrieben: Deeser Kulengraver (Totengräber) is in de Gemeen wegkommen, unn kener het wüst wo he blöven (geblieben) is. Und das war geschrieben worden vor hundert Jahren.

Da fragte ihn der Pastor, ob er nicht das Abendmahl empfangen wolle, und der alte Totengräber sprach ja. Darauf wurde der Küster geholt, die Kirche aufzuschließen, und der Priester reichte ihm das Abendmahl. Das empfing der Alte mit gläubiger Seele, und als er den Wein empfangen hatte, sank er leise in sich zusammen und war tot.

DIE LETZTE SAAT

Bei Mühlheim, nahe am Rhein, lag vorzeiten ein Kloster namens Dünwald. Das war mit einem benachbarten Edlen, Junker Hall von Schleebusch, in Streit geraten, wegen hundert Morgen Ackerlandes. Das Kloster und auch der Junker sprachen dieses große Grundstück als Eigentum an, doch hatte es der Junker in Besitz, aber alle Nutzung verzehrten die Kosten des vor Gericht geführten Rechtsstreites, die Anwälte, die Fürsprecher, die Richter, die Schöffen, die Schreiber. Da bot endlich der Junker Hall von Schleebusch gütlichen Vergleich an und sagte zu den frommen Vätern des Klosters Dünwald:

„Fromme Väter, ich bin des langen Haders müde, der uns beiderseits nicht frommt. Die hundert Morgen sollen künftig für alle Zeiten des Klosters Eigentum sein; nur eins bedinge ich mir aus: noch einmal eine, und zwar die letzte Aussaat. Ist die zur Ernte reif und gediehen und eingebracht, so verliere ich jeden Anspruch auf die hundert Morgen."

„Der Himmel stärke Euch, edler Junker, in solch frommem Entschluß", sprach der Abt, „doch seid Ihr wohl so gnädig, uns dieses Versprechen schriftlich zu geben."

Darauf wurde der Brief auf Pergament doppelt geschrieben und ausgefertigt. Der Junker hing sein Siegel in Wachs daran und der Abt des Klosters das seine. Das große Konventsiegel kam auch noch hinzu und das des Priors und noch zwölf Siegel erbetener ritterlicher Zeugen. Es war ein sehr schöner Brief, diese Schenkungsurkunde auf ewige Zeiten nach der Ernte der letzten Aussaat, die noch dem Junker gehören sollte.

Junker Hall von Schleebusch ließ nun seinen Acker bestellen und die hundert Morgen besäen. Das geschah im Herbst. Im Frühjahr ging die Saat auf, wollte aber gar nicht recht in die Höhe schießen wie andere Saat. Als nun das Fest der Hagelfeier kam, wo man mit Prozessionen und Fahnen die Felder umgeht und für sie betet, sahen die Mönche nach der Saat auf dem künftigen Klostererbe. Aber was sahen sie? Eine Saat von Eicheln.

„Betrug! Betrug!" schrien Abt und Prior und Konvent, aber es half nichts, denn im Briefe stand: vnde bewilligen ihme deme edeln junkherrn Hall von Sleehenbosche die letzte Vssaat sinder widerrede unde sinder alle geferde (unangefochten).

Lange noch freute Junker Hall von Schleebusch sich seines schönen, herrlich gedeihenden jungen Eichenwaldes. Er jagte noch Hasen und Hühner darin. Die Bäume wuchsen, und Abt und Prior und der ganze damalige Konvent gingen einer nach dem anderen zur ewigen Ruhe, zu der „Saat, von Gott gesäet" — und immer noch wuchsen die Eichen.

Im Archiv wurde der schöne Brief grau, und die Siegel wurden voll Staub, und es dachte niemand mehr an ihn. Aber immer noch wuchsen die Eichen. Das Kloster versank in Schutt und Trümmer, und das neue Geschlecht, das gekommen war, konnte die Schrift des alten Briefes nicht mehr lesen.

BECHSTEIN

DIE DREI AUFLAGEN

Über die Stadt Osnabrück war ein Graf von Teklenburg als Kirchenvogt gesetzt mit allerlei Rechten. Eines davon war, daß die Metzger sich ihre Preise von ihm vorschreiben lassen mußten. Diese Fleischpreise brachte stets ein kleiner Burgzwerg auf einem Esel herunter in die Stadt, und ehe er da war, durften die Metzger kein Fleisch verkaufen. Das ärgerte sie sehr, denn er kam fast immer zu spät, und wenn die Käufer vom Markte hinweg waren, konnten die Metzger ihr Fleisch selbst essen. Vergebens drohten sie dem Burgzwerg, sie würden ihn erschlagen, wenn er nicht früher käme, und endlich griffen sie ihn und zerhackten ihn, legten die Stücke in des Esels Tragkörbe, und ließen ihn allein hinauf zur Teklenburg treiben. Schrecklich war der Zorn des Grafen, er befehdete die Stadt und quälte sie so lange, bis sie um Gnade bat.

Der Graf von Teklenburg aber war nicht willens, Gnade zu üben, sondern sprach höhnend, er wolle Gnade üben gegen das verräterische Osnabrück, wenn die Stadt binnen Jahresfrist zwei Scheffel Wifelinghöfer einliefere. Das waren kleine Silberheller, die ein früherer Bischof aus dem Geschlechte der Wekelinghofen hatte prägen lassen, und die man nur noch selten sah, sodann zwei blaue Windhunde und zwei Rosenstöcke ohne Dornen. Da war guter Rat teuer, diese drei Bedingungen zu erfüllen. Weit und breit wurden Boten umhergesandt, schlechte Heller gab es genug, aber keine Wifelinghöfer; blauen Dunst genug, aber keine blauen Windhunde; Rosenhecken genug, aber nirgends dornenlose, denn das Sprichwort sagt ja ausdrücklich: Keine Rose ohne Dornen. Für die Münzen wurde endlich doch Rat geschaffen, denn der Rat zu Osnabrück ließ verkündigen, daß er die Wifelinghöfer Heller gut bezahle. Da strömten von überall her die Bettelleute nach Osnabrück und lieferten Wifelinghöfer ein.

Unterdessen waren ein Paar weiße Windhunde in ein blaues Zimmer mit blauen Glasfenstern gebracht worden. Sie wurden von blaugefärbten und blaugekleideten Wärtern blau angestrichen, gefüttert mit nichts als gekochtem Blaukohl aus blauen Geschirren. Da bekamen die Windspiele Junge, die waren schon etwas blau, dann wurden von diesen wieder Junge erzielt, die waren blitzblau. Mittlerweile hatte der Rat Rosenschößlinge durch enge Glasröhren wachsen lassen, da blieben die Dornen inwendig, denn sie hatten keinen Raum, hervorzutreiben. Und so erfüllten die Osnabrücker die drei schweren Bedingungen mit Mühe und Not und hatten fortan wieder Ruhe. Die Metzgerzunft aber wurde gewarnt, ihre Hackekunst nicht wieder an Zwergen zu üben. Das Geschlecht der blauen Windspiele verlor sich bald wieder, aber die dornenlose Rose wurde fortgepflanzt und hat sich von Osnabrück aus in alle deutschen Gärten verbreitet.

DAS GROSSE LOS

Zu Berlin war ein armer Schuhmacher, dem hing ein Händler statt baren Geldes für Stiefel oder Schuhe ein Lotterielos auf. Der Mann legte das Papier ins Fenster und achtete nicht weiter darauf. Als der Sonntag kam, ging er mit seiner Frau spazieren, ließ aber die Kinder daheim.

„Ach, ein Bild!“ riefen sie. „Das muß hin zu den andern Bildern an die Stubentür!“

Gesagt, getan. Das Los bekam auf seine weniger schöne Rückseite eine dicke Lage Mehlkleister und erhielt seine Stelle neben einem berühmten Kriegshelden, einer Kompanie Soldaten und sonstigen Dreier- oder Pfennigbildern, die das Bildergemisch an der Stubentür bereits verschönern halfen.

In der nächsten Woche machte der Schuhmacher einen Geschäftsgang. Von dem kam er ganz atemlos nach Hause, seine Augen glänzten, er stürzte an das Fenster, seine Hand streckte sich nach dem Papier aus, — es war fort.

„Wo — wo — wo ist das Los? Das Papier? Hier hab' ich's hergelegt!“

Frau und Kinder zitterten, der Schuster wurde wild, seine Hand erfaßte den Knieriemen, es drohte ein schreckliches Gewitter, da faßte das jüngste Kind, ein Mägdlein mit schelmischen Augen, des Vaters Hand, sah ihn bittend und zitternd an und wies nach der Tür. Dort klebte das Los, gut und sicher. Aus dem Fenster hätte es vielleicht ein Windstoß geweht.

„Goldkind!“ rief der Schuster und hob das Kind empor, küßte es und ließ den Knieriemen fallen.

Aber das Los saß fest, herunter ging es nicht. Der Versuch, es mit Wasser abzuweichen, hätte das dünne Papier jedenfalls vernichtet. Der glückliche Gewinner, denn das Los war als Großes Los aus der Ziehung gekommen, faßte sich kurz entschlossen: Er hob die Tür aus den Angeln und trug sie huckepack auf das Rathaus, wo die Ziehung stattfand.

Jeder staunte, als das Los so groß und schwer hereinkam, doch da alles in Ordnung befunden wurde, mußte dem Besitzer des glückhaften Loses die Tür gleich als Zahlbrett dienen.

Darauf hat dieser Schuster in der Wallstraße zu Berlin ein hübsches Haus erbaut und über der Tür sich selbst abbilden lassen, wie er seine Stubentür huckepack trägt. Das Haus hat die Nummer 25.

DER BESSERSTEIN

Im Aargau, dort wo Reuß und Limmat in die Aar und die Aar in den Rhein fließen, liegt der Geißberg. Der trägt auf seinem Gipfel die Trümmer einer Ritterburg. Ein Herr von Villigen baute die Burg auf das schönste und festeste, hatte seine Herzensfreude daran, gedachte in ihr in seinem Alter froh zu werden und in Leutseligkeit und Güte seinen Untertanen ein treuer Vater zu sein. Fertig stand der Bau, und festlich sollte er eingeweiht werden. Des Bauherrn Söhne und alle Freunde rings im Gau waren versammelt, und die Humpen kreisten. Der Ritter von Villigen sprach zu seinen Söhnen:

„Da schaut nun, wie gut sich's hier wohnen wird in der Pracht der Gegend: Rund um uns her unsere fleißigen Leute und Mannen, mitten im Kreis der Dörfer unser stattliches Burghaus, fest gegen den Feind, offen dem Freund, den Bedrängten ein Schutz, den Dürftigen eine Herberge! So wollt' ich's haben."

„Ja, Vater", sprachen die Söhne, „das ist eine wackere Trutzburg geworden. Jetzt mag sich das nichtsnutzige Volk auflehnen oder nicht, wir zwingen es von hier aus, wir werden ihm den Fuß auf den Nacken setzen. Von hier aus können wir Zölle legen auf die Flüsse und den Rheinstrom, auf Wege und Stege. Der ganze Gau muß uns tributpflichtig werden, damit unser Gut sich mehre und unser Name gefürchtet sei im Rhein- und Schweizerlande. "

Als der Herr von Villigen diese Rede seiner Söhne vernahm, war es ihm, als wolle sein Blut stocken und sein Herz brechen, und zürnend brach er aus: „Entartete Söhne! So ist euer Sinn? Wartet, den will ich euch bessern!"

Er warf seinen vollen Humpen zur Erde, daß er in tausend Scherben zerklirrte.

„Wie dieser Humpen zertrümmert liegt, so soll dieser stolze Bau, meine Lust und meine Freude, zertrümmert liegen!" schrie er.

Er berief seine Mannen, seine Untertanen, sein ganzes Volk, befahl, den neuen Bau abzubrechen und verfluchte die Hand, die ihn wiederum zu bauen beginnen werde.

„Besser Stein, ein wüster Stein, als eine Zwingburg des Volkes und des Gaues, die Schimpf auf den edeln Namen derer von Villigen häuft!" rief er.

Seitdem liegt auf dem Geißenberge der öde Mauerrest und heißt überall im Volke der Besserstein.

DER GELDSOT

In Süddithmarschen bei Marne rinnt eine helle Quelle über die Marsch hin, die blinkt wie Silber. Nahe dabei hat ein Dorf gestanden, das verheerte zuerst der Krieg, und nachher kam die Seuche; da starb es ganz aus, bis auf einen einzigen Mann. Das war der Hirte, und der erbte nun all das Geld und Gut, das die Verstorbenen hatten zurücklassen müssen. Er hatte seine Lust daran, alles zusammenzutragen. Er versenkte die Schätze hinab in den Quellbrunnen; dann starb er und hinterließ keine Erben.

Es mochte aber im Vorbeireisen doch jemand gesehen haben, was der Hirte getan hatte, denn die Sache kam unter die Leute, und der Brunnen wurde der Geldsot geheißen. Wenn einer mit einem Stocke in den Quell hineinstieß, klang es hohl, und man konnte bisweilen in der Tiefe den kleinen grauen Mann sehen, wie er, einen schwarzen Hut auf dem Kopf und ein brennendes Licht in der Hand, nachsah, ob der Schatz noch ganz vorhanden wäre. Wenn einer versuchte hinabzugreifen, so war der Hirte verschwunden.

Einstmals haben sich ihrer dreie verbunden, den Schatz zu heben, und haben den Brunnen tief aufgegraben. Da sind sie auf einen großen Braukessel gestoßen, den konnten sie so nicht herausheben. Sie legten einen Windebaum quer über das Loch und banden Stricke an die Henkel und begannen den Kessel in die Höhe zu winden. Das taten sie aber ganz stillschweigend, weil man beim Schatzheben ja nicht reden darf. Mit einem Male hörten sie Räder rollen und Achsen ächzen. Da fuhr ein Fuder Heu vorbei, das zogen sechs weiße Mäuse. Aber keiner von den dreien verlor ein Wort noch einen Laut, und der Kessel rückte schon merklich höher. Da kam ein Mann mit einem dreieckigen Hut auf einem Schimmel geritten, der nur drei Beine hatte.

„Guten Abend!" sagte der Alte, aber die drei waren klug und antworteten nicht.

„Könnte ich wohl das Heufuder einholen?" fragte der Mann weiter, und da fuhr's dem einen heraus:

„Den Teufel wirst du's einholen, du lahmer Krüppel auf deinem lebendigen Dreibein!"

O weh, da brach die Winde, und der Kessel versank im Brunnen. Und nie mehr vermochte einer, ihn zu heben, so viele es auch später wieder versucht haben.

DAS IST DES MANNES FELD

Als Kaiser Heinrich auf seiner Pfalz Wallhausen in der güldnen Aue Hoflager hielt, wollte er einem seiner Mannen eine Gnade erzeigen, und so erbat sich dieser ein Stück Feldes, angrenzend an die güldne Aue, so groß, wie er mit einem Scheffel Gerste werde umsäen können. Dieses Ansuchen gewährte ihm der Kaiser, und der Rittersmann säte nun nichts weniger als dicht, sondern lang und weit, und umfing den Bodenraum einer ganzen Grafschaft.

Das verdroß des Kaisers Ritter und Dienstmannen, und sie murrten gegen ihn, daß jener Kämpe mit ziemlicher Unbescheidenheit zu Werke gegangen, der Kaiser aber lachte und sprach:

„Wort ist Wort. Was der Mann umsät hat, das ist des Manns Feld."

Von da ab wurde und blieb der neuen Grafschaft der Name Mansfeld, und in das Wappen, das die Grafen annahmen, wurden Gerstenkörner gestellt. Die Heraldiker nannten sie hernach Wecken, weil sie den Ursprung vergessen hatten und die Körner undeutlich ausgedrückt fanden, wie sie aus den ursprünglichen Pfauenschweifwedeln durch den Hut überm Wappen der alten Grafen von Henneberg ein paar unbedeutende Rohrkolben gemacht und andere solche Schnitzer mehr auf gar vielen alten Geschlechterwappen.

Des Hauses Mansfeld Ahnherren haben die alten Historiker, die so zuverlässig sind wie die alten Heraldiker, weit über die Zeit der Kaiser Heinriche hinaufgerückt, sie glänzten nach ihnen schon unter den Rittern der Tafelrunde.

TRIFELS

Über dem Annweiler Tale bei Landau erhob sich eine stattliche Kaiserpfalz, Burg Trifels. Es geht weit und breit die Sage, daß König Richard Löwenherz von England vom Kaiser Heinrich darin gefangengehalten wurde. Niemand wußte, wo er hingekommen war, und große Sehnsucht nach Richards Wiederkehr herrschte in seinem Reiche.

Nun hatte Richard einen treuen Dienstmann, der war ein Minnesänger und verstand sich meisterlich auf die Kunst des Gesanges und der Töne. Der machte sich mit einer Schar redlicher Mannen auf, seinen König überall zu suchen. Reichen Schatz an Gold und Kleinodien, den das Volk geopfert hatte, nahmen sie mit sich als Lösegeld. Auch König Richard war ein Minnesänger, und Blondel, so hieß jener treue Dienstmann, kannte und konnte des Königs Lieder. Vor mancher Burg, darinnen er den König gefangen glaubte, hatte Blondel schon seine Weisen angestimmt, auf die, wie er sicher glaubte, der König singend antworten mußte, wenn er ihn hörte, aber es war bis jetzt stillgeblieben hinter den festen Mauern.

Schon war er am Donaustrom auf- und abgezogen und hatte auch am Rhein gesucht und gesungen. Da vernahm er, daß in der Nähe der Stadt Landau, wo man dazumal des heiligen Reiches Kleinodien aufbewahrte, auf drei Felsenzacken ein großes und stattliches Kaiserschloß stehe. Und weil Blondel der Meinung war, nur in einem solchen Schloß werde der römische Kaiser seinen König und Herrn gefangenhalten, so wandte er sich dorthin mit den Seinen, umschlich spähend die Mauern und stimmte am Fuße der starken und hohen Türme, in deren Tiefen und Verließen man gewöhnlich die Gefangenen schmachten ließ, jene Weisen an, die nur König Richard kannte. Und — o Freude — endlich, endlich drang aus dem Gemäuer des Turms auf Trifels antwortender Gesang in gleicher Weise. Hoch schlug vor Freude Blondels Herz, sein Richard, sein König war gefunden und bald darauf auch aus seiner Haft befreit.

KRÖTENSTUHL

Im Elsaß war eine Burg, die hieß Nothaeder. Dort wohnte ein Herzog, der eine überaus schöne Tochter hatte. Sie war aber nicht weniger stolz als schön; kein Freier, so viel deren auch kamen, um ihre Hand zu erlangen, war ihr gut genug, und mancher nahm sich das Leben, weil er ihre Gunst nicht erlangen konnte. Der letzte, der das tat, verwünschte die hartherzige Jungfrau in einen harten Steinfelsen, und daß sie sich nur alle Freitag einmal sichtbar zeigen dürfe, aber auch nur alle drei Wochen einmal in ihrer wahren Gestalt als Jungfrau, die anderen Male nur als eine Schlange und als häßliche Kröte. Jeden Freitag kommt sie nun hervor, wäscht oder badet sich auf dem Felsen an einer Quelle und sieht sich nach allen Seiten um, ob kein Erlöser naht. Wollte jemand das Wagestück versuchen, so muß er an einem Freitag auf den Felsen gehen. Dort findet er eine Muschel, darin liegen drei Wahrzeichen: eine dunkelgelbe Schlangenschuppe, ein Stückchen grasgelbe Krötenhaut und eine goldgelbe Haarlocke. Diese drei Dinge muß der Befreier zu sich stecken und bei sich tragen, und zur Mittagsstunde am nächsten Freitag wieder hinauf auf den wüsten Felsen steigen, und zwar dreimal, und muß einmal die Schlange, zum anderen Mal die Kröte, zum dritten Mal die Jungfrau küssen. Wem das aber möglich ist, der erlöst die Verzauberte, bringt sie zur Ruhe und wird durch ihre Schätze unermeßlich reich. Schon mancher fand die Merkzeichen, wagte sich in die öden Burgtrümmer und kam nimmermehr wieder, sei es, daß Furcht und Grausen ihn tötete, noch ehe er den Kuß gewagt, sei es, daß er den Kuß wagte und vor Entsetzen in des Todes Arme sank. Denn so lieblich sie als Jungfrau erscheint, immer gleich jung, niemals gealtert, so schrecklich ist sie als Kröte, nämlich riesengroß, und speit Feuer. Am allerschrecklichsten ist sie als Schlange, lang und stark wie ein Heubaum. Einmal hatte ein kecker Bursche sich doch überwunden und die Schlange geküßt, da war die Schlange verschwunden. Nun kam die Kröte an die Reihe, die war über alle Maßen abscheulich anzusehen; das Eingeweide drehte sich ihm im Leibe um, und er lief davon. Die Kröte aber hüpfte plump und schwer hinter ihm her und verfolgte ihn bis zum Krötenstuhl, und spie ihm den Berg hinab noch ganze Bündel Feuer nach.

DIE TELLENSAGE

Lieder und Chroniken des Schweizerlandes preisen den Tell als den Befreier von hartem und lastendem Druck, als den Schöpfer der Schweizerfreiheit, und in alle Lande ist sein Ruhm erklungen, ewig fortlebend und unaustilgbar.

Es war zu den Zeiten des Kaisers Albrecht von Österreich, der war ein strenger und heftiger Herr und suchte sein Land zu mehren. Deshalb kaufte er viele Städte, Flecken und Burgen im Schweizerland, setzte dort Landvögte ein, die in seinem Namen regierten. Drei Schweizerstädte und Landschaften aber wollten nichts von dem Österreicher wissen noch haben. Da sandte ihnen der Kaiser zwei edle Boten, den Herrn von Lichtenstein und den Herrn von Ochsenstein, die mußten den Orten vortragen, daß sie sich in Österreichs Schutz und Schirm begeben sollten, dann könnten sie es mit der ganzen Welt aufnehmen und ihr trotzen. Wollten sie das aber nicht, so werde der Österreicher ihr Feind sein, und sie sollten nichts Gutes von ihm zu erwarten haben. Da sprachen die Männer von der Schwyz:

„Liebe Herren, wir wollen dem Hause Österreich gern in allen Ehren zu Lieb und Dienst sein, aber wir wollen doch bei unsrer alten Freiheit bleiben, die noch niemalen ein Fürst oder Herzog angetastet hat."

Auf diese Rede brachen die Abgesandten rasch auf und ritten stracks nach Uri und Unterwalden, dort, dachten sie, würden sie gleich Gehör finden. Es kam aber ganz anders, denn die drei Orte hatten sich schon untereinander verbunden und sich verschworen, treulich zusammenzuhalten, sagten auch, daß ihre Freiheit ihnen verbrieft sei von Kaiser Friedrich dem Hohenstaufen und von Rudolf dem Habsburger. Und nun ritten die Abgesandten wieder unverrichteter Sache von dannen.

Bald darauf sandte Albrecht von Österreich zwei Vögte, die hießen Geßler und Landenberger. Von denen sollte Geßler Amtmann zu Schwyz und Uri sein, der Landenberger aber zu Unterwalden. Sie sollten sich zu Anfang freundlich zeigen, ob sich vielleicht in Güte das Volk bewegen ließe. Jedoch es ließ sich nicht beschwatzen; und deshalb erhielten die Landvögte Befehl, den Bauern alles gebrannte Herzeleid anzutun. Als das nun geschah, sandte das Volk Klageboten an Albrecht; der aber ließ diese gar nicht vor sein Angesicht. Nun gingen die Sendboten zu des Kaisers Räten und baten sie freundlich und ernstlich, sie sollten dem Mutwillen und der Plackerei der Vögte steuern; aber die Räte sprachen:

„Ihr Männer seid selber schuld an allem Übel, warum wollt ihr euch nicht auch in unseres Herren Gnade, Schutz und Schirm begeben? Tätet ihr das, so hättet ihr Ruhe und guten Frieden."

Da kehrten die Gesandten traurig heim und ohne Hoffnung.

Damals hauste in Unterwalden ein redlicher Mann, der niemals Untreue verübte. Der war dem Landenberger besonders verhaßt, und sein Name war Heinrich im Melchtal an der Halde. Zu dem sandte der Landenberger, der auf Burg Sarnen saß, einen seiner Knechte mit dem Gebot, dem Melchtaler die Ochsen vom Pfluge abzuspannen. Flugs gehorchte der Knecht und wollte dem Manne die Ochsen vom Pfluge wegführen. Heinrich im Melchtal aber sprach:

„Laß ab, meine Ochsen behalte ich. Hab' ich was Sträfliches getan, so soll man mich vorfordern und richten."

Der Knecht antwortete:

„Bauer, ich tue, was meines Herrn Gebot ist, frag ihn selbst um die Ursach'! Ihr Bauern seid selber Ochsen genug, daß ihr den Pflug selbst ziehen könnt."

Diese lose Rede hörte des Alten junger Sohn, der hieß Arnold. Der nahm einen Stecken und schlug dem Knecht des Landenbergers einen Finger entzwei, so daß ihm das Ochsenausspannen verging. Der Knecht lief, um die Tat dem Landvogt anzusagen, und der junge Arnold im Melchtal entwich nach Uri. Der Landenberger ließ alsbald Heinrich im Melchtal vor sich bringen und begehrte von ihm des Sohnes Aufenthalt zu erfahren. Weil nun der Alte es entweder nicht sagen wollte oder nicht wußte, wohin sein Sohn entflohen war, ließ der Landenberger dem Vater beide Augen ausstechen, nahm ihm sein Gut und trieb ihn ins Elend.

Der Landvogt Geßler, der zu Uri saß, begann auf einem Hügel über Altdorf eine neue Burg zu bauen, die sollte genannt werden „Zwing Uri", um auch damit noch so recht das Landvolk zu quälen und zu reizen. Weil nun der Geßler wußte, daß er allem Volke verhaßt war und vermutete, es möchte sich schon etwas Heimliches gegen ihn angesponnen haben, ließ er mitten auf einem freien Platz eine hohe Stange aufrichten mit einem Hute darauf und befehlen, daß jedermann, wer immer es auch sei, dem Hute Reverenz erzeigen soll mit Bücken und Hutabnehmen, als ob es der Vogt selbst wäre. Er ließ heimlich spionieren und aufpassen, wer das etwa nicht täte und den Gruß verweigerte. Darauf ritt er gen Schwyz und kam über Stein. Da wohnte ein frommer Mann, der hieß Werner von Stauffacher, der hatte noch nicht lange zuvor ein neues Haus an seines alten Statt gebaut. Als nun der Vogt vorüberritt, fragte er:

„Wem gehört dieses Haus?"

Der Stauffacher wollte recht höflich sein, sagte nicht, daß es sein gehöre, sondern antwortete:

„Meinem Kaiser und Euch, Herr Landvogt, ich trag's von Euch zu Lehen! Beliebt Euch, einzutreten?"

Der Landvogt fuhr den Stauffacher scheltend an:

„Ich bin hier an des Kaisers Statt! Hast du um Erlaubnis gefragt zu diesem Bau? Nein! Und baut ihr Bauern nicht Häuser, als wenn Herren darinnen wohnen sollten? Das will ich euch wohl wehren!"

Sprach's und ritt trutziglich weiter.

Den Stauffacher schmerzte die Rede sehr, aber sein kluges Weib tröstete ihn und sagte, er solle doch nachfragen bei anderen Freunden, ob es überall im Lande so übel sei, und mit ihnen Rats pflegen, daß es anders werde.

Da ging Werner von Stauffacher gen Uri zu einem Freund, der hieß Walter Fürst, und bei dem fand er Arnold im Melchtal, der sich noch versteckt hielt. Da ratschlagten die drei miteinander und wurden eins, daß sie noch andere treue und vertraute Männer aufsuchen und mit ihnen einen Bund gegen den Druck der Vögte schließen wollten.

Das gelang ihnen trefflich, und es erwuchs ein großer, heimlicher Bund. Dem traten auch viele vom ritterlichen Geschlecht bei, denn die Vögte waren auch gegen sie aufsässig, nannten sie Bauernadel und adelige Kuhmelker. Darauf wählten die Männer des Bundes zwölf aus ihrer Mitte als ihren Vorstand; die kamen auf einer Matte am Vierwaldstätter See zusammen, die man „im Gryttli“ (Rütli) nennt, und sie berieten, wie es nun werden sollte. Da meinten die von Unterwalden, man solle noch warten, weil es schwer wäre, in aller Schnelle die festen Plätze, wie Sarnen und Roßberg, zu gewinnen. Wolle man sie belagern, so gewinne der Kaiser Zeit, ein Heer zu senden, das sie aufreiben werde. Man solle lieber die Schlösser mit List gewinnen, niemand töten, der sich nicht bewaffnet widersetze, allen übrigen freien Abzug gewähren und dann die Festen schleifen. Als die Männer so tagten und den großen Bund beschwuren, da entsprangen der Matte heilige Quellen.

Mittlerweile geschah es, daß ein Mann aus Uri, Wilhelm Tell geheißen, etliche Male achtlos an Geßlers Hut vorüberging und ihm keine Reverenz machte. Kaum wurde das angezeigt, so forderte ihn der Vogt vor sich, Tell aber sprach:

„Ich bin ein Bursmann und vermeine nit, daß so viel an dem Hut lieg’, hab’ auch nit sonder acht darauf gehabt.“

Da ergrimmte der Vogt, schickte nach des Tellen allerliebstem Kind und sagte:

„Du bist ja ein Schütz und trägst Geschoß und Waffen mit dir herum, jetzt schieße diesem deinem eigenen Kind einen Apfel vom Kopf.“

Dem Tell erschrak das Herz, und er sprach:

„Ich schieße nicht, nehmt mein Leben.“

„Du schießest, Tell“, schrie der Landvogt, „oder ich lasse dein Kind vor deinen Augen und dich hinterdrein niederstoßen!“

Da betete der Tell in seinem Herzen, daß Gott seine Hand führe und des liebsten Kindes Haupt beschirme. Und der Knabe stand still und ruhig und zuckte nicht, und Tell schoß und traf den Apfel. Da jauchzte das Volk laut auf und umjubelte den Tell, den meisterlichen Schützen. Das verdroß erst recht den Geßler, und er schrie den Tell an, der noch einen Pfeil im Koller hatte:

„Du hast noch einen Pfeil in das Koller gesteckt, Tell, sag an, was hättest du getan, wenn du dein Kind getroffen?“

Tell antwortete: „Das ist so Schützenbrauch, Herr.“

„Nein, das ist eine Ausrede, Tell!“ antwortete der Landvogt. „Sag es frei, ich sichere dir dein Leben zu.“

„Wenn Ihr es denn wissen müßt“, sprach Tell, „und meines Lebens mich versichert, so hört: hätte ich mein Kind getroffen, so hätte dieser Pfeil Euer wahrlich nicht fehlen sollen.“

„Ha, du Erzbösewicht!“ schrie der Landvogt, „das Leben hab’ ich dir versichert, aber nicht die Freiheit. Ich will dich an einen Ort bringen, wo weder Sonne noch Mond dich bescheinen soll!"

Er befahl seinen Knechten, den Tell zu binden und ihn in sein Schiff zu bringen, womit er über den Urner und Vierwaldstätter See fahren wollte, und um dann von Weggis nach Küßnacht zu reiten. Da sandte Gott der Herr einen Sturmwind und ein schreckliches Ungewitter, daß das Wasser in das Schiff schlug. Da sagten die Schiffsleute dem Landvogt, daß der Tell der beste Schiffslenker sei, der allein könne sie noch aus der Todesgefahr retten. Darauf ließ der Landvogt den Tell losbinden. Der ruderte flugs mit starken Armen und brachte das Schifflein nach dem rechten Ufer, wo das Schwyzer Gelände sich hinabsenkt. Dort war ein Vorsprung mit einer Felsenplatte, auf die sprang plötzlich der Tell mit seinem Geschoß und Pfeil, das er rasch ergriff, stieß mit Gewalt das Schifflein von sich und ließ es durch die Wellen treiben. Darüber erschraken der Landvogt und seine Leute mächtig. Tell aber entfloh eilend auf Pfaden, die ihm wohlbekannt waren.

Als die im Schiff nach Laupen kamen, legte sich der Sturm. Geßler ließ aber bei Brunnen anlegen, denn er fürchtete sich nun vor dem Ungetüm der Wellen. Tell schritt auf Bergpfaden hoch über den Seetälern und sah, wohin der Landvogt zog. Es befand sich aber zwischen Art und Küßnacht eine hohle Gasse. Dort erwartete Tell den Vogt. Und als der durch die hohle Gasse dahergeritten kam, schoß ihn der Tell mit dem aufgesparten Pfeil vom Rosse herunter, wie ein Jäger eine wilde Katze vom Baume schießt. Er floh ungesehen, kam im Dunkel der Nacht im Lande Schwyz in des Stauffachers Haus zu Steinen, eilte dann durchs Gebirge zu Walter Fürsten in Uri und sagte allen an, was und wie es sich zugetragen hatte, und daß es jetzt an der Zeit sei, loszuschlagen und das fremde Joch abzuschütteln.

Nun war es nicht mehr weit hin bis zum neuen Jahr, denn als der Bund im Gryttli tagte, war schon Wintermond. Zuerst wurde Roßberg von den Unterwaldnern mit List eingenommen, und darauf Sarnen ohne Schwertschlag. Dann mußten alle Leute der Vögte Urfehde geloben und schwören, nimmermehr wieder in das Schweizerland zu kommen, und wurden über die Grenze geleitet. Das noch nicht fertig ausgebaute Schloß „Zwing Uri" wurde wie die genannten Schlösser der Erde gleichgemacht, und Werner Stauffacher brach Schloß Louvers ab, das in den See hineingebaut stand.

Als nun Kaiser Albrecht von alledem die Kunde vernahm, da geriet er in großen Zorn und stellte gleich ein Kriegsheer auf, um die Schweizer zu züchtigen. Als er aber auf diesem Zuge durch den Aargau ritt und gen Brugg wollte, wurde er von seinem eigenen Neffen, Johann Herzog von Schwaben, unweit von Königsfelden meuchlings erschlagen. Darum behielten die Schweizer Frieden und ihre Freiheit bis auf den heutigen Tag.

BECHSTEIN

DER GLOMSSACK ZU MEMEL

Ein Glomssack ist ein Sack, in dem die litauischen Glomskäse aufbewahrt werden. Die sind nicht so klein wie die zu Suhla im preußischen Henneberg, die wohl die kleinsten Käschen auf der Welt sind, und daher Gamaschenknöpfe genannt werden und besonders appetitlich und köstlich sind. Zu Memel hing das Abbild eines litauischen Käsesackes, in Erz gegossen und zwei Zentner schwer, an der äußeren Festungsbrücke und diente als Gewicht beim Auf- und Niederziehen.

Einstmals wurde Memel vom König Erich von Schweden hart belagert, wehrte sich auf das tapferste, litt aber bald Hunger, und zuletzt war es mit dem Proviant Matthäi am letzten und Schmalhans Küchenmeister. Der ganze Restvorrat bestand in einem handlichen Glomskäse, und da dachten die Belagerten: ergeben müssen wir uns ja doch, ob wir nun erst noch diesen Käse verspeisen oder nicht. Sie nahmen also den Käse und einen Glomssack, taten ihn hinein, luden ihn auf ein Geschütz und schossen ihn in das feindliche Lager, daß die Schweden dachten: Bomben und Granaten! Was kommt da für eine höllische Bombe? Als sie nun den großen Käse sahen, sagten die Schweden untereinander: „Wo noch so viel zu essen ist, da können wir unsern Schwedentrunk nicht anbringen. Wenn diese Käsefresser es noch zum Wegwerfen haben, während bei uns im Lager Mangel einreißt, so tun wir besser, wir ziehen ab von Memel.“ So sprachen sie, ließen sich den Glomskäse schmecken und zogen ab. Die Memeler aber ließen einen Glomssack mit einem Glomskäse darin zum ewigen Andenken in Erz gießen und an derselben Stelle aufhängen, wo der wirkliche Käse hinausgeschleudert worden war.

WO DER HUND BEGRABEN LIEGT

In Winterstein liegt der Hund begraben; das ist ein Dorf hart am Fuße des Inselberges, durch den die Emse fließt. Da haben früher die Herren von Wangenheim ein Bergschloß gehabt, das ist jetzt in Trümmern, es sind aber noch drei Wangenheimische Schlösser da.

Einer dieser Herren war, wie fast alle seine Vorfahren und Nachkommen, Jägermeister eines Herzogs von Gotha. Er hatte einen sehr gescheiten und treuen Hund namens Stutzel, und als der Herr von Wangenheim gestorben war, hatte seine Witwe den Hund noch lange. Stutzel war so geschickt und klug, daß er mit Briefen, die man an sein Halsband befestigte, ganz allein nach Gotha auf den Friedenstein zur Herrschaft ging und wieder mit Briefen zurück, so daß sich der gothaische Bote den Weg fast ersparen konnte.

Die Witwe war nun dem Stutzel über alle Maßen gut, und als er endlich starb, da ließ sie ihn in einen Sarg legen und weinte schmerzlich und wollte haben, daß auch die Dienerschaft weinen sollte. Die tat's auch der Herrin und dem Stutzel zuliebe und heulte und schrie aus Leibeskräften um den guten Hund; bis auf eine alte Köchin, die weinte „mit trockenen Augen". Darob zürnte die Herrin und gab ihr auch kein Trauerkleid wie dem übrigen Gesinde. Als sie aber in die Küche kam, wo die Köchin Zwiebeln schnitt — davon tränten ihr die Augen — da sprach sie schmerzvoll:

„Nicht wahr, nun weinst du doch noch um den guten Stutzel? Sollst nun auch ein Trauerkleid haben!"

Die alte Köchin lächelte durch die Tränen und sagte nicht nein.

Nun wollte die Frau von Wangenheim, Stutzel sollte feierlich auf dem Gottesacker beerdigt werden; da kam der Pfarrer aufs Schloß und sagte:

„Gnädige Frau, das geht nicht. Der Gottesacker ist für Christenleute und nicht für einen Hund; auch nicht für den der Frau von Wangenheim."

„So", sagte die Frau Jägermeisterin von Wangenheim Witwe, „geht es nicht? Das tut mir leid. Der selige Stutzel war gar kein Hund, er hatte Menschenverstand und hat sogar ein Testament gemacht und hat darin Seiner Kirche einhundert Taler vermacht und Ihm selbst fünfzig Taler, notabene, wenn ihm ein Plätzchen auf dem Kirchhof würde. Wenn nicht, gibt's keinen Heller."

„Das ist freilich ein ander Ding, gnädige Frau — die Kirche ist sehr arm", sagte darauf der Pfarrer. „Ei, der gute fromme Stutzel! Wer weiß, ob nicht in ihm ein lieber Mensch verzaubert war, da er so viel Menschenverstand gehabt. Nun, ich denke, ein Eckchen im Kirchhof — Ihro Gnaden mich dienstwillig zu erzeigen."

Darauf wurde ein feierliches Leichenbegängnis veranstaltet, und Knechte und Mägde, alle in Trauer gekleidet, mußten hinter dem Hundesarg hergehen. Aber das wurmte die Gemeinde und sprach sich in der Gegend herum, und wo sich ein Wintersteiner sehen ließ, lachten die Leute und spotteten, wie ohnehin die Thüringer gern spotten:

„Na, bei euch zu Winterstein leigt ja der Hund uff'm Kerfich (Kirchhof) begraben!"

Die Sache kam vor die gnädige Landesherrschaft, und die wurde darauf sehr ungnädig. Es kam eine Kommission vom herzoglichen Konsistorio zu Gotha, und der Pfarrer wurde vernommen. Der sagte, er habe es um des armen Kirchleins willen zugelassen, aber solche Ausrede half ihm gar nichts; er wurde abgesetzt und der Stutzel ausgegraben. Ob die Frau von Wangenheim aber das Geld zurück erhalten hat, ist sehr zu bezweifeln; ein Herr von Wangenheim, der dieses selbst erzählt hat, wußte davon nichts.

Nun ließ die Frau Jägermeisterin von Wangenheim Witwe den Stutzel zum zweiten Male beisetzen, und zwar im Garten, und ließ ihm einen Stein zum Denkmal setzen, auf dem der unvergeßliche Stutzel abgebildet war, wie er leibte und lebte, und eine schöne Grabschrift war darauf zu lesen, die Stutzels Tugenden der Unsterblichkeit überlieferte.

Und noch immer geht das Sprichwort: In Winterstein, da liegt der Hund begraben.

DIE GETREUE FRAU FLORENTINA

Zu Metz lebte ein edler Rittersmann namens Alexander; der hatte eine gar tugendsame Ehefrau, Florentina genannt. Der Ritter gelobte sich zu einer Bußfahrt zum Heiligen Grabe, und sein Ehegemahl fertigte ihm ein feines neues Hemd; das zeichnete sie mit einem roten Kreuz und bat ihn, es immer zu tragen. Es sei dadurch gefeit und geweiht, weil es immer rein bleibe zum Zeichen ihrer steten Treue, die sie ihm bewahren wolle bis zu seiner Wiederkehr.

Im Heiligen Lande geriet Ritter Alexander aus Metz in Gefangenschaft und mußte mit anderen als Knecht den Pflug ziehen und Geißelhiebe und ein Joch auf seinem Nacken dulden wie ein Stier. Das Hemd blieb trotz harter Arbeit, trotz Staub und Schweiß und Blut stets rein und weiß wie Schnee. Das verwunderte die Aufseher, und sie berichteten es dem Sultan. Da erkundigte sich der Sultan, welche Bewandtnis es mit dem Hemd des Sklaven habe, und Alexander erzählte ihm von der Treue und Reinheit seiner Florentina.

Das dünkte dem Sultan eine Lügenmär zu sein, und er wurde sehr neugierig, ob es solches in der Welt gäbe. Deshalb ließ er auf seine Kosten einen vertrauten Eilboten in das Abendland reisen. Der kam auch glücklich nach Metz, erkundigte sich nach der Frau, erzählte ihr von ihres Herrn harter Gefangenschaft und warb, da er sie besonders schön fand, mit starker Versuchung um ihre Minne. Aber weil er sich ganz vergebens um die Gunst der Frau bemühte, zog er wieder ab und brachte seinem Herrn die Nachricht von Florentinas unwandelbarer Treue. Sie aber kleidete sich in Pilgrimtracht, nahm eine Harfe mit, die sie meisterlich zu spielen verstand, und reiste dem Heiden nach. Sie holte ihn zu Venedig ein und fuhr mit ihm, ohne daß er sie wiedererkannt hätte, in das Heidenland.

Als sie nun am Hofe des Heidenkönigs ankamen, meldete der Abgesandte, was er zu Metz ausgerichtet hatte, und rühmte seines Reisegefährten kunstreiches Harfenspiel. Da wurde der Pilgrim an den Hof befohlen und durfte sich hören lassen. Für sein Spiel wurden ihm große Geschenke angeboten. Er weigerte sich aber, sie anzunehmen, und bat nur um die Freilassung eines der Sklaven, die im Pfluge gingen. Das wurde ihm gewährt. Und nun ging Florentina zu den Sklaven und suchte unter ihnen ihren Mann. Den bat sie los, gab sich ihm aber nicht zu erkennen, weder zu Lande noch zur See, sondern blieb in ihrer Verkleidung als Mann und fuhr mit ihrem Gemahl der Heimat zu. Als sie noch zwei Tagereisen von Metz waren, sprach Florentina:

„Mein lieber Wandergeselle, nunmehr gehen unsere Wege auseinander. Gib mir dafür, daß ich dich befreite, doch etwas zum Andenken."

„Was soll ich dir geben, der ich soviel wie nichts habe?" fragte der befreite Ritter.

„Du hast ein sonderbares Hemd an; von dessen Wunder habe ich im Heidenlande reden hören. Schneide mir ein Stück heraus, damit ich auch anderen von dem Wunder singen und sagen kann."

„Weil du es bist und ich dir so großen Dank schuldig bin", sagte der Ritter, „will ich's tun, keinem anderen auf der Welt gäbe ich vom Hemd, das sich während all der Jahre der Gefangenschaft makellos erhalten hat und das mir meiner Frau Reinheit und Tugend so wunderbar verbrieft." Er schnitt ihm also ein Stücklein, nicht gar groß, aus dem Hemd heraus und schied so dankend von dem Pilgrim.

Florentina eilte ihrem Gatten schnell voraus nach Metz, legte ihre Frauenkleidung wieder an, und als er nun, einen ganzen Tag später als sie, daheim ankam, empfing sie ihn mit herzlicher Liebkosung und Freude; darüber war er sehr glücklich. Als aber nun der heimgekehrte Ritter allmählich seine Freunde wiedersah, da merkte er an ihrem sonderbaren Wesen, daß sie etwas Heimliches gegen ihn auf dem Herzen hatten, und endlich sagte ihm einer: „Mich wundert es sehr, daß du dein Weib wieder daheim gefunden hast; sie muß deine Heimkunft gerochen haben. Ein fremder Mann war oft und lange bei ihr, und endlich ist sie ihm nachgefahren und zwölf Monate fort geblieben und erst kurz vor dir wiedergekommen."

Da ward der Ritter sehr zornig, lud seine Freunde und Verwandten zu einem Mahl und fragte dann dabei sein Weib öffentlich, warum sie so lange Zeit ihr Haus verlassen und wo sie denn in der Welt herumgereist sei nach fahrender Fräulein Art? Da stand die getreue Florentina schweigend vom Tische auf, ging in das Zimmer nebenan und kam als Pilgrim mit der Harfe wieder und reichte ihm das Stücklein Leinwand aus seinem Hemd. Da hob der Ritter seine Hände und rief:

„Vergib, du Himmlische, du Reine! Du befreitest mich aus Sklavenbanden, aus dem Joche am Pfluge!"

Er fiel ihr weinend um den Hals, bat sie um Verzeihung, und jede Anklage verstummte auf immerdar.

Die drei Bergleute im Kuttenberg

Im Lande Böhmen liegt ein berühmtes Bergwerk, das ist im Kuttenberge. Da hat sich's vorzeiten zugetragen, daß drei Bergleute miteinander jahraus jahrein in einer Grube arbeiteten und ihr Brot verdienten. Sie nahmen täglich, wenn sie anfuhren, ihr Gebetbuch, ihr Grubenlicht, für einen Tag mit Öl versehen, und ihr Brot, auch nur für einen Tag, mit in die Grube, beteten und fuhren dann vor Ort.

Da geschah es, daß sich eines Tages ihre Grube verschüttete, und da befahlen sie sich Gott und gedachten zu sterben, denn ihr Öl und Brot reichte nur für einen Tag. Aber ihr Gebet, das sie gemeinsam verrichteten, das reichte viel, viel weiter. Ihr Öl nahm nicht ab und nicht ihr Brot, und sie beteten und arbeiteten im Berge immerfort und merkten nicht, daß die Jahre dahingingen. Und als eine Jahreswoche vorüber war, dünkte es sie noch keine gewöhnliche Woche zu sein. Nur daran, daß Bart und Haare ihnen mächtig wuchsen, merkten sie die Flucht der Zeit.

Ihre Weiber daheim wußten, daß sie alle drei verschüttet und vergraben waren, und dachten endlich daran, andere Männer zu nehmen, wenn einer sie haben wolle.

Aber schließlich begannen die drei Bergleute sich doch recht herzlich aus ihrer Gruft herauszusehnen nach dem Lichte, gleich der Pflanze im Keller, die sehnsuchtbleiche Ranken empor zum Lichte schickt und gern ergrünen möchte, und da seufzte einer von den dreien aus tiefem Herzensgrunde:

„O nur noch einmal, einmal nur am Tageslicht mich freuen und sonnen und dann in Gottes Namen sterben!“

Da seufzte der zweite:

„O nur einmal noch mit meiner lieben Frau zu Tische sitzen, nur einen Tag mich wieder droben freuen, und dann sterben in Gottes Namen!“

Und der dritte seufzte:

„Ach, nur ein Jahr im guten Frieden droben an der Seite meiner Frau und nimmermehr herunter, dann wollt' ich gerne sagen: Welt, ade!“

Da tat der Berg, als sie so gewünscht hatten, einen Donnerkracher, als wollte er mitten voneinander bersten, und durch eine Ritze fiel der Schein des blauen Himmels in die tiefe Grube. Da klommen die drei hinan, und der erste kroch hinaus ans Tageslicht und sog es wonneatmend ein, freute sich und sonnte sich am warmen Strahl und rief:

„O du Licht, du Licht von Gott!“

Dann sank er um und war tot.

Nach ihm krochen auch die zwei andern heraus und wanderten in ihr Dorf und suchten ihre Weiber. Die kannten sie nicht, denn jeder sah aus wie ein Waldschrat, und wollten nichts mit ihnen zu tun haben. Die Männer aber nahmen Bartmesser und Seife und traten bald darauf vor ihre Weiber, nachdem sie sich geschoren und gesäubert, und jeder war jetzt ein Mann, der sich gewaschen hatte und auch gekämmt. Da freuten sich die Weiber, daß sie ihre Männer wiederhatten.

Die eine bereitete gleich ein Mahl, so gut sie es vermochte, und da aßen und tranken die beiden und freuten sich, und der Mann sprach zuletzt den Abendsegen und dankte Gott für Speis' und Trank und sank um und war tot.

Dem dritten aber war vergönnt, ein ganzes Jahr hindurch sich noch des Erdentages zu erfreuen, und er fuhr nicht mehr in den Schacht. Und genau ein Jahr, nachdem der Bergmann wieder aus dem Kuttenberge hervorgegangen, umfing er seine Frau und sagte zu ihr:

„Lebe wohl! Auf Wiedersehen in Gottes Himmel!"

„O nimm mich lieber gleich mit!" sprach sie; und so wie sie sich liebschmerzlich und treu umfangen hielten, umfing sie beide der ewige Schlaf.

UMRITTENER WALD

Nicht weit von Dören, zwischen Köln und Aachen, liegt ein Dorf, das hat den Namen Arnoldsweiler. Den führt es von einem frommen Sänger, der am Hofe Kaiser Karls des Großen lebte und sein Liebling war. Da forderte einst der große Kaiser von Arnold, seinem Sänger, er möge sich einen Lohn erbitten für seine vielen und schönen Lieder, und der Sänger bat, Karl möchte ihm ein Stück Wald schenken, so groß, daß es Arnold umreiten könnte in der Zeit, während Karl sein Mahl halte.

Das wurde ihm gewährt. Arnold hatte aber schon von Strecke zu Strecke, so weit ein Roß im gestreckten Lauf aushalten konnte, ausgeruhte Rosse aufgestellt und damit eine Waldstrecke vom Bürgelwald umstellt, die ein Mann kaum in einem Tage umschritten hätte.

Darauf begann er, als der Kaiser sich zum Mittagsmahl niedersetzte, sein Jagen. Er bezeichnete und bestreute überall, wo er vorbeisauste, durch Schwerthiebe in die Äste seinen Weg mit grünen Brüchen von Eichen- und Buchenlaub und kam schon wieder und trat vor den Kaiser, bevor der noch sein Mahl beendet hatte, als er noch beim Apfelessen verweilte. Karl sprach:

„Du hast gewiß ein zu kleines Stück erritten, weil du so bald wiederkehrst."

Arnold aber antwortete:

„Mitnichten, ich umritt ein großes Stück, das ein Mann wohl kaum in Tageslänge umwandeln kann."

Da fiel auf den Sänger ein ernster Blick seines Herrn, der bei sich dachte, daß im Bürgelwald für Arnold die Blume der Bescheidenheit wohl nicht gewachsen sei, und der Kaiser schwieg. Arnold aber sagte:

„Du zürnest mir, mein hoher kaiserlicher Herr! Zürne nicht! Nicht für mich umritt ich deinen Bürgelwald. Sieh, allen den Dörfern von Dören bis Bredburg und von Jülich bis Bergheim fehlt es an Holz. Für sie habe ich den Wald umritten, den du mir zu schenken angeboten hast."

Da freute sich Kaiser Karl über die Gutmütigkeit seines Sängers und sagte ihm gern die ganze Waldstrecke zu.

BECHSTEIN

VOM SCHWABEN, DER DAS LEBERLEIN GEFRESSEN

Als unser lieber Herr und Heiland noch auf Erden wandelte von einer Stadt zur andern, das Evangelium predigte und viele Zeichen und Wunder tat, kam zu ihm einmal ein guter einfältiger Schwab und fragte ihn: „Mein Leiden-Gesell, wo willst du hin?“ Da antwortete ihm unser Herrgott: „Ich ziehe umher und mache die Leute selig.“ Da sagte der Schwab: „Willst du mich mit dir lassen?“ — „Ja“, antwortete unser Herrgott, „wenn du fromm sein willst und fleißig beten.“ Das sagte der Schwab zu.

Als sie nun miteinander gingen, kamen sie zwischen zwei Dörfer, in denen die Glocken läuteten. Der Schwab, der gern schwätzte, fragte unsern Herrgott: „Mein Leiden-Gesell, weshalb läutet man da?“ Unser Heiland antwortete: „In dem einen Dorfe läutet man zu einer Hochzeit, in dem andern zum Begräbnis eines Toten.“ — „Geh du zum Toten“, sprach der Schwab, „so will ich zur Hochzeit gehn.“

Darauf ging unser Herrgott in das Dorf und machte den Toten wieder lebendig. Da schenkte man ihm hundert Gulden. Der Schwab machte sich auf der Hochzeit nützlich, half einschenken, einem Gast um den andern und auch sich selbst, und als die Hochzeit zu Ende war, schenkte man ihm einen Kreuzer. Da war der Schwab wohl zufrieden, machte sich auf den Weg und kam wieder zu unserm Herrgott. Als der Schwab ihn von weitem sah, hob er sein Kreuzerlein in die Höhe und schrie: „Schau, mein Leiden-Gesell! Ich hab Geld; was hast denn du?“ Und er prahlte mit seinem Kreuzerlein. Unser Herrgott lachte und sprach: „Ach, ich hab wohl mehr als du!“ Er machte den Sack auf und ließ den Schwaben die hundert Gulden sehen. Der aber warf geschwind sein armes Kreuzerlein unter die hundert Gulden und rief: „Mein und dein! Wir wollen alles gemein miteinander haben!“ Das ließ unser Herrgott gut sein.

Als sie nun weiter miteinander gingen, begab es sich, daß sie zu einer Herde Schafe kamen. Da sagte unser Herrgott zum Schwaben: „Geh zu dem Hirten, bitte ihn, uns ein Lämmlein zu geben, und koche uns das Innere zu einem Mahle.“ „Ja!“ sagte der Schwab, tat, wie ihm der Herr geheißen, ging zum Hirten, ließ sich ein Lämmlein geben, zog's ab und bereitete das Innere zum Essen. Beim Kochen schwamm das Leberlein stets oben; der Schwab drückt's mit dem Löffel herunter, aber es wollte nicht unten bleiben. Das verdroß den Schwaben über alle Maßen. Er nahm deshalb ein Messer, schnitt das Leberlein, das nun gar war, in Stücke und aß es auf. Als das Essen auf den Tisch kam, fragte unser Herrgott, wo denn das Leberlein hingekommen wäre? Der Schwab war gleich mit der Antwort bei der Hand und sagte, das Lämmlein habe keins gehabt. „Ei!“ sprach unser Herrgott, „wie wollte es denn gelebt haben ohne ein Leberlein?“ Da verschwor sich der Schwab hoch und teuer: „Es hat bei Gott und allen Gottesheiligen keins gehabt!“ Was sollte unser Herrgott tun? Wollte er haben, daß der Schwab still schwieg, mußte er sich wohl zufrieden geben.

Nun begab es sich, daß sie miteinander weiter wanderten, und da läuteten die Glocken abermals in zwei Dörfern. Der Schwab fragte: „Lieber, was läutet man da?“ — „In dem Dorf läutet man einem Toten, in dem andern zur Hochzeit“, sagte unser Herrgott. „Gut!“ sprach der Schwab. „Jetzt gehst du zur Hochzeit, und ich will zum Toten!“ (Er meinte, er könne auch hundert Gulden verdienen.) Er fragte den Herrn weiter: „Lieber, was hast du denn getan, als du den Toten auferweckt hast?“ — „Ja“, antwortete der Herr, „ich sprach zu ihm, steh auf im Namen des Vaters, des Sohnes und des Heiligen Geistes! Da stand er auf.“

— „Schon gut, schon gut!“ rief der Schwab, „nun weiß ich, was ich zu tun habe!“ Und er zog zum Dorfe, wo man ihm den Toten entgegentrug. Als der Schwab das sah, rief er mit lauter Stimme: „Halt da! Halt da! Ich will ihn lebendig machen, und wenn ich ihn nicht lebendig mache, so henkt mich ohne Urteil und Recht!“

Die guten Leute waren froh, verhießen dem Schwaben hundert Gulden, und setzten die Bahre mit dem Toten nieder. Der Schwab machte den Sarg auf und fing an zu sprechen: „Steh auf im Namen der heilgen Dreifaltigkeit!“ Der Tote aber wollte nicht aufstehen. Dem Schwaben wurde angst, er sprach seinen Segen zum zweiten und zum dritten Male, als aber der Tote sich nicht erhob, rief er voll Zorn: „Ei, so bleib er liegen in Tausend Teufel Namen!“ Als die Leute diese gottlose Rede hörten und sahen, daß sie von dem Burschen betrogen worden waren, ließen sie den Sarg stehen, faßten den Schwaben und eilten mit ihm zum Galgen, stellten die Leiter an und führten den armen Schwaben hinauf.

Unser Herrgott zog gemächlich seine Straße heran, da er wohl wußte, wie es dem Schwaben ergehen werde. Er wollte aber doch sehen, wie er sich anstellen würde, und kam nun zum Gericht und rief: „O guter Gesell, was muß ich sehen? Was hast du denn getan?“ Der Schwab war blitzwild und begann zu schelten, der Herr hätte ihn den Segen nicht richtig gelehrt. „Ich habe dich richtig belehrt“, sprach der Herr. „Du aber hast es nicht richtig gelernt und getan. Doch es sei, wie es wolle. Willst du mir sagen, wo das Leberlein hingekommen ist, so will ich dich befreien!“ — „Ach!“ sagte der Schwab, „das Lämmlein hat wahrlich kein Leberlein gehabt! Was denkst du denn von mir?“ — „Ei du willst's nur nicht sagen!“ sprach der Herr. „Wohlan, bekenne es, so will ich den Toten lebendig machen!“ Der Schwab aber fing an zu schreien: „Henket mich, henket mich! Der will mich zwingen mit dem Leberlein, und ich hab ihm doch gesagt, daß das Lämmlein kein Leberlein gehabt hat! Henket mich nur stracks und flugs!“

Als unser Herrgott hörte, daß sich der Schwab eher henken lassen wollte, als die Wahrheit gestehen, befahl er, ihn herabzulassen, und machte nun den Toten lebendig.

Als sie nun miteinander wieder von dannen zogen, sprach unser Herrgott zum Schwaben: „Komm her, wir wollen miteinander das gewonnene Geld teilen und dann voneinander scheiden. Denn wenn ich dich immer und überall vom Galgen befreien sollte, würde mir das zu viel.“ Er nahm also die zweihundert Gulden und teilte sie in drei Teile.

Als der Schwab das sah, fragte er: „Ei Lieber, warum machst du denn drei Teile? Wir sind doch nur zwei.“ — „Ja“, antwortete unser lieber Herrgott, „der eine Teil, der ist für mich, der andere Teil, der ist für dich, und der dritte Teil, der ist für den, der das Leberlein gegessen hat!“ Als der Schwab das hörte, rief er fröhlich aus: „So hab ich's bei Gott und allen lieben Gottesheiligen doch gefressen.“ Sprach's, strich auch den dritten Teil ein, und nahm schleunigst Abschied von unserm lieben Herrgott.

Die glühenden Kohlen

Im Städtchen Lorch am Rhein, da wo die Wisper in den Strom fällt, steht an der Stadtmauer auch eine Mühle, deren Räder die raschen Wellen der Wisper treiben. Eines Nachts erwachte die Magd in dieser Mühle sehr früh, es war ganz hell, und weil sie meinte, sich verschlafen zu haben, eilte sie in die Küche, das Feuer zu schüren. Als sie durch das Küchenfenster in den Hof hinabsah, da gewahrte sie einen Haufen glühender Kohlen. Sie ging eilends hinab, um sich eine Schaufel voll davon zu holen und ihr Herdfeuer schneller in Brand zu kriegen. Drunten lagen um das Kohlenfeuer einige ihr unbekannte fremde Männer. Sie aber fuhr, ohne sich um diese Männer zu kümmern, mit ihrer Schaufel in die Kohlen hinein und kehrte mit der Schaufel voll in das Haus zurück. Als sie die Kohlen auf den Herd schüttete, glühten sie nicht mehr, sondern waren erloschen. Sofort lief die Magd noch einmal hinaus und holte wieder eine Schaufel voll. Es ging aber gerade wie vorher, die Kohlen waren tot. Und nochmals rannte die geschäftige Magd hinaus, da sprach einer der Männer mit tiefer Stimme:

„Du höre, dies ist das letztemal."

Die Magd erschrak, und es befiel sie ein Bangen; doch sprach sie kein Wort und eilte nur, daß sie wieder an ihren Herd kam. Aber die Kohlen waren abermals erloschen. Und jetzt schlug die Turmuhr auf der Stadtkirche, und die Magd horchte und wollte gern wissen, wie früh es wäre, und zählte drei — vier — sechs — sieben, so spät konnt' es doch noch nicht sein — acht — neun, was ist das? Und die Uhrglocke schlug immerzu und schlug zwölf! Und im Hof verschwand das Kohlenfeuer, verschwanden die Männer. Der Magd gruselte es fürchterlich. Sie eilte in ihre Bettkammer, kroch tief unter die Decke und betete so viele Seufzerlein und Reimgebetlein, wie sie konnte und wußte.

Am Morgen verschlief sie sich in aller Form, und statt ihrer trat der Müller zuerst in die Küche. Der traute seinen Augen kaum, als er auf dem Herd statt glühender Kohlen einen Haufen glitzernder Goldstücke liegen sah. Er nahm den Schatz und erbaute sich davon ein neues Haus zu Lorch, heiratete auch die Magd als Dank für den durch sie gewonnenen Reichtum.

BECHSTEIN

DAS STILLE VOLK ZU PLESSE

Tief unterm Boden des Burgberges der Plesse wohnt ein stilles Zwergenvolk, hilfreich und guttätig den Menschen, das sich unsichtbar zu machen vermag und durch jede verschlossene Tür, durch jede Mauer wandelt, wie es ihm beliebt. Bei dem tiefen Felsbrunnen ist der Haupteingang in des stillen Volkes unterirdisches Reich.

Die Herren Studenten zu Göttingen besuchen gern die Burgruinen der beiden Gleichen und die absonderlich schöne und anmutige der Plesse. Das tat auch ein Göttinger Student im Jahre 1743. Er hatte ein Buch mitgebracht, und da er sich auf dem von lieblichen Schatten malerischer Bäume umspielten Burgplatz allein fand, legte er sich auf den Rasen und las. Ein süßer Geruch von Waldmeister, Maiglöckchen und Flieder schläferte ihn ein, und er versank in wunderbar anmutige Träume.

Lange schlief er, bis ein Donnerschlag und strömender Regen ihn weckten. Dunkel war es um ihn her, nur Blitze beleuchteten mit fahlem Schein die verwitternden Trümmer. Der Student betete — denn damals pflegten die Studenten noch zu beten; jetzt werden's wohl nur noch wenige tun — da kam ein Licht auf ihn zu. Ein kleines altes Männchen mit eisgrauem Bart trug's und forderte ihn auf, ihm zu folgen. Das Männlein führte den Jüngling zum Brunnen, in dem ein Brettergerüst stand, darauf traten beide, und jetzt ging es wie auf der schönsten Versenkung eines Theaters sanft zur Tiefe bis auf den Wasserspiegel. Dort wölbte sich eine Grotte, in der es trocken und reinlich war. Da sagte das Männlein:

„Es steht dir nun frei, hier im Trocknen zu verharren, bis droben das Unwetter vorüber ist, oder mir in das Reich der Unterirdischen zu folgen."

Der Student erklärte, er wolle mit ihm gehen, wenn keine Gefahr ihm drohe. Darüber beruhigte ihn das alte eisgraue Männlein, und so folgte er ihm durch einen niedern und engen Gang, der für das Männlein just hoch und weit genug war, aber für den Bruder Studio nichts weniger als bequem, so daß ihm ganz schlecht wurde. Endlich traten beide aus dem Gange und sahen vor sich eine weite Landschaft, durch die ein rauschender Bach floß, mit Dörfern aus lauter bunt bemalten kleinen Häusern.

In das schönste dieser Häuschen traten sie ein. Darin war des eisgrauen Männleins werte Familie, der unser Studiosus Theologiae aus Göttingen vorgestellt wurde. Hierauf grüßten ihn die Anwesenden mit einer stillen Verbeugung. Dann stellte das Männlein dem Studenten die werte Familie vor, seinen Vater, das war ein ganz schneefarbiger Greis, und ebenso seine Mutter, beide so alt, daß sie nur noch auf Stühlen sitzen, nicht mehr stehen und gehen konnten; dann seinen Großvater und seine Großmutter, die hatten beide kein Härlein mehr auf ihrem Kopf und kein Fleisch mehr auf ihren Knochen und konnten bloß liegen, dann des Männleins Frau, auch schon in den Sechzigern, und ihre Kindlein von dreißig bis vierzig Jährchen und die kleinen Enkelchen etwa von vierzehn bis fünfzehn Jahren. Dazu sprach der alte Großvater einige Worte des Grußes, der Gast aus der Oberwelt möge sich nur umsehen und ohne Furcht sein. Dann kam die jüngste Tochter, die war nur einen Schuh hoch, doch dreizehn Jahre alt, und sagte: „Es ist angerichtet."

Das hörte der Student gern, daß die stillen Leutchen auch anrichteten. Und die Tafel war königlich, was die Geräte, Tafeltücher von Damast gewebt, Teller und Löffel von Gold, Messer und Gabeln von Silber und dergleichen betraf. Das Essen war und schmeckte gut, und was das Trinken anlangte, so dünkte den Studenten, er trinke den köstlichsten Wein, die Zwerglein aber behaupteten, es sei nur Wasser.

Nach Tische erzählte der uralte Vater dem Studenten viel von der Einrichtung des unterirdischen Reiches. Ihm und den Seinen, als geborenen Herren, gehorche alles willig und gern. Landstände habe das Land keine, und er als Regent halte auch keine Minister, die einen seien so teuer und so unnütz wie die andern. Es gebe in diesem stillen Reiche nur Friede, Zufriedenheit und Wohlwollen. Ein jeder tue seine Pflicht. Es gebe keine Zwiste, keine Kriege, keine sogenannte Politik. Man kenne hier unten keine anderen Wühler als die Maulwürfe und Mäuse.

Während der Alte noch redete, erscholl ein Zeichen von einem stark geblasenen Horne; das Zeichen zum Gebet. Alles faltete die Hände und fiel auf die Knie und betete still und leise. Der Abend brach an, und es kamen Kerzen auf großen silbernen Armleuchtern, und man ging in ein anderes Zimmer.

Alles, was er bis jetzt gesehen, gehört und wahrgenommen, reizte die Wißbegier des Studenten. Er dachte, es müsse nicht übel sein, über diesen so wohlgeordneten Staat unter dem althessischen Boden eine Reisebeschreibung zu verfassen und herauszugeben zu Nutz und Frommen der Oberwelt, und wollte schon beginnen, sich Bemerkungen in sein Notizbuch zu machen. Aber das alte Männlein hinderte ihn daran und sagte:

„Laß das! Ihr da oben lernt doch nicht, glücklich zu sein; ihr versteht das Befehlen so schlecht wie das Gehorchen. Zieh hin und fürchte Gott, ehre den Herrscher und die Gesetze und scheue niemand!"

Der Studiosus mußte sich fügen. Er empfing noch einige Gaben mit auf den Weg und fand sich unversehens wieder oberhalb des Brunnens auf der Plesse. Der Morgen war prächtig angebrochen, und der Burgwald erschallte von Vogelstimmen. Der Studiosus besah die Gaben und fand, daß es Gold und Edelsteine waren von hohem Wert. Er hatte, wenn er diesen Reichtum gut und vernünftig anwendete, genug für sein ganzes Leben.

BECHSTEIN

DAS TRÄNENKRÜGLEIN

Es war einmal eine Mutter und ein Kind, und die Mutter hatte das Kind, ihr einziges, lieb von ganzem Herzen und konnte ohne das Kind nicht sein. Aber da sandte der Herr eine große Krankheit, die wütete unter den Kindern und erfaßte auch jenes Kind, daß es auf sein Lager sank und zum Tod erkrankte. Drei Tage und drei Nächte wachte, weinte und betete die Mutter bei ihrem geliebten Kinde, aber es starb.

Da erfaßte die Mutter, die nun allein war auf der ganzen Gotteserde, ein gewaltiger und namenloser Schmerz, und sie aß nicht und trank nicht und weinte, weinte wieder drei Tage lang und drei Nächte lang ohne Aufhören und rief nach ihrem Kinde. Wie sie nun so voll tiefen Leides in der dritten Nacht saß, an der Stelle, wo ihr Kind gestorben war, tränenmüde und schmerzensmatt bis zur Ohnmacht, da ging leise die Tür auf, und die Mutter schrak zusammen, denn vor ihr stand ihr gestorbenes Kind. Das war ein seliges Engelein geworden und lächelte süß wie die Unschuld und schön wie in Verklärung. Es trug in seinen Händen ein Krüglein, das war schier übervoll. Und das Kind sprach: „O lieb Mütterlein, weine nicht mehr um mich! Siehe, in diesem Krüglein sind deine Tränen, die du um mich vergossen hast; der Engel der Trauer hat sie in diesem Gefäß gesammelt. Wenn du nur noch eine Träne um mich weinest, so wird das Krüglein überfließen, und ich werde dann keine Ruhe haben im Grabe und keine Seligkeit im Himmel. Darum, o lieb Mütterlein, weine nicht mehr um dein Kind, denn dein Kind ist wohl aufgehoben, ist glücklich, und Engel sind seine Gespielen.“ Damit verschwand das tote Kind, und die Mutter weinte hinfort keine Träne mehr, um des Kindes Grabesruh und Himmelsfrieden nicht zu stören.

DAS DUKATEN-ANGELE

Es waren einmal drei Schwestern, die auf dem Lande lebten. Die eine, namens Hannele, war sehr geschickt und klug, die zweite Schwester aber war unklug, und die dritte war noch ein ganz kleines Kind. Die kluge Schwester war in die Schule gegangen und hatte mancherlei gelernt. Die Unkluge war zwar auch in die Schule gegangen, hatte aber nichts gelernt, und es war ihr nichts einzutrichtern gewesen. Da die Eltern nicht mehr lebten, nahm die Kluge sich des kleinen Hauswesens an, kochte und wusch, und die Unkluge mußte ihr Dienste leisten: aufwaschen, scheuern, Holz spalten, Gänge tun, das Kind tragen und in allem Aschenbrödel sein, aber ohne Aussicht, eine Prinzessin zu werden.

Eines Tages schickte die kluge Schwester die unkluge nach der nahen Stadt und gab ihr Geld mit, um Brot zu kaufen. Nun war in der Stadt just Jahrmarkt, und die unkluge Maid hatte noch nie einen Jahrmarkt besucht. Sie ging daher mit offenem Munde und gaffenden Augen zwischen allen den Buden voll Jahrmarktsherrlichkeiten umher. Da kam sie an einen Stand, der war eitel voll und übervoll von Puppen und Püppchen und Dockenköpfchen und Bälgen, immer eine Puppe schöner als die andere. Ach, da hätte das Mägdlein gar zu gern ein Paar oder wenigstens nur eins von den Püppchen gehabt, und da rief die Verkäuferin ganz freundlich: „Nun, mein liebes, schönes Kind! Kommen Sie näher! Nehmen Sie sich ein Püppchen! Suchen Sie sich das schönste heraus!"

„Das nenn' ich eine gute Frau!" dachte die Unkluge, „daß sie mir eins zu nehmen erlaubt", und nahm sich gar ein schönes Döckchen, dankte und wollte davon gehen, aber da hielt die Verkäuferin sie am Rocke fest, und rief: „Na! Was ist denn das? Das wäre mir! So haben wir nicht gewettet, mein sauberes Jüngferchen! Man bezahlt auch, wenn man kauft. Geld heraus, oder ich rufe die Polizei!"

Über diese harte Rede erschrak das unkluge Mädchen mehr, als es jemals in seinem ganzen Leben erschrocken war, und gab vor Schreck alles Geld hin, für welches sie doch Brot kaufen sollte. Und die Dockenverkäuferin nahm das Geld und schrie: „Was? für das bißchen Geld so eine schöne Puppe?" Und sie riß dem armen Mammele — so wurde die Unkluge aus Spott gerufen, weil sie klein und untersetzt von Wuchs war und einem alten Mammadien ähnlich sah — die schöne Puppe aus der Hand und gab ihm eine andere, weit geringere, die alt und nur ein bißchen wieder frisch aufgeputzt war, und schrie: „Mach, daß du fortkommst! Sei froh, daß du für deine paar lumpigen Heller noch so eine schöne Puppe gekriegt hast!"

Trotz dieser üblen Behandlung von seiten der Marktfrau war das arme kleine Mammele doch froh, daß es ein Püppchen hatte. Sie herzte es und küßte es und nannte es „Angele", das heißt Engelchen, und „mein Kindchen, mein Kindchen!" Aber ach, als das Mammele heimkam vom Jahrmarkt und statt Brot eine Puppe brachte, da wurde das Hannele sehr böse und schlug das arme Mammele, daß es bitterlich weinen mußte, und redete den ganzen Rest des Tages kein Wort mehr mit ihm. Doch behielt das Mammele zu seinem Trost sein Angele und hätschelte es und nahm es mit zu Bette, legte es neben sich und schlief bald tief und fest ein. Denn es war müde vom Wege, müde von den Schlägen und matt vom Hunger, denn das Hannele hatte ihm auch noch zur Strafe nichts zu essen gegeben. Neben Mammeles Bett stand das kleine Bettchen der jüngsten Schwester, welche Annele hieß, und an der Wand gegenüber stand Hanneles Bette.

Mitten in der Nacht nun, es war heller Mondschein, erwachte die kluge Schwester von einer seltsamen Stimme, die drüben aus dem Bette ihrer Schwester kam, und die rief: „Mamma gacka, Mamma gacka!“ Und Hannele merkte, daß diese Stimme von der kleinen Puppe kommen müsse, denn ihre Schwestern hatten andere Stimmen. Da nun die unkluge Schwester fest schlief und nichts hörte, so rief Hannele zu dem kleinen Kinde hinüber: „Annele! Weck einmal das Mammele! Das Angele will ein Gackele (Ei) legen!“

Auf diesen Zuruf ermunterte sich das kleine Annele und weckte das Mammele. Das stieg aus seinem Bette, nahm sein Angele und setzte es auf ein Tassenköpfchen.

Da tat es gleich einen klingenden Klang in dem Tassenköpfchen, und wie das Mammele das Angele wieder davon herunter hob, hatte das Angele ein goldenes Gackele gelegt, das einem Dukaten so ähnlich sah wie ein Ei dem andern.

Da war große Freude bei den Schwestern; die kluge wurde wieder gut mit der unklugen, und sie küßten und herzten gemeinschaftlich das gute Angele und hüllten es in seidene Läppchen, und für den Dukaten kauften sie Brot und Kuchen, Zucker und Kaffee und allerhand schöne Sachen. Und was die schönste Sache war, das war die, daß in jeder Nacht das Annele „Mamma gacka!“ rief und jede Nacht ein goldenes Gackele legte. Da kaufte die kluge Schwester nach und nach hübsche Kleider und ließ das Häuschen, in dem sie mit ihren Geschwistern wohnte, neu herrichten: ließ ein neues Dach draufsetzen, es von außen neu anstreichen, und inwendig ließ sie die Stube tapezieren. Sie kaufte auch Hühner, Gänse, Enten und Tauben auf den Hof und schaffte eine Ziege an, später auch eine Kuh und für das Annele ein Kinderwägelchen. In dem fuhr das Mammele das Annele spazieren, das hatte das Angele auf dem Schoße, und nebenher lief ein junges Lämmchen, das Lammele gerufen wurde und am Halse an einem roten Bändchen ein klingendes Schellchen trug. Da wunderten sich die Nachbarsleute, daß die Schwestern es so gut hatten, und konnten nicht begreifen, woher und wovon. Denn obschon die kluge Schwester sehr fleißig war, wußten sie doch, daß der redliche Fleiß nicht hilft zu schnellem Reichtum.

Nun hatten die Schwestern ein Ehepaar zu nahen Nachbarn. Das war selbst reich, aber gerade dieses Paar beneidete die Schwestern am allermeisten, und Mann und Frau redeten miteinander über sie: „Wenn wir nur in aller Welt wüßten, woher drüben das Hannele und das Mammele mit ihrem Annele so reich werden? Wo sie nur das Geld hernehmen? Es muß nicht mit rechten Dingen zugehen!“

„Warte, mein lieber Mann!“ sagte die Frau, „ich will das bald erfahren und herausbekommen. Ich will das dumme Mammele fragen, das sagt mir in ihrer Einfalt ganz sicher alles.“

Als nun bald darauf einmal das Mammele sein Annele mit dem Angele spazieren fuhr und das Lammele klingelnd nebenher lief, da trat ihnen die Nachbarsfrau in den Weg und sagte: „Ei schönen guten Tag, liebes Mammelchen! Wie geht es denn mitsammen? Was macht denn mein gutes Hannelchen? Das ist gewiß recht fleißig zu Hause! Ach das liebe, brave Mädchen! Und das herzallerliebste Annelchen da! Ach das Zuckerkind! Ei, und was es für ein schönes Püppchen auf dem Schoße hat! Und das schöne Lämmchen, wie das springt! Und das goldige Schellchen, wie das klingt! Und das saubere Wägelchen, so schön bunt bemalt! Ja, da sieht man's recht, was das Sprichwort sagt: Schöne Leute haben schöne Sachen! O, ihr herzigen Goldkinder, ihr!"

Mit diesem scheinbar so freundlichen und liebreichen Geschwätze betörte die Nachbarsfrau das Mammele, und es sagte: „Jawohl, Frau Nachbarin, es geht uns ganz leidlich, wir sind zufrieden."

„Freut uns gar zu sehr, mich und meinen Mann, mein liebwertes Mammele!" schmeichelte die Frau. „Ihr seid aber auch gar gut, zu gut, zu brav, und ihr verdient, daß es euch gut geht. Denn das Sprichwort sagt: Was der Mensch wert ist, widerfährt ihm. Wer's nur auch so gut haben könnte wie ihr! Aber das Sprichwort sagt: Den Seinen gibt's der liebe Gott im Schlafe!"

„Freilich, Frau Nachbarin", antwortete darauf das unkluge Mammele. „Jede Nacht gibt es uns der liebe Gott! Jede Nacht einen goldenen Dukaten."

„Ei du meine liebe Güte! Ei herrje! Ei woher denn, du goldiges Herzenskind, du braves, liebes, gescheites Mammele du?" rief und schmeichelte die listige Nachbarin.

„Das Angele tut's, das Püppchen, das Annele da auf dem Schoße hat!" plauderte das unkluge Mammele aus. „Jede Nacht einmal ruft es ‚Mamma gacka!' Und da setz' ich's auf ein Tassentöpfchen, und da fällt der Dukaten hinein."

„Ist das die Möglichkeit!" schrie die Nachbarin außer sich und griff hin und wollte das Püppchen an sich reißen, aber das Annele hielt es mit beiden Händen fest und erhob ein Geschrei, als ob es am Spieße stecke, und strampelte sehr mit den Füßen.

„Na, kleiner Narr, behalte nur deine Puppe! Ich werde sie dir nicht nehmen! Ich brauche keine!" sagte begütigend die Nachbarsfrau und ließ ab. „Wenn man den kleinen Kindern den Willen tut, so greinen sie nicht, sagt das Sprichwort. Das paßt auch auf große Kinder! Nun Adjes, auf Wiedersehen, gutes Mammele! Grüße schön das liebe Hannele und bleib fein gesund mit dem Annele und dem Lammele" — Du dummes Hammele, du Schaf — setzte sie noch in Gedanken hinzu und eilte freudig zu ihrem Manne und verabredete mit diesem einen Plan, wie sie durch Trug und Täuschung um Aufnahme für eine Nacht in dem Häuschen der Schwestern bitten und den Schwestern das gute, nützliche Püppchen, das Dukaten-Angele, entführen wolle.

Als es Nacht geworden war und Zeit, schlafen zu gehen, vernahmen die Kinder drüben im Nachbarhause einen gräulichen Lärm. Es klitschte und klatschte, es pitschte und patschte drüben, daß alles krachte und platzte, und man hörte die Frau kläglich heulen und den Mann gräulich fluchen und schelten, es war aber alles nur List und Verstellung, und endlich ging drüben die Haustür auf, und die Frau fuhr heraus mit fliegenden Haaren, ringenden Händen, nur halb bekleidet, und geradewegs hinüber zu den Schwestern und schrie in einem fort: „Ach, daß Gott erbarm! Ach der böse Mann! Ach, ach, ach! Ei, ei, ei! Ach, ach, ach! Ei, ei, ei!" und konnte sich gar nicht beruhigen. Endlich brachte sie unter erheuchelten Tränen und vielem Schluchzen die Lüge vor, daß ihr schlimmer Mann sie gottjämmerlich geprügelt und aus dem Hause geworfen habe, und um keinen Preis ginge sie wieder hinüber, und die Schwestern möchten sie doch um Gottes Willen nur eine einzige Nacht bei sich behalten. Morgen in aller Frühe wolle sie dann weiter fort in ihr Heimatdorf zu ihren Leuten.

Die gutmütigen Schwestern hatten Mitleid mit dem falschen Weibe und bereiteten ihm in ihrer eigenen Schlafkammer ein Lager. Denn in dem kleinen Häuschen gab es keine Gaststube und Gastkammern. Als sich nun alle zur Ruhe gelegt hatten, nahm die Nachbarin aus dem Bettchen des schlafenden Mammele das Dukaten-Angele, öffnete das Fenster, stieg hinaus, sprang in das Gärtchen vor dem Hause, zertrat der Schwestern schönste Blumen und eilte hinüber nach ihrem Hause, wo ihr Mann sie an der offenen Türe empfing. Und beide hatten eine Hexenfreude und wollten sich miteinander scheckig lachen, daß der Raub so gut gelungen war.

Und da sagte gleich darauf, als beide in der Stube waren, das Angele: „Mamma gacka! Mamma gacka!" Das freute die Frau von Herzen. Sie nahm gleich statt eines Tassenköpfchens die Suppenschüssel, stellte diese dem Angele unter und sagte: „Mach's gut! Mach's nicht so einzeln! Mach' gleich einen Haufen, denn das Sprichwort sagt: Vorrat ist Herr und viel hilft viel!" Und das Angele tat auf dieses Zureden sein Möglichstes. In der Schüssel aber tat es keinen klingenden Klang, sondern einen tritschenden Tratsch, und wie der Mann die Bescherung sah, glaubte er, seine Frau halte ihn zum Narren. Er wurde jetzt im Ernst so böse, wie er sich kurz zuvor gestellt hatte, nahm die Suppenschüssel samt der Puppe und warf beide durch's Fenster hinaus auf den Mist. Dann aber nahm er einen Stecken und prügelte seine Frau nun ernstlich windelweich. Da schrie sie nun auch im Ernste zetermordio! „Ach, ach, ach! Ei, ei, ei! Ach, du liebes Ei", und der Mann schrie: „Ich will dich beeiern, daß du die Kränk' kriegen sollst. Schmeckst du was? Schmeckst du, wie diese faulen Eier stinken? Das Sprichwort sagt: viel hilft viel! Wart', ich will dir helfen!" und schlug drauf und drein auf sie los, bis sie kaum noch piepsen konnte.

Am andern Morgen merkten die Schwestern, daß das Angele fort war, denn es hatte in dieser Nacht nicht auf das Tassenköpfchen begehrt. Und sie waren darüber sehr betrübt.

Unterdessen lag die Puppe, das Angele, auf dem Mist, und die Suppenschüssel lag über ihr, und nur ein Stückchen Lappen von ihrem bunten Röckchen guckte unter dem Rande heraus. Da kam ein Lumpensammler vorbei, der sah das Läppchen, stieß mit seinem Stock die Schüssel zur Seite und freute sich, daß er eine Puppe fand. Er hob sie auf, um sie seinem kleinen Mädchen mitzubringen. Aber da sie auf dem Misthaufen nicht sauberer geworden war, ging er an den nächsten Brunnen und wusch das Angele schön sauber. Da kam das Mammele an den Brunnen, um wie gewöhnlich Wasser zu holen. Die sah ihre Puppe in des fremden Mannes Hand und rief voller Freude: „Ei, mein Angele! Wo bist du denn gewesen?" Und die Puppe rief gleich: „Mamma gacka! Mamma gacka!" und tat einen Schneller und hüpfte dem Manne aus der Hand und dem Mammele an den Hals und schlüpfte ihm unters Halstuch. Und es hatte es sehr notwendig und legte geschwind ein Gackele, das wieder einem Dukaten so ähnlich sah, wie ein Ei dem andern. Diesen Dukaten nahm das Mammele und schenkte ihn dem Lumpensammler und sagte: „Lieber Mann, dieses Püppchen, mag er es gefunden haben, wo er will, gehört mir. Hier hat er aber zum Finderlohn ein schönes Trinkgeld, einen Dukaten, weil er mein Angele gefunden und so schön sauber gewaschen hat!" und sprang eilend nach Hause und zeigte es voller Freude den Schwestern und herzte und küßte das Angele, und die ältere Schwester wie die jüngere, das Hannele und das Annele, freuten sich, daß das Mammele das Angele zum zweitenmale in das Haus brachte, und hüpften vor Freude, und auch das Lammele hüpfte mit. Sie kochten einen doppeltgemoppelten Kaffee und buken Waffelkuchen.

Und das Angele behielt seine Tugend bei und legte fortwährend jede Nacht sein gelbes Eichen mit einem klingenden Klang in das Tassenköpfchen. Davon wurden die Schwestern sehr reich, aber sie blieben gar gut und einträchtig beisammen, erzogen das Annele und ließen es was Ordentliches lernen. Denn das begibt sich gar wunderselten, daß kleine Mädchen, die nichts gelernt haben, ein Dukaten-Angele finden.

BECHSTEIN

DIE UMIRRENDEN STIEFEL

Zu Lübben in der Lausitz hat sich folgendes im Dreißigjährigen Kriege zugetragen.

Es kam von Görlitz her ein Regiment Butlerischer Dragoner, die waren nicht von den besten, und es wurde den Bürgern vor ihnen mächtig bange, hatten auch der Drangsale in Fülle von ihnen auszustehen. Da kam ein entsetzlich langer Kerl von dieser Raubbande zu einem Schuster und verlangte ein Paar Reiterstiefel, Kanonen, wie diese Haudegen und Eisenfresser sie trugen. Er fand ein schönes, großes, langes Paar, die ihm trefflich paßten.

Da nun der gewaltige Kriegsheld die Stiefel an- und dafür ein Paar ganz erbärmliche, zerrissene Stiefel ausgezogen hatte, dem er die Sporen ab- und an die neuen Stiefel anschnallte, fragte er, was die neuen kosten sollten, und als der Schuhmacher den Preis forderte, zog er seinen Degen blank, nahm den Schuster am Arm und fuchtelte ihm so viele Hiebe zählend auf, als der arme Bürger Taler gefordert hatte, so daß dieser sich vor Schmerz, Angst und Schrecken nicht rühren konnte, sich endlich losriß und verwünschend rief:

„Ei, so wollte ich, daß diese Stiefel und Eure Beine in ihnen niemals Ruhe finden, Ihr mögt tot oder lebendig sein!"

Der Reiter lachte den Schuster in seinem ohnmächtigen Zorne aus und stolperte mit klirrenden Schritten über das Wackersteinpflaster Laubans und verfluchte dieses Pflaster und den Berg, der dazu die Steine lieferte.

Bald darauf wurde das Dragonerregiment anderwärts hin beordert, und als dann die Schlacht bei Lützen geschlagen wurde, riß eine schwedische Stückkugel, die dem Pferde durch den Leib fuhr, demselben Dragoner beide Beine ab, und er verblutete auf dem Schlachtfeld.

Und danach hat man zwei Stiefel marschieren sehen ohne Ruh und Rast und ohne Herrn, doch steckten in ihnen zwei blutige Beinstummel, die wanderten und wanderten von Lützen nach Markranstädt und über Rippach nach Leipzig, von Leipzig nach Wurzen, Oschatz, Zehren und Meißen nach Dresden; von da ohne Rast und Ruh über Bischofswerda, Bautzen, Löbau und Reichenbach nach Görlitz, und von da endlich spornstreichs nach Lauban, und sie blieben auf dieser ganzen langen Wanderfahrt, trotz der schlechten Straßen und Wege, völlig ganz.

Die Stiefel spazierten zum Städtlein hinein an des Schuhmachers Haus vorbei, recht als ob er sehen solle, daß sein Wunsch in Erfüllung gegangen sei, wendeten da um und bestiegen den Steinberg, welcher der Vater des verwünschten Pflasters war, und dort wanderten sie nun bald sichtbar, bald unsichtbar auf den scharfkantigen Basaltsäulen umher; man hörte sie auch trappsen; wer sie aber sah — was nicht einem jeden widerfuhr — und etwa ein Verlangen nach ihnen trug und sie haschen wollte, der bekam einen Tritt und schlug auf die Wackersteine hin, daß ihm die Rippen krachten. Dem Schuster, der sie wieder einfangen wollte, soll dieses am allerersten begegnet sein. Und wiewohl ihn der Gedanke schmerzte, hat er es endlich ganz aufgegeben, jemals wieder zu seinem Eigentum zu gelangen.

BECHSTEIN

HERR GRYN UND DER LÖWE

Zu Köln saß auf dem geistlichen Herrscherstuhle Erzbischof Engelbert. Er hatte viel Streit mit der Bürgerschaft, der oft sogar zu blutigem Kampf führte. Dieser Bischof hatte einen Löwen, den ihm zwei Domherren aufzogen. Gegen den Bischof stand im steten Streite der Bürgermeister der Stadt, Herr Hermann Gryn. Der hielt zur Gemeinde und verteidigte deren Rechte, doch war er persönlich mit dem Domherren nicht verfeindet.

So luden die zwei, die des Erzbischofs enge Freunde waren, eines Tages — es soll sich im Jahre 1266 zugetragen haben — den Bürgermeister ein zu einem Gastmahl und brachten das Gespräch auf den Löwen, den sie heimlich hatten fasten und sehr hungrig werden lassen, und erboten sich, vor dem Essen ihn den Löwen sehen zu lassen. Sie führten Hermann Gryn an die Pforte des Löwenzwingers, öffneten diese und stießen ihn unversehens hinein, worauf sie die Tür zuschlugen und meinten, der Löwe werde ihn nun sogleich zerreißen.

Der Löwe riß den Rachen mit den scharfen Zähnen weit auf, schlug einen Ring mit dem Schweif und duckte sich nach Katzenart zum Sprunge, auch ließ er ein fürchterliches Gebrüll hören, das wie das Grollen des Donners klang und jeden andern zu Tode erschreckt hätte. Herr Hermann Gryn aber, als er sah, was ihm drohte, schlang rasch seinen Mantel um den linken Arm, zog sein Schwert und wartete nicht, bis der Löwe sprang, sondern stürzte sich auf ihn mit gezücktem Schwerte, fuhr ihm mit dem linken Arm in den Rachen hinein und durchstieß ihn mit dem Schwerte. Dann ging er, ohne gegessen zu haben, nach Hause. Dieses Mittagessen bekam aber den beiden Domherren sehr übel, denn der Bürgermeister ließ sie durch seine Häscher greifen und an einen Balken am Tore des Chorherrenhauses gleich neben dem Dom aufhenken. Das nannte man seitdem das Pfaffentor.

Zum Andenken wurde das Bild Gryns mit noch drei andern Löwenbändigern in Gesellschaft in Stein ausgeführt und zur Zier über dem Pfeilerbogengang am Rathaus angebracht. Da sieht man die Mär von Herzog Heinrich dem Löwen, Simsons Löwenkopf und Daniel in der Löwengrube dem Kölner Löwensieger beigesellt.

ROLANDSECK

Es saß auf einer hohen Burg am Rhein hoch über dem Stromtal ein junger Rittersmann, Roland geheißen; manche sagen Roland von Angers, Neffe Karls des Großen. Der liebte ein Burgfräulein, Hildegunde, die Tochter des Burggrafen Heribert, der auf dem nahen Schloß Drachenfels saß, und er wurde wiederum auch von ihr geliebt. Und weil der alte Burggraf nichts gegen die Verbindung seiner Tochter mit Ritter Roland einzuwenden hatte, so verlobte er ihm seine geliebte Tochter herzlich gern. Doch bevor noch die Vermählung des Brautpaares erfolgen konnte, erscholl ein Aufgebot der Ritterschaft gegen Hunnen und Heidenscharen, die im Osten das Reich bedrohten, und dem Ritter Roland geboten Pflicht und Ehre, diesem Aufgebot zu folgen. Große Taten vollführte Roland gegen die Heidenschwärme, und seine tapfere Hand entschied den Kampf zugunsten des Christenheeres. Davon kam die erfreuliche Kunde bald an den Rhein und auf den Drachenfels und weckte dort große Freude. Dann aber ward wieder eine Zeitlang keine Kunde vom Ritter Roland vernommen.

Endlich kam ein heimkehrender Ritter am Siebengebirge vorüber und bat um ein Nachtlager auf dem gastlichen Drachenfels. Der erzählte, ohne daß er wußte, wie schmerzlich für seine Wirte die Kunde sein mußte, daß Ritter Roland in einem der letzten Kämpfe an seiner Seite den Heldentod gefunden habe. Nun entstand großes Leid und Wehklagen, und Hildegund war so trauervoll, daß sie sogleich den Entschluß faßte, im Kloster Nonnenwerth den Schleier zu nehmen. Der Bischof, der über dieses Kloster gebot, war ihr Verwandter. Er willigte in Hildegundens dringendes Verlangen ein, ihr das Probejahr zu erlassen, und ließ sie schon nach eines Monates Frist als Nonne einkleiden.

Am folgenden Tage stieg ein Gast zum Drachenfels empor. Er wurde eingelassen und sah auf allen Mienen nur Trauer. Mit Schreck und Freude erkannte Ritter Heribert in dem Fremden den geliebten Ritter Roland. Wohl war dieser wie tot vom Schlachtfeld getragen worden, aber wieder genesen, wohl hatte er Botschaft gesendet, aber der Bote war nicht angelangt, und nun fragte er nach seiner Hildegund und vernahm das Donnerwort: sie ist eine Nonne! Schrecklich war, was Roland empfand. Stumm vor Schmerz ging er vom Drachenfels herab, bestieg sein Roß, ritt nach Rolandseck hinauf, entließ seine Diener, wählte sich droben einen Felsensitz, wo er Nonnenwerth sehen konnte, und schaute herab nach der Geliebten: jeden Tag, und Mond um Mond, und Jahr um Jahr. Er lebte als Einsiedler und murmelte Gebete, wenn drunten im Tale die Klosterglocke klang. Bisweilen erblickte er die Nonne Hildegund, die aus Trauer um ihn das ewig unlösbare Gelübde tat, bis er sie einst lange nicht mehr sah, und ein Leichenzug ihm sagte, daß sie aus dem irdischen Leben geschieden und zum ewigen Frieden eingegangen sei. Und bald danach ist auch Roland verblichen aufgefunden worden. Er ist ihr dahin nachgegangen, wo all liebenden Seelen sich im Schoße der ewigen Liebe wieder einigen.

DIE BERGMANNDLI SCHÜTZEN HERDEN UND FISCHE

Die Bergzwerge schützen und lieben die Gemsen, sie wollen nicht, daß die Jäger sie töten, und manchem Alpenjäger ist es deshalb schon schlecht ergangen. Guten Jägern, denen sie wohlwollten, haben sie wohl auch das eine und das andere Stück hingestellt, der durfte aber bei Leib und Leben nicht mehr schießen, als mit den Bergmanndli verabredet war, sonst schmissen sie ihn die Felsen hinunter und bliesen ihm das Lebenslicht aus.

Da war einmal ein Gemsjäger, der verstieg sich hoch in die Felsen, auf einmal stand ein eisgraues Bergmanndli vor ihm da und sprach ihn zornig an:

„Was verfolgst du meine Herde?"

Der Jäger war ganz erschrocken und sprach: „Hab' ich doch nicht gewußt, daß die Gemsen dein sind."

Sprach der Berggeist: „Du sollst jede Woche vor deiner Hütte ein Grautier finden, aber du hütest dich und schießest mir kein anderes."

So geschah's, der Jäger fand alle Wochen den frischen Braten, der machte ihm aber gar keine Freude. Er konnte die Jagdlust nicht bezwingen, stieg wieder hinauf zu Berg und Holz, wurde auch bald eines Gemsenleitbocks ansichtig, auf den legte er rasch an und zielte. Aber wie er losdrückte, hob sich hinter ihm der Berggeist aus dem Boden und zog ihm die Haxen unterm Leib weg, daß er niederstürzte und in den Abgrund hinunterschmetterte.

In Malters saß ein Untervogt, der hieß Hans Bucher, der wollte auch gern einmal ein Herdmanndli sehen; war gar ein eifriger Fischer und Jäger, aber sonst ein frommer Mann, stieg eines Tages hinauf am Pilatus, folgte dem Rümligbach und wollte gern Forellen fangen. Da sprang ihm jählings ein Herdmanndli hinterwärts auf den Rücken und drückte ihn mit solcher Gewalt mit dem Gesicht in den Bach nieder, daß er meinte, er müsse versaufen. Dabei sagt das Herdmanndli zürnend:

„Ich will dich wohl lehren, meine Tierlein fangen und jagen."

In Obwalden war ein alter Landammann, der hieß Heinrich Immlin, der hat selbst erzählt, wie er einmal zum Pilatus hinangestiegen auf die Gemsjagd, da begegnete ihm ein Zwergmanndli und verlangte, er solle flugs umkehren. Der Landammann lachte den Zwerg aus und sagte:

„He, du wirst wohl große Macht haben, mir was zu wehren!"

Kaum gesagt, so sprang ihn der Zwerg an, drückte ihn an einen Felsen, daß ihm schier

die Seele ausfuhr und die Sinne ihm vergingen. Er lag eine halbe Stunde wie tot, bis die Seinen ihn fanden, erquickten und nach Hause brachten.

EINES VATERUNSERS WERT

Als der Heilige Ulrich noch Bischof zu Augsburg war, kam alltäglich zur Mittagsstunde ein alter Bettler an die Pforte des Bischofshauses. Er wurde da gespeist mit einem Mittagsmahle und betete jedesmal zu frommem Danke drei Vaterunser für den Bischof. Da kam einmal für den heiligen Mann eine sorgenschwere Zeit, wie sie wohl an keinem Erdensohn vorübergeht, denn jeder hat bisweilen sein Kreuz. Da erging er sich in trüben Gedanken und begegnete dem alten Bettler, und um sich zu zerstreuen, redete er ihn an: „Wie geht es dir, Alter?" „Wie immer, hochwürdigster Herr Bischof!" war des Greises Antwort. „So, so", sprach Ulrich, „mir geht es aber nicht wie immer, mir geht es schlecht, und ich glaube ganz sicherlich, du hast heute für mich kein heilig Vaterunser gesprochen." — „Mein Seel', getroffen!" versetzte der Bettler, „ich hab' nicht gebetet, weil, als ich kam, Euer Küchenmeister mir ein Gesicht machte wie die Katz, wenn's donnert, und mich anschnurrte und mit den Worten abspeiste: heute wird nichts gereicht! Von solcher Abspeisung wurde ich nicht satt, hochwürdigster Vater — sollt' ich nun für nichts beten?" Der Bischof ging nach seinem Hofe zurück und rief den Küchenmeister und sagte ihm:

„Du hast mich durch deinen nichtswürdigen und gottverdammten Geiz um das Vaterunser des alten Bettlers gebracht und bist schuld an dem Kummer, der über mich gekommen ist." „Ach, Herr Bischof", antwortete keck der Knecht, „an dem Vaterunser von so einem Lumpen wird auch was Rechtes gelegen sein! Wieviel Deute wird das schon wiegen?" „Das weiß ich allerdings nicht", antwortete Ulrich, „darum mach dich flugs auf nach Rom und frage an beim Heiligen Vater, wieviel ein Vaterunser wert sei. Ehe du mir seine Antwort bringst, tritt mir nicht wieder vor die Augen."

Da mußte nun der arme Küchenmeister per pedes apostolorum gen Rom pilgern, doch wurde ihm überall als Boten von Bischof Ulrich gutes Geleit, und er kam bald vor den Papst und legte ihm seine Frage vor. Da sprach der Heilige Vater: „Ein Vaterunser — das ist einen güldnen Pfennig wert." Mit dieser Antwort zog der Küchenmeister nach Augsburg und erstattete Ulrich Bericht. „Sehr gut", sprach der Bischof, „aber mein Sohn, wie breit soll der güldne Pfennig sein?" Das wußte der Bote nicht und mußte erneut nach Rom fahren und dem Papst diese neue Frage vorlegen. Das gefiel ihm garnicht: es gab auf der weiten Reise nicht so gute Bröcklein und Schlücklein wie in des Herrn Bischofs Küche zu Augsburg. Als er nun zum Papste kam und fragte, sprach dieser: „Ein Vaterunser — ist so viel wert wie ein güldner Pfennig, der so breit ist wie die ganze Erde." — Freudig eilte der Bote nun wieder über die Alpen und überbrachte die Auskunft, doch St. Ulrich sprach: „Sehr gut, mein Sohn, aber wie dick soll der güldne Pfennig sein?" Das wußte nun der gute Bote wiederum nicht. Da half kein Zittern vor dem Frost, er mußte zum dritten Male nach Rom wandern und verwünschte auf dem Wege alle alten

Bettler und Hungerleider und Vaterunserbeter zu allen tausend Teufeln und gab keinem einen Deut. Und nun gab der Papst diesen Bescheid: „Ein Vaterunser ist einen güldnen Pfennig wert, der so breit ist wie die Erde und so dick, wie der Himmel von der Erde und die Erde von dem Himmel entfernt ist.“ — Als nun der Küchenmeister mit dieser Botschaft endlich heimkehrte, sprach St. Ulrich: „Siehst du, nun weißt du es, mein Sohn, wieviel ein Vaterunser wert ist und magst ausrechnen, wenn du kannst, wieviel Deute es wohl wiegen wird. Jetzt gib dem Alten wieder Tag für Tag seine Mahlzeit, damit er für uns fernerhin seine heiligen drei Vaterunser beten möge.“

BECHSTEIN

DIE SPINNERIN IM MOND

In einem Dorfe bei Salzwedel, es könnte Wiebelitz gewesen sein, lebte ein altes, armes Weiblein. Das hatte eine einzige Tochter; die hieß Marie. Marie war ein sehr geschicktes Kind und versuchte der Mutter über die Armut hinweg zu helfen. Sie konnte täglich beinahe zwei Pfund Garn spinnen, und ihr Faden war unvergleich fein und ebenmäßig. Aber so fleißig Marie auch war, so war sie auch lebensfroh und in der Spinnekoppel (Spinnstube) immer die lustigste, ganz besonders dann, wenn die Rädlein beiseite gesetzt wurden und der Tanz anging, der spät genug aufhörte. Der Mutter war das gar nicht lieb, daß das Töchterlein so manchesmal bis nach Mitternacht umhertollte und sich ihre Ermahnungen so wenig zu Herzen nahm.

Nun ging wieder ein Winter dem Ende zu, und Marie war der Fleiß selbst gewesen. Es kam der Abend, an dem noch einmal Spinnekoppel sein sollte, um den Winter zu beschließen. Da sagte die Mutter zu ihrer Tochter, als sie ihr Rädchen nahm, um fortzugehen:

„Liebes Kind, heute ist ein Marientag! Heute darf kein Kind ungehorsam gegen die Eltern sein, sonst straft es der Himmel. Darum verspricht mir, daß du heute nicht wieder bis nach Mitternacht ausbleibst, sondern vor Mitternacht heimkommst, und daß du heute nicht zum Tanze gehst; ich verlasse mich darauf."

Marie versprach mit nassen Augen, was ihre Mutter verlangte, nahm ihr Rad und ging.

Es wurde sehr fleißig gesponnen. Aber dann kamen die jungen Burschen und hatten im Wirtshause ein paar Musikanten gefunden. Das war etwas Neues; die mußten mit, und nun ging das Tanzen los. Marie wollte fort, wollte der alten Mutter Wort halten. Jedoch die Burschen und die Mädchen ließen sie nicht gehen, sie mußte mit in den Reigen; die Spielleute pfiffen und fiedelten auch gar zu schön. Und als die Marie einmal im Tanzen war, da ging sie nimmer davon, denn Tanzen war Mariens Wonne und ihr Glück. Da ging die Mitternachtstunde vorüber, ehe sie es nur dachte, und als der lustige Kreis das Haus verließ, wurden die Mädchen mit Musik nach Hause begleitet, und bekamen schöne Ständchen gebracht; das hallte gar lieblich durch die helle Mondnacht und durch die tiefe Stille.

Da kamen sie auch am Kirchhof vorbei. Das Tor stand offen. Unter einer alten Linde war ein freier ebener Raum, und dahin gingen die Tänzer und die Spielleute und begannen von neuem den Tanz. Erst erschauerten und scheuten sich die Dirnen, aber dann folgten sie doch, wenn auch halb gezwungen, und da ging auch Marie.

Die alte Mutter aber wartete daheim und weinte über ihr Kind; und als sie von weitem den Freudenschall hörte, da dachte sie sogleich: dabei werde die Marie nicht fehlen. Und sie machte sich auf und kroch aus dem Häuschen, ihr Kind zu holen. Da sah sie nun zu ihrem Schreck und Zorn ihre Marie unter den Kirchhofspringern und rief ihr mit strengem Gebot zu, sogleich nach Hause zu folgen. Aber die Maid rief:

„Ei, Mutter, der Mond scheint ja noch so hell und schön! Geh nur, ich komme bald!"

Da hob die Alte ihre beiden dürren Hände zum Himmel auf und schüttelte ihre grauen Haare, die ihr wild um das Haupt hingen, und schrie in wildem Grimm:

„Ei, daß du Rabenkind im hellen Mond säßest fort und fort und hättest immer und ewig deine Spinnekoppel droben oder beim Teufel und seiner Großmutter!"

Und als die Alte diesen Fluch gesprochen, schlug sie hin und war tot. Marie aber behielt nicht Zeit zum Jammern und Klagen. Mit samt ihrem Rädchen wurde sie schnell entrückt — hinauf in den Mond! Und da sitzt sie, da sinnt sie, da spinnt sie!

Autorisierte Sonderausgabe 2018
für Reader's Digest Deutschland, Schweiz, Österreich
Verlag Das Beste GmbH, Stuttgart, Zürich, Wien

Mit Bildern nach Aquarellen von Ruth und Martin Koser-Michaëls
Satz und Layout: Susanne Hauser

Reproduktion: Meyle + Müller GmbH + Co. KG, Pforzheim
Druck und Binden: Leo Paper Products Ltd

ISBN 978-3-95619-317-0

Printed in China